KB132799

Scarlet
스칼렛

www.bbulmedia.com

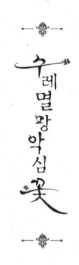

수레멸망악심꽃

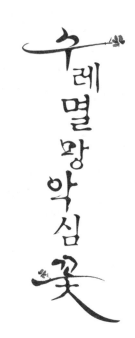

수레멸망악심꽃

SCARLET ROMANCE STORY

아리탕 장편 소설

上

\<서천꽃밭 본풀이\>

까마득한 옛날, 상제는 서천의 박토로 김진성을 보내 땅을 일
구게 하였다. 그때 상제는 김진성에게 메마른 땅을 살릴 꽃씨를
여러 개 내주었다. 피어날 꽃에 대해 적은 도감도 하사했다.

씨앗과 도감을 받아 서천에 내려온 김진성은, 3년은 돌을 고르
고 3년은 흙을 엎고 3년은 거름을 뿌렸다. 그 후 상제가 준 꽃씨
를 땅에 뿌렸다.

이 씨앗들은 백 일 하고도 아흐레를 땅 밑에서 보낸 후 싹이
되어 스스로 솟아났다. 그런데 이상하게도 그중 몇몇은 사람의 형
상을 하고 있었다. 소년 소녀도 있고 청춘 남녀도 있고 할미 할아
비도 있었다. 갑자기 솟아났기 때문에 김진성은 누가 어떤 꽃인지

분간할 수 없었다.

김진성은 그들을 '이룰싹'이라고 부르기로 했다. 그러나 그것만으로는 부족했으므로 이룰싹 전부에게 이름을 붙여 주었다. 이룰싹들은 서천의 땅을 보살피고, 서천에 놀러 온 하늘 아이들을 돌보며 자기가 피어날 날을 기다렸다.

그러는 동안 서천에는 귀한 꽃들이 피어, 잎을 늘어뜨리고 꽃가루를 뿌리고 새로운 씨앗을 떨어뜨렸다. 서천의 박토는 점차 꽃밭으로 변해 갔다. 그곳에서 김진성은 꽃감관이 되어 이룰싹들과 함께 서천을 가꾸었다.

이것이 하늘 옥황과 땅속 황천 사이 어드메 있는, 서천꽃밭의 시작이다.

<서천의 유년>

새벽이슬이 잠을 깨웠다. 이서는 반짝 눈을 떴다. 몸을 일으켜 앉았다. 잠시 그대로 눈을 비비고, 기지개를 켜고, 검은 머리카락을 둘둘 말아 올려 비녀를 꽂았다. 이서는 아직 열 살이었지만 머리카락은 허리까지 기른 상태였다.

화창한 꽃밭, 멀지 않은 곳에 샛바람동자가 쪼그려 앉아 있었다. 또 꽃들에게 장난을 치는 모양이었다. 이서는 작은 손으로 나팔을 만들어 열심히 불렀다.

"오빠! 샛바람 오빠!"

샛바람동자가 이서의 목소리를 듣고 번쩍 고개를 들었다. 그러더니 이서를 향해 손을 흔들었다. 쉭, 잠깐 바람이 부나 싶었는데, 어느새 샛바람동자가 코앞까지 다가왔다.

"안녕, 이서."

"응, 오빠. 와, 좋은 향기 나."

"그래?"

샛바람동자는 고개를 갸웃했다. 그러고는 푸른 옷자락에 코를 대고 킁킁 냄새를 맡았다. 그러더니 아, 하고 환하게 웃었다.

"방금 여울이 만나고 왔거든."

"여울이가 벌써 피었어?"

"응, 복줄꽃이라던데."

"우와, 복줄꽃!"

이서는 벌떡 일어나 샛바람동자 주위를 빙글빙글 돌며 냄새를 맡았다. 아주 넉넉하고 푸근한 냄새가 났다. 이게 복줄꽃 향기구나. 이서는 마치 자기가 핀 것처럼 들떠서 방방 뛰었다.

"개화열(開花熱)이 올랐다는 말은 들었는데 벌써 필 줄은 몰랐어. 여울이가 복줄꽃이었구나. 오늘 만나러 가야지!"

"데려다줄까?"

"어, 오빠 아직도 나 안을 수 있어?"

샛바람동자는 아주 가소로운 말을 들었다는 듯 픽 웃었다. 그리고 웃차, 하고 이서의 작은 몸을 안아 들었다. 이서는 웃으며 샛바람동자의 목에 팔을 감았다. 동자가 성큼성큼 걷기 시작했다.

서천꽃밭은 여전히 아름다웠다. 천상의 사계와 절기를 따라 꽃들은 피고 지고 또 피었다. 이서는 이룰싹이었지만, 평범한 꽃들도 아주 좋아했다. 특히 이서는 웃음꽃이 좋았다. 그리 화려하지는 않지만 작고 샛노란 꽃들이 옹기종기 모여 있으면 절로 즐거워졌다.

나도 복줄꽃이면 좋을 거야, 나는 언제쯤 피는 걸까, 이서는 한참 그런 생각을 했다. 그러다가 갑자기 샛바람동자의 어깨를 톡톡 두드렸다.

"오빠, 오빠, 잠깐만."

"왜?"

"저기 손님 왔어."

이서가 손가락으로 저 멀리를 가리켰다. 버드나무 샘이었다. 버드나무 잎사귀 아래, 화려한 적의를 입은 남자와 백의를 입은 소년이 약간 거리를 둔 채 서 있었다.

"아, 천년장자네."

샛바람동자가 살짝 얼굴을 찡그리며 말했다. 이서는 고개를 돌려 샛바람동자를 바라보았다. 그는 뭔가 잠깐 생각하는 듯하더니, 이서를 바닥에 내려 주었다.

"아무래도 꽃감관님을 모셔 와야겠어. 여기서 잠깐 기다려. 빨리 다녀와야 할 것 같으니까."

"나 여기 혼자 있어?"

"응. 꼼짝도 하지 말고."

그러더니 샛바람동자는 또 확 사라져 버렸다. 바람 언니 오빠들은 마음먹고 움직이면 보이지도 않는다니까. 이서는 속으로 투덜거리며 이리저리 기웃거렸다. 이 이른 아침부터 찾아온 손님들에게 무척 관심이 갔다.

남자와 소년은 조금 서먹해 보였다. 이서는 제 또래의 소년을 흘끗거렸다. 왜 둘이 이야기도 안 하지? 샛바람 오빠가 천년장자라는 사람 이야기를 할 때 목소리가 안 좋았는데. 속으로만 중얼중얼하며 둘을 훔쳐보는데, 소년이 고개를 돌렸다.

날 봤어!

이서는 화들짝 놀라 굳어졌다. 거리가 멀어 잘 보이진 않았지만, 소년이 계속 이서를 보고 있는 것만은 분명했다. 이서는 괜히 죄지은 것처럼 가슴이 콩닥거렸다.

그때, 이서의 어깨에 크고 따뜻한 손이 올라왔다.

"이서야."

"꽃감관님!"

이서가 팔딱 뛰어 꽃감관 진성의 허리를 안았다. 진성은 이서의 머리를 쓰다듬어 주었다.

"빨리 오셨네요?"

"샛바람동자가 서두르라고 해서. 천년장자가 왔구나."

진성은 조금 심산한 얼굴로 손님들 쪽을 바라보았다. 마침 적의의 천년장자도 그들을 발견한 모양이었다. 천년장자는 함께 온 소년을 제자리에 남겨 두고, 혼자 훌쩍 이서와 진성의 앞까지 왔다.

"꽃감관, 오래간만이외다."

"그렇군요. 이른 아침부터 어쩐 일로 오셨는지."

"일이랄 것까지야 있겠소. 그저 옛 친우를 보러 온 것이지."

그렇게 말하고 천년장자가 크게 웃었다. 입을 벌리고 웃는 천년장자 앞에서, 진성은 그저 미소만 지었다. 이서는 진성의 허리를 안았던 팔을 풀고 그의 뒤에 숨었다. 천년장자의 웃음은, 아주 호방하고 시원했지만 이상하게도 좋은 느낌은 아니었다. 이서는 고개만 쏙 내밀고 천년장자의 얼굴을 훔쳐보았다.

"저를 친우로 생각하신다니 영광이군요. 아드님과 함께 오시죠. 얼마 전에 상제께서 귀한 천도(天桃)를 몇 개 내려 주셨습니다."

"정말 귀한 걸 받았구려. 아들은 되었소. 제 놈도 사내인데, 꽃 구경이나 실컷 하라지."

이서는 약간 움찔했다. 아들 이야기를 할 때, 천년장자가 약간 얼굴을 찡그린 걸 본 탓이었다. 즐거운 얼굴은 절대 아니었다. 이서가 눈을 동그랗게 뜨고 천년장자를 보자, 그도 이서의 눈길을 느꼈다.

"뒤에 있는 아이는 무슨 꽃인지, 아직 피진 않은 모양이오."

자기 이야기가 나오자 이서가 화들짝 놀랐다. 진성은 뒤에 숨은 이서의 손을 잡아 옆으로 데려왔다.

"인사하렴. 천년계곡의 천년장자시다."

"안녕하세요."

이서는 간신히 고개를 꾸벅 숙여 보였다. 그러면서도 진성의 손을 놓지 않았다.

"이 아이는 이서입니다. 원래 무척 귀여운 아이인데, 처음 본 손님 앞이라 그런지 부끄럼을 타나 봅니다."

"그런 모양이오. 이서야, 날 한번 봐라. 아주 어여쁘구나. 올해 몇 살인고?"

이서는 도움을 구하듯 진성을 쳐다보았다. 열 살이에요, 라고 대답하는 게 어려운 건 아니었다. 손님들 앞에서 이 정도로 부끄럼을 타는 성격도 아니었다. 하지만 천년장자 앞에서는 어쩐지 주눅이 들었다. 기세가 너무 강렬했다.

"열 살입니다. 자제분과 같은 걸로 알고 있습니다만."

"흠, 그렇군. 아직 피지도 않았는데 미색이 이리……. 무슨 꽃일지 짐작이 가오?"

천년장자가 이서의 얼굴을 유심히 들여다보며 물었다. 천년장자와 눈이 마주친 순간, 이서는 자기도 모르게 숨을 들이키며 어깨를 굽혔다.

"저도 피기 전까지는 알 수 없습니다."

"음기가 짙지 않으니 운우(남녀 간의 육체적인 관계)꽃은 아닐 터이고."

천년장자는 농담처럼 말하고 웃었다. 진성은 그쯤에서 이서의 등을 밀어 저쪽으로 보냈다.

"이서야, 가서 저 소년과 놀고 있어라. 보고 싶다는 데가 있으면 잘 안내해 주고."

"네, 꽃감관님."

이서는 약간 겁에 질린 얼굴로 달려갔다. 천년장자는 고개를 돌려 눈으로 그 뒷모습을 좇았다. 진성은 혀를 차고 싶은 걸 간신히 참았다.

진성에게 있어, 천년장자는 그리 반가운 손님이 아니었다. 그래도 천년계곡을 다스리는 자니 함부로 내쫓을 수는 없는 노릇이었다. 무엇보다도 진성은 천년장자에게 마음의 빚이 있었다.

"아이들은 놀게 두고, 일단 들어가시지요."

진성은 웃으며 권했다. 천년장자는 고개를 끄덕이고 그만 걸음을 옮겼다.

이서는 소년 쪽으로 가다가 뒤를 돌아보았다. 진성과 천년장자가 멀어지는 게 보였다. 이서는 다시 고개를 돌려 소년에게로 다가갔다.

새하얀 옷을 입은 소년은 버드나무 아래 가만히 서서 움직이지 않았다. 물장난을 치거나 나무를 살펴보거나 하는 일도 없었다. 그러다 소년은 이서가 다가오는 걸 보고 그쪽에 눈을 고정했다.

"안녕."

이서가 우물쭈물 인사했다. 이 소년은 천년장자의 아들이라고 했다. 아직 어려서 그런지 아버지와 그리 많이 닮지는 않은 것 같았다. 이유도 모르고 안심이 되어, 이서는 좀 더 바짝 다가갔다.

"너 이름이 뭐야?"

소년은 물끄러미 이서를 보았다. 그러다가 작은 소리로 대답했다.

"백우. 넌?"

"난 이서야. 너랑 나랑 동갑이래. 난 여기 사는데, 이름싹이라 아직 무슨 꽃인지는 몰라."

"예쁜 꽃일 거야."

그리 크지 않은 목소리였는데도 귀에 쏙 들어왔다. 늘 저가 무슨 꽃으로 필까 기대하는 이서에게는 무척 듣기 좋은 말이었다.

이서가 바로 대답하지 않자, 백우는 덧붙였다.

"서천의 꽃들은 모두 예쁘다고 들었어."

"너 서천꽃밭엔 처음이지?"

"응."

"구경시켜 줄까?"

"여기서 아버지를 기다려야 돼."

"그래도 꽃감관님이 너 가고 싶다는 데 있으면 데려다주라고 하셨는데."

그렇게 말했는데도 백우는 반응이 없었다. 원래 말수가 적은가? 이서는 고개를 갸웃했다. 그래도 이서는, 이 말간 얼굴의 단정한 소년이 마음에 들었다.

"그러지 말고 가자. 오늘 내 친구가 새로 피었단 말이야. 복줄꽃이래. 향기 정말 좋던데."

"난 괜찮아."

백우는 고개를 젓고, 조금 웃었다. 즐거워서 웃는다기보다는 이서의 마음을 생각해 웃는 듯했다. 백우는 아버지가 사라진 방향을 한번 바라보았다. 이서는 그런 백우를 보다가 털썩 제자리에 앉았다.

"그래, 그럼 여기서 놀자."

"나 혼자 있어도 돼."

"같이 놀면 좋잖아."

그렇게 말하고 이서는 백우의 손을 잡아 옆에 앉혔다. 버드나무 샘에 두 사람의 모습이 거꾸로 비쳤다.

백우가 샘에 눈길을 주자, 이서는 나서서 설명해 주었다.

"샛바람 오빠가 그러는데, 이 샘 바닥에 용이 산대. 별로 안 깊어 보이는데 되게 깊은가 봐."

"용?"

"응. 가끔 꽃감관님이 밖에 나가실 때 타고 다니라고 상제님이 주셨대. 근데 꽃감관님은 거의 밖에 안 나가시거든. 나가도 용을 타진 않으시고."

그런 이야기를 나눈 뒤 둘은 한참을 앉아서 놀았다. 이서는 샘가의 자갈을 주워, 백우에게 공기놀이를 알려 주었다. 백우는 작은 손으로 한참을 쩔쩔맸다. 백의를 차려입은 남자아이가 앉은 채 자갈을 줍느라 조물조물하는 걸 보고 있으니 이서는 기분이 좋아졌다.

공기놀이가 지겨워진 후에는 샘 가까이 핀 꽃들을 알려 주었다. 이서는 신이 났다. 다른 사람에게 이런 걸 알려 주는 건 처음이었다. 게다가 백우는 아주 모범적인 학생이었다. 무얼 설명해도 관심 있는 얼굴로 열심히 들어 주었다.

"이건 꿈꿀꽃이야. 여기 잘 보면, 꽃잎에 줄무늬가 있잖아. 이 줄무늬가 이렇게 똑바르면 길몽꽃이고, 비뚤비뚤하면 흉몽꽃. 근데 길몽꽃도 너무 많이 사용하면 안 좋대."

"써 본 적 있어?"

"아니, 아직. 꽃감관님이 꽃을 막 쓰지 말랬어."

그렇구나, 하고 백우가 고개를 끄덕였다.

"넌 이걸 어떻게 다 알아?"

"꽃감관님이 알려 주셨어. 아직 모르는 꽃도 많지만."

그렇게 이서는 시간 가는 줄도 모르고 잠들꽃과 망각꽃, 복줄꽃과 하늘날꽃, 말못할꽃과 귀먹을꽃을 하나하나 설명해 주었다. 백우는 지겨운 기색도 없이 그 설명을 들었다. 꽃에 꽤 관심이 있는 모양이었다.

그러다가 문득, 백우가 몇 걸음 떨어진 곳에 핀 꽃을 가리켰다.

"저건 뭐야?"

이서는 백우의 손을 잡고 그 꽃 가까이 다가갔다.

꽃잎은 주황색이었다. 꽃은 앉은뱅이처럼 바닥에 바짝 붙어 있었는데, 꽃잎이 삐죽삐죽했다. 처음 보는 꽃이었다. 이서라고 서천꽃밭의 모든 꽃을 다 아는 건 아니었다. 이서는 고개를 갸웃하며 그 꽃 옆에 무릎을 꿇고 앉았다. 코를 가까이 대고 향기를 맡아 봤지만 그래도 무슨 꽃인지는 알 수 없었다.

"안 알려 줘도 돼."

백우 딴에는 배려한다고 한 소리였지만 그게 열 살 소녀 이서의 자존심을 자극했다. 이서는 고개를 저었다.

"아니야, 뭔지 알려 줄게!"

"안 그래도 되는데……."

"나도 무슨 꽃인지 궁금해서 그래."

이서는 주위를 둘러보았다. 그러고 나서 뚝, 꽃을 꺾었다. 서천의 꽃답게 꽃은 꺾이자마자 더 환하게 빛났다. 이서는 꽃을 들고 벌떡 일어났다. 그리고 옆에 바짝 붙어 선 백우에게 꽃을 보여 주었다.

"이렇게 막 꺾어도 돼?"

"당연히 안 되지."

백우는 말문이 막힌 듯 이서를 바라보았다. 하지만 이서는 개의치 않고 헤헤 웃었다.

"꽃감관님 오시기 전에 얼른 써 보자."

"그러다 귀먹을꽃 같은 거면 어떡해?"

"아니야. 이건 예쁘잖아. 위험한 꽃들은 다 위험하게 생겼어."

백우는 더 말리고 싶은 얼굴이었다. 하지만 그런 한편으로는, 그게 무슨 꽃인지 궁금하기도 한 모양이었다. 호기심과 염려가 반씩 뒤섞인 얼굴을 보자 이서는 어째서인지 더 기분이 좋아졌다.

"자, 잘 봐. 그냥 꽃은 이렇게 쓰는 거야."

그렇게 말하고 이서는 꽃잎 몇 장을 뜯어 머리 위로 훅 뿌렸다. 작은 손에서 해방된 주황색 꽃잎이 나풀나풀 허공을 날다가 이서의 어깨로 떨어졌다.

이서는 그대로 잠시 기다렸다. 무슨 일이 일어날까 기대하면서.

그러나 아무 일도 일어나지 않았다. 이서는 고개를 갸웃하며 제 어깨의 꽃잎을 톡톡 털었다.

"이상하네. 왜 아무 일도……."

바로 그 순간, 바닥에 떨어진 꽃잎에서 화륵 불꽃이 튀었다.

"아악!"

이서가 펄쩍 뛰었다. 그러면서 다른 손에 쥐고 있던 주황 꽃도 놓치고 말았다. 그러자 그 꽃에서도 불길이 치솟았다.

불은 금세 이서와 백우의 옷에 옮겨붙었다. 뜨거웠다. 견딜 수 없을 만큼 뜨거웠다. 이서는 어쩔 줄 모르고 이리저리 뛰었다.

그때, 백우가 덥석 이서의 손을 붙잡았다. 이서는 백우가 이끄는 대로 달렸다. 샘! 눈이 번쩍 띄었다. 샘 근처에서 놀던 차라 멀지도 않았다. 둘은 망설이지도 않고 물속으로 뛰어들었다.

물은 시원하다는 느낌이 들 정도로만 차가웠다. 불에 시달리다 물에 뛰어드니 살 것 같았다. 이서는 눈을 뜨고, 수면 아래서 백우를 보았다. 백우가 자기 손을 꼭 잡고 있었다. 백우가 아래를 내려다보더니 뭐라고 말하려는 듯 입을 벌렸는데, 물속이라 거품만 쏟아졌다.

'뭐라고?'

이서도 그렇게 말했지만 여전히 목소리를 낼 수 없었다.

물속에서, 백우의 머리카락이 사방으로 일렁였다. 이서는 제 머리카락도 저런 모양으로 흔들리고 있을까 궁금했다.

"푸하!"

둘은 거의 동시에 물 밖으로 고개를 내밀었다. 머리카락이 얼굴에 찰싹 달라붙었다. 두 사람은 잠시 마주 보다가 약속이나 한 것처럼 웃었다. 백우도 이제까지와는 달리 아주 환하게 웃었다.

예쁜 남자애다, 라고 이서는 생각했다.

"이서야!"

잔뜩 화가 난 듯한 꽃감관 진성의 목소리가 들리기 전까진.

이서는 물에 뜬 채로 휙 뒤를 돌아보았다. 진성이 당혹한 얼굴로 둘을 보고 있었다. 그 곁에는 천년장자도 서 있었는데, 진성만큼 놀라지는 않은 듯했다. 진성은 그 자리에 천년장자를 그대로 두고 샘으로 뛰어왔다.

"지금 뭐 하는 짓이냐! 당장 물 밖으로 나와!"

이서는 일단 물가로 헤엄쳤다. 백우도 뒤를 따랐다. 진성은 이서와 백우를 차례로 안아 샘 밖으로 건져 주었다. 그런 후에는 무섭게 화를 내기 시작했다.

"버드나무 샘에 들어가다니 무슨 생각이냐! 이 샘이 얼마나 깊은데, 그걸 뻔히 알면서 손님까지 데리고 들어가? 둘 다 크게 잘못되었으면 어쩔 뻔했어!"

좀처럼 화내는 일이 없는 진성이 목소리를 높이자 이서는 금세 눈물이 그렁그렁해졌다. 백우가 옆에서 손을 잡아 주었다. 그리고 진성을 올려다보며 조심스럽게 사과했다.

"죄송합니다. 저한테 꽃을 보여 주려다가 그랬어요. 갑자기 불이 붙는 바람에……."

"불붙을꽃을 썼어?"

진성은 더욱 화가 난 듯 소리쳤다. 이서가 놀라서 어깨를 움찔했다. 아버지나 다름없는 진성이 전에 없이 흥분해 고함을 지르자 너무 놀라 정신을 차릴 수가 없었다. 이서는 소매로 눈가를 벅벅 문지르며 띄엄띄엄 변명했다.

"죄송해요, 무슨 꽃인지, 몰라, 몰라서……. 알려 주려고, 그래서……."

"꽃을 함부로 쓰면 얼마나 위험한지 알면서, 더군다나 손님도 있는데!"

"꽃감관. 그만하시오."

가까이 다가온 천년장자가 헛기침을 하며 꽃감관의 말을 끊었다. 천년장자는 물에 흠뻑 젖은 아들의 모습을 보고 혀를 찼다. 백우가 약간 떨면서 고개를 숙였다. 이서는 백우가 자기 손을 더 꽉 잡는 걸 느낄 수 있었다.

"아직 어려서 뭘 잘 모르니 그런 거 아니겠소. 아이가 많이 놀란 것 같은데, 지금 꾸짖어 봤자 제대로 들리기나 하겠소."

진성은 잠시 심호흡을 해야 했다. 진성은 완전히 얼어붙은 이서와 천년장자의 얼굴은 쳐다보지도 못하는 백우를 보고 긴 한숨을 내쉬었다. 그러더니 천년장자 쪽으로 몸을 돌려 깊이 허리를 숙였다.

"장자님께는 면목이 없습니다. 아이가 서툴러 실수를 한 모양입니다."

"그저 빚으로 달아 두면 될 걸 이렇게까지 할 거 있소. 저 아이나 잘 달래 주시오. 나도 이만 돌아가리다."

그렇게 말하고 천년장자는 뒷짐을 지고 앞서 걸어갔다. 백우에게 함께 가자는 말도 없었다. 백우는 어쩔 줄 모르고 아버지의 뒷모습만 쳐다보다가, 이서의 손을 놓았다. 그리고 진성에게 꾸벅 허리를 숙여 인사했다.

"폐를 끼쳤습니다. 죄송합니다."

어른스러운 말에 진성은 더 화도 내지 못하고 고개만 저었다. 백우는 이서에게도 안녕, 하고 속삭였다.

그런 다음 백우는 천년장자 쪽으로 뛰어갔다. 옆에서 뭐라고 말을 붙이는 듯했지만, 천년장자는 고개조차 돌려 주지 않았다.

그 모습을 보다가, 이서는 어쩐지 마음이 이상해졌다. 조금 슬픈 것 같았다. 단순히 꽃감관에게 혼이 나서는 아니었다.

'아까 물속에서 무슨 말을 했는지 물어보고 싶었는데.'

그렇게 생각하고, 이서는 백우가 또 서천꽃밭에 놀러 와 주기를 바랐다.

천년장자와 백우의 모습이 완전히 사라진 후, 진성은 이서를 몹시 꾸중했다. 용이 잠들어 있는 샘에 들어간 게 얼마나 위험한 짓이었는지, 무슨 꽃인지 알지도 못하면서 마구 사용한 게 얼마나 경솔하고 무책임한 짓이었는지, 이서는 한참 설교를 들었다.

"웃음꽃도 함부로 쓰면 사람의 숨을 멎게 하고, 길몽꽃도 잘못 쓰면 사람의 머릿속을 엉망으로 만드는 법이다. 그런데 넌 그게 무슨 꽃인지도 모르고 함부로 사용했어. 네가 자라서 피면 넌 꽃 자체가 될 텐데, 이렇게 조심성이 없어서 어쩌려느냐."

"죄송해요……. 그냥 알려 주고 싶어서……."

"이서야."

진성이 이서 앞에 눈높이를 맞춰 앉았다. 그리고 이서의 젖은 두 어깨를 붙잡고 일렀다.

"여러 바람동자들이 왜 서천에 머무는지 아느냐. 꽃씨를 밖으로 내보내면 안 되기 때문에 지키고 있는 거란다. 이 꽃들은, 보기에는 예쁘고 귀하지만 언제든 큰 재앙이 될 수 있어."

"네……."

"무슨 일이 있어도 꽃들을 함부로 사용해서는 안 된다. 명심하렴."

"네, 꽃감관님."

이서가 얌전히 고개를 끄덕이자, 진성도 더 말하지 않았다. 이서는 진성의 손을 잡고 터벅터벅 걸어 꽃밭 안쪽까지 들어갔다.

그때까지 조용히 있던 이서가 고개를 들어 진성을 올려다보았다. 그러고서는 진성이 화가 나지 않았다는 걸 알고 궁금했던 것을 물었다.

"백우가 다시 올까요?"

"천년장자의 아들 말이니?"

진성은 바로 대답하지 않았다. 잠시 뭔가를 생각하던 진성은, 곧 뜻 모를 이야기를 했다.

"그 아이는 몰라도, 천년장자는 다시 오겠지."

이서는 그때 그게 무슨 말인지 알지 못했다. 이서는 다시, 백우가 올까요, 하고 물었지만 진성은 모르겠다고만 대답했다.

백우는 오지 않았다. 샘은 아무 일도 없었다는 듯 다시 고요해지고, 서천꽃밭에는 다른 아이들만 와서 뛰어놀았다. 여러 아이들을 만나는 동안, 이서는 백우를 점점 잊어 갔다. 그래도 버드나무 샘을 지날 때면 종종 백우가 떠오르곤 했다.

1장
멸망을 심고 곧 싹이 트네

그날은 바람 기척이 심상치 않았다. 이서는 아침에 눈을 뜨면서부터 그 이상스런 기척을 느꼈다. 주위를 둘러보았지만 바람동자들은 없었다. 허공에 번지는 꽃향기가 무척 진했다.

이서는 천천히 일어섰다. 그해 하늘 나이로 열다섯 살이 된 이서는, 아직도 개화하지 않은 이룸싹이었다. 함께 이룸싹으로 난 친우들은 거의 다 각자의 모습으로 개화했다. 이제 서천꽃밭에서 개화하지 않은 이룸싹은 두 명밖에 없었다.

가장 먼저 개화한 건 여울이었다. 여울이 복줄꽃으로 핀 이후, 다른 이룸싹들도 며칠, 몇 달, 몇 년 차이로 계속 피어났다. 모두가 자기만의 향을 지니게 되었고, 벌써 꽃가루받이를 해 씨앗을 품은 꽃도 있었다.

개화할 때마다, 이룸싹들은 기뻐하고 또 낙담했다. 복줄꽃으로 핀 여울은 아주 운이 좋은 편이었다. 흉몽꽃이나 귀먹을꽃, 말못할꽃, 불붙을꽃으로 핀 이룰싹들도 있었다. 웃음꽃이 되고 싶다고 노래를 부르던 지아는 앉은뱅이꽃으로 피어 사흘 밤낮을 울었다. 복줄꽃이 되어 여울과 꽃가루받이하겠다는 꿈을 품었던 장주는 부러질꽃이 되어 어쩔 줄 몰라 했다.

바람과는 완전히 다른 꽃으로 핀 이룰싹들은 아직 개화하지 않은 이룰싹들을 부러워했다. 피지 않았을 때는 어떤 꿈이든 꿀 수 있기 때문이다. 꽃감관인 진성도 이룰싹이 장차 어떤 꽃으로 필지는 알지 못했다. 스스로 상상하기 나름이었다.

이서는 꽤 가볍게 걸었다. 향기 나는 방향으로 즐겁게.

꽃들이 모여 있었다. 웅성거리는 소리가 났다. 바람동자들도 보였다. 내가 늦잠을 잤구나. 이서는 걸음을 서둘러 꽃들이 모인 쪽으로 다가갔다.

"이서야!"

이서를 발견한 꽃이 환하게 웃으며 소리쳤다. 몇몇 꽃들이 이서를 돌아보고 반갑게 알은체를 했다. 이서도 손을 흔들어 주고 꽃들 옆으로 총총 뛰어갔다.

"왜 다들 모여 있어?"

"청현이가 오늘 피었거든."

개화열은 조짐 없이 갑자기 찾아오곤 했다. 어느 날 돌연 개화열이 올라, 이룰싹들은 심하면 며칠도 앓아누웠다. 그때부터는 아무도 도와줄 수 없었다. 한번 개화열이 오르면, 이룰싹이든 개화한 꽃들이든 꽃감관이든 그저 손 놓고 지켜봐야만 했다. 그렇게 고열에 시달리다 어느 새벽 개운한 기분으로 눈을 뜨면, 이룰싹은 마침내 활짝 피는 것이다.

청현은 아직까지 개화하지 않았던 두 명의 이룰싹 중 하나였다. 이서가 눈을 동그랗게 떴다. 꽃들이 청현 주위에 몰려 있어서 청현의 모습을 제대로 볼 수가 없었다.

"정말?"

"응. 꽃감관님이 보고 가셨는데, 지켜줄꽃이래."

드문 꽃이어서 이서는 깜짝 놀랐다. 이룰싹 중에 지켜줄꽃으로 핀 경우는 이제껏 없었다. 청현이 지켜줄꽃이었구나! 이서는 발뒤꿈치를 들고 청현의 모습을 보려고 했다. 개화한다고 특별히 모습이 달라지는 건 아니지만 그래도 보고 싶었다. 청현은 수꽃으로, 이서와도 각별한 사이였다.

그때 청현이 다른 꽃들 틈으로 이서를 발견했다. 긴 머리카락을 대충 묶은 청현이 이서를 불렀다.

"청현아!"

청현과 눈이 마주치자, 이서가 얼른 꽃들을 헤치고 그에게로 다가갔다. 청현이 이서를 보고 환하게 웃었다. 이서가 와락 청현을 끌어안았다.

"드디어 피었구나! 축하해, 지켜줄꽃이라며? 이룰싹 중에는 지켜줄꽃이 없었잖아."

"고마워. 나도 자고 일어나서 깜짝 놀랐어. 내가 무슨 꽃인지를 몰라서 꽃감관님한테 다녀왔다니까."

이서는 청현 옆에 앉았다. 다른 꽃들도 곁에서 떠들었다.

한참을 그러고 있다가 꽃들은 또 각자의 자리로 사라졌다. 이서는 청현 옆에 남아 계속 이야기를 나누었다. 청현도 오래 기다린 개화에 들뜬 듯, 얼굴이 조금 상기되어 있었다.

"이 향기 너랑 잘 어울려. 이름도 좋고! 나쁜 꽃이 아니라 다행이야."

청현은 자기도 지켜줄꽃으로 피어 좋다며 웃었다. 맑은 웃음이었다. 그러고 나서 청현은 잠시 이서를 바라보았다. 영문을 몰라 이서가 물었다.

"왜?"

"그냥, 이제 너만 이룰싹이구나 싶어서."

이서는 소리 내어 웃고, 그러게, 하고 대답했다. 하지만 기분이 썩 나쁘진 않았다. 이서는 상상할 자유가 좋았다. 개화한 이룰싹 중에 없는, 좋은 꽃이 뭐가 있을까. 복줄꽃도 웃음꽃도 길몽꽃도 환생꽃도 다 피었다. 뼈살이 살살이 피살이, 살이꽃도 종류별로 다 있었다.

물론 이서는 꼭 그런 꽃이 아니라도 좋았다. 하늘날꽃이나 멀리볼꽃도 낭만적이고, 눈밝힐꽃 귀밝힐꽃 같은 밝힐꽃 종류도 상서로웠다.

"네가 피면 제일 먼저 축하해 줄게."

"응."

이서는 기분 좋게 대답하고 바닥에 누웠다. 이슬 맺힌 풀밭에서 좋은 냄새가 났다. 지켜줄꽃의 향과 섞여 더 그윽했다. 누워서 흐트러진 이서의 머리카락을, 청현은 이리저리 만지작거렸다. 청현이 좋아하는 일이라 이서는 가만히 있었다.

"너도 지켜줄꽃이면 좋겠다."

청현이 중얼거렸다. 이서는 그 말을 듣고 눈을 감은 채 대답했다.

"같은 꽃이라고 꼭 비슷한 시기에 피는 건 아니잖아. 난 좀 더 기다려야 되려나 봐."

거기까지 말하고 잠시 입을 다물었다가, 이서가 눈을 번쩍 떴다. 그리고 몸을 일으켜 반짝이는 눈으로 청현을 바라보았다.

"그러고 보니까 너한테 꽃가루받이하자고 하는 애들 없었어? 지켜줄꽃이니까, 희귀하기도 하고 길하기도 하고, 많이들 얘기했을 것 같은데."

서천의 꽃들은 인세(人世)의 꽃과는 또 달라서, 종류가 달라도 꽃가루받이를 해서 씨를 품을 수 있었다. 길하다고 여겨지는 꽃들은 인기가 좋았다. 지켜줄꽃은 어딘지 낭만적인 느낌이 있고, 그게 아니더라도 청현은 준수하고 다정했다. 암꽃들이 탐낼 만한 수꽃이었다.

"글쎄."

청현은 제대로 대답하지 않고 얼버무렸다. 이서는 소리를 내어 웃었다.

"왜, 핀 지 하루도 안 됐는데 벌써 너무 많아?"

"그런 거 아니야."

청현은 웃어넘겼고 이서도 더 캐묻지 않았다. 대답을 듣지 않아도 많은 암꽃들이 청현에게 가약(佳約)을 청했으리라는 건 짐작할 수 있었다. 이로운 꽃들은 암꽃 수꽃 할 것 없이 잦은 구애를 받으니까.

청현은 이서의 짐작대로 정말 많은 구애를 받았다. 사실은 피기 전부터 그랬고, 이서도 어느 정도는 알고 있었다. 이서는 청현에 대해 많은 걸 알았다. 그러나 이서가 눈치채지 못한 게 두 개쯤 있었다.

'네가 피면, 너랑 꽃가루받이하게 해 줘.'

여울이 그렇게 말했을 때 청현은 그리 놀라지 않았다. 청현은 둔한 편이 아니었다. 오래전에 복숭꽃으로 핀 여울이 자기에게 어떤 마음을 갖고 있는지는 짐작하고 있었다. 그래서 그는 잔뜩 긴장한 채 두 손을 꼭 쥐고 말하는 여울에게, 준비된 대답을 내놓을 수 있었다.

'미안해.'

그 대답을 예상한 듯 여울은 울지 않았다. 그래도 그 고운 얼굴이 붉어지고, 눈에는 눈물이 고였다. 여울은 울지 않으려고 애쓰면서 심호흡을 했다. 머리를 하나로 땋은 여울은, 한참 숨만 고르다가 더는 참을 수 없다는 듯 물어 왔다.

'왜?'
'난 아직 피지도 않았고, 어떤 꽃으로 필지도 모르고…….'

'네가 악몽꽃이어도, 앉은뱅이꽃이어도 상관없어.'

'왜 상관이 없어. 넌 복줄꽃인데.'

그렇게 말한 청현은 마음이 아팠다. 오랜 소꿉친구의 손을 잡아 주고 싶었다. 그러나 그러지 않았다. 괜한 기대감만 품게 될 것이다.

'그럼 네가 복줄꽃이나 환생꽃 같은 걸로 피면, 나랑 꽃가루 받이할 거야?'

청현은 말문이 막혔다. 어떤 꽃으로 피든, 그가 여울이나 다른 암꽃들과 하나가 될 일은 없을 것이다. 이미 청현의 마음은 확고했다. 청현이 대답을 피하자 여울은 떨리는 목소리로 재차 몰아쳤다.

'나 말고도 다른 꽃들이 너한테 이런 말 많이 한 거 알아. 왜 다 거절하는 거야?'

'난……'

'이서 때문에?'

그쯤에서 청현은 정신을 차리고 이서를 보았다. 이서는 풀밭에 편안히 누워 청조(靑鳥)와 장난을 치는 중이었다. 청조가 이서의 머리카락을 콕콕 쪼다가 고개를 갸웃거리며 그녀의 뺨이며 가슴께로 움직였다. 이서가 간지러운 듯 웃다가 청조를 향해 손가락을 내밀었다. 청조는 일말의 두려운 기색도 없이 폴짝 그녀의 손가락에 앉았다.

"안녕, 지켜줄꽃님?"

이서가 청조를 청현 쪽으로 내밀며 이상한 목소리를 흉내 냈다. 아주 가늘고 부자연스럽게 높은 여자 목소리였다. 청현은 그게 뭐야, 하며 웃었지만 이서는 개의치 않았다.

"난 청조야. 나랑 이름 한 자가 같으니 우리 꽃가루받이하지 않을래? 쨱쨱."

"하지 마."

청현은 웃으며 이서의 손을 밀어 냈다. 청조가 파드득 날아갔다. 이서는 풀밭에서 벌떡 몸을 일으켰다. 그녀는 길하고 희귀한 꽃으로 핀 청현보다 더 신이 난 것 같았다.

"네가 지켜줄꽃이라 진짜 좋아. 대기만성이라더니 그 말이 맞나 봐."

이서는 자기도 오래 기다린 만큼 아주 근사한 꽃으로 피리라 기대하는 듯했다. 청현은 그녀의 말에 맞장구를 쳐 주며 이서가 신이 나 이리저리 돌아다니는 걸 지켜보았다. 이서는 잔뜩 신이 나서, 대답하지 못하는 꽃들에게 공연히 말을 걸기도 하고 청현에게 실없는 장난을 치기도 했다.

이서는 정말 기대에 부푼 채였다. 가슴이 터져 버릴 것 같았다. 사실 이서는, 많은 꽃들이 끝까지 피지 않는 자기와 청현을 보며 수군거렸다는 걸 알고 있었다. 하지만 악의적인 짓은 아니었다. 그저 지나치게 오래 피지 않는 둘이 혹시 최악의 꽃으로 피는 게 아닐까 우려했을 뿐이다.

개의치 않으려 해도 그런 말은 신경이 쓰였다. 어떤 꽃이 될까 상상해 보는 것도 즐거웠지만, 낯은 이룰싹들이 흉한 꽃으로 필 때마다 이서는 속이 탔다. 혹시 나도 귀먹을꽃 같은 거면 어쩌지? 그런 불안이 목 끝까지 올라오곤 했다.

하지만 이제 그것도 끝이다. 자기만큼 오래 기다린 청현이 지켜줄꽃으로 피었으니, 이제 이서도 언제까지든지 기다려 더 멋지고 복된 꽃으로 필 수 있었다. 적어도 이서의 생각은 그랬다.

"역시 천제님은 공정하셔. 오래 기다린 만큼 좋은 게 기다리고 있는 거 말이야."

"너 평소에 천제님 잘 찾지도 않잖아."

청현은 웃기지 말라는 듯 그렇게 말했다. 청현의 말은 사실이었으므로 이서도 거기에 별다른 변명을 덧붙이지는 않았다. 이서 뿐 아니라 대부분의 꽃들은 천제에게 관심이 없었다. 꽃들은 오히려 꽃감관 김진성에게 더 마음을 기울였다. 진성은 서천꽃밭의 아버지나 다름없었다.

"꽃감관님도 네가 지켜줄꽃이란 거 알고 좋아하셨지?"

"글쎄, 꽃감관님은 어떤 꽃이든 다 좋아하시잖아."

그건 사실이었다. 이룰싹들은 자아가 확실했으므로 자기가 어떤 꽃으로 필 것인가에 대해 신경을 곤두세웠다. 그러나 진성은 이룰싹들이 '좋은' 꽃으로 피든 '나쁜' 꽃으로 피든 똑같이 축복해 주었다. 장주가 부러질꽃으로 피어 울 때도, 진성은 그를 달래며 이 세상에 나쁜 꽃 같은 건 없다고 말해 주었다.

이서도 그 말이 옳다고 생각했다. 어릴 적 진성이 말해 주었다. 꽃은 어떻게 쓰느냐에 따라 달라진다고. 그래도 이서는 여전히 '좋은' 꽃이 되고 싶었다. 그리고 자기가 정말 좋은 꽃이 되기 위해 이제껏 기다려 온 거라고 믿었다.

"그런데 여울이는 어디 갔어?"

문득 이서가 청현에게 물었다. 청현은 모르겠다며 고개만 저었다. 이상하네, 하고 이서는 주위를 두리번거렸다.

이서와 청현, 여울은 어릴 적부터 친했다. 여울은 아주 이르게 핀 이룰싹이었고 이서와 청현은 가장 나중까지 이룰싹으로 남았지만, 셋은 아무 문제 없이 잘 어울렸다.

그런데 청현이 고통스러운 개화열을 이기고 핀 오늘, 여울이 보이지 않았다. 평소라면 제일 먼저 축하해 주었을 텐데. 그러고 보면 아까 꽃들이 모여 있었을 때도 못 본 것 같았다.

"여울이 찾으러 가자."

"난 됐어. 좀 앉아 있고 싶어."

이서는 벌떡 일어나 출발하려다가 멈칫했다. 청현이 이런 식으로 말한 건 처음이었다. 다른 때라면 당연히 같이 갔을 텐데…….
아마 아침부터 꽃들이 몰려와 피곤했던 모양이다. 이서는 그쯤에서 납득하고 고개를 끄덕였다.

"너 진짜 피곤했구나. 그럼 쉬어야지."

청현은 대답하지 않고 모호하게 웃었다. 당연히 이서는 그걸 긍정의 의미로 받아들였다. 이서는 청현의 어깨를 두어 번 주물러 주고 휙 돌아서서 여울을 찾아 달려갔다. 청현은 팔랑팔랑 멀어지는 이서의 뒷모습을 물끄러미 바라볼 뿐이었다.

　이서가 여울을 발견한 건 서천꽃밭에 노을이 번진 저녁이었다.
　여울은 버드나무 샘에 있었다. 버드나무 아래 앉아, 여울은 두 무릎을 끌어안고 멍하게 샘만 바라보았다. 이서는 총총 그쪽으로 달려갔다.
　"여울아!"
　짠, 하듯 그 앞에 서며 불렀지만 여울은 고개도 들지 않았다. 여울은 이서의 목소리를 듣자마자 무릎 사이에 얼굴을 묻어 버렸다. 이서는 당황했다. 얘가 왜 이러지?
　"왜 그래, 어디 아파?"
　가끔 꽃들도 병에 걸렸다. 온몸이 끔찍하게 가려워지거나 시커 먼 반점이 마구 올라오곤 했다. 꽃감관 진성이 약을 가지고 있었 기 때문에 꽃들은 대체로 아프면 진성에게 찾아갔다.
　이서는 여울 옆에 쪼그려 앉았다. 그리고 조심스럽게 물었다.
　"여울아, 못 걷겠어? 내가 꽃감관님 모셔 올까?"
　"저리 가."
　여울이 확 한쪽으로 고개를 돌리며 중얼거렸다. 작은 소리였지 만 이서는 분명히 들었다. 여울의 거부에 이서는 깜짝 놀랐다. 여 울은 구김살이 없고 친절한 꽃이었다. 꽃들은 모두 여울을 좋아했 다. 이제껏 여울은 누구에게도 이렇게 말한 적이 없었다.
　"여울아."
　이서가 놀라서 여울을 불렀다. 부르는 것 말고는 다른 할 말이 떠오르지 않았다. 이서는 그냥 여울 옆에 가만히 앉아 있었다.

여울도 여울 나름대로 마음이 불편했다. 소녀는 친구의 침묵이 무섭고 싫었다. 차라리 왜 그러느냐고 화를 냈다면 여울도 마음껏 소리를 질렀을 것이다. 너 때문에 청현이가 나랑 꽃가루받이하기 싫대. 너 때문이야. 그런데 넌 아무것도 모르고!

"아니면 같이 청현이 보러 갈래? 지켜줄꽃이라던데……."

이서가 조심스럽게 물었다. 물론 역효과였다. 번쩍 고개를 든 여울은, 뭐라고 한바탕 고함을 칠 듯 입을 벌렸다가 갑자기 서럽게 어깨를 들썩이기 시작했다. 이서에게 화를 낼 일이 아니라는 걸 알면서도 진정이 되지 않았다.

"왜 그래, 너 진짜 어디 많이 아픈 거야?"

이서는 어쩔 줄 몰라 여울의 어깨에 손을 얹었다. 확 뿌리칠까 두려웠는지 조심스러운 손길이었다. 여울은 가장 친한 친구이자 절대 이길 수 없는 연적이면서, 동시에 청현을 그저 친구로만 생각하는 이서의 손을 느끼며 펑펑 울었다.

제 울음소리밖에 들리지 않았다. 그러니 더 서러웠다. 열다섯 살이라 해도 천상에서는 아주 어린 나이였다. 여울은 화를 낼 수도 없고 마음을 털어놓을 수도 없어서 무작정 울기만 했다.

여울아, 여울아, 하고 계속 부르던 이서의 목소리가 어느 순간부터 뚝 멎었다. 여울은 한참을 울다가 고개를 들었다. 어쩌면 꽃 감관님에게 갔을지도 몰라. 병이 난 게 아닌데. 그렇게 고개를 든 여울은 뜻밖의 상황에 직면했다.

이서가 풀밭에 쓰러져 있었다. 이서는 아주 추운 것처럼 몸을 잔뜩 웅크리고 거친 숨을 몰아쉬었다. 얼굴은 물론 드러난 목이며 손발까지 시뻘게졌다. 여울은 너무 놀라 울음을 뚝 그쳤다.

"이서야!"

여울이 이서에게 달려들어 상체를 일으켜 세우려 했다. 그러나 이서는 자꾸 벌벌 떨어 대기만 할 뿐 정신을 차리지 못했다. 뜨겁다. 기이한 열기였다. 단순한 열이 아니다. 이건 개화열이야! 이미 한번 개화열을 겪어 본 여울은 어쩔 줄 모르고 주위를 두리번거렸다.

뭔가 이상했다. 열이 너무 심했다. 이서의 몸은 거의 타는 것 같았다. 이서가 고통스럽게 몸부림을 쳤다. 조금이라도 찬 기운을 찾아 땅에 몸을 바짝 붙이고 괴로워했다. 물론 개화열은 고통을 수반한다. 그러나 이 정도는 아니었다. 꽃마다 다르긴 하겠지만 이렇게…….

여울은 자기도 모르게 확 이서의 몸에서 손을 뗐다. 정말로 불을 붙잡고 있는 것처럼 뜨거웠다. 여울은 이서에게서 몇 걸음 물러났다. 이서의 몸에서 방출되는 열기가 주위의 풀까지 바짝 말려 버렸다.

이제껏 이런 개화열은 없었다. 다른 생명을 상하게 하는 열이라니.

이건 뭔가 이상해…….여울은 벌떡 일어나 달렸다. 아무래도 진성을 데려와야 할 것 같았다.

여울이 꽃감관 진성을 부르러 간 사이, 이서는 희미하게나마

의식을 되찾았다. 어떻게 된 일인지 알 수 없었다. 그냥 갑자기 배 속이 타는 것처럼 뜨거워졌고 바닥에 쓰러졌다. 그 뒤부터는 아무것도 기억나지 않았다.

열 때문인지 제대로 앞을 볼 수도 없었다. 이서는 더듬더듬 주위를 짚었다. 뜨거워. 뜨거워. 숨을 쉴 때마다 몸은 더욱 뜨거워졌다. 한 호흡 한 호흡이 다 고통이었다. 이서는 불길이 목을 태우고 배 속으로 들어가 온 다리를 지졌다가 발끝으로 사라져 버리는 기이한 감각 속에서 몸부림쳤다.

이서를 샘으로 이끈 건 본능이었다. 이서는 기다시피 해 샘으로 갔다. 목말라. 차가운 물이 손끝에 닿았다. 이서는 먼 어린 시절처럼, 그대로 깊은 샘에 뛰어들었다.

샘은 아주 차갑고 깊었다. 이서는 아주 달게 물을 마셨다. 차가운 물이 순식간에 열기를 식혀 주었다. 그제야 살 것 같았다. 신비로운 일이었다.

이서는 눈을 떴다.

저녁 무렵이라 물속은 어두웠다. 하지만 이서는 앞을 볼 수 있었다. 아주 희미하게, 제 팔다리가 물속에서 움직이는 게 보였다. 이서는 위로 고개를 들었다. 너무 깊이 들어왔을까. 숨이 모자랐다. 수면이 아득히 멀게 느껴졌다.

이룰싹이라 해서 물에서 숨을 쉴 수 있는 건 아니었다. 이룰싹은 신선도 신수도 아니었다. 그들은 이 선계에서 가장 많은 한계를 가진 존재였다. 이서는 일단 위로 올라가기 위해 다리를 움직였다. 그러나 역부족이었다. 팔다리를 동시에 움직여 봐도 나아가는 속도는 더뎠다.

그때 뭔가 서늘한 것이 이서의 허리를 감았다. 이서는 본능적으로 그걸 붙잡고 허리춤 아래를 내려다보았다. 무언가의 두껍고 긴 꼬리였다. 꼬리. 검푸른 비늘.

이서는 공포에 질려 발버둥 치기 시작했다. 입에서 우르르 거품이 쏟아졌다. 용이다. 이건 샘 바닥에 산다는 그 용이야! 이서는 어떻게든 벗어나려고 했다. 매끄럽기만 한 비늘을 쥐어뜯고, 꼴깍꼴깍 물을 마셔 가며 몸부림쳤다. 그러나 이서는 무력했다. 긴 꼬리는 그대로 이서를 샘 바닥까지 끌어당겼다.

이제 이서는 익사하기 직전이었다. 아주 어둡고 추운 곳으로, 이서는 끌려 내려갔다. 의식이 멀어졌다.

그리고 다음 순간 그녀는 번쩍 눈을 떴다.

"푸하!"

이서의 입에서 거센 기침이 터졌다. 이서는 콜록거리며 눈가로 흘러내리는 물을 손등으로 닦았다. 그러나 머리부터 발끝까지 젖은 채라 아무 소용도 없었다.

어느 정도 호흡이 편안해지자, 이서는 사방을 두리번거렸다. 여전히 물속이었다. 그러나 이서는 커다란 물방울 속에 들어앉아 있었다. 이서는 엉금엉금 기어 투명한 막처럼 보이는 물방울의 표면을 만져 보았다. 만진 후에야 터지면 어쩌지 하고 걱정했지만, 다행히 아무 일도 일어나지 않았다. 자기 모습만 흐리게 비칠 뿐이었다.

그러나 이서는 곧 펄쩍 뛰다시피 해 뒤로 물러나야 했다. 어두운 물속에서 갑자기 거대한 용의 머리가 나타난 것이다. 용의 머리는 이서보다 훨씬 더 컸다. 언뜻언뜻 드러나 보이는 이빨이 이서의 손바닥만 했다. 이서는 공포에 질려 뒷걸음질 쳤다.

용의 눈동자는 검었다. 검푸른 비늘 하나하나가 다 살아 있는 것처럼 움직였다. 신비롭다기보다는 징그러웠다. 이서는 물결 따라 일렁이는 긴 수염을 볼 수 있었다. 그때 용이 입을 벌렸다. 큰 이빨과 시뻘건 혀가 동시에 드러났다.

으악! 비명을 지르며 이서가 뒤로 넘어졌다. 그러자 용은 입을 다물었다. 용은 이서가 앉아 있는 커다란 거품 근처를 빙빙 돌았다. 들어갈 구멍이 없나 찾는 움직임이었다. 이서는 벌벌 떨며 제발 용이 이 거품 안으로 들어오지 않기를 빌 수밖에 없었다.

용은 긴 몸으로 거품을 감싸다시피 해 한참을 맴돌다가, 갑자기 흔적도 없이 사라졌다.

이서가 겨우 안도의 한숨을 내쉰 순간이었다.

"안녕."

뒤에서 갑자기 들린 목소리에 이서는 움찔하지도 못하고 굳어졌다. 이서는, 끔찍한 이빨과 침이 뚝뚝 흐르는 혀와 시커먼 목구멍이 보일 것을 예상하며 천천히 뒤를 돌아보았다.

그러나 뒤에 서 있는 건 용도 괴물도 아니었다. 작은 남자아이였다.

"넌 그때 그 애구나."

아이가 고개를 약간 숙여 주저앉은 이서를 내려다보며 말했다.

아이는 소매가 넓은 물빛 옷을 헐렁하게 걸치고 있었다. 머리에 수사슴 뿔이 솟은 게 보였다. 이서는 한참 숨만 몰아쉬었다. 아이는 고개를 갸웃하더니 제 모습을 이리저리 살폈다.

"이상하네. 아직도 무서운가? 꽤 비슷한 것 같은데······."

그러더니 아이는 성큼 이서를 지나쳐 거품 벽에 자기 모습을 비춰 보았다. 그러더니 아, 하는 소리를 냈다.

"뿔이 아직이었네."

아이가 이서를 향해 휙 돌아서자, 뿔은 아이의 머릿속으로 빨려 들어가듯 우드득 소리를 내며 사라졌다. 끔찍한 소리였고 경악할 광경이어서 이서는 또 놀라고 말았다. 그러나 아이는 이제 아무 문제도 없다는 듯 이서 앞으로 다가와 쪼그려 앉았다.

"왜 말이 없어."

"누구, 누구세요."

이서는 앉은 채로 주춤 물러나며 물었다. 웅얼거리는 소리였지만, 아이는 용케 알아듣고 대답했다.

"난 아자개야. 천제의 교룡(蛟龍)이지. 여기 살아."

역시 용이었어. 이서의 얼굴에서 핏기가 싹 가셨다. 예상은 했다. 이서는 용을 본 적이 없지만, 대강의 생김새는 알았다. 그리고 오래전부터 이 버드나무 샘에는 용이 산다 했다. 이룰싹들은 종종 진성에게 그게 정말인지 물었지만 그는 빙그레 웃기만 할 뿐 대답해 주지 않았다.

용은 나쁜 생물이 아니다. 그러나 그리 친절하지도 않다. 이서는 그저 용이 무서웠다. 제 손바닥만 한 이빨이나 머릿속으로 우드득 빨려 들어가던 뿔이나 가지런한 비늘도 전부.

그때, 이서의 몸이 다시 뜨거워지기 시작했다. 이서는 아까의 그 열기가 다시 제 몸을 덮치는 걸 느낄 수 있었다. 이서는 숨을 몰아쉬며 용으로부터 멀어지려 했다. 그러나 얼마 가지 못해 바닥에 쓰러지고 말았다.

"아, 이게 개화열이구나. 실제로 보는 건 처음이야. 가끔 진성이 와서 말해 줬었지. 요새는 통 안 오지만."

아자개는 아주 태연하게 말했다. 이서는 정말 이대로 죽을 것 같았다. 샘물을 마시니 괜찮아졌는데. 아까는 거의 익사할 뻔했지만, 지금 당장은 물이 더 급했다. 이서는 힘겹게 눈을 돌려 아자개를 보았다. 제 앞에 선 아자개는 무구한 얼굴이었다. 이서는 간신히 입술을 달싹여 청했다.

"물, 마시게 해 주세요. 목이……."

"이 밖으로 나가면 또 숨이 막힐 텐데. 너 죽을 뻔했던 거 아냐?"

"뜨거워……."

열은 또 순식간에 이서를 휘감았다. 몸이 불타는 것 같아. 아까 열이 가라앉았던 건 거짓말이었다는 듯, 몸은 타오르고 또 타올랐다. 이 샘물만 마시면. 이서는 고통 중에 생각했지만 물방울은 너무나 단단했다. 이서는 본능적으로 주먹을 들어 투명한 바닥을 두드렸다. 하지만 흠집조차 나지 않았다.

아자개는 곧 아주 가까이 다가와 이서의 얼굴을 살폈다. 그러더니 고개를 기울였다.

"이상하네. 원래 열이 나면 다 이렇게 되나?"

이서의 몸에 검은 반점이 번지고 있었다. 가슴에서부터 시작되어, 손끝 발끝까지 순식간에 번졌다. 나중에는 몸이 거의 검게 보일 지경이었다.

이서도 그걸 볼 수 있었다. 누가 봐도 보통 일은 아니었다. 아자개는 어쩔 수 없다는 듯 혀를 차고, 짧은 팔을 뻗어 이서를 안았다. 이서의 몸은 아주 뜨거웠고, 오래 안고 싶은 느낌은 아니었다.

"더 얘기하고 싶었는데. 좀 참아."

이서는 그 목소리를 거의 듣지 못했다.

아자개는 빠른 속도로 변했다. 머리에서 긴 뿔이 솟고, 몸이 길어지더니 팔다리며 목, 얼굴에까지 검푸른 비늘이 돋았다. 아자개는 순식간에 용의 모습이 되어 처음처럼 이서를 꼬리로 감고 수면으로 헤엄치기 시작했다.

이서는 생명수라도 들이켜듯 샘물을 마셨다. 과연 착각이 아니었다. 물 몇 모금 마셨을 뿐인데 가슴이 편안해졌다. 고열에 시달린 이서는 제 의식이 가물가물해지는 줄도 몰랐다. 물을 마신 건 거의 본능이었다.

촤악, 아자개가 샘 밖으로 솟구친 순간, 샘물은 비처럼 서천에 흩뿌려졌다. 여울의 말을 듣고 허둥지둥 샘으로 온 진성도 머리부터 발끝까지 젖고 말았다. 진성과 여울은 하늘 높이 날았다가 천천히 땅으로 내려오는 아자개의 모습을 멍하게 바라만 보았다.

곧 아자개가 가볍게 땅에 발을 디뎠다. 네 다리로 바닥을 짚고 서서, 아자개는 진성을 바라보았다. 바람도 없는데 수염이 흔들렸다. 진성은 아자개가 꼬리로 이서의 몸을 감고 있는 걸 보았다.

"이서야!"

진성이 비명처럼 외쳤다. 아자개가 천천히 이서를 진성 앞에 내려놓았다. 진성은 덥석 이서를 안았는데, 여울의 말대로 분명 뭔가 이상했다. 흠뻑 젖은 상태였는데도 몸이 불덩이 같았다. 지독한 열이었다.

"나는 쳐다보지도 않는구나."

아자개가 철썩, 꼬리로 수면을 치며 말했다. 장난스러운 행동이었고 진성도 그걸 알았지만, 여울은 완전히 겁에 질려 주저앉아 버렸다. 진성은 잠시 이서를 살핀 후 곧 아자개 앞으로 걸어갔다. 거대한 용 앞에, 진성은 아주 작았다.

"아이를 도와주셔서 감사합니다."

"그런 말이나 듣자고 온 게 아니야. 왜 날 찾아오지 않지?"

아자개는 진성 앞에 바짝 머리를 들이밀며 물었다. 커다란 용의 머리가 코앞에 있는데도, 그 뜨거운 입김이 몸을 감싸는데도, 진성은 떨지 않았다. 진성은 조금 창백하게 질린 얼굴로 대답을 내놓았다.

"아시지 않습니까."

"모르는데."

"정말 모르십니까?"

"왜 내가 알 거라고 생각해?"

아자개는 정말 모르겠다는 듯 물었다. 그러나 진성은 지금 그와 이야기할 상황이 아니었다. 이서의 열은 정말 괴이했다. 진성은 이서를 한번 돌아본 후 아자개에게 말했다.

"지금은 아이를 돌봐야 할 것 같습니다. 물러나겠습니다."

"난 저 애를 구했어."

아자개는 검은 눈을 빛내며 속삭였다.

"하늘의 법은 알겠지. 빚은 갚아라, 꽃감관."

진성은 정말 대답하고 싶지 않았다. 그러나 마음이 급했다. 꾸물거릴 때가 아니었다. 그는 꾸벅 고개를 숙여 보였다. 상대는 천제의 교룡, 단순한 신수가 아니었다.

"일간 찾아뵙겠습니다."

아자개는 못 믿겠다는 듯, 목에서 울리는 소리를 냈다. 그러나 그는 그쯤에서 물러나 주었다.

진성은 허둥지둥 이서를 안았다. 온몸에 번진 검은 반점. 진성은 가슴이 선뜩해졌다. 식은땀이 났다. 진성은 주저앉은 여울을 제대로 챙기지도 못하고, 이서를 업고 무작정 제 처소로 뛰었다.

꽃감관은 꽃들과 어울리지만, 처소가 없는 건 아니었다. 그 처소에 꽃들을 위한 약이 준비되어 있었다. 이건 분명 개화열이지만 평소와는 다르다. 약을 쓸 수 있을지 없을지 모르지만 그래도 처소로 데려가야 했다.

진성의 처소는 크지 않았다. 딱 혼자 살기 적당한 크기였다. 만약 진성이 가족을 이룬다면, 이 집은 스스로 넓어질 것이다. 진성은 그 작은 집에 허둥지둥 이서를 눕혔다. 이서의 옷이 다 젖은 상태라 보료도 축축해졌지만 어쩔 수 없었다.

진성은 급히 다른 암꽃들을 불러 이서의 옷을 벗기게 했다. 서천에서도 여성과 남성이 서로에게 함부로 벗은 몸을 내보이는 것은 금기였다.

그들이 이서의 옷을 갈아입히는 동안, 진성은 부질없다는 걸 알면서도 약을 찾으려 했다. 저 개화열은 이상했다. 진성은 자기가 화상을 입었다는 걸 알았다. 등이 화끈거리고 쓰라렸다. 그리 오래 업지도 않았는데, 이서의 개화열에 피부가 상한 것이다.

아무래도 검은 반점이 마음에 걸렸다. 이제껏 많은 이룰싹들이 개화했지만, 저런 증세는 없었다. 다른 병이 겹친 거라면, 아니면 혹시…….

진성은 이서의 열망을 잘 알았다. 모든 이룰싹들은 흔히 말하는 '좋은 꽃'이 되기를 원했다. 이서의 열망은 그중에서도 으뜸이었다. 기다리면 기다릴수록 욕심과 희망은 커지는 법이었다. 이서는 15년을 기다렸다. 천상 아래 홍진(紅塵), 즉 인간 세상의 시간으로 따지면 150년이 지난 것이다.

오래 기다린 만큼, 이서는 스스로 더 길한 꽃으로 피기를 원했다.

하지만 이 검은 반점은 아무리 봐도…….

진성은 고개를 저었다. 미리부터 걱정할 건 없었다. 이제 그가 할 일은 꽃감관으로서 이서의 옆을 지키는 것뿐이었다. 이 지독한 열이 얼마나 갈지는 모르지만, 이서는 이겨 내야 했다. 이겨 내고 자기만의 향을 가져야 했다.

어떤 꽃으로 피든 무사해야 할 텐데. 진성은 누구에게랄 것도 없이 기도했다.

그 후 이서는 한 달을 더 앓았다.

서천의 모든 꽃들, 바람동자들, 자주 찾아오던 천인들까지 이서의 일을 알게 되었다. 개화열로 앓아눕는 일은 흔했다. 하지만 이 정도는 아니었다. 늦는다 늦는다 해도, 일주일 안에는 개화하는 것이 보통이었다.

그런데 한 달이라니. 그런 데다 이서는 계속 혼절 상태였다. 진성이 애써도, 청현과 여울을 비롯한 다른 꽃들이 찾아와도, 이서는 눈을 뜨지 못했다. 그녀는 혼자 고열과 싸우며 밤낮없이 앓았다. 살이 쭉쭉 빠지고 볼이 쑥 들어갔다. 눈 밑이 검게 변하고 온몸의 검은 반점은 사라질 줄을 몰랐다.

서천에서 가장 긴 한 달이었다. 꽃들은 얼마나 굉장한 꽃이기에 이렇게 오래 걸리느냐고 수군거렸다. 이례적인 일인 만큼 모두의 시선이 이서에게 집중되었다.

그러나 꽃감관 진성만은 조용했다. 그는 이서에 대해 아무 말도 하지 않고 그녀의 열이 떨어지기만을 기다렸다. 검은 반점을 본 천인들은 혹 꽃 중에 이런 점을 가진 꽃이 있느냐 물었고, 진성은 명확한 대답을 내놓지 않았다. 모르는지 모르는 척인지는 아무도 몰랐다.

그리고 마침내 한 달 하고도 아흐레가 지난 보름밤.

"이서야!"

이서의 곁을 지키던 진성은 화들짝 놀라 이서를 불렀다. 이서가, 마침내 눈을 뜬 것이다. 이서는 기운 없는 고개를 이리저리 움직여 주위를 둘러보더니 몸을 일으키려는 듯 끙끙거렸다. 그러나 힘이 없어 일어나지 못하고 그대로 자리에 누워 있어야 했다.

"이서야. 괜찮으냐? 정신이 들어?"

"꽃감관님……."

이서는 잔뜩 갈라진 목소리로 중얼거렸다. 부름이라기보다는 혼잣말 같았다. 진성은 이서의 손을 잡아 주었다. 체온은 정상이었다. 천신이시여, 감사합니다. 진성은 자기도 모르게 읊조렸다. 지금까지 개화열 때문에 죽은 이룰싹은 없었지만, 그래도 진성은 이서가 이대로 죽을지도 모른다 여겼다. 이렇게 깨어난 것이 천만다행이었다.

"저 피었나요?"

"그래, 몇 시간 전부터 열이 내리기 시작하더구나. 넌 한 달이나 정신을 차리지 못했어."

그 대답에 이서는 말갛게 웃었다. 한 달이나 정신을 잃었다니. 지금까지 서천에 그런 일은 없었다. 나 정말 굉장한 꽃인가 봐. 이서는 기운이 하나도 없어 늘어진 채로도 즐겁게 물었다. 당장이라도 이불을 박차고 뛰어다닐 수 있을 것 같았다.

"무슨 꽃이에요?"

순수한 기대가 묻어 나오는 물음이었다. 15년을 기다렸으니 그럴 법도 했다. 게다가 기이한 개화열을 겪었으니. 진성은 이서의 시선을 피해 물을 따르며 대답을 미뤘다.

"일단 물 좀 마셔라. 너무 오래 쓰러져 있어서 힘들 거야. 내가 일으켜 주마."

"꽃감관님, 어서요."

진성은 대답 대신 이서의 등을 받쳐 일어나 앉게 했다. 간신히 앉은 이서는, 식은땀을 흘리면서도 달게 물을 마셨다. 이렇게 체력이 약해져 있는데 괜찮을까. 진성은 걱정스러웠다. 그러나 이서는 물을 다 마시자마자 또 보챘다.

"저 무슨 꽃이에요, 꽃감관님?"

"일단 한숨 자고 일어나는 게 어떨까? 무슨 꽃인지는 내일 말해 주마."

"저 못 들으면 잠도 못 잘 것 같아서 그래요. 무슨 꽃이에요?"

이서는 잔뜩 들뜬 가슴으로 진성을 졸랐다. 아마 내가 이제껏 들어 보지도 못한 귀하고 길한 꽃일 거야. 웃음꽃, 환생꽃, 살이꽃, 밝힐꽃도 아니겠지. 무슨 꽃일까. 세상을 구하는 꽃일까?

진성은 바로 대답하지 못했다. 하지만 이서는 기다렸고, 진성은 이서가 포기하지 않을 것임을 알았다. 미룬다고 사실이 달라지지는 않는다. 진성은 창으로 환하게 쏟아지는 달빛과, 그 달빛에 빛나는 이서의 머리카락과, 한 달 새 부쩍 야윈 얼굴을 가만히 바라보았다.

이서는 몇 시간 전에 개화했고, 지금은 정신을 차렸다. 진성은 그 몇 시간 전에 이미 천제로부터 받은 도감을 확인하고 너무나 놀랐다. 이 말을 어떻게 전해 줘야 충격이 덜할까 생각했지만, 묘안은 떠오르지 않았다.

"이서야, 너는."

진성은 이서가 이제껏 얼마나 개화를 바라 왔는지 누구보다도 잘 알았다. 가장 친한 두 친구가 각각 복줄꽃과 지켜줄꽃으로 피었다. 이서의 기대감은 해를 거듭할수록 커지기만 했다.

"넌."

진성은 또 망설였다. 평상심을 유지하기가 너무나 어려웠다. 천제시여, 정말 제가 이 말을 해야만 하겠습니까?

"수레멸망악심꽃이다."

이서는 그 말을 바로 이해하지 못했다.

"네?"

그녀는 무구하게 되물었다. 무슨 꽃? 이서는 되물어 놓기만 하고, 간절한 표정으로 진성을 바라보았다. 진성은 그녀에게 설명할 의무가 있었다. 이서가 어떤 꽃으로 피었는지에 대해서. 그것은 꽃감관의 의무였다.

"수레멸망악심꽃. 줄여서 멸망꽃이라고도 하지."

"멸망……?"

진성의 말을 따라 하는 이서의 얼굴이 멍해졌다.

진성은 안타까운 얼굴로 그녀의 손을 잡으며, 말해 주었다.

"불화와 불운을 부르는 꽃이란다."

사실 그건 아주 순화된 설명이었다. 수레멸망악심꽃은 단순히 불화와 불운을 부르는 꽃이 아니었다. 수레바퀴가 구르듯 돌고 또 도는 운명에 가장 강력한 영향을 미치는 꽃. 피의 쟁투와 온갖 악심을 불러들이는 꽃.

이서는 세계를 멸망시킬 꽃이었다.

이서가 개화한 후, 서천에는 아주 기이한 침묵이 깔렸다.

꽃들은 이서를 위로할 엄두도 내지 못했다. 그들 모두, 이서가 얼마나 자기의 개화를 기대해 왔는지 알았다. 물론 모든 이룰싹이 그랬을 것이나 이서는 조금 유별났다. 어릴 때 불붙을꽃을 잘못 써서인지, 그녀는 생명에 해를 끼치지 않는 꽃을 열망했다.

그런 이서가 수레멸망악심꽃으로 피었다.

이번에는 꽃감관 진성조차 입바른 소리를 할 수가 없었다. 그는 늘 이룰싹과 꽃들에게 '좋은 꽃 나쁜 꽃은 없다'고 말해 왔지만, 지금 그런 말을 했다간 이서가 폭발할 것 같았다.

이서는 진성의 처소에 틀어박혀 한 발짝도 나오려 하지 않았다.

청현과 여울, 그리고 이서와 가깝던 꽃들이 몇 차례 이서를 찾아왔다. 하지만 이서는 모두 만나지 않겠다고 고집스럽게 고개만 저었다. 진성은 이서의 마음을 이해했으므로 그녀가 자기 처소에 머물도록 허락해 주었고, 찾아온 꽃들도 모두 돌려보냈다.

일주일이 지났다. 서천에서, 사람의 형상을 한 꽃은 식사할 필요가 없었다. 그러니 특별히 병을 앓지 않는 한, 살이 내리거나 할 일도 없었다. 그런데도 이서는 나날이 야위어 갔다.

달빛 드는 밤, 이서는 눈을 떴다.

요즘은 그저 울다 잠드는 게 일이었다. 인세(人世)의 시간으로는 150년이 지났지만, 선계의 서천에서 이서는 열다섯 살이었다. 그녀는 자기 생에 닥친 거대한 재앙 앞에 무력했다. 이건 그녀가 날 적부터 지니고 있던 운명이었다. 앞으로 평생을 동행해야 할, 그녀의 업이었다.

왜?

난 아무 잘못도 안 했어.

이서는 억울해서 견딜 수가 없었다. 아무리 울고 발버둥 쳐도, 설령 씨앗 상태로 돌아가 다시 핀다 해도, 억겁을 그렇게 반복해도 그녀는 수레멸망악심꽃이었다.

이는 모든 꽃의 운명이었다. 선택할 수도, 바꿀 수도 없다.

"이서야. 깼구나."

진성은 고요히 이서의 곁을 지켰다. 그는 서천 모든 꽃의 아버지였다. 말하거나 걷지 못하는 꽃들도, 진성은 자식처럼 돌보았다. 자아를 지닌 이룰싹과 꽃에게는 더욱 지극정성이었다. 서천의 꽃들은 그런 진성을 아버지라 여겼다.

"물 좀 줄까?"

"꽃감관님."

이서가 부은 얼굴로 중얼거렸다. 진성은 대답 대신 흙으로 만든 잔에 따뜻한 물을 따랐다. 이서는 찰랑이는 물을 가만히 내려다보았다. 개화할 때의 그 샘물 같았다. 그럴 리 없는데도.

상상 이상의 지독한 고통이었다. 이서는 늘 개화열에 대한 환상을 품고 있었다. 완성되기 위해 겪는 숭고한 고통이라 생각했다. 진성이 들려주던 이야기 속 영웅들도 똑같지 않은가. 영광을 위해 고통을 감수하고 마침내 위대한 자리에 오르지 않았나.

그러나 개화열이 이서에게 안긴 건 도저히 뛰어넘을 수 없는 좌절이었다.

"전 인정할 수 없어요."

이서의 목소리는 이미 덜덜 떨리고 있었다. 고작해야 일주일. 이서가 마음을 추스르려면 멀었다. 진성은 묵묵히 그녀의 말을 들어 주었다.

"전 이런 걸 선택한 적이 없어요……."

운명은 꽃밭에서 꽃을 고르듯 선택할 수 있는 게 아니었다. 서천의 이룰싹 중 스스로 운명을 선택한 자는 아무도 없었다. 이서도 그중 하나였다. 이서는 그걸 받아들이지 못하고 있었다. '누구누구가 원치 않게 앉은뱅이꽃으로 피었대.' 하는 말을 전해 듣는 것과, 자기가 그 눈먼 운명에 짓밟히는 건 완전히 다른 일이었다.

"아시잖아요. 제가 원하던 건 이런 게 아니에요. 전, 그냥, 대단한 꽃이 아니어도 좋아요. 아니, 악몽꽃 같은 거여도 상관없어요. 하지만 이건…… 이건 너무 심하잖아요."

수레멸망악심. 이름부터 기가 막혔다.

"이제 어떡하죠?"

이서가 떨리는 목소리로 물었다. 물음이라기보다는 한탄이었다. 이서는 진성만 애타게 바라보았다. 그는 언제나 현명한 꽃감관이었으니까. 완벽한 아버지였으니까. 그러니까 이번에도 해답을 줄 것이다. 이번에도 길을 밝혀 줄 것이다.

"우선은 물부터 마시고."

진성은 부드럽게 잔을 잡아 이서의 입가에 대 주었다. 이서는 반사적으로 입을 벌려 물을 마셨다.

"몸이 나아지기를 기다렸다가, 밖으로 나가서 산책이라도 하렴."

진성은 이서의 손에서 잔을 받아 바닥에 내려놓았다.

"너한테는 시간이 필요한 것뿐이야. 너 자신을 받아들일 시간이."

진성의 말은 거기서 끝이었다.

그리고 이서는 도저히 믿을 수 없었다. 그녀는 조금 더 기다렸다. 그러나 진성은 더 말하지 않았다. 이서는 진성의 얼굴을 보며 망연히 물었다.

"그게 끝인가요?"

"그래."

"전 수레멸망악심꽃 같은 게 되고 싶지 않아요. 그런데 그냥 이렇게 시간만 보내면 되는 건가요? 서천에선 괜찮겠죠. 하지만 인세로 가면요? 하다못해 서천꽃밭 밖으로 나가기라도 하면요?"

서천에서, 꽃은 스스로 엄청난 의지를 발하지 않는 한 세계에 영향을 미치지 못한다. 그러나 서천 밖의 선계나 인세(人世), 저승으로 가면 이야기는 달라진다. 꽃은 소유주의 의지와 자기의 의지에 따라 힘을 발휘한다. 어떤 꽃은 존재만으로도 선계와 인세, 저승의 재앙이 될 것이다.

"전 평생 여기 있어야 하나요?"

이 서천에.

똑같은 꽃이 사철 피어 있는 이곳에.

"전 바깥으로 나가 볼 수도 없나요?"

이미 꽃 몇 송이가 선계로, 인세로 나갔다. 사람의 형상을 한 꽃들은 아직 서천에 머물고 있었지만, 기회가 닿고 시기가 맞는다면 그들도 밖으로 나가 소유주와 함께 세상에 이로운 일을 할 것이다. 서천을 찾아오는 자에게 꽃을 주는 것은 순전히 진성의 권리였다. 진성은 악한 자에게 꽃을 주지는 않을 터였다.

이서는 물론 고향을 사랑했다.

그러나 그녀는 미지의 바깥 세계를 갈망했다.

"누가 절 원하겠어요? 전 결국 소유자도 죽게 만들 거라고요!"

이서는 다시 울기 시작했다. 너무 울어서 머리가 무겁고 눈알이 쑤실 지경이었지만 불가항력이었다.

"제발 저 좀 도와주세요……. 하실 수 있잖아요……."

그러나 진성은 그녀에게 해 줄 수 있는 게 없었다. 이서도 그걸 알았다. 아는데도 그녀는 계속 말했다. 이럴 수는 없어. 내가 멸망꽃일 리가 없잖아. 그렇게 오래 기다렸는데, 이 땅에서 제일 오래 기다린 게 나인데, 보상은커녕 형벌이라니. 이건 너무 불공평해. 방향 없는 원망이 이서의 머리와 가슴을 쑤셨다.

그래도 변하는 건 없었다. 여전히, 그녀는 서천의 유일한 멸망꽃이었다.

이서가 개화하고 나서 한 달쯤 지났을 때, 진성은 떨어지지 않는 발을 끌며 버드나무 샘으로 갔다. 그는 샘가에서 한참을 망설이다가 한숨을 내쉬고 부드럽게 입수했다. 온몸이 차가운 물에 잠기며 정신이 확 깨어났다.

진성은 계속 아래로 헤엄쳤다. 샘이라고 할 수 없을 만큼, 이 샘은 깊었다.

곧 아자개가 나타났다. 샘 바닥에 있던 용은 천천히 입김을 불어 큰 물방울을 만들었다. 진성은 놀라지 않고 그 안으로 들어갔다. 방울은 진성의 몸을 끌어당겨 안으로 품었다.

진성은 흠뻑 젖은 채로 일어섰다. 아자개가 주위를 빙빙 돌다가 사라지는 걸 보며, 진성은 심호흡을 했다.

'두 번 다시 오지 않으려고 했는데.'

그러나 하늘에는 하늘의 법이 있었다. 진성은 아자개에게 빚이 있었다. 아자개가 제때 나서지 않았다면 이서는 익사했을 것이다. 이룰싹은 불사의 존재가 아니었다. 아자개는 이룰싹을 살렸고 진성은 꽃감관으로서 빚을 갚아야 했다.

"늦었잖아."

쑥 물방울 안으로 들어온 아자개가 불만 가득한 목소리로 말했다. 진성은 작은 아이의 모습을 한 아자개를 내려다보다가 눈높이를 맞추기 위해 꿇어앉았다. 신을 신지 않은 아자개가 저벅저벅 다가와 두 손을 진성의 뺨에 갖다 댔다.

"오랜만이네."

"격조했습니다."

아자개는 그 말을 듣고 코웃음을 쳤다.

"누가 보면 네가 저승 여행이라도 다녀온 줄 알겠네. 날 이 샘 바닥에 7년이나 처박아 놓고 한다는 소리가 고작 그거야?"

진성은 대답하지 않았다. 아자개는 단단히 마음이 뒤틀린 모양이었다. 그럴 만도 했다. 그러나 진성은 그게 그리 미안하지 않았다. 진성에게도 나름의 사정이 있었다. 이서 일이 아니었다면, 아마 평생 아자개를 만나러 오지 않았을 것이다.

"난 교룡이야. 물에 산다고. 뭍으로 못 나갈 건 없지만 힘든 일이지. 그러니 네가 자주 만나러 와야 한다고 말했잖아."

"……."

"이젠 대답도 안 하네."

아자개는 혼자 웃었다. 아이의 모습을 하고 있으나, 세계의 탄생 무렵부터 존재해 온 용이었다. 진성은 그를 똑바로 바라보지 않고 이 시간이 빨리 가기만을 바랐다. 그러나 아자개는 진성을 순순히 놓아줄 생각이 없었다.

"네가 걱정하는 일이 뭘까 생각해 봤어. 넌 7년 전부터 날 모르는 척했지. 아마 유보랑 얘기를 하고 나서부터였던 것 같아. 넌 그때 꽤 힘들어했지. 천인치곤 드물게 성실하니까."

"알고 계시면서 모르는 척하셨군요."

"아니야. 지난번에 네가 말했을 땐 진짜 몰랐다고. 아무튼 네 말을 듣고 왜 그랬을까 생각해 보게 됐어."

"그럼 이대로 절 보내 주실 생각은 없으십니까?"

"날 보는 게 네겐 고통인가? 넌 내 유일한 친구인데."

진성은 더 말하지 않았다. 다른 친인도 많지 않느냐는 식으로 유치하게 따질 마음은 전혀 없었다. 아자개는 농담이 통하지 않자 얼굴에서 미소를 거두었다. 그는 진성의 얼굴을 잡은 채 그 눈을 똑바로 들여다보며 물었다.

"왜, 내가 천제에게 그 일을 일러바치기라도 할까 겁이 났어?"

"그런 게 아닙니다."

그런 걸 겁낸 게 아니다. 아니, 오히려 그 일을 조금 바라기도 했다. 아주 조금이지만.

"아니면 내가 그때 널 비난했던가?"

아자개는 새삼 옛일을 되돌아보는 듯 잠시 말이 없었다. 억겁을 살아온 용이지만, 아자개는 영원한 시간에 굴복하지 않는 생물이었다. 그는 미쳐 버리지도 않았고 권태에 말라 가지도 않았다. 본디 영원을 살도록 태어난 것이다.

"당신은 절 비난하지 않았습니다."

진성은 속삭이듯 대답했다. 제발 아자개가 자기를 보내 주었으면 싶었다.

아자개는 인간의 연약함을 이해하지 못할 것이다. 천인도 결국 인간이다. 희로애락, 오욕을 고루 느끼는 섬약한 존재.

"제 마음이 편치 못했을 뿐입니다. 당신은 실수하지 않는 분이니 모르실 겁니다."

"정말 모르겠네. 네가 그렇다면 그런 거겠지. 아무튼, 앞으론 자주 와. 걔도 데려와도 돼. 지난번에 개화열 때문에 물 달라고 왔던."

"이서입니다."

"그러고 보니 걔 예전에도 샘에 들어왔었지? 웬 사내놈이랑."

"기억하고 계셨습니까?"

진성은 묻지 않을 수 없었다. 천년장자가 그 아들을 데려왔던 게 벌써 5년 전이다. 아자개의 생은, 잘은 몰라도 너무나 거대한 것이라 그런 사소한 일이 그의 기억에 남아 있을 거라고는 생각지 못했다.

진성의 물음에 아자개는 웃었다. 어린애의 모습인데도, 이가 드러날 듯한 사나운 웃음이었다. 진성은 아자개의 심기가 여전히 아주 불편하다는 걸 알았다.

"아무도 오지 않는데, 당연히 기억할밖에. 천년장자의 아들이었다는 것도 기억해. 나랑 잠깐 눈이 마주쳤었지. 꽤 마음에 들었는데, 요즘은 안 오나 봐?"

"그 이후에 천년장자가 서천에 온 적은 없습니다. 그 아들도 마찬가지고요."

아자개는 흠, 하는 소리를 내더니 잠시 말이 없었다. 그는 진성의 얼굴을 놓고 자기 생각에 잠겼다. 진성은 이만 가 보겠다는 말을 하려고 고개를 들었다. 그러나 아자개가 한발 더 빨랐다.

"언젠가는 올 것 같은데. 머지않아."

"그는 그때 빚 이야기를 했습니다. 그것 때문이 아닐까요."

"꼭 그것 때문만은 아니고. 어쨌든 너랑 그 집안도 꽤 인연이 있으니까……. 어떤 식으로든 서로를 끌어당기게 되거든."

진성은 대답하지 못했다. 인연. 그것을 인연이라 할 수 있을까. 그게 이렇게 무서운 말이었던가.

"곤란한 일이 생기면 내게 오고. 얘기 정도는 들어 주지."

"해결해 주신다는 얘기는 안 하시는군요."

진성은 쓰게 웃었다. 그는 7년 전의 그날을 떠올리고 있었다. 진성이 처음으로 아자개에게 매달린 날이었다. 천제가 내린 이 지고한 존재에게 매달려 도와 달라고 빌었다. 그러나 아자개는 그때 고개를 저었다. 내가 할 수 있는 일이 아니야. 그러면 누가 해결할 수 있느냐고, 진성은 다시 물었다.

그때 아자개가 '해결할 수 있는 건 너지.' 라고 대답했다면, 진성은 천제 앞에 가 무릎을 꿇었을 것이다. 그러나 아자개는 그렇게 말하지 않았다. 다른 대답을 했다. 그 대답을 듣고도 진성은, 당신이 도와줄 수 있는 건 정말 없느냐고 물었다. 엄청난 무례였지만 그때는 예의를 따질 정신이 아니었다.

"그때도 말했지만, 난 너희가 말하는 신성한 존재라서."

아자개는 웃었다. 서서히, 그의 몸이 변하고 있었다.

"원래 신성한 것들은 아무 일도 하지 않는 거야."

다음 순간 거대해진 아자개의 몸이 물방울을 찢었다. 안으로 차가운 물이 밀려 들어왔다. 진성은 본능적으로 숨을 참았다. 아자개의 길고 미끈한 꼬리가 제 허리를 감는 게 느껴졌다. 곧 아자개가 빠르게 수면을 향해 나아갔다. 아주 잠시의 시간이 지나, 진성은 아자개가 꼬리만 물 밖으로 내밀어 자기를 뭍에 내려놓았음을 알았다.

진성은 완전히 젖은 채 물가에 앉아 있었다. 이래서 아자개를 만나지 않으려 한 것인데.

그 만남 이후, 진성은 아자개의 말을 잊으려 애썼다. 그는 자기가 해야 할 일에 집중하기로 했다.

진성은 이서를 살피고 서천을 돌보며 시간을 보냈다. 이서는 쉽게 회복하지 못했다. 그러나 진성이 이서에게 한 말은 진심이었다. 받아들일 시간이 필요한 것뿐이다. 본래의 천진한 이룰싹 소녀로 돌아갈 수는 없어도, 이서는 점차 나아질 것이다.

지금은 그렇게 믿고 기다리는 수밖에 없었다.

이서는 보름이 지난 후에야 진성의 처소 밖으로 나왔다. 그러나 그걸 회복이라고 보기는 어려웠다.

이서는 자기가 머물던 땅에 혼자 웅크리고 앉았다. 알록달록한 꽃들이 발치에 가득 피어 있었다. 이서는 자기도 모르게 손을 뻗어 꽃을 뚝뚝 꺾어 버렸다.

서천에서는 아무도 꽃을 함부로 꺾지 않는다. 그건 경솔하고 잔인한 짓이었다. 이서도 그걸 알았다. 그러나 이서는 무의식적으로 꽃을 꺾고, 꽃잎을 찢고, 뿌리까지 뽑아 내던졌다. 꽃을 제대로 보고 있지도 않았다. 정면의 먼 어딘가를 응시하며 기계적으로 손을 움직였다.

"이서야!"

이서는 뒤를 돌아보았다. 청현이었다. 그가 잔뜩 걱정 어린 얼굴로 이서를 향해 달려왔다. 이서는 자기도 모르게 홱 고개를 돌렸다. 보고 싶지 않아. 처음으로, 그런 생각이 들었다. 청현이 다가와 곁에 앉자, 이서는 곧장 내뱉었다.

"저리 가."

날카로운 목소리였다. 청현은 깜짝 놀랐다. 이서는 대체로 활달하고 명랑했다. 다른 꽃에게 이런 식으로 대한 적은 한 번도 없었다.

"오늘, 새 아이들이 왔다고 해서, 같이 가 볼까 하고……."

청현은 엉거주춤 선 채 말했다. 그러나 이서의 뒷모습은 야멸차기만 했다.

"싫어."

이서는 그렇게만 말하고 입을 다물어 버렸다. 청현은 더는 말을 붙일 수가 없었다. 그는 혹시라도 마음이 바뀌면 언제든 오라고 말하고 그만 이서의 곁을 떠나야 했다.

청현을 그렇게 보내고, 이서는 홀로 앉아 서천의 풍경을 바라보았다.

서천꽃밭에는 계절이 없다. 서천의 꽃들은 계절을 맞아 피는 것이 아니다. 서천은 늘 따뜻하고, 가끔 비가 오고, 바람도 거세지 않다. 사방이 야트막한 언덕, 파릇파릇 솟아 시들지 않는 들풀, 그리고 옹기종기 모여 피는 꽃들. 덩굴로 땅을 기며 피는 꽃도 있고, 커다란 나무에서 피는 꽃, 물에서 피는 꽃도 있었다. 사방이 향기롭고 다채로웠다.

멀리에는 눈부신 하늘이 있었다. 이곳에서도 일월이 자리를 바꾸며 오가서, 아침이면 막 떠오르기 시작한 햇빛에 구름이 연분홍빛으로 물들고 밤이면 달빛을 받아 구름 그림자가 언덕을 덮었다.

천인의 아이들과 어려서 죽은 인간의 아이들이 함께 어울려 뛰놀았다. 크고 작은 다툼이나 문제는 종종 있었지만, 어린아이들은 금세 화해하고 잊고 다시 어울렸다. 어려서 죽은 아이들은 이곳에서 저승 시왕(十王)의 부름을 기다렸다. 아이들은 짧으면 이틀, 길면 한 달까지도 서천에 머물렀지만, 그 이상은 아니었다. 서천의 꽃들은 매번 새로운 아이를 만나고 함께 놀고 또 헤어졌다.

서천에서는 그렇게 삶과 죽음, 하늘과 땅, 인간과 꽃이 한데 엉겨 평화로웠다.

그런 곳인데.

이서는 무릎 사이에 얼굴을 묻었다.

고향은 이렇게 아름답고 여전히 눈부신데, 자기 혼자 다른 세상으로 내팽개쳐진 느낌이었다. 다시는 예전의 평화와 행복을 찾을 수 없을 것 같았다. 이제 불행하고 불운한 일들만 남은 듯한 느낌이었다.

이서는 그렇게 한참을 앉아 있었다. 그러다 잠시 후, 낯선 목소리가 들렸다.

"저, 길 좀 여쭤도 될까요?"

이서는 퍼뜩 고개를 들었다.

처음 보는 여자가 앞에 서 있었다. 아주 초라한 행색이었다. 하나로 묶은 머리카락은 이리저리 흘러내리고, 얼굴이며 손이 다 하얗게 트고, 눈은 움푹 들어가 퀭했다. 오른손에 손질도 제대로 안 된 지팡이를 들고 있었다.

그러나 여자는 아주 침착했다. 고요한 분위기였다. 이서가 놀라서 대답을 못 하고 눈만 깜빡이자, 여자는 다감한 말투로 조심조심 청해 왔다.

"서천에는 처음이라……. 꽃감관님을 뵈려고 해요. 어디로 가야 하는지 알 수 있을까요?"

"아……. 네."

이서는 반사적으로 자리에서 일어났다.

서천꽃밭에는 특별히 입구랄 게 없었다. 지상에서 죽은 아이들의 혼도 여기저기서 갑자기 나타나곤 했다. 그러면 꽃이나 바람동자들은 그 혼을 인도해 진성에게 데려다주었다.

"그런데, 저, 누구세요?"

이서가 앞장서기 전에 물었다. 여자가 너무 피로해 보여서 반사적으로 일어나긴 했지만, 아무리 봐도 아이 같지는 않았다.

"전 그냥 땅에서 왔어요. 남편 때문에……. 여기 병을 고칠 수 있는 꽃이 있다고 해서요."

이서는 깜짝 놀랐지만 내색하지 않으려 애썼다. 평범한 지상의 인간이, 심지어 영혼도 아닌 존재가 멀쩡히 육신을 입고 서천까지 온 것이다. 자기는 평범한 인간이라고 생각해도 그렇지는 않을 것이다. 아마 적강(謫降)한 선녀거나……. 이서는 더 묻지 않고 걸음을 옮겼다.

걷기 시작하자마자, 이서는 그녀가 한쪽 다리를 전다는 걸 알았다. 여자는 한 다리를 부자연스럽게 질질 끌면서, 몸을 이상스레 흔들며 걸었다. 한쪽 다리에 힘을 주지 못하기 때문에 몸을 흔들어 반동으로 나아가는 듯했다.

이서는 그녀를 위해 걷는 속도를 조금 늦추었다. 여자는 그걸 알고 고맙다고 말해 왔다. 이서는 아니에요, 라고 웅얼거렸다. 이상한 기분이었다. 이렇게 몰골이 지저분한데, 여자에게는 뭔가 사람을 끌어당기는 분위기가 있었다. 어쩐지 말을 붙이기도 어려워 이서는 계속 침묵했다.

"혹시 아가씨도 꽃이에요?"

여자가 그렇게 물었다. 이서는 자기도 모르게 어깨를 굳혔다. 여자는 이서의 표정을 어떻게 읽었는지 급히 덧붙였다.

"저, 그렇다는 말을 들어서요……. 가끔 사람으로 변할 수 있는 꽃도 있다고……."

꽃이 사람으로 변했다는 건 조금 이상한 말이었지만, 이서는 굳이 정정해 주지 않았다. 이서는 그녀의 말에 대답해 주기 위해 잠깐 심호흡을 해야 했다. 가까운 친구인 청현에게는 그토록 매몰차게 대하고, 낯선 여자에겐 안내까지 해 주며 불편한 질문에 답해 주는 자기가 이상하게 느껴졌다.

"저도 꽃이에요."

"와. 무슨 꽃이에요?"

이번 질문은 정말 좋지 않았다.

하지만 응당 이 질문이 뒤따를 것을 알고 있었다. 이서는 악의라곤 한 톨도 없는 여자의 얼굴을 바라보았다. 여자는 절뚝이는 걸음으로 힘겹게 이서를 뒤따르면서도 어딘지 희망에 차 있었다.

남편의 병 때문에 왔다고 했지.

지성이면 감천이라는 말을 사람들은 그저 관용구로 사용하지만, 그건 하늘의 법이고 진리이기도 했다. 모든 정성이 하늘에 닿는 건 아니지만, 그래도 하늘은 간절한 자들에게 길을 열어 주는 법이었다. 이 여자는 하늘의 길을 연 사람인 것이다.

말하고 싶다.

어차피 스쳐 갈 사람이다. 이 사람을 다시 볼 일은 없을 터다. 그러면 말해도 되겠지. 어차피 나에 대해선 잊어버릴 거니까. 이 여자는 꽃이나 몇 송이 꺾어서 남편에게로 갈 테고 거기서 남편과 행복하게 살겠지. 그러면 말해도 되지 않을까. 이 여자라면 괜찮지 않을까.

그러나 이서는 말하지 않았다.

이서는 불안정했다. 본래 불안정할 때는 스쳐 지나가는 타인에게도 자기 자신을 털어놓고 싶은 법이었다. 그럴 사이가 아니라는 걸 알면서도.

이서는 무슨 꽃이냐는 여자의 물음에 대답하는 대신, 자리에 멈춰서 먼 곳을 손가락으로 가리켰다.

"저쪽에 보이는 작은 집에 꽃감관님이 계세요."

"저, 아가씨는……."

"안녕히 가세요."

이서는 여자의 말을 더 듣지 않고 돌아서 버렸다.

분명 저 여자는 선녀다. 적강한 걸 잊고 있을 뿐이다. 이야기 속 영웅 같은 여자겠지. 혼자 온갖 고생을 견디고 마침내 부모와 남편과 아이를 구하는. 인내와 헌신으로 영광을 얻는 사람이겠지.

언젠가는 이서도 저런 사람과 함께 세상을 바꿀 날을 꿈꾸었다. 그건 꽃들의 희망과도 같았다. 잠시 고향을 떠나 훌륭한 소유자와 여행길에 오르는 것. 그래서 그들의 소망을 이루어 주고 작은 행복을 선사하는 것.

꽃들은 다른 길은 몰랐다. 게다가 그들은 첫 이룰싹이었다. 이룰싹은 어떻게 살아야 하는가. 자아를 가진 꽃, 걷고 뛰고 말할 수 있는 꽃은 어떻게 살아야 하는가. 아무도 그런 것을 알려 주지 않았다.

그들은 피고 지는 꽃이었고 동시에 인간이었다. 기이한 존재였다. 이룰싹은 개화를 원했고 세상에서 자기의 향기를 발하고 싶어 했다. 꽃과 인간 모두의 욕망이었다.

그러나 이서는 이제 그 길을 갈 수 없을 것이다.

후에 이서는 그 낯선 여자가 치유꽃으로 핀 태주와 함께 서천을 떠났다는 이야기를 들었다. 지금까지 평범한 꽃을 받은 사람은 있어도 개화한 이룰싹을 데려간 사람은 없었다. 그 여자가 처음이었다. 태주는 서천꽃밭 밖으로 나가는 첫 번째 이룰싹이었고, 잔뜩 들떠서 많은 꽃의 전송을 받으며 떠났다.

이서는 그 전송 무리에 없었다.

그녀는 여자도 태주도 보지 않았다. 보면 못 견딜 것 같았다. 모든 꽃이 모인 그 자리에서, 진성과 바람동자들 앞에서, 주저앉아 엉엉 울게 될 것 같았다.

그 후에도 많은 이룰싹이 서천을 떠나고 또 돌아왔다.

이서는 자기의 이로운 향기를 증명해 보인 이룰싹이 돌아오는 것을 보며 침묵했다.

수레멸망악심꽃을 찾는 사람은 없었다. 적어도 이서가 알기로는 그랬다. 누가 멸망꽃을 찾을까. 찾는다 해도 결코 좋은 목적으로 찾는 건 아닐 것이다. 진성이 세상의 멸망을 꿈꾸는 자들에게 이룰싹을 내어 줄 리 없었다.

나는 이대로 평생 여기서 사는 건가?

아무 일도 하지 못하고?

이서는 고민하고 또 고민했지만 답은 나오지 않았다. 시간은 이서를 위해 멈추지 않았다. 다른 꽃들은 그 시간의 흐름에 몸을 맡기고 이리저리 오갔다. 이서는 정지한 채였다.

그렇게 해가 바뀌고 또 바뀌었다. 한번 개화한 이상 이룰싹에게 세월은 그리 중하지 않았다. 서천꽃밭은 변함없었다.

그 불변의 꽃밭에, 또 한 명의 손님이 찾아왔다.

그날의 바람은 이서가 개화열로 쓰러진 그날처럼 어딘가 심상치 않았다.

"이서야. 꽃감관님이 찾으셔."

샛바람동자가 조심스럽게 다가와 말했다. 개화한 후 이서는 다소 예민해지고 방어적인 태도를 취했기 때문에, 그녀를 전처럼 대해 주는 사람은 거의 없었다.

이서는 일어났다. 샛바람동자는 터벅터벅 걷는 이서의 뒷모습을 바라보며 한숨을 내쉬었다. 이제 이서는 장성했다. 소녀가 아니다. 전처럼 안아서 진성에게 데려다줄 수는 없다. 바람동자들은 늘 소년의 모습이니까. 그러나 그런 문제가 아니더라도 샛바람동자는 이서를 안을 수 없었을 것이다.

이서는 변했다. 완전히.

이서는 샛바람동자가 자신의 뒷모습을 보고 있는 걸 몰랐다. 그녀는 그저, 꽃감관님이 왜 불렀을까, 그것만 생각하며 걸었다. 개화 이후 진성은 자주 이서를 불러 마음을 달래 주려 했지만 매번 실패했고 어느 순간부터는 이서를 찾지 않게 되었다.

꽃감관님도 내게 질린 거겠지. 난 이렇게 엉망인 데다 멸망꽃인걸. 나쁜 꽃이면 성질이라도 순해야지 이게 뭐람. 그렇게 생각하면서도 이서는 쉽게 태도를 바꾸지 못했다.

"꽃감관님."

"그래, 이서야."

이서는 진성의 처소로 들어서자마자 우뚝 멈춰 섰다.

진성의 맞은편에 낯모르는 여자가 하나 앉아 있었다. 동백기름을 바른 머리채를 우아하게 틀어 올려 비녀를 꽂았는데, 보라색 보석이 비녀 끝에서 달랑거렸다. 여자는 이서의 목소리를 듣고 고개를 돌렸다.

눈매가 살짝 위로 올라가고, 뺨은 붉었다. 눈과 코, 입이 모두 섬세하게 조립한 듯 오밀조밀했다. 눈썹이 그린 듯 고왔다. 아주 아름다운 사람이었지만 그리 유순한 인상은 아니어서, 이서는 그 자리에 엉거주춤 서 있기만 했다.

"난 유보랑이란다. 네가 이서구나."

이서는 도움을 구하듯 진성을 보았다. 마치 천년장자와 만났던 그 어린 날처럼. 그러나 진성은 굳은 얼굴을 한 채 유보랑이 하는 말을 듣고만 있었다. 분위기가 좀 이상했다.

"멸망꽃이라면서? 수레멸망악심이던가."

유보랑이 아무렇지도 않게 물었다. 아무도 이서 앞에서 그 말을 입에 담은 적이 없었다. 이서는 난데없이 등장한 여자를 멍하니 바라보았다. 수레멸망악심.

"그런 얼굴 할 거 없어. 난 네가 필요해서 왔으니까."

유보랑은 일어나서 가까이 다가왔다. 그녀가, 다정한 어머니처럼 이서의 양어깨에 손을 얹었다. 아주 하얗고 부드러운 손이었다. 손톱이 진분홍색이었다. 꽃물을 들인 모양이었다. 이서는 유보랑을 올려다보았다. 문득 이 아름답고 우아한 여자가, 분홍 꽃잎을 돌로 짓이기는 장면이 상상되었다.

"말씀하신 대로 전 멸망꽃이에요."

"그래. 난 멸망꽃을 찾아왔어. 서천에 굉장한 꽃이 피었다고 한동안 다들 말이 많았지. 널 찾아온 사람들도 정말 많았을 거야."

이서는 믿을 수 없었다. 왜? 누가 멸망꽃을 찾는단 말인가? 어디에 쓰려고? 이서는 당혹해서, 유보랑의 어깨 너머로 진성을 보았다. 진성은 이서의 의문을 해결해 주는 대신 자리에서 일어나 유보랑의 어깨를 잡고 이서에게서 떼어 냈다.

"아이가 놀랍니다. 그쯤 하십시오."

"꽃감관이야말로 행동을 삼가세요. 어찌 내 몸에 손을 댑니까."

마치 노래하는 듯한 목소리라 이서는 순간 그 말을 이해하지 못했다.

그러나 진성은 달랐다. 그는 굳은 얼굴로 유보랑의 어깨에서 손을 뗐다. 유보랑도 냉랭한 얼굴로 진성을 보고 있었다. 이서는 두 사람이 뭔가 이상하다는 걸 느꼈다. 왜…… 꽃감관님이 왜 저런 표정이지?

"넌 귀한 꽃이야, 이서."

유보랑이 감미롭게 속삭였다. 정말 곱고 정갈한 목소리였다. 그러나 이서는 어쩐지 거부감이 들어 대꾸조차 하지 않았다.

도대체 뭐가 뭔지 알 수가 없었다. 이 여자는 왜 돌연 나타나 멸망꽃을 찾아왔다고 하는 것인가. 꽃감관님은 왜 말려 주지 않을까. 여기 서 있고 싶지 않아. 저 여자는 왠지 무서워. 이서는 자기도 모르게 주춤 뒤로 물러났다.

"이서야."

진성이 나직이 이서를 불렀다. 이서는 구원이라도 받은 것처럼 꽃감관을 보았다. 귀한 꽃이라고? 그런 빈말을 들어도 하나도 기쁘지 않았다.

"인사해라. 이쪽은 천년장자의 소실(小室, 첩), 유보랑이다. 널 데려가고 싶어서 왔다는구나."

이서는 굳어졌다. 방금 뭐라고?

진성은 충격에 젖은 그 얼굴을 보았다. 진성은 지금 당장에라도 유보랑을 서천꽃밭 밖으로 쫓아내고 싶은 것을 참으며, 간신히 말을 이었다.

"10년 전의 빚을 받으러 왔다고 하는데, 기억하니?"

이서는 대답할 수 없었다. 그녀는 기억하고 있었다. 서천의 꽃을 함부로 사용한, 처음이자 마지막 날.

10년 전. 열 살.

용 아자개가 사는 버드나무 샘, 이름이 기억나지 않는 작은 소년.

천년장자.

빚.

"이 꽃과 둘이 얘기하고 싶군요. 자리를 비켜 주겠어요?"

유보랑이 부드럽게 웃으며 끼어들었다. 그러나 이서는 그녀의 눈이 전혀 휘지 않은 것을 보았다. 눈은 그대로인 채 입매만 휘는, 기이하고 무서운 미소였다.

그러나 진성은 바로 물러나진 않았다. 그는 이서에게 다가왔다. 그리고 이 상황을 받아들이지 못해 얼굴이 하얗게 질린 이서의 손을 잡아 주었다.

"너도 이제껏 다른 이룰싹을 봐서 알겠지만, 결정은 네가 하는 거다. 네가 원하지 않는다면 나는 절대 널 보내지 않을 거야."

"빚이라고 했잖아요."

이서는 가볍게 떨면서 중얼거렸다.

이서도 하늘의 법에 대해 알았다. 하늘의 법은, 단순한 듯 복잡하고 복잡한 듯 단순했다. 타인에게 진 빚은 갚아야 한다. 무슨 일이 있어도. 이서는 진성이 그 법으로부터 자유롭지 못할 것을 알았다.

"네가 원하지 않는다면, 누구도 널 데려갈 수 없어."

진성은 다시 힘주어 반복했다.

이서는 어렵게 고개를 끄덕였다. 진성을 믿었다. 그리고 이서는, 유보랑과 가고 싶지 않았다. 천년장자와 비슷한 느낌이었다. 어딘지 겁이 났다. 이상한 사람이었다.

유보랑과 단둘이 남게 되었을 때도, 이서의 마음에는 변화가 없었다.

"나랑 가는 게 싫으니?"

유보랑이 원래 앉아 있던 자리에서, 이서에게 맞은편 자리를 권했다. 방금까지 진성이 앉아 있던 곳이었다. 이서는 앉지 않았다. 유보랑은 개의치 않는 듯했다.

"아직 서천꽃밭 밖으로 나가 본 적이 없다면서. 나와 밖으로 가 보자."

"전 멸망꽃이에요."

이서는 불쑥 대꾸했다. 아무래도 좀 겁이 났지만, 그래서 목소리가 덜덜 떨렸지만, 그래도 말해야 했다.

"절 데려가셔도 소용없어요. 전 누굴 구할 수도 없고, 병을 낫게 하거나 행운을 불러오지도 못해요."

"넌 착한 꽃이구나."

고운 다홍치마에 두 손을 포갠 채, 유보랑은 시종일관 미소를 잃지 않았다.

"치병(治病)이나 기복(祈福)을 위해서였다면 내가 왜 멸망꽃을 찾겠니. 세상 사람들이 다 그런 걸 바라진 않아. 나도 그렇고."

"전……."

"난 내 남편의 아들을 죽일 거란다."

그 말이 하도 태연하게 나와서 이서는 오히려 대답을 잃었다. 유보랑은 일 점 살의도 없는 얼굴로, 그저 달빛 아래 흔들리는 꽃 같은 자태로 살인을 입에 담았다.

"전 그런 일은…… 그런 건 안 해요."

이서는 고개를 저었다. 그리고 약간 비틀거리며 자리에서 일어났다.

그녀는 사람을 죽이는 꽃이 되고 싶지 않았다. 생존이 걸린 문제도 아닌데 살아 있는 것을 해치는 건, 무섭고 끔찍한 일이다. 위험한 일이다. 이서는 그런 걸 하고 싶지 않았다. 그래서 멸망꽃으로 피었을 때 그토록 절망한 것이다. 생명을 압살하는 것이 자기의 운명이었기 때문에.

그 운명으로부터 도망칠 수 있다면 뭐든 할 각오가 되어 있었다. 그런데 이 여자를 따라가, 천년장자의 아들을 죽인다고?

"내가 네게 필요한 걸 갖고 있어."

유보랑은 여상한 어조로 그렇게 말했다. 이서는 듣기도 전에 고개를 젓고 몸을 돌렸다. 아무것도 필요하지 않다. 서천에 있는 꽃은 아무것도 필요로 하지 않는다. 그러나 유보랑은 이서의 거절에도 말을 멈추지 않았다. 유보랑은 자기의 패가 이 꽃의 마음을 사로잡으리라고 확신했다.

꽃은 결국 소유자의 뜻대로 움직이게 된다.

이룰싹은 일반적인 꽃에 비해 사용법이 까다롭지만, 유보랑은 자신 있었다. 그녀는 느긋한 목소리로 첫 번째 패를 뒤집었다.

"다른 꽃이 되고 싶지 않니?"

누구도 멸망을 원치 않으리라 믿는 순진한 이서야.

"내가 널 좋은 꽃으로 만들어 줄 수 있단다."

이서가 우뚝 걸음을 멈추었다.

그녀는 자기 귀를 의심했다. 혹시 내가 너무 간절해서 환청을 들은 걸까. 그러나 설령 그렇다 해도, 이서는 돌아보지 않을 수 없었다.

이서는 천천히 돌아섰다.

유보랑의 얼굴에 시선을 고정했다. 반달 모양으로 접힌 그 눈에. 눈웃음이 아름답고 요염한 여자였다. 이서는 머뭇거리다가 입을 열었다.

"어떻게요?"

유보랑은 웃었다. 미련이 뚝뚝 떨어지는 목소리였다. 정작 이서 본인은 그에 대해 잘 모르는 것 같았지만. 유보랑은 순진하기 이를 데 없는 이 어린 꽃을 바라보았다. 하늘에서 나이는 중요치 않으나 서천의 꽃들은 대부분 성인의 육신을 가진 어린애였다. 내내 서천에서만 자랐으니 당연한 일이다.

이토록 구슬리기 쉬운 아이라니. 유보랑은 흡족했다.

"내 남편은 천년계곡을 다스리지. 서천꽃밭과는 비교도 안 되는 넓은 땅이야. 진귀한 것들이 많지."

이서는 재촉하고 싶은 걸 간신히 참았다. 유보랑은 느리지도 빠르지도 않게 말을 이어 갔지만, 이서는 애가 달아 무척 초조했다.

"거기엔 사내를 계집으로 바꾸는 약도 있지. 서천에도 그런 꽃은 없을 거야. 그리고 천년계곡에는 정말 귀한 것이 하나 있는데⋯⋯. 네가 그걸 가지면, 다른 꽃이 될 수 있단다."

"약인가요?"

이서가 성급하게 물었다. 유보랑은 고개를 저었다.

"네 존재를 바꾸는 일인데 그 정도로 되겠니?"

"그럼⋯⋯."

"날 돕겠니?"

유보랑이 뚝 말을 자르고 물었다.

이서에게 아주 불리한 거래였다.

저 말이 거짓말이면? 문득 그런 생각이 스쳤다. 그런 방법이 있다면 진성이 말해 주었을 것이다. 그러나 진성은 이제껏 침묵했다. 왜? 다른 꽃이 될 방법 따위는 없으니까.

그러나 이서의 마음 한구석에서는 다른 목소리가 들렸다. 꽃감관이라고 해서 이 거대한 세계의 모든 것을 아는 건 아니잖아. 꽃감관님도 모르는 게 있어. 꽃감관님도 계속 서천에만 계시잖아. 그러니 천년계곡에 뭐가 있는지 어떻게 알겠어?

이서는 유보랑의 얼굴을 들여다보았다. 유보랑의 얼굴에서, 거짓이나 진실의 기미를 찾기 위해. 그러나 유보랑의 얼굴은 단단했다. 이서는 아무것도 읽어 내지 못했다. 유보랑은 이서가 애쓰는 걸 보며 그저 웃기만 했다.

그 표정이 불쾌했다. 오늘 처음 본 여자, 자기 남편의 아들을 죽이겠다고 말한 여자의 손바닥에서 놀아나는 기분이었다.

"정말 약속하는 건가요?"

"그럼."

거짓말일지도 몰라.

이서는 그렇게 생각하면서도, 유보랑에게로 향하는 제 걸음을 멈출 수가 없었다. 유보랑은 특별히 기쁜 것 같지도 않았다. 그저 원래 제가 받기로 했던 것을 받는 얼굴이었다.

이제라도 돌이킬 수 있었다. 그러나 이서는 그러지 않았다. 거짓말이라면? 그러면 이서는 아무 값도 없이 사람을 죽이게 될 것이다. 그러나…… 그러나, 거짓말이 아니라면? 만에 하나 저 말이 진실이라면?

그러면 필생의 기회를 놓치게 된다.

이서는 그걸 참을 수 없었다. 아주 적은 가능성이라도 좋았다. 뭐든지 할 수 있어. 이서는 이제 꽃밭에서 뛰노는 소녀 이룰싹이 아니었다. 함께 자란 이룰싹은 하나둘씩 세상으로 내려가 자기의 가치를 증명하고 오는데, 이서는 내내 서천에만 갇혀 있었다.

다른 꽃이 될 수 없다면.

서천꽃밭은 감옥일 뿐이야.

유보랑이 이서에게 손을 내밀었다. 이서가 그 손을 잡았다. 유보랑은 그린 듯한 자태로 자리에서 일어났다. 그리고 자기보다 키가 조금 작은 이서를 내려다보며, 확언을 요구했다.

"내 꽃이 되겠다고 말하렴."

"부인의 꽃이 될게요."

이서는 망설이지 않았다. 이미 결심은 끝났다. 이서는 이 기회를 놓치고 싶지 않았다. 그리고 하늘에는 하늘의 법이 있다. 빚은 갚는다. 약속은 지킨다.

"이름을 말해야지."

모든 약속은 맹약, 오로지 자기의 이름으로 맹약한다.

유보랑의 손은 따뜻했다. 이서는 그녀의 손을 꽉 잡았다. 그게 무슨 의미인지 모르는 채. 그렇게 이서는 자기의 미래에 홀렸다. 이서는 몸속에서 한기와 열기가 번갈아 치미는 걸 느꼈다.

위험하다는 생각은 들지도 않았다.

"수레멸망악심꽃, 이서가 말합니다. 천년장자의 소실, 유보랑의 꽃이 되겠어요."

개화한 이룰싹은 서천 밖에서 소유자의 뜻대로 움직이게 된다. 몸과 마음은 여전히 자기의 것이나, 꽃이 어떻게 쓰이느냐는 소유자에게 달렸다.

이서는 모든 걸 알고도, 자기가 사람을 죽일 수 있는 멸망꽃임을 알고도, 맹세하고 있었다.

"나와 금구(噤口)의 언약을 맺자. 너는 앞으로 그 누구에게도, 내가 내 남편의 아들을, 백년계곡의 주인을, 백우를 죽이기 위해 네 소유주가 되었다는 걸 말할 수 없어. 태양 앞에 언약하겠니?"

"하겠어요. 정말 저를 다른 꽃으로 만들어 주는 거죠?"

이서처럼, 유보랑도 망설이지 않았다.

"천년장자의 소실, 유보랑이 말하건대 내 남편의 아들이 죽으면 너는 다른 꽃이 되는 비약을 손에 넣을 것이다."

그 순간, 이서는 유보랑과 마주 잡은 손이 간지러워졌다. 자기도 모르게 유보랑의 손을 놓고 손바닥을 들여다보았다. 그리고 이서는 보았다.

짙은 남색 꽃이 손바닥에 피고 있었다.

꽃잎은 남색인데 거의 검은색처럼 보였다. 이서는 금세 이유를 알 수 있었다. 꽃잎에 검은 반점이 빽빽하게 번져 있었다. 징그러워. 이서는 자기도 모르게 얼굴을 찡그렸다.

그러나 꽃은 거기서 멈추지 않았다. 그 한 송이 꽃에서 검은 줄기가 빠르게 자라났다. 까만 꽃대는 이서의 팔을 감으며 목까지 올라왔다. 줄기는 점점 더 갈라지고 늘어나 이서의 몸과 유보랑의 몸을 단단히 이었다. 줄기마다 같은 생김의 꽃이 피었다. 하나같이 크고 징그러운 꽃이었다. 암술은 새빨갰다.

이서는 당혹해서 저와 유보랑의 몸을 감는 줄기와 꽃을 바라보고만 있었다. 그러나 유보랑은 크게 놀라지 않은 듯했다.

곧 방에 수레멸망악심꽃의 향기가 진동했다. 향기라고 말하기 어려운 냄새였다. 이서는 그게 무슨 냄새인지 몰랐다. 그저 지독하다는 것만 알았다. 구역질이 났다. 목이 턱 막히고 속이 뒤집혔다. 생리적인 역겨움이 치밀어, 이서는 허리를 꺾고 헛구역질을 했다.

유보랑도 좋은 표정은 아니었다. 이서와는 달라서, 그녀는 이게 무슨 냄새인지 알았다.

시취(屍臭)였다.

그것이 이서의 향기였다.

두 사람의 몸을 칭칭 감은 줄기와 족히 백 송이가 넘게 피었던 꽃은, 어느 순간 거짓말처럼 사라졌다. 이서가 눈을 깜빡였을 때, 그 찰나에, 꽃은 자취를 감추었다. 그러나 줄기가 온몸을 감았던 그 감각이 아직 팔다리와 목에 남아 있었다.

"우욱……."

이서가 다시 구역질을 했다. 유보랑도 자유로워진 팔을 들어 코를 틀어막았다. 이서는 그 끔찍한 냄새를 견디지 못하고 밖으로 뛰쳐나갔다. 무작정 문을 밀어젖혔다. 그러고 나서도 이서는 한참 숨을 골라야 했다.

그리고 문득 고개를 들었을 때, 이서는 보았다.

맑은 빛이 사방으로 번진 하늘.

그 하늘과 맞닿는 곳까지 뻗어 있는 짙푸른 대지.

이서의 고향이 거기에 있었다. 이서의 감옥이 거기에 있었다. 하늘과 땅이 빈틈없이 맞물린 이서의 아름다운 감방이. 멸망꽃으로 핀 날부터 이서는 수인(囚人)이었다.

난 다시 필 거야.

이 하늘은 열다섯 살 개화 이후 한 번도 온전히 열린 적이 없었다. 이서는 바람이 식은땀에 젖은 제 몸을 휘감고 지나가는 걸 느꼈다. 이 하늘 아래 멸망의 운명을 지닌 건 나뿐이었어. 나는 이제 이 운명을 바꿀 거야.

그때는 더없이 기쁜 마음으로 서천에 돌아올 것이다. 이서는 되뇌고 또 되뇌었다.

난 다시 필 거야.

다시 피고 말 거야.

이서에게는 짐이랄 게 없었다. 그녀는 정말 단출하게 떠났다. 청현도 여울도, 그리고 오랜 친구들도, 이서에게 축복의 말을 해 주지 못하고 머뭇거리기만 했다.

이서는 멸망꽃이다. 멸망과 악심을 불러들이는 꽃이 밖에 나가서 할 일이라고는 뻔했다. 다른 사람을 해하러 가는 길을 어찌 축복할까. 진성조차도 축복의 말을 해 줄 수가 없었다. 그는 떠나겠다는 이서를 말리기 위해 이런저런 말을 해 보았지만 다 부질없었다. 이서의 마음은 확고했다.

"몸조심해라."

진성이 할 수 있는 말은 그 정도였다. 다른 꽃들도 그런 말밖에 할 수 없었다. 이서도 짤막하게 대답했다.

"네, 꽃감관님. 건강하세요."

마지막 인사처럼 말하는구나.

진성은 그렇게 생각했다. 이서는 마지막으로 청현을, 여울을, 자기와 어릴 적부터 함께 자랐던 이룰싹들을 바라보았다. 하나같이 걱정 어린 표정.

내가 멸망꽃이니까. 이서는 그렇게 생각한 후 살짝 미소를 지었다. 돌아왔을 때 나는 다른 꽃이 되어 있을 거야. 반드시. 그러면 다들 다른 표정을 짓겠지.

"떠날 준비는 됐니?"

옆에 서 있던 유보랑이 물었다. 이서는 그렇다고 대답했다. 유보랑은 고개를 끄덕이고, 품에서 아주 작은 호각(號角)을 꺼냈다. 짐승의 뼈를 다듬어 만든 물건이었다. 유보랑이 그 호각을 붉은 입술로 물고 세게 불었다.

삐이아—

곧 하늘 어귀에서 날갯짓 소리가 들렸다. 이서는 고개를 들어 하늘을 보았다. 날개 안쪽이 검은, 아주 커다란 학 한 마리가 공중에서 선회했다. 학은 날개를 펄럭이더니 사뿐히 땅으로 내려앉았다.

유보랑이 먼저 학에 올라탔다. 그리고 이서를 향해 다정스레 손을 내밀었다.

"자, 어서 타렴."

이서는 그 손을 잡았다.

이 여자를 좋아하는 건 아니다. 사람을, 그것도 자기 남편의 아들을 죽이려고 하는 여자를 어떻게 좋아할 수 있을까. 그러나 이서에게는 그런 것보다 더 중요한 일이 있었다. 다시 필 수만 있다면 아귀와도 손을 잡을 테다. 이서는 마음을 다잡았다.

'이서야……. 너무나 경솔했구나.'

학이 곧장 하늘로 솟구치는 순간, 이서는 진성의 목소리를 떠올렸다.

유보랑과 함께 떠나기로 했다고, 금구의 언약을 맺어 무슨 일로 가는지는 얘기할 수 없다고, 그렇게 말하는 이서를 보며 진성은 안타까운 표정을 지었다. 진성은 일그러진 얼굴을 하고 이서의 손을 잡았다.

'넌 그 여자가 얼마나 무서운지 몰라. 금구의 언약이 얼마나 강력한지도……. 내게 한 번은 상의하지 그랬니.'

학은 순식간에 구름 위까지 올라갔다. 바람이 귓가를 스쳤다. 맹렬한 소리가 귓전을 가득 메웠다. 그 순간, 구름이 밀려 나며 서천꽃밭의 모습이 한눈에 들어왔다. 형형색색의 꽃들이 어깨를 기대고 군락을 이룬, 이서의 고향이.

진성과 친구들의 모습도 점처럼 작게 보였다. 이서는 한동안 그 땅에서 눈을 떼지 못하다가, 곧 억지로 시선을 잡아 뜯었다.

진성에게 의논했어도, 아버지처럼 따랐던 꽃감관이 온 힘으로 말렸어도, 이서는 같은 결정을 내렸을 것이다.

이서는 자기의 고향에 잠시 작별을 고했다. 돌아올 때 나는 다른 꽃잎과 다른 향기를 지니고 있을 거야. 이서는 그렇게 믿었다.

개화한 이룰싹은 보통의 꽃과는 달랐다. 일단 꽃을 소유하게 되는 과정이 달랐고, 그 힘을 사용하는 방법도 달랐다.

꽃의 동의가 없으면 그 누구도 꽃을 소유할 수 없다. 상호 동의

하에 한 사람이 꽃을 소유하게 되면, 그 사람은 서천꽃밭 경계 밖에서부터 꽃의 힘을 사용할 수 있다.

그러나 '소원'을 말할 수 있는 건 아니었다. 복줄꽃 여울을 데려다가 '내게 금은보화를 가져다줘.'라고 말해도 소용없었다. 사람의 형상을 한 꽃의 힘은 서서히, 단계적으로 발휘되었고 구체적인 내용을 주문할 수는 없었다. 설령 주문한다 해도 꽃은 그 소망을 이루어 주지 못했다.

이에 더해, 소유자와 꽃의 유대감도 힘의 발현에 영향을 미쳤다. 기이한 일이었다. 꽃들은 대체적으로 자기 힘을 통제하지 못했는데, 그럼에도 소유자와 마음으로부터 연대하면 더한 힘을 발휘하게 되었다.

"네가 앞으로 어디로 갈지 궁금하지 않니?"

유보랑은 학 위에서 이서의 앞섶을 여며 주며 물었다. 이서는 그 친절한 손길에 그저 몸을 맡기고만 있었다. 사실 이렇게 밖으로 나오게 되리라고는 생각해 본 적이 없어서 모든 것이 얼떨떨했다.

"천년계곡으로 가는 게 아닌가요?"

"아니. 내 남편의 아들은 천제님으로부터 자기가 다스릴 땅을 받았단다. 백년계곡을 다스리지. 이젠 백년장자라고 불린다던가."

"그럼 부인과 전 함께 사는 게 아니네요."

"왜, 아쉽니?"

유보랑이 웃었다. 꽤 선량해 보이는 웃음이었지만 이서는 속지 않았다. 이 여자는 지금 사람을 죽이는 이야기를 하며 웃고 있는 것이다.

"아시겠지만 제 마음대로 누구를 죽일 수 있는 건 아니에요. 제 힘이 어디서 어떤 방식으로 나타날지도 잘 모르고요."

"나도 그 정도는 알고 있단다. 참, 그 전에 이걸 줘야겠네."

유보랑은 품에서 작은 주머니를 하나 꺼냈다. 주머니 안에서 손가락 한 마디 정도 크기의 갈색 씨가 나왔다. 유보랑은 희고 가는 손가락으로 그것을 이서의 입에 직접 넣어 주었다. 씨앗이 입술을 꾹 누르자, 이서는 반사적으로 입을 벌렸다.

"씹어서 삼키렴."

"이게 뭐죠?"

이서는 씹는 대신 씨앗을 혀 밑에 머금고 물었다. 아무 맛도 나지 않았다. 유보랑은 이서의 의심 어린 얼굴을 보고 살짝 웃었다.

"겁이 많은 애구나. 그저 천년계곡의 감나무 씨앗이란다."

"이걸 왜……."

"네 냄새 말이야. 모두가 알지 않겠니. 그걸 먹으면 아무 냄새도 나지 않을 거야."

이서는 아까 방에 가득 찼던 그 역겨운 냄새를 떠올렸다. 유보랑은 나중에, 그게 시취라고 말해 주었다. 시취가 뭔가요? 시체 썩는 냄새 말이다. 그 말을 기억하는 이서는 군말 없이 감나무 씨앗을 씹었다.

씨앗은 아주 떫고 썼다. 혀가 얼얼하게 느껴질 지경이었다. 이서는 말없이 꼭꼭 씹었다.

"백년장자의 이름은 백우야. 나도 얘기하겠지만, 백우에게는 천년장자가 널 보냈다고 하렴."

"왜요?"

"백우는 날 믿지 않는다만, 자기 부친에게는 약하거든. 무척."

아버지가 선물한 꽃이라고 하면 널 아주 살뜰하게 돌봐 줄 거야, 하고 유보랑이 덧붙였다. 이서는 학 위에 앉아 빠르게 변하는 지상을 내려다보며 중얼거렸다.

"전 그런 건 상관없어요."

거기서 무슨 대접을 받든 개의치 않을 생각이었다. 그 정도로 뻔뻔하진 않았다. 하지만 유보랑은 웃었다.

"백우는 아주 착하고 건실한 청년으로 소문이 났지. 자기를 10년 넘게 돌아보지 않는 아버지에게 효심도 깊고. 그렇게 모질게 외면 당하면서도 탄일에 제일 진귀한 선물만 골라 보내고, 자리를 지키는 걸 보면 정말 굉장하다 싶어."

"그런가요."

이서는 난데없이 백우를 칭찬하는 유보랑의 말을 들으며 고개를 끄덕였다. 백우. 기억 속의 이름은 희미했다. 솔직히 얼굴도 잘 기억나지 않았다.

"그래도 백우를 너무 믿으면 안 돼. 난 늘 그 애의 속을 알 수가 없었거든."

유보랑이 덧붙인 순간, 학이 갑자기 아래로 방향을 틀었다. 잡을 곳이 마땅치 않아 이서는 얼결에 유보랑의 팔을 붙잡았다. 떨쳐 낼지도 모른다고 생각했는데 유보랑은 그러지 않았다.

학이 지상으로 내려갈수록 풍경이 환하게 보였다.

백년계곡은 가파르고 험준했다. 폭포가 가장 먼저 눈에 들어왔다. 폭포의 길이가 족히 1리(里, 1리는 약 3백 미터)는 될 것 같았다. 그 물이 물길을 타고 천지 사방으로 굽이굽이 흘러가 소담한 마을을 길렀다. 지도처럼 펼쳐진 그 땅이 점점 더 가까이 다가왔다.

학은 길을 아는 듯 곧장 날아갔다. 곧 이서와 유보랑은 쏟아지는 폭포 위 커다란 궁궐 앞마당에 서게 되었다.

어떻게 안 것인지, 한 사람이 이미 나와 있었다. 남자였다. 이서는 혹시 그가 백우인가 살피려 했다. 검은 머리카락을 길게 늘어뜨리고, 한쪽 귀에만 청색 귀걸이를 단 모습이었다. 물색 도포가 잘 어울렸다. 그가 유보랑을 향해 고개를 숙여 인사했다.

"유보랑 님. 찾아 주셔서 영광입니다."

왜 오고 난리냐. 이서는 순간 그렇게 들었다.

"천년장자가 아들에게 보내는 선물이다. 서천의 꽃이지."

유보랑은 태연하게 말했다. 남자는 이서의 얼굴을 잠시 들여다보았다. 그러다가 알 만하다는 얼굴로 고개를 끄덕였다.

"무척 귀한 선물이군요."

폭탄이군요. 이서는 또 그렇게 들었다. 상대의 말투가 좀 이상했다. 유보랑과도 다른 느낌이었다. 껄렁거리는 듯도 하고, 건성인 듯도 하고, 경계하는 듯도 했다.

"백년장자께서는 안에서 기다리고 계십니다. 모시지요. 손님, 저는 백년장자님을 모시고 있습니다. 패율선이라 합니다."

"네, 전……."

순간 이서는 멸망꽃에 대해 말할 뻔했다. 유보랑이 패율선 모르게 이서를 바라보았다. 그 눈빛을 보고 이서는 정신을 차렸다.

"이서라고 합니다."

율선이 흘끗 뒤를 돌아보았다. 그의 표정이 조금 묘했다. 하지만 율선은 다른 말을 덧붙이는 대신 앞장서서 걷기 시작했다.

유보랑이 안으로 함께 들어갈 거라고 생각했는데 그러지 않았다. 유보랑은 웃으며, 그럼 이만 가 보겠다고 말했다. 율선도 전혀 붙잡지 않고 조심히 가시라고 말한 후 미련 없이 돌아섰다.

유보랑이 이서를 보고, 입 모양으로만 '잘하렴.' 하고 말했다.

백년장자의 궁궐은 넓고 깊었다. 그러나 길이 복잡하지는 않았다. 이서는 한 번도 방향을 틀지 않고 앞으로만 나아갔다. 장지문 옆에 대기하고 있던 선녀들이 소리도 없이 문을 열어 주었다.

장지문은 다섯 번 열렸다. 두 사람이 문을 통과하면, 뒤에서 지나온 문이 닫혔다.

이제 돌아갈 길은 없어. 이서는 스스로에게 말했다.

마지막 장지문이 천천히 열렸다. 양옆으로 문이 열리고, 백년장자가 머무는 본전(本殿)의 가장 깊은 방이 모습을 드러냈다.

화려한 장식 없이, 네 구석에 나무 기둥을 세우고 창을 규칙적이고 크게 내 자연광을 들였다. 천장 양옆에 누런 지등(紙燈)을 줄지어 달았는데, 아직 낮이기 때문인지 불은 들어와 있지 않았다. 바닥은 색이 짙은 나무를 다듬어 빈틈없이 맞추었는데, 걸을 때 아무 소리도 나지 않았다.

정면에 장자의 자리까지 올라가는 아홉 칸의 계단이 보였다. 이서는 천천히 눈을 들었다. 테두리가 푸르고 안은 상아색인 보료가 넓게 펼쳐져 있었다. 보료 앞에는 작은 서안이 놓여 있었는데, 아홉 계단이나 아래 있는 이서로서는 그 위에 뭐가 있는지 볼 수 없었다.

패율선은 앞으로 나서더니 공손히 말했다. 그의 어조가 공손해지는 걸, 이서는 처음 들었다.

"장자님. 서천꽃밭에서 손님이 오셨습니다. 천년장자께서 보내신 도산(선물)이라 합니다."

"아버지께서?"

그렇게 되묻고, 백우가 시선을 이서에게로 돌렸다.

어느새 장성하여 백년계곡의 주인이 된 백우를 본 순간, 이서는 기억해 냈다. 오래 묻혀 있던 기억 속에서, 말갛고 단정한 소년의 얼굴이 순식간에 되살아났다.

저렇게 생겼었지. 청년의 얼굴에, 놀랍게도 열 살 소년의 얼굴이 남아 있었다. 이서는 혹 백우도 자기를 알아보지 않을까 염려했다.

"서천의 꽃이라 합니다."

옆에서 율선이 덧붙였다. 백우는 서안을 옆으로 밀어 치웠다. 그대로 일어나, 그가 아홉 칸의 계단을 차례로 내려왔다. 그가 자리에서 내려오기까지 하자 이서는 주춤 뒤로 물러날 뻔했다.

"귀한 손님이 오셨군요."

조금 낮고, 또 부드러운 울림.

"백년계곡을 다스리는 백우라 합니다. 이름을 여쭤도 되겠습니까?"

"아."

이서는 화들짝 놀랐다. 자기가 소개도 하지 않고 있다는 걸 뒤늦게 떠올린 탓이었다.

"아, 네. 제 이름은 이서입니다."

"서천의 꽃이라 하셨는데, 어떤 꽃입니까?"

이서는 바로 대답하지 못했다.

그녀는 일생 거짓말을 해 본 적이 거의 없었다. 서천꽃밭에서는 거짓말을 할 일이 많지 않았다. 그곳은 가장 아름답고 평온한 안전지대였다. 이서는 꼼짝도 못 하고 굳어 백우를 올려다보았다.

여전히 단정하고 선한 얼굴.

이 사람을 죽이러 왔다는 게, 실감이 나지 않았다.

"전……."

이서가 머뭇거렸는데도 백우는 기다려 주었다. 재촉하지 않고, 손님을 맞이하기 위해 자리에서 내려온 채. 한 걸음 정도 떨어진 곳에 선 백우를 보며 이서는 마음을 다잡았다.

이제 와서 흔들리면 어쩌겠다는 거야?

이서는 눈매를 휘어 웃었다.

"서천의 복줄꽃입니다. 잘 부탁해요."

"복줄꽃."

백우는 그렇게 혼자 되뇌고, 고개를 끄덕였다. 그리고 불쑥 물었다.

"혹시 천년장자께서 무어라 전하라 하신 말씀은 없었습니까?"

이서는 또 잠시 침묵해야 했다. 그러다 문득, 오래전 서천에서 아버지를 따라 좁은 보폭으로 걷던 백우의 뒷모습이 떠올랐다. 그때도 천년장자는 아들을 외면하고 있었다. 유보랑도 비슷한 말을 했다.

백우는 기대하고 있었다. 이서는 그걸 알 수 있었다. 없었다고 말하면 될 텐데, 이서는 자기도 모르게 말을 지어내고 말았다.

"몸, 건강히…… 잘 지내라고……."

이서가 약간 더듬더듬 말하는 걸 주의 깊게 듣고 있다가, 백우는 고개를 끄덕였다. 별로 믿는 표정은 아니었다. 그러더니 이서를 보고 조금 웃었다.

"다정한 분이군요. 전해 주셔서 감사합니다."

거짓말인 걸 아는구나.

이서는 그렇게 생각하면서도, 변명하지 않고 고개를 끄덕였다. 백우 앞에 서 있는 건 어째서인지 조금 어려웠다. 오래전에 만났던, 그러나 자기를 기억조차 하지 못하는 이 청년을 죽이게 될 거라는 걸 믿을 수 없었다.

"아마 곧 장자님의 탄일이라 미리 보낸 게 아니겠습니까."

율선이 덤덤하게 말했다. 진심인 것 같진 않았다. 백우도 그렇겠지, 하고 전혀 동의하지 못하는 얼굴로 대답하더니 이서에게로 시선을 돌렸다. 눈이 마주쳤다. 이서가 눈을 내리깔았다.

"지낼 곳을 마련하겠습니다. 시중들 아이를 붙일 테니 필요한 게 있으면 언제든 말씀하십시오."

"아뇨, 시중 같은 건……."

이런 처지에 불편하기만 할 것이다. 바로 거절하려는데 백우가 그녀의 말을 끊었다.

"백년계곡은 넓으니, 시중들어 줄 사람이 필요하실 겁니다. 율선, 안내해 드려."

백우는 아주 정중하게 말하고 율선에게 이서를 맡겼다. 어릴 때 만난 적이 있다는 건 전혀 기억하지 못하는 듯했다. 이서는 조금 묘한 기분이 들었다. 왜 이런 느낌이 들지. 그러나 이서는 깊이 생각하는 대신 백우에게 고개를 숙여 인사하고 율선을 따라 밖으로 나갔다.

백년계곡에 수레멸망악심이 당도한 첫날이었다.

2장
상하, 좌우, 전후 주의

"어째 느낌이 좀 묘하단 말이야."

율선이 계단 중간쯤에 걸터앉아 그렇게 말했다. 혼잣말 같았지만, 백우는 그게 자기에게 한 말이라는 걸 알고 있었다. 백우는 서안에 높이 쌓인 죽간(竹簡)을 들추다 말고 물었다.

"뭐가?"

"왜, 그 복줄꽃 있잖아. 좀 이상하지 않아?"

"뭐 안 좋은 일이라도 있었어?"

율선은 백우의 아주 충직한 신하인 동시에 오랜 친구였다. 다른 사람 앞에서는 더없이 정중했지만, 둘만 남게 되면 어려워하는 기색도 없이 턱턱 말을 놔 버리곤 했다. 백우도 개의치 않았다.

"안 좋은 일이 있었던 건 아닌데. 그냥 느낌이 좀 별로라."

"아버지께서 보내셨다잖아."

"그걸 믿어?"

율선이 뜨악한 얼굴로 백우를 돌아보았다. 한량처럼 백우의 보료가 있는 계단 중간에 앉은 그는, 하마터면 아래로 굴러떨어질 뻔했다. 부친이 제게 얼마나 냉랭한데, 게다가 유보랑이 얼마나 구렁이 같은데, 이서를 선물로 보냈다는 말을 믿는단 말인가.

"안 믿지만. 어쨌든 유보랑이 나한테 선물한 건 아시겠지."

백우는 어깨를 으쓱하고 다시 죽간을 펼쳤다.

백년계곡의 주인은 천인의 시간을 다스렸다. 도력이 넘쳐 나는 자들이 선계로 모여드니, 서로 이런저런 문제가 생겨 시간이 어그러지거나 뒤바뀌는 일도 있었다. 그걸 해결하는 게 백우의 일이었다.

"어떻게 지낸대?"

문득 백우가 물었다. 이서가 백년계곡에 도착한 지 벌써 일주일째. 그러나 이서는 방 밖으로 잘 나오지도 않고 있었다. 한동안은 백년계곡을 돌아다닐 거라고 생각했는데.

곧 율선이 대답했다. 자기도 의아하다는 투였다.

"시중들어 줄 사람으론 새말선을 붙였는데…… 종종 불러다 물어봐도 뭐 별거 안 한다나 봐. 먹고 자고 그냥 이 안을 좀 돌아다니고."

"그래?"

그건 안 좋은데, 하고 백우는 생각했다.

율선은 잠시 거기 앉아서 뭐 때문에 이렇게 그 여자가 찜찜할까 고민했다. 답은 쉽게 나오지 않았다. 그러다 문득 그는 백우가 자기 곁을 스치는 걸 느꼈다. 율선이 벌떡 일어났다.

"야, 어디 가?"

"복줄꽃한테."

"왜?"

"밖에 나가도 된다고 말해 주려고."

"야……."

율선이 허둥지둥 백우에게로 달려갔다. 덥석 그 팔을 붙잡자 백우가 돌아보았다. 율선은 어처구니가 없다는 듯 물었다.

"그 꽃 유보랑이 주고 간 거야. 안 만나면 안 만날수록 좋다고. 그리고 괜히 밖에는 왜 내보내? 다른 꿍꿍이라도 있으면……."

"어쨌든 아버지께서 보내신 거라잖아."

아깐 안 믿는다면서!

율선은 기가 막혀 백우를 보았다. 백우도 좀 난처한 표정이었지만, 마음을 바꿀 것 같진 않았다. 율선은 백우의 팔을 놓으며 고개를 설레설레 저었다.

"넌 꼭 천년장자 얘기만 나오면……. 그런 사람도 아버지라고……."

"패율선."

쩡, 공기가 얼어붙었다. 백우가 낮은 목소리로 율선을 불렀다. 율선을 내려다보는 검은 눈이 더없이 차가웠다. 단단히 굳은 입매. 율선은 자기가 실수했음을 알았다. 답답한 마음에 자주 하는 실수였다.

"미안. 실수했어."

눈치를 살핀 후 바로 숙이고 들어가자 백우는 더 책망하지 않았다. 한번 화가 나면 정말 무시무시하다는 걸 아는지라 율선은 그쯤에서 넘어간 걸 다행으로 여겼다. 백우는 율선을 보고 냉랭한 목소리로 경고했다.

"넌 내 친우지 아버지 친우라고 생각하면 곤란해. 말조심해."

"네……."

율선은 슬쩍 백우의 눈치를 살피며 말을 높였다. 백우는 마지막으로 율선을 일별하더니 그대로 몸을 돌려 사라졌다.

혼자 남은 율선은 좀 기가 막혀서 그냥 그 자리에 서 있었다. 제게는 야, 야 불러도 신경 안 쓰던 놈이, 제 아버지 한 번 경칭 없이 불렀다고 저렇게 분위기가 변한다. 율선은 자기도 모르게 혀를 찼다.

하여튼 이상한 놈. 그런 아버지 따위 신경 꺼 버리면 될걸.

그 시각 이상한 놈은 백년궁의 사령(使令) 하나에게 이서의 방이 어디 있는지 묻고 있었다.

"아마 서쪽 다섯 번째 방일 겁니다요. 데려올까요?"

"됐다. 내가 가지."

백우는 토끼 귀를 단 사령을 지나쳤다. 걸으면서 그는 아버지와 유보랑을 생각했다. 유보랑은, 기본적으로 나쁜 계모는 아니었다. 여덟 살 때 어머니가 사라지고 1년 후 유보랑이 집으로 들어왔다. 유보랑은 백우를 학대하지 않았으나 사랑하지도 않았다. 그녀는 천년장자의 관심을 독점하고 싶어 했고 천년장자는 이유 없이 백우를 쳐다보지도 않았다.

아버지의 선물이라.

그저 유보랑이 지어낼 말일 가능성이 더 컸다. 그러나 어쩔 수 없이, 백우는 그 선물에 마음이 쓰였다. 아버지 천년장자에 대한 감정은 아주 복합적이었지만, 백우 안의 어린아이는 부모로부터 금지옥엽 사랑받던 어린 시절을 갈구했다.

만약 정말 아버지가 보낸 거라면.

백우는 이서의 방 앞에 도착했다. 밖에 개 사령인 새말선이 서 있었다. 머리 위에 달린 갈색 귀가 백우를 보고 쫑긋 움직였다.

"장자님!"

소녀의 형상을 한 새말선이 팔짝 뛰어 백우 앞에 섰다. 눈이 반짝였다. 꼬리까지 내놓았으면 마구 흔들리고 있었겠지. 백우는 고개만 끄덕여 주고 닫힌 장지문을 보며 물었다.

"안에 계시냐?"

"네. 잠시만요, 금세 고하겠습니다."

새말선은 큼큼, 목을 가다듬었다. 그러더니 목을 빼고 조심스러운 목소리를 냈다.

"손님, 백년장자님이 오셨어요."

응당 허락의 말이 들려야 할 텐데, 안은 조용했다. 백우는 가만히 서서 기다렸다. 새말선이 흘끗 백우의 눈치를 보고 좀 더 목소리를 높였다.

"손님. 손님? 장자님이 오셨는데요."

원래대로라면 백우는 그냥 들어가도 상관없었다. 그는 백년궁의 주인이었다. 그러나 백우는 함부로 문을 여는 대신 안에서 답이 올 때까지 서 있을 생각이었다.

새말선은 한 번 더 불러 보고, 그래도 답이 없자 끙끙 백우의 눈치를 살폈다. 그야말로 뭐 마려운 강아지 모양이었다. 곧 새말선은 꾸벅 고개를 숙이고 조심스레 방 안으로 들어갔다. 이서에게 직접 말하려는 듯했다.

그러고 나서 곧 새말선이 밖으로 나왔다. 조금 난감한 얼굴이었다.

"손님의 몸 상태가 좋지 않은 것 같습니다."

백우는 그 말을 듣고 멈칫했다. 백우는 드물게 사령을 책망했다.

"잘 모시라고 했을 텐데."

"죄송합니다."

"의원부터 불러."

"네, 장자님."

새말선은 기가 죽어 백우의 눈치를 살폈다. 백우는 쉽게 화를 내는 사람은 아니었지만, 말수가 적고 속을 알 수 없어 사령들은 그를 어려워했다. 백우는 일단 장지문을 열고 안으로 들어갔다.

이서에게 내준 방에는 그럴듯한 침상도 준비되어 있었다. 그런데 이서는 굳이 바닥에 요를 깔고 누운 채였다. 의식을 잃거나 하지는 않은 모양으로, 이서는 들어오는 백우를 보고 몸을 일으켰다.

"죄송해요. 몸이 조금……."

백우의 눈을 피하며 이서가 그렇게 중얼거렸다. 백우는 그녀 곁에 몸을 낮춰 앉았다.

"의원이 금방 올 겁니다. 말씀을 해 주셨다면 진작 불렀을 텐데요."

"자고 일어나면 나아질 것 같아서요."

밤새 열에 시달렸는지 이서의 눈 밑은 검게 죽어 있었다. 식은 땀을 흘린 탓에 머리카락이 얼굴에 달라붙었다.

열은 지난밤부터 오르기 시작했다. 도착한 지 한 주가 지나도록 백우에게는 아무 일도 일어나지 않았다. 그 덕에 자기도 모르게 긴장이 조금 풀린 모양이다. 이서는 계속 앓았고, 밖에 새말선이 서 있다는 걸 알면서도 그녀를 부르지 않았다.

"어쩐 일이세요?"

이서가 주저하다 물었다. 백우는 갑자기 찾아왔다. 무언가 일이 생긴 걸까. 들켰나? 생각은 단 몇 초 만에 거기까지 닿았고 이서는 가슴이 철렁했다.

"먼저 의원에게 몸을 보이는 게 좋겠습니다. 달리 용무가 있어 온 건 아닙니다. 그저 내내 안에만 계신다기에 걱정이 되어서 왔는데……. 오길 잘했군요."

백우가 그렇게 말했다. 편안하고 듣기 좋은 목소리였다. 이서는 한참 백우의 얼굴을 살폈다. 거짓말은 아닌 것 같았다.

얼마 지나지 않아, 백년궁의 의원 모량이 도착했다. 모량은 먼저 백우에게 정중히 허리를 굽혀 인사하고 이서 곁으로 다가왔다. 맥을 짚어 보겠다며 손을 내어 달라기에 이서는 얼결에 팔을 뻗었다. 그러나 곧 모량은 이서의 손을 놓고 백우를 돌아보았다.

"이분은 사람이 아닙니다. 제가 진찰할 수 없습니다."

"서천의 꽃이다. 어렵겠나? 보기에는 비슷해 보이는데."

"물론 기본적으로는 사람의 몸입니다만…… . 쓰이는 약이 다릅니다. 단순히 열이 오르는 것이니 이대로 몸을 쉬게 두셔도 되고, 서천에 가서서 꽃감관에게 약을 부탁하시는 것도 방법입니다."

백우는 잠시 뭔가를 생각하다가, 알겠다며 모량을 돌려보냈다. 모량이 조심스럽게 물러나자 백우는 이서를 보고 말했다.

"서천에 사람을 보내겠습니다. 약을 받아 오라고 하지요."

"아니요!"

이서가 급히 고개를 저었다. 그녀는 완전히 당혹해서 백우의 팔을 붙잡기까지 했다.

"전 괜찮아요. 약 같은 건 없어도 돼요. 아니면…… 나중에 제가 가서 받아 올게요."

"하지만 열이 언제 떨어질지 모릅니다. 서천은 멀지 않으니 금세……."

"꽃감관님께 괜한 걱정을 끼치고 싶지 않아요."

이서는 급한 대로 진성을 내세웠다. 물론 말도 안 되는 핑계였고 백우에게는 대답이 준비되어 있었다.

"그저 앞으로의 일에 대비해 약을 청한다고 하면 됩니다."

이서는 울고 싶었다.

백년궁의 누구도 서천에 가서는 안 된다. 진성이 이서에 대해 떠들진 않겠지만, 그는 자기가 유보랑과 무슨 거래를 했는지 모른다. 그러다 진성이 '이서가 멸망꽃이라 걱정이 많았는데' 어떻고 하는 말이라도 하면? 다른 꽃들이 수군거리는 얘기를 듣기라도 하면?

'서천의 복줄꽃입니다.'

그건 치명적인 거짓말이었다. 독약을 비약이라 속인 것과도 같았다. 들키면 끝장이야. 쫓겨나는 것은 물론이고, 아니, 어쩌면 죽을지도 모른다. 상대는 천인(天人)의 시간을 다스리는 백년장자였다.

"서천에 사람이 가지 않았으면 하시는군요."

백우가 대답 없는 이서를 보며 말했다. 이서가 구원이라도 받은 것처럼 번쩍 고개를 들었다. 그 표정이 몹시 간절했다.

"약은 정말 필요 없어요. 조금만 있으면 나을 거예요."

백우는 이서를 물끄러미 바라보았다. 눈이 빨갛고 옆에 앉아만 있어도 열기가 전해지는 걸 보면 지금도 무척 아플 텐데, 한사코 괜찮다고 하는 게 이상스러웠다. 서천에 사람을 보내는 게 정말로 싫은 모양이었다.

"그럼 약수(藥水)라도 가져다 드리겠습니다. 백년계곡 상류에 있으니 금방 구해 올 수 있습니다."

"번거롭게 해 드리고 싶지 않아요. 조금 쉬면 나을 거예요."

이서는 굳이 거절하고도, 작은 소리로 번거롭게 해 드려서 죄송합니다, 하고 덧붙였다. 백우는 이 꽃이 이상할 정도로 위축되어 있음을 느꼈다. 더 권해도 무용할 것 같아 백우는 물러나기로 했다.

"그럼 그렇게 하십시오. 저도 이만 가 보겠습니다. 필요한 게 있으면 언제든지 새말선에게 얘기해 주시고요."

"감사합니다."

이서가 일어나려 했다. 백우는 거의 반사적으로 손을 뻗어 그녀의 어깨를 짚었다. 앉아 있으라는 뜻으로 가볍게 눌러 준 후, 백우는 일어섰다.

백우가 손을 뻗어 장지문을 열려고 했다. 미닫이식이라 살대를 잡고 오른쪽으로 밀었는데, 덜컥, 문이 열리지 않았다.

뭐지?

백우가 다시 한번 문을 밀었다. 덜컥, 하고 또 문이 열리지 않았다. 빗장 같은 잠금장치가 전혀 없는 문인데, 세 번째도 마찬가지였다.

"문이 안 열리나요?"

이서가 자리에 앉은 채, 약간 창백한 얼굴로 물었다. 백우는 고개를 끄덕이고 새말선을 불렀다.

"새말선? 밖에 있나?"

"네, 장자님."

"문이 안 열리는데, 거기서 한번 열어 봐."

곧 밖에서 또 덜컹거리는 소리가 났다. 이서는 어쩐지 조마조마한 마음으로 백우를 지켜보았다. 밖에서 새말선이 "안 열리는데요?" 하고 말했다. 그녀도 이유를 몰라 의아한 모양이었다.

"이상하네."

백우가 혼잣말을 했다. 백우는 문에서 조금 떨어져 문틀에 뭔가 문제가 있는 건 아닌지 살폈다. 부친의 천년궁에서든 자신의 백년궁에서든, 이런 적은 한 번도 없었다.

"장자님."

이서가 갈라진 목소리로 백우를 불렀다. 백우가 이서 쪽으로 고개를 돌렸다. 밖에서 새말선이 계속 문을 미는 듯 덜컹거리는 소리가 났다. 이서는 그 소리를 들으며, 백우의 눈길을 받으며, 자기가 왜 백우를 불렀나 의아해했다.

그때였다. 갑자기 문 두 짝이 삐걱하더니, 덜컥 문틀에서 빠져나와 기울어지기 시작했다. 백우의 머리로 그림자가 드리워지고, 백우가 본능적으로 그쪽으로 고개를 돌렸다. 이서가 벌떡 일어나며 비명처럼 외쳤다.

"장자님!"

백우가 한 팔을 들어 얼굴을 가렸다. 요란한 소리를 내며 기울어진 장지문이 그대로 백우를 덮쳤다. 이서는 순간 그가 넘어져 버릴 거라고 생각했다.

턱.

백우는 넘어지는 건 고사하고 휘청거리지도 않았다. 나무로 살을 만들어 엮고 창호지를 바른 장지문은, 장성한 성인 남자를 넘어뜨리기엔 너무 가벼웠다.

거의 찢어져라 백우를 불렀던 이서는, 여기서 뭐라고 말이라도 하는 게 덜 민망할까 아니면 입을 다무는 게 덜 민망할까 잠깐 고민해야 했다. 그녀는 백우가 제 위로 넘어진 장지문을 들어내 치우고, 새말선이 들어와 호들갑스럽게 백우의 몸을 살피고, 백우가 그녀를 밖으로 내보내고, 다시 고개를 돌려 자신을 쳐다볼 때까지 아무 말도 하지 않았다. 그러다가 뭐라도 한마디 하는 게 좋겠다는 판단을 내렸다.

"안 다치셨네요."

백우는 바로 대답하지 못했다.

안 다쳐서 불만인 건 아니겠지?

"네."

대답이 너무 당연하게 나와서 이서는 바로 자신의 결정을 후회했다. 아직도 열이 올라 어지러운데, 순간 벌써 백우가 죽어 버리는 줄 알고 깜짝 놀랐다. 조금만 생각해 보면 저런 문짝 따위가 선계의 사람을 죽일 수 없는 게 당연한데도.

"문에 조금 문제가 있었나 봅니다. 고쳐 둬야 할 것 같은데, 다른 방으로 가시겠습니까?"

"아……. 네."

백우는 이서를 일으켜 세워 주었다. 그리고 방 밖에서 백우를 보던 새말선에게 이서를 맡겼다. 이서는 새말선의 부축을 받아 다른 방으로 향하며 뒤를 돌아보았다. 백우는 방 밖으로 나와, 문이 빠져 버린 자리를 보며 뭔가 고심하고 있었다.

이곳에서 지내는 내내 멀쩡하던 문이 왜 갑자기.

그렇게 생각했지만, 이서는 모르는 척 고개를 돌렸다. 나 때문이 아니야. 이 정도는 언제나 일어날 수 있는 사고니까…….

이서는 새말선이 급히 치운 다른 방에서 열에 지쳐 쓰러지듯 잠들었다. 한밤중에 가물가물 눈을 떴는데, 머리맡에 하얀 대접이 놓여 있었다. 이서는 목이 타는 걸 느끼고, 대접을 들어 쭉 마셨다.

언제 가져다 놓았는지는 몰라도 무척 시원하고 달았다. 그냥 물이 아니었다.

약수구나. 이서는 열에 시달려 멍한 머리로 그렇게 생각했다.

'그럼 약수라도 가져다 드리겠습니다.'

괜찮다고 했는데, 백우는 굳이 마음을 써 준 모양이었다. 천년 장자가 보냈다 하면 귀한 대접을 받을 거라는 유보랑의 말이 떠올랐다. 놀랍도록 아름다운 그녀와의 거래도.

이서는 다시 자리에 누웠다. 배 속이 욱신거렸다. 온몸이 두들겨 맞은 것처럼 아팠다.

갑자기 문이 자기 쪽으로 기울어졌으니, 다치진 않았어도 꽤 놀랐겠지. 이서는 뒤척이며, 문을 치우고 자기를 보던 백우의 무구한 눈빛을 머릿속에서 지워 버리려 했다. 한 점 의심도 없던 그 얼굴.

나 때문은 아닐 거야.

이서는 눈을 감았다.

패율선은 두루두루 아는 사람이 많았다. 백우와는 달리, 율선은 백년궁의 사령들과도 스스럼없이 어울리는 편이었다.

"새말선!"

율선이 붉은 사과 여러 개를 바구니에 담아 가는 새말선을 보고 목소리를 높였다. 율선은 백년궁 안에 있고 새말선은 그 밖을 지나는 길이었는데, 열린 창을 통해 서로 눈이 마주쳤다. 율선이 1층에 있었던지라 둘은 벽 하나를 사이에 두고 마주 보는 모양이 되었다.

"아, 보좌님. 안녕하셨어요."

천제를 가까이 모시는 입장이 아닌 이상, 선계의 품계는 그리 복잡한 편이 아니었다. 율선은 그저 백우의 보좌였다. 율선은 빙글빙글 웃는 얼굴로, 창턱에 팔꿈치를 대고 턱을 괸 채 새말선을 바라보았다.

"어. 어디 가는 길?"

"어디긴요. 손님께 가지요. 어제 많이 아프신 것 같더니, 장자님이 가져오신 약수 드시곤 좀 나아지셨더라고요? 기운을 회복하려면 바로 지금이죠!"

율선은 빙긋 웃었다. 이 말 많은 개 사령을 이서의 시중으로 붙여 준 게 다름 아닌 그였다. 새말선은 말이 많고 덤벙대는 편인데다 사령들 중에서도 유난히 율선을 좋아해서, 이리저리 찔러 가며 정보를 얻어 내기 쉬웠다.

그새 아팠단 말이지? 백우가 약수까지 가져다준 모양이지. 물러 터진 놈.

그 물러 터진 놈이 혼자 일하도록 내팽개치고 온 율선은 아무렇지도 않은 어조로 말을 이어 갔다.

"우리 장자님이 원래 좀 친절하지."

"그럼요. 손님을 대하실 때 어찌나 다정하시던지. 일반 약은 못 쓰고 서천에 가야 한다고 하니까, 직접 약수까지 주셨잖아요. 그게 보통 물도 아닌데."

새말선은 백우를 어려워하는 주제에 눈을 빛내며 백우를 찬양했다. 율선은 전적으로 동의한다는 듯 요란하게 고개를 끄덕였다.

"그럼, 그럼. 장자님 인품이 얼마나 뛰어나. 아픈 꽃이 서천까지 가기 얼마나 힘들겠어."

"아. 원래 그 손님이 직접 가실 필요는 없었어요. 서천으로 사람을 보낸다고 했는데, 뭐 무슨 일인지는 몰라도 그러진 않으시더라고요."

"그래?"

새말선이 떠드는 소리를 들으며, 율선은 좀 이상하다고 생각했다.

백우는 물론 그리 나쁜 녀석은 아니지만…… 아니, 생각보다 나쁜 녀석은…… 가끔 생각 이상으로 나쁜 녀석일 때도 있지만……. 어쨌든 몇 번 보지도 않은 손님을 그렇게까지 챙길 성격은 아니었다. 역시 아버지 때문인가? 서천으로 사람을 보내면 될 걸 왜 직접 약수까지 떠 왔지?

"그렇다니까요. 손님이 얼마나 감격한 눈으로 우리 장자님을 바라보시던지! 얼굴까지 붉히고서! 설마 우리 장자님에게 반한 건 아닐까요?"

그저 열이 났을 뿐이다. 하지만 새말선은 망상에 빠져 침까지 튀기며 마구 짖기 시작했다.

"하긴, 누가 우리 장자님을 보고 무심할 수 있겠어요? 전 장자님만 보면 꼬리가 솟을 것 같고 저도 모르게 멍멍 짖을 것 같다고요."

그렇게 말하더니 새말선이 정말 멍! 멍멍! 멍멍멍! 하고 짖었다. 동물 사령들이 흥분하면 잘하는 짓이었다.

"게다가 갑자기 문이 안 열리니까 문을 빼 버리는 그 박력!"

문이 혼자 부서진 거지만 새말선의 망상은 멈출 줄을 몰랐다. 율선은 제 얼굴에 침이 튀는 걸 느끼며, 인내심을 갖고 고개를 끄덕여 주었다. 머리는 바쁘게 돌아가고 있었다. 문이 안 열렸단 말이지? 그런데 왜 문을 부쉈지?

멋있어 보이고 싶어서……?

문을 부숴도 멋있지 않았다. 하지만 새말선은 어렵지 않게 율선까지 제 망상에 끌어들였다.

"여, 여자들은 그런 걸 좋아하나? 문을 부수는 거?"

"무슨 말씀이세요? 당연히 좋아하죠."

"그렇군, 역시 남자는 힘이……."

혼자 고개를 끄덕이는 율선을 보는 새말선의 눈빛이 좀 이상했다. 아주 측은하게 여기는 듯했다. 문을 부순다……. 혼자 중얼거리던 율선이 퍼뜩 정신을 차렸을 때, 새말선은 서른 살이 되도록 연애 한 번 해 본 적 없는 아들을 보는 어머니의 얼굴이 되어 있었다.

"뭐."

율선이 시비조로 말했다. 새말선은 잠깐 옆으로 고개를 돌리고 눈물을 닦았다.

"아니요, 그냥 제 마음이……. 언제 장가보낼까 생각하니……."

"네가 내 엄마라도 되냐."

율선은 어처구니가 없어 중얼거렸지만 새말선은 오히려 발끈했다.

"보좌님! 여자들은 그 나이 먹도록 엄마를 엄마라고 부르는 남잘 싫어한다고요!"

멈칫.

"정말?"

"당연하죠! 엄마라니! 우리 장자님이라도 구천현녀님을 엄마라고 부르면 오만 정이 다 떨어지고 말 거야! 대체 이런 기본적인 것도 몰라서 어째요? 10년 만에 다시 만난 운명의 짝이라도 엄마를 엄마라고 부르는 순간 모든 게 다 끝장이라고요! 삼생(三生)의 연모도 식게 만들 발언이에요!"

새말선은 아주 훌륭한 일반화의 오류를 범한 뒤 가슴에 손을 얹고 정말 애처로운 눈으로 율선을 바라보았다. 죽을 때까지 여자와 눈도 못 마주쳐 본 손자를 보는 할머니의 얼굴이었다.

율선은 멍해져서 '엄마'가 그렇게 위험한 말인가 고민했고, 새말선은 이서에게 과일을 갖다 주는 것도 잊고 패율선에게 여자의 마음에 대해 ―잘못된― 강의를 시작했다.

새말선이 열을 올려 가며 율선에게 잘못된 지식을 전수하고 있을 때, 이서는 꼼짝도 않고 방에 틀어박혀 있었다. 몸은 나아졌지만 겁이 나서 밖으로 나갈 수가 없었다.

역시 어제 문은 나 때문에 그런 걸까? 확실히 알 수는 없었지만 그래도 밖으로 나갔다가 괜한 일이 벌어질까 무서웠다. 이서는 이 힘이 백우만 공격할 것인지, 주위 사람들까지 휘말리게 할 것인지조차 가늠할 수 없었다.

목적을 이루려면, 어떻게든 백우를 빨리 죽여야 한다. 그걸 모르지 않았으나 어제 그 큰 문이 백우 쪽으로 기울어질 때는 정말 놀랐다.

'그나저나 새말선이 왜 안 오지?'

과일을 갖다 주겠다고 말하고 사라진 게 한참 전인 것 같은데. 그 새말선은 지금 율선을 구제하기 위해 헛되이 애쓰고 있었지만 이서가 알 리 없었다. 이서는 살짝 문만 열어 볼까 싶어, 자리에서 일어나 장지문을 옆으로 밀었다.

덜컥.

"아⋯⋯."

느낌이 안 좋은데.

이서는 부질없다는 걸 알면서도 다시 문을 열려고 했다. 과연 열리지 않았다. 지금은 백년장자도 근처에 없는데, 왜⋯⋯.

바로 그 순간, 문이 또 덜컥 빠지더니 이번엔 바깥쪽으로 기울어졌다. 이서가 어, 하며 손을 뻗었지만 이번에도 문 두 짝은 약속이라도 한 것처럼 밖으로 기울어졌다.

퍽, 하는 소리가 났지만 문은 바닥으로 떨어지진 않았다. 밖에서 낮은 기둥 같은 것이 받치고 있는 듯 기울다 말았을 뿐이다. 이서는 곧 그 문 옆으로 단단한 손이 나타나는 걸 보았다. 이서가 넋을 빼고 그걸 바라보고 있는데, 백우가 그 문을 어제처럼 옆으로 치우고 바닥에 내려놓았다.

"어……. 안녕하세요."

이서는 한 손에 흰 대접을 든 백우를 보며 중얼거렸다. 그저 인사였을 뿐인데, 백우는 잠깐 대답을 고민했다.

"방금 문에 맞아서요."

"아."

"하지만 안녕합니다. 무거운 문이 아니라."

그저 얼굴이 보여서 인사한 것뿐인데, 백우는 진지하게 대답하고 있었다. 이서는 그냥 고개만 끄덕였다. 안녕하세요 말고 다른 인사말이 없을까 생각하면서.

"손님께서도 몸은 많이 좋아지신 것 같네요. 다행입니다."

"네, 저…… 감사합니다. 약수요."

안 그래도 새말선이 오늘 아침에 입에 침이 마르도록 백우의 인품을 칭찬했다. 약수를 구할 수 있는 건 백우와 율선, 그리고 그들의 명을 받은 사령들뿐인데, 백우가 어제 직접 약수를 구해 왔다는 것이다. 어쩜 그렇게 다정하신지! 하고 외치는 새말선을 보며 어색하게 고개를 끄덕였더니 새말선은 멍멍 짖기까지 했다. 그 모습을 보니 이서는 갑자기 병이 도질 것 같아 그냥 입을 다물었다.

"직접 가져다주신 거라고 들었어요. 덕분에 몸도 좋아졌고요."

"혹시 모자라지 않을까 해서 조금 더 가져왔습니다. 굳이 아프지 않아도, 몸에 좋은 영약이니 드시면 될 겁니다."

그렇게 말하고 백우가 문지방 너머에서 이서에게 대접을 내밀었다. 이서는 이 뜻밖의 호의에 몸 둘 바를 몰라 하며 대접을 받았다.

"감사합니다. 어…… 얼른 가셔야……."

이서는 불안해서 가슴이 쿵쾅거렸다. 문이 빠진 건 우연이 아닌 것 같았다. 백우가 이대로 서 있다간, 정말 하늘이 무너지거나 땅이 꺼지거나 이 대접이 폭발하거나 할지도 몰랐다.

설마 정말 그러진 않겠지?

이서는 원수라도 진 것처럼 심각한 얼굴로 대접을 내려다보았다. 백우는 그런 이서를 보다가 고개를 저었다.

"문을 먼저 끼워야 할 것 같습니다. 이런 적이 한 번도 없는데, 요즘 왜 이렇게 문이 부실한가 모르겠네요."

"백년궁의 다른 방은 다 괜찮은가요?"

이서는 긴장한 기색을 숨기려고 애쓰며 물었다. 백우는 고개를 끄덕였다.

"네. 하지만 계속 이런 일이 생기면 한 번쯤 점검은 해 봐야겠죠. 다른 방으로 옮기시겠습니까?"

"아, 아니요. 전 괜찮아요. 문은 금방 고쳐질 거고……."

어차피 다른 방으로 옮겨 가도 똑같은 일이 벌어질 것이다. 그럴 바엔 그냥 이 문을 계속 부수는 게 나았다.

"새말선은 어디 갔습니까?"

"과일을 가져다준다고 하더라고요. 기다리는 중이었어요."

"그렇군요. 꽤 말이 많은 사령이죠. 불편한 점은 없으십니까?"

"네. 잘 지내고 있어요."

"백년계곡에는 진귀한 것들이 많습니다. 기운이 완전히 회복되면 가 보시는 것도 좋겠죠."

"네……."

"가끔 시간 유사(流砂) 때문에 문제가 생기긴 합니다만…… 그래도 유사에 빠지지 않도록 새말선이 잘 안내해 줄 겁니다."

시간 유사가 뭔지는 몰랐지만 이서는 어쩌면 백우가 거기 빠져 죽을지도 모른다고 생각했다. 저 사람하고는 절대 같이 외출하지 말아야지. 그런 다짐을 하던 이서는, 자신이 그를 질질 끌고 그 유사에 처박아야 할 입장이란 걸 상기하고 마음이 무거워졌다.

백우는 자기에게 친절하게 대하려 애쓰고 있었다. 그리고 그가 그럴수록 이서는 죄책감에 시달렸다.

"그럴게요. 어서 가셔야 하지 않아요? 일이 바쁘실 텐데……."

내쫓는 듯한 말투가 됐지만 백우는 별로 개의치 않는 듯했다. 그는 사령에게 문을 고치게 하겠다고 말한 후, 고개를 숙이고 돌아섰다. 그리고 그 순간.

빠각.

백우의 발밑이 푹 꺼졌다. 갑자기 마루가 백우의 발 모양으로 내려앉은 것이다. 나무로 된 낭하(복도)가 갑자기 내려앉자 백우의 몸이 휘청 기울었다. 다행히 땅으로부터 많이 높여 짓지 않아 발은 금세 바닥에 닿았지만, 한쪽 발이 푹 들어가 빠지지 않았다.

"정말 이상하네요."

백우는 전혀 이상하게 생각하지 않는 듯한 얼굴로 중얼거렸다. 거의 놀라지도 않은 것 같았다. 오히려 백우보다 이서가 더 놀랐다. 그녀는 거의 사색이 되어 백우의 앞으로 뛰어갔다.

"괜찮으세요?"

백우가 대답하기도 전에, 이서가 몸을 낮춰 백우의 다리를 잡아당겼다. 옷자락이 뭐에 걸렸는지 잘 빠지지 않았다.

"전 괜찮……."

이서가 사력을 다하자 백우의 다리가 쑥 빠졌다. 문제는 너무 급하게 빠져 버린 거였다. 백우가 순간 중심을 잃고 뒤로 휘청 넘어갔다. 이서가 반사적으로 팔을 뻗어 백우의 손목을 잡았는데, 백우의 무게에 그대로 끌려가 버리고 말았다.

결국 둘은 요란하게 바닥에 나동그라졌다. 그리고 때마침 율선을 보내 주고 돌아오던 새말선이 둘이 바닥에 엎어져 있는 걸 목격하고 과일 바구니를 집어 던졌다.

"꺄아악! 장자님!"

아까의 이서보다 더한 호들갑을 떨며 새말선이 달려왔다. 그녀는 이서와 겹쳐 넘어진 백우를 보며 두 손을 뺨에 대고 짖다가 절망 어린 목소리로 외쳤다.

"왜 이렇게 개구리처럼 짜부라지신 거예요!"

"……."

"아아, 우리 장자님이 이렇게 배 까고 죽은 개구리처럼 되시다니!"

"아니⋯⋯."

이서가 조심스럽게 상체를 일으키며 뭐라 말하려 했지만, 새말선은 흥분해서 아무것도 안 보이는 상태였다.

"이런 비루먹은 개구리 같은 꼴이라니! 멍멍! 이런 개, 멍, 구리, 멍멍멍! 우리 귀한 장자님이 왜 이런 더러운 바닥에 멍구리 딱지처럼 달라붙어 계세요!"

"⋯⋯."

그녀의 격한 흥분에 백우도 이서도 아무 말도 못 하고 멍해졌다. 새말선은 모시는 주인을 개구리와 멍구리 딱지로 만든 후 눈물을 훔치며 백우를 일으켜 세웠다. 이서도 따라 일어났다. 그때까지도 새말선은 훌쩍훌쩍 울며 귀를 쫑긋거리고 있었다.

"새말선."

백우가 좀 성가시다는 얼굴로 그녀를 불렀다. 네? 하고 고개를 든 새말선은, 백우가 어째서인지 매우 짜증이 났다는 걸 깨달았다. 역시 바닥에 넘어질 때 아프셨던 거야! 새말선은 또 눈물이 그렁그렁해졌다.

"가서 과일이나 주워 와."

새말선은 아차 하는 얼굴로 얼른 뒤를 돌아보았다. 아까 바구니를 내던지는 바람에 사과가 아무렇게나 뒹굴고 있었다. 허둥지둥 그리로 달려가는 새말선을 보다가, 이서는 얼이 빠진 얼굴로 백우를 불렀다.

"그런데, 제가 서천에서만 살아서 그런데요⋯⋯."

"네."

"멍구리 딱지가 뭔가요?"

백우가 팍 고개를 돌려 이서를 보았다. 무표정한 얼굴인데, 왜 짜증이 난 것 같지? 설마 멍구리 딱지가 그렇게 못생겼나? 이서가 혼란에 빠져 있는데, 백우는 "모릅니다."라고만 내뱉고 돌아서 버렸다.

역시 멍구리 딱지는 못생겼나 봐⋯⋯.

이서의 오해는 깊어졌다.

"저, 배, 백년장자님. 잘생기셨어요. 걱정하지 마세요."

그의 등에 소심하게 덧붙여 봤지만 소용없었다. 대신 이서의 말에 답하기라도 하듯, 천장에 줄지어 달려 있던 지등(紙燈)이 갑자기 툭툭 떨어지기 시작했다. 이서는 입을 딱 벌리고, 백우가 지나갈 때마다 절묘하게 머리로 낙하하는 지등을 바라볼 수밖에 없었다. 백우는 아무렇지도 않다는 듯 꿋꿋하게 앞만 보고 걸어갔다.

백우는 자기 거처로 돌아오자마자 율선을 불렀다. 새말선으로부터 남자의 매력에 대해 한참 훈계를 들은 율선은, 그 갑작스러운 부름에 어리둥절한 얼굴로 달려왔다. 백우는 심각한 얼굴로 그에게 말했다.

"오늘 백년궁 낭하가 갑자기 내려앉았어."

"뭐? 왜? 어디가? 얼마나?"

"복줄꽃 거처 앞에. 발을 디뎠는데 갑자기 밑이 푹 꺼지더라고. 문도 또 아무 이유 없이 빠졌고. 게다가⋯⋯."

그 순간 율선이 빽 외쳤다.

"너 설마 또 문 부쉈어?"

"뭐?"

"너 진짜 그 복줄꽃이랑 잘해 보려고 그래? 내가 말했잖아, 그 여자 좀 이상하다고! 하필이면 고르고 골라 그런 여자 앞에서 힘 자랑을, 그렇게 멋있어 보이고 싶냐!"

백우는 대답하지 못했다. 그저 율선의 말을 전혀 알아듣지 못 한 탓이지만 율선은 백우의 정곡을 찔렀다고 믿고 기세등등해졌 다.

"얌전한 장자가 하늘탑에 먼저 올라간다더니! 너 그렇게 안 봤 는데! 어떻게 나와의 의리를 저버리고 너 혼자……. 난 그래도 이 제껏 널 위해서 기다렸는데……!"

"야."

백우가 성질을 죽이려고 애쓰며 율선의 말을 끊었다. 그리고 율선의 입을 다물게 할 치명타를 날렸다.

"네가 이제껏 여자 손도 못 잡아 본 건 그냥 네 탓이야. 남 탓 하지 마."

율선은 백 년 치 상처를 미리 받은 얼굴로 입을 다물었다. 백우 는 자기가 무슨 말을 하고 있었는지 한참 되짚어야 했다. 그러다 가 중얼거렸다.

"여기까지 걸어오는 내내 지등이 내 머리 위로 툭툭 떨어지더 라고."

"엥."

율선은 자기도 모르게 이상한 소리를 내고 말았다.

물론 율선도 봤다. 어째서인지 지등이 일정한 간격을 두고 바닥에 떨어져 있었다. 무슨 일인가, 사령들이 함부로 날아다니다가 실수라도 했나 생각하고 넘어갔는데.

"무슨 말도 안 되는 소리야? 지등이 계속 네 머리 위로 떨어졌다고?"

"그래. 누가 내 머리로 일부러 떨어뜨리는 것처럼. 정확하게 나만 치더라고. 이상하지 않아?"

"음……."

율선은 조금 측은한 얼굴로 백우를 바라보았다. 피해망상에 빠진 환자를 보는 의사의 얼굴이었다. 백우는 율선의 표정을 전부 읽을 순 없었지만 어쩐지 기분이 더 나빠져서 으르렁거렸다.

"뭐야, 그건?"

"아니……. 내 말은, 글쎄, 백년궁은 물론 좋은 곳이지만 아무 문제도 없을 수는 없단 얘기지. 무슨 기둥이 부러진 것도 아니고, 그냥 지등 정도는……."

율선이 그렇게 말하니, 백우도 순간 마음이 흔들렸다. 생각해 보면 선계의 여러 궁에서도 이 정도 사고는 종종 일어난다. 어제 오늘 연속으로, 아무 이유도 없이 이런 걸 보면 좀 이상하긴 하지만.

어쩌면 정말 망상에 불과할지도.

하지만 그 순간 백우의 머릿속에, 약 올리듯 머리통을 치고 옆으로 굴러가던 수십 개의 지등이 떠올랐다. 너무 이상해서 잠깐 멈춰 서면 지등은 떨어지지 않았다. 그러다가 다시 걸음을 옮기면 기다렸다는 듯 떨어져 머리를 쳤다. 아프진 않았지만 기분은 더러웠다. 지나가던 사령들도 입을 헤 벌리고 지등에 얻어맞는 백우만 쳐다보았다.

"절대 아냐."

백우가 중얼거렸다. 뭔가 이상했다.

하지만 원래 당한 자만 이상한 걸 아는 법, 율선은 백우의 찜찜함에 공감해 줄 수가 없었다. 그야 갑자기 바닥이 꺼지거나 문이 넘어지고 지등이 줄줄이 떨어진 건 이상하지만, 무슨 징조나 엄청난 재앙으로 보는 건 무리였다. 율선이 뭐라고 대답해야 할지 몰라 머뭇거리고 있을 때, 백우가 건조한 목소리로 지시했다.

"황우양을 불러. 아무래도 전체적으로 쭉 살펴보라고 해야겠어."

황우양은 선계에서 가장 유명한 건축가였다. 백우의 백년궁과 천년장자의 천년궁, 그 외 무수한 선계의 궁과 옥황상제가 머무는 천하궁까지 지은 사람이었다. 게다가 그는 가택신으로, 어마어마한 신은 아니지만 백우가 아무렇게나 오라 가라 할 수 있는 위치도 아니었다.

"황우양을?"

"그래. 백년궁을 지은 게 그쪽이니 제일 확실하겠지."

"근데 황우양이 올까?"

황우양은 선계보다 인세에 머무는 시간이 더 길었다. 그리고 만만찮은 성격이기도 했다. 그래서 물은 건데, 백우가 슥 눈을 돌려 율선을 바라보았다. 그걸 왜 나한테 물어봐, 하는 얼굴이었다.

118

"오게 하는 건 네 몫이야, 패율선."

"그……."

"백년궁의 지등이 다 떨어지기 전에 내 앞에 데려다 놔."

그깟 지등 좀 떨어지면 어때서!

율선이 억울한 눈빛으로 항의했지만 백우는 본 척도 하지 않았다. 저런 놈을 여자들은 왜 좋아하는 걸까. 역시 지위가 깡패야. 문도 잘 부수고……. 율선은 어깨를 축 늘어뜨리고 최대한 불쌍해 보이는 모양새로 뒤돌아섰다. 백우가 명령을 번복해 주길 바랐지만 백우는 율선을 보고 있지도 않았다.

낭하로 나온 율선은 고개를 들어 다 떨어진 지등을 바라보았다. 이미 새 사령들이 분주하게 지등을 달고 있긴 했다. 율선은 혹시나 모른다는 생각에 고개를 치켜들고 줄지어 걸린 지등만 보며 걸었다. 그러나 단 하나의 지등도 떨어지지 않았고, 율선은 역시 아무 문제도 없잖아, 라고 생각하며 황우양에게 가는 걸 미루었다.

그리고 나흘 후, 율선은 이 결정을 땅을 치며 후회하게 된다.

이서는 이제 백우에게 일어나는 나쁜 일이 자기 때문이라는 확신을 갖게 되었다. 그러나 다행스럽게도, 그 불행은 그저 문이 좀 넘어지거나 낭하가 가볍게 가라앉거나 지등이 떨어지는 정도에 불과했다. 게다가 이서와 백우가 마주치지 않으면 아무 일도 없는 듯했다.

내내 방에만 박혀 있으려니 이서도 답답했다. 개화 후, 이서는 서천에서도 거의 혼자 지냈다. 청현이나 여울과만 겨우 만나는 정도였다. 그래도 그때 이서는 바깥에 있었다. 꽃들은 특별한 거처 없이 이리저리 뒹굴며 지냈기 때문에 이렇게 방에만 있을 필요는 없었다.

'잠깐만 나갔다 오면 되지 않을까?'

이서는 살짝 새말선을 불렀다. 새말선은 얼른 문을 열고 안으로 들어왔다.

"뭐 필요한 거 있으세요?"

"혹시, 지금 장자님 어디 계신지 알아요?"

새말선의 얼굴이 갑자기 딱딱하게 굳었다. 그 갑작스러운 표정 변화에 이서는 자기가 혹 실례되는 질문을 한 건가 고민했다. 서천에서는 이런 고민을 할 일이 전혀 없었다.

새말선은 깐깐한 시어머니의 마음으로 이서를 위아래로 훑어보았다. 이서가 지레 긴장해서 몸을 굳히는 게 느껴졌다. 서천의 꽃. 나쁜 조건은 아니지만 역시 우리 장자님은 좀 더 굉장하고 아름다운 분과 결혼하는 게 옳지. 역시 우리 장자님, 몇 번 보지도 않은 이 여인을 벌써 사랑 위로 거꾸러뜨리시다니! 하지만 내 눈에 흙이 들어가기 전엔 이 손님이랑은 안 된다! 굳게 결심한 새말선은 아주 자신만만한 목소리로 말했다.

"지금 백년궁에 안 계십니다."

"그래요? 그럼 저 잠깐 나갔다 올게요."

"마중 나가시려고요? 안 됩니다."

"네? 아, 그런 건 아니고……."

"기다리면서 한 떨기 꽃인 척해도 소용없어요!"

이서는 이미 꽃이었다. 어쨌든 새말선이 감정을 주체하지 못하고 소리치자, 이서는 그녀가 뭘 잘못 먹은 줄 알고 눈을 동그랗게 떴다. 마음을 잘못 먹었을 뿐이지만 이서는 진심으로 걱정스럽게 물었다.

"어…… 혹시 어디 아파요?"

"아니요. 아픈 건 손님이시죠."

상사병으로! 새말선은 주먹을 불끈 쥐며 다시 각오를 다졌다. 하지만 손님과 장자님은 어울리지 않아요. 장자님, 이 죄 많은 남자 같으니!

"전 이제 안 아파요. 잠깐 정원 산책이라도 하고 싶어서요."

"장자님은 바쁘셔서 안내해 드릴 수가 없습니다."

왜 아까부터 대화가 안 되는 것 같지? 이서는 좀 답답해졌다.

"네, 그래서 새말선에게 부탁하려고요. 같이 나가 줄래요?"

이서가 무사히 정원으로 나가게 된 건 그로부터 1각(15분)이나 더 지난 후였다. 어째 나가기도 전에 엄청나게 지친 듯한 기분이 들었지만, 이서는 내색하지 않고 밖으로 나왔다. 오랜만에 밖으로 나오니 단번에 기분이 들떴다.

이서는 새말선을 저 멀리 둔 채 혼자 정원을 거닐었다. 백년궁은 단정하고 우아한 맛이 있었다. 이서는 온갖 나무들이 오색 꽃과 이파리를 구름처럼 거느린 정원을 천천히 걸었다. 바람이 이서의 머리카락을 헝클어뜨렸다.

이대로 괜찮을까.

이서는 한숨을 내쉬며 생각했다. 그녀는 유보랑과 거래를 했다. 백우를 죽이기로. 그러나 이서는, 그에게 무슨 일이 생길 때마다 무척 겁이 났다. 서천에서 20년을 사는 동안 이렇게 의도적으로 남을 다치게 할 일은 전혀 없었다. 서천의 모두가 그랬다. 가시 있는 꽃들도 서천에서는 순하게 꽃잎을 오물거릴 뿐이었다.

나는 어쩌고 싶은 걸까.

백년장자가 죽지 않으면 나는 영원히 멸망꽃인 채로 살아야 해.

게다가 이서는 이미 유보랑의 소유였다. 아주 성급하게 내린 결정이었고 번복할 수 없었다. 사실, 번복할 기회가 있다 해도 그럴 수 있을지 확신이 서지 않았다. 백우는 친절했지만 그건 어디까지나 손님을 대하는 주인의 모습일 뿐이고…….

이서는 작은 샘가에 도착해 문득 걸음을 멈추었다.

어린 백우와의 첫 만남이 떠올랐다. 그때 불붙을꽃을 썼지. 이서는 기억하고 있는데, 백우는 전혀 기억이 안 나는 모양이었다. 서운할 일은 전혀 아니었지만 기분이 묘하긴 했다.

"이서야."

그래, 기분이 묘해서 환청이…….

"저건 뭐야?"

샘가에 선 어린 백우가, 어딘가를 똑바로 가리키며 묻고 있었다.

백우는 한가했다. 선계에서는 툭하면 시간과 관련된 문제가 터지는데, 누가 시간을 되돌린다든가 이상하게 꼬아 놓는다거나 하는 문제였다. 물론 전 우주의 시간을 되돌릴 수 있는 사람은 없어서 그저 일정 공간에서만 생기는 문제이기도 했다.

그런데 운이 좋았는지 지난 나흘 동안 그런 문제는 한 번도 발생하지 않았다. 거기에 더해, 지등이 떨어지거나 문이 넘어지거나 하는 일도 없었다. 백우는 사령들이 깎아 온 과일을 먹으며 오랜만에 여유로운 시간을 즐길 수 있었다.

그때, 까마귀 사령이 하나 날아왔다. 동물 사령들은 웬만해선 짐승의 모습으로 변하지 않는데 어지간히도 급한 일인 모양이었다. 어쩐지, 일이 너무 없다 했지. 백우는 멀리서 날아오는 사령을 보고 몸을 일으켰다.

"까악! 깍! 까아악!"

"내가 까마귀 말을 알아들을 거라고 생각한 건 아니겠지."

백우가 심드렁하게 중얼거리자 까마귀는 얼른 사람으로 모습을 바꾸었다. 쑥 나왔던 부리가 톡 튀어나온 입이 되었고, 짧은 다리와 날개는 순식간에 길어져 팔다리가 되었다.

"장자님, 제가 지금 날아오다가 봤는데요, 까악, 후원 쪽에, 까악!"

백우는 참을성 있게 기다렸다. 그리고 정말 급한 일이 아니라면 깃털을 다 뽑아 버리겠다고 결심했다.

"후원에 시간 유사 발생깍! 손님이 휩쓸릴깍!"

그 말을 듣자마자 백우는 벌떡 일어났다. 장지문을 마구 밀어 젖히고 후원이 내려다보이는 창문 쪽으로 전속으로 달렸다. 후원은 멀지 않다. 백우는 창호지를 바른 창문을 거칠게 열어젖혔다. 나무들이 전부 구름처럼 꽃과 잎을 거느려 아래가 제대로 보이지 않았다. 그러나 백우는 볼 수 있었다. 이서가 웬 어린 남자애에게 손을 뻗고 있었다. 지금 백년궁엔 저런 손님이 없다. 백우는 이를 악물었다.

"장자님!"

급히 뒤따라온 까마귀 사령이 소리쳤지만 백우는 듣지 못했다. 그는 그대로 창문을 뜯어 낭하에 던졌다. 그 후 곧장 창턱에 발을 딛고, 밖으로 훌쩍 뛰어내렸다. 백우의 몸이 그대로 후원 쪽으로 낙하했다. 순식간에 땅이 가까워졌다.

"그 손 치워!"

백우가 누구에게랄 것 없이 고함쳤다. 막 소년의 손을 잡으려던 이서가 깜짝 놀라 고개를 돌렸다. 그리고 거의 화살처럼 자신에게로 내리꽂히는 백우를 보며 멍해졌다. 그의 긴 옷자락이 바람에 날렸다.

빠악, 엄청난 소리와 함께 격통이 이서를 덮쳤다. 이서는 어쩔 틈도 없이 뒤로 넘어갔다. 거의 땅에 처박히다시피 했다. 이서는 이마가 상상도 못 할 정도로 욱신거린다는 걸 한참 후에야 깨달았다. 그리고 제 위에 뭔가 엄청 무거운 게 올라와 있다는 것도.

눈을 떴을 때 제일 먼저 보인 건 백우의 얼굴이었다. 아니, 솔직히 그것밖에 안 보였다. 그의 얼굴이 바로 앞에 있었으니까. 두 사람의 코는 서로 닿아 거의 짓뭉개진 듯 보였다. 깜빡. 깜빡. 둘은 눈을 깜빡였다. 그리고 다음 순간, 백우가 벌떡 일어났다.

이서는 대체 무슨 일이 벌어진 건지도 모르고 누워서, 백우가 싱싱한 버들가지를 꺾는 걸 바라만 보았다. 백우는 그 버들가지를 들고, 성큼성큼 과거의 자기 자신에게 다가갔다. 그리고 냅다 팔을 들어 어린애의 얼굴을 찰싹찰싹 후려치기 시작했다.

"으악!"

이서가 비명을 지르며 벌떡 상체를 일으켜 세웠다. 그러나 백우는 전혀 개의치 않고, 정말 보는 사람의 눈살이 찌푸려질 정도로 아프게 아이를 때렸다. 그것도 이마만 겨냥해 집요하게.

"으앗, 아, 아파, 아파, 흐앙, 앙, 아파아!"

아이가 울며 달아나기 시작했지만 백우는 번개처럼 쫓아가 아이의 손목을 움켜쥐었다. 그리고 본격적으로 이마만 공격하기 시작했다. 그러면서 한 대 때릴 때마다 버럭버럭 소리를 질렀다.

"너, 누가, 백년궁에, 어, 함부로, 와서, 이런, 장난이나, 치래!"

"으아아앙!"

버드나무 잎이 경쾌하게 흔들렸다. 곧이어 펑 소리가 나더니 갑자기 아이의 모습이 바뀌었다. 정확히 말하자면 아이의 색깔이. 아이는 그림자빛으로 변하더니 백우의 손아귀에서 스르르 빠져나가 버렸다. 백우는 그때까지도 오른손에 버들가지를 쥐고 있었다.

백우는 곧 숨을 고르며 천천히 이서에게로 돌아섰다. 그리고 이서는 보았다. 그의 이마가 엄청나게 부어오른 것을.

"시간 그림자입니다. 잘못 들어온 모양이네요. 하마터면 유사로 빨려 들어갈 뻔했습니다. 시간 유사가 생기는 이유는 여러 가지입니다만, 그 이유 중 대표적인 게 저 시간 그림자죠."

"네……."

"보통 기억에서 생성되는데…… 기억에도 그림자가 있어서요. 아마 이번엔 제 기억을 따라왔나 봅니다. 제 어린 시절 모습이더군요."

아무래도 이서의 기억을 따라온 것 같았지만 이서는 아무 말도 하지 않았다. 백우는 그런 이서를 보고 그녀가 자신의 설명을 이해하지 못했다고 생각한 듯했다. 그래서 그는 더 간단히 설명했다.

"흔한 일은 아니지만, 기억을 떠올리면 그 기억의 그림자가 현실로 기어 나오는 경우가 있습니다. 그걸 따라 들어가면 기억 속에 갇히게 돼서요."

백우는 이서가 아주 위험한 것과 만났다는 듯 말했지만 솔직히 이서는 백우가 더 무서웠다. 무표정한 얼굴로 버들가지를 꺾어 과거의 자기 자신을 후려치는 모습이라니.

그것도 이마만.

이서는 흘끗 백우의 이마를 바라보았다. 설마 저것 때문은 아니겠지. 백우와 정통으로 부딪친 이서도 이마가 쪼개질 것처럼 아프긴 했다. 단순한 비유가 아니라 정말 쪼개질 것 같았다. 그리고 아마 백우도 그만큼 아플 것이다.

"백년궁 안에서 이런 일이 생기긴 처음이군요. 죄송합니다. 제가 좀 더 주의했어야 하는데."

시간 그림자가 자기 때문에 나타났다고 생각한 백우는 이제 사과까지 하고 있었다. 이서는 마음이 매우 불편해졌지만, 그렇다고 여기서 대뜸 그게 자기 기억에서 나온 것 같다고 말할 수는 없었다.

"네에……."

애매한 대답만 길게 늘여 내놓고 있는데, 저만치서 또 새말선이 미친 듯이 뛰어오는 게 보였다. 이 갑작스러운 사태에 놀란 다른 사령들도 허둥지둥 날아오고 기어 오고 굴러왔다. 두 사람은 우르르 몰려오는 사령들을 보다가 약속이나 한 것처럼 긴 숨을 내쉬었다.

"장자님!"

제일 앞서 뛰어오던 새말선이 목 놓아 백우를 불렀다. 백우는 성가신 얼굴로 고개를 대충 끄덕였다. 그러나 어쩐지 새말선은 조금도 속도를 늦추지 않고, 오히려 더 간절한 목소리로 외쳤다.

"장자니이임!"

백우는 자긴 괜찮다는 뜻으로 가볍게 손을 흔들어 주었다. 그러나 새말선은 멈추지 않고 고개를 젓더니, 왼팔을 뻗어 실성한 듯 백년궁 쪽을 가리켰다. 그리고 또 외쳤다.

"원명! 멍! 멍멍!"

원명? 새말선은 마음이 급해진 듯 개의 모습으로 변하기 시작했다. 몸을 바꾸면서도 계속 달리고 있어, 두 발로 뛰어오는지 네 발로 뛰어오는지 분간이 가지 않았다. 이서는 새말선이 왜 저럴까 고개를 갸웃하며, 무의식적으로 새말선이 가리킨 백년궁을 바라보았다. 이서 쪽에서는 오른쪽이었다.

그리고 이서는 왜 온갖 사령들이 이리로 질주하고 있는지 단숨에 깨달았다.

"자, 자장, 장, 자장장자님!"

백우의 팔을 움켜쥐며 이서가 백년궁을 가리켰다. 백우는 이 기막힌 호칭에 어처구니없어하며 고개를 돌렸다.

콰드득—

벽이 무너지고 있었다. 백년궁의 한쪽 벽이, 마치 거대한 문짝처럼 백우와 이서의 머리 쪽으로 기울어졌다. 지붕과 기와까지 우지직우지직 뜯겨 나갔다.

백우는 두 번 생각하지 않았다. 그는 곧장 이서의 허리를 낚아챘다. 그대로 벽을 피해 왼편으로 뛰어올랐다.

이미 늦었어.

백우는 곧장 그렇게 판단했다. 벽은 이제 눈앞까지 와 있었다. 백우는 거의 본능적으로 이서를 품에 가두어 바닥에 바짝 몸을 붙였다. 이서를 눕히고 그녀의 양옆에 손을 짚었다. 이서가 눈을 크게 떴다. 백우의 등 뒤로 벽이 빠르게 기울어졌다. 이서가 입을 열어 그를 부르기도 전에 벽이 쓰러졌다.

쾅!

엄청난 소리와 함께 벽이 그대로 둘을 덮쳤다.

그러나 이서는 아무것도 느끼지 못했다. 그저 백우에게 눌려 조금 답답할 뿐이었다.

"윽……."

백우의 신음 소리가 아주 가까이서 들렸다.

백우가 이를 악물고, 손으로 바닥을 짚은 채 버티고 있었다. 거대한 궁의 벽이 그대로 무너졌다. 충격과 무게가 엄청날 텐데, 얼굴을 잔뜩 일그러뜨리고 두 팔을 덜덜 떨며 백우는 필사적으로 버텼다. 얼마 지나지도 않았는데, 그의 얼굴에서 식은땀이 뚝뚝 떨어졌다.

"자, 장……."

이서는 목소리도 제대로 낼 수 없었다.

백우는 사력을 다하고 있었다. 한눈에 봐도 알 수 있었다. 천인인 그가 이런 벽에 눌린다고 죽을 리 없는데도 그는 자신의 모든 힘을 쥐어짰다. 덕분에 이서에게는 그 어떤 충격도 전달되지 않았다. 백우와 이서의 몸 사이에는 팔 하나 정도의 거리가 있었다.

왜?

왜 이렇게까지 하는 거야?

"그냥 두, 두세요, 저도 꽃이라 이 정도론……."

다치지 않아요, 라고 말하려는데 그 순간 백우의 팔이 확 꺾였다. 이제 백우는 팔꿈치로 몸을 지탱하고 있었다. 이서는 아무것도 할 수 없었다. 그녀는 덜덜 떨다가 어떻게든 힘을 보태고 싶어 백우의 양어깨를 밀어 주려 했다. 그러나 그녀의 손이 어깨에 닿는 순간, 백우가 인상을 찡그리며 신음을 흘렸다. 이서가 화들짝 놀라 바로 손을 뗐다.

다쳤어.

이서의 심장이 미친 듯이 뛰었다. 이 끔찍한 벽에 짓눌렸는데 당연히 다쳤겠지. 몸이 덜덜 떨렸다. 동요하지 마. 더 힘들게 만들 뿐이야. 이서는 아무것도 할 수 없는 자신을 원망하며 외쳤다.

"도, 도와, 흐⋯⋯."

목소리가 덜덜 떨려서 도저히 소리칠 수가 없었다. 이서는 고통으로 일그러진 백우의 얼굴을 보며 가쁜 숨을 몰아쉬었다. 빨리. 제발 빨리.

"도와주세요! 여기 좀, 이쪽이에요!"

눈물도 나지 않았다. 이서는 목이 쉬도록 외치고 또 외쳤다. 곧 백년궁의 모든 사령이 달려왔다. 그러나 그들이라고 이 거대한 벽을 번쩍번쩍 들어 올릴 수 있는 건 아니었다. 이대로 가다간 백우의 팔이 바스러질 것 같았다.

그때 멀리서 짐승의 울음소리가 들렸다. 범이다. 그 소리를 듣고, 백우는 순간 풀썩 다시 무너졌다. 벽이 무시무시한 소리를 내며 더 내려앉았다. 이제 백우는 그나마 기운이 남은 오른팔로만 버티고 있었다. 그의 몸이 무너진 만큼 이서와 닿는 부분도 늘어서, 이서는 그가 온몸을 떨고 있다는 걸 알 수 있었다.

"신수다! 장자님의 신수가 왔어!"

멀리서 누가 외치는 소리가 들렸다. 그리고 순식간에, 짐승의 소리가 가까워졌다.

집채만 한 백호가 나타나 그대로 머리부터 벽 아래로 들이밀고 있었다. 머리가 제대로 들어가지 않자, 백호는 사령들을 재촉하듯 사납게 으르렁거렸다. 개며 까마귀며 소까지 우르르 벽을 밀기 위해 안간힘을 썼다. 마침내 백호의 머리가 들어갈 자리가 생기자, 백호는 그대로 머리부터 밀어 넣어 단번에 벽을 들어 올렸다.

짓누르던 무게가 사라지자, 백호는 그대로 이서 위에 쓰러졌다.

그가 고통스러운 숨을 내뱉었다. 이서는 경련이 멎지 않는 백우의 몸을 느끼며, 그대로 멍하게 굳어 있었다.

이게 다 무슨 일이었지…….

그냥 갑자기 샘에 어린 백우가 나타나 놀랐을 뿐이다. 손을 잡아 달라고 해서 그렇게 하려고 했는데, 진짜 백우가 나타나 그만두라고 했다. 시간 그림자라는 어린 백우를 쫓고 둘이 잠시 서 있는데 돌연 백년궁의 벽이 무너졌다.

이서가 엉망이 된 머리로, 지진아처럼 더듬어 가며 겨우 거기까지 정리했을 때, 갑자기 몸 위로 그림자가 지더니 백우의 몸이 훌쩍 들렸다. 백우는 의식을 잃은 상태였다. 백호가 다가와 그의 허리를 물어 들어 올린 모양이었다.

그 순간, 이서는 백호와 눈이 마주쳤다.

아주 사납고 험악한 눈이었다. 누런색. 백우나 이서와는 비교도 안 될 정도로 큰 백호의 눈동자는, 어딘지 교룡 아자개의 눈을 떠올리게 했다. 백호의 이빨도 분명 이서의 손바닥 정도는 될 것이다.

백호가 백우를 문 채 낮게 으르렁거렸다.

네가 뭔지 안다.

이서는 그런 목소리를 들었다고 생각했다.

급히 이서 쪽으로 달려오던 동물 사령들이 질겁하며 멈추었다. 거의 본능적인 반응이었다. 백호가 이서 쪽으로 머리를 가까이 했다. 그러는 중에도 으르렁거리는 소리는 더욱 거세져서, 이서는 그대로 숨을 멈추었다. 공기가 제대로 들어오질 않았다.

그 자리의 모든 사령이, 그리고 이서 본인조차도, 백호가 그대로 이서의 몸을 찢어 버리리라 생각했다.

그러나 백호는 그러지 않았다. 백호는 그저 흉흉한 기세로 이서를 노려보다가 그대로 몸을 틀었다. 백호가 사령들 사이에 백우를 내려놓았다. 미리 달려와 있던 의원 모량이, 백호 앞에서 벌벌 떨며 백우를 살피기 시작했다.

이서 옆으로는 아무도 오지 않았다.

백년계곡의 주인이 중상을 입고 혼절한 상황이다. 새말선이나 율선조차도 이서에게 관심을 기울이지 않았다. 모두 백우 근처에 모여 그들의 장자를 걱정하기 바빴다.

이서는 혼자 바닥에 등을 대고 누워 있었다. 백우가 보호하던 바로 그 모양 그대로. 그러고 있다가 그녀는 그대로 의식을 잃고 말았다.

백년궁은 여러 개의 전각을 갖고 있는데, 후원과 가장 가까운 전각의 뒤편 벽이 완전히 무너졌다. 백년궁의 벽은 백년계곡에서만 나는 돌로 아래를 단단히 하고 하늘의 소나무로 기본 뼈대를 잡은 후, 약수에 여러 번 개고 주무른 황토를 발라 만든 것이었다.

그 벽이 궁에서 우드득 뜯어지더니 그대로 후원을 덮쳤다. 지금 그 전각은 거의 폭탄이라도 맞은 것처럼 보였다. 한쪽 벽이 완전히 무너져 버려, 뒤쪽 방은 전부 휑하게 드러나 보이게 된 것이다. 이상한 건 뒤편 벽이 그 꼴이 났음에도 거대한 전각이 쓰러지지 않고 꽤 멀쩡하다는 거였다. 정말 누가 깔끔하게 뒷벽만 도려내 밀어 버린 것 같았다.

가장 요란하게 슬퍼한 건 새말선이었다. 백우의 팔이 부러진 탓이었다.

"우리 장자님의 늘씬한 팔이! 아아악! 깨갱! 깽!"

제때 벽을 피하지 못한 백우는 제 등으로 이서를 거의 감싸다시피 했기 때문에 아주 크게 다쳤다. 무엇보다도 벽에 강하게 짓눌린 오른쪽 어깨가 문제였다. 단순 탈골이었다면 일이 쉬웠겠지만, 팔을 잘못 짚는 바람에 골절까지 가고 말았다. 깔끔하게 부러진 것도 아니어서 낫는 데 시간이 걸린다고 했다. 그나마도 의원 모량이 바로 처치를 해서 그 정도지, 안 그랬으면 더 심해졌을 것이다.

"팔이 정말 덜렁덜렁 흔들렸다고요! 전 진짜 무슨 팔 잘못 붙여 놓은 인형인 줄 알았어요. 그 멋진 몸이 그 모양 그 꼴이 되다니!"

새말선이 바닥에 털썩 주저앉으며 울부짖었다.

이서는 마냥 편히 그 말을 듣고 있을 수 없었다. 온몸이 성한 데가 없는 백우와는 대조적으로, 이서는 놀라울 정도로 멀쩡했다. 땅에 쓸리며 조금 까진 것이 다였다. 피도 나지 않았다.

"새말선."

이서는 낮은 목소리로 사령을 불렀다. 한참 눈물을 글썽이며 한탄하던 새말선이 고개를 돌려 이서를 보았다.

"혼자 있고 싶어요."

넋이 나간 듯한 얼굴이었다. 새말선은 이서를 이해했다. 갑자기 그런 일이 생겼으니, 이서는 누구보다도 더 놀랐을 것이다. 하지만 못마땅한 점이 하나 있었다.

"백년장자님께는 언제 가 보실 건가요?"

백우는 금세 깨어났다. 평소에는 어디 숨었는지 찾을 수도 없던 백우의 신수 백호가 채 사라지기도 전에. 그러니 백우는 방으로 옮겨지자마자 바로 깨어난 거나 마찬가지였다. 물론 백호를 확인하고 금세 또 쓰러져 버리긴 했지만, 몇 시진 정도 쉰 후에는 정신을 차렸다.

천인의 회복력은 인세 사람의 것보다 훨씬 뛰어났지만 그렇다고 당장 팔팔해지는 건 아니었다. 백우는 여전히 자리보전하고 치료만 받는 상황이었다.

새말선 생각에, 이서는 당장 백우에게 가 감사 인사를 하는 게 옳았다. 그리고 이서도 그게 당연하다는 걸 모르지 않았다. 하지만 이서는 새말선의 시선을 피하며 고개를 저었다.

"난 안 가요."

"손님, 장자님께서는 손님을 구하려고 더 무리하셨어요."

새말선이 평소의 호들갑스러운 말투를 집어치우고 진지하게 말했다. 아마 이서가 너무 놀라 판단력이 흐려졌거나 그때의 일을 제대로 기억하지 못한다고 생각하는 듯했다.

"나도 알아요. 어쨌든 안 가요."

"왜요? 그 벽에 깔렸으면 손님은 절대 무사하지 못했을 거예요. 장자님도 그걸 알아서 일부러 지켜 주셨을 텐데⋯⋯."

"그만해요. 안 간다고 했잖아요!"

이서가 왈칵 소리쳤다. 어찌나 매섭게 외쳤는지 새말선은 놀라서 입을 다물어 버렸다. 그러나 그것도 잠시였다. 새말선은 곧 얼굴을 싸늘하게 굳히더니 맹렬하게 이서를 비난하기 시작했다.

"손님은 정말 은혜도 모르는군요. 장자님의 신수가 그때 나타나지 않았다면 장자님은 더 크게 다쳤을 거라고요. 천인이라고 해서 불사는 아니에요. 그런데 손님은 장자님께 목숨을 빚지고서, 다친 장자님께 한번 찾아가 보지도 않겠단 건가요?"

이서는 대꾸하지 않고 이를 악물었다. 그리고 제 얼굴이 보이지 않도록, 새말선으로부터 등을 돌렸다.

"장자님이 불쌍하네요."

그렇게 쏘아붙이고, 새말선도 그 이상 이서를 책망하진 않았다. 말해 무슨 소용이냐 싶어진 듯했다. 새말선이 인사도 없이 장지문을 탁 닫고 나가자, 이서의 어깨에서 힘이 쭉 빠졌다.

백우와 두 번째로 만났을 때, 돌연 문이 빠져 그쪽으로 기울었다. 세 번째로 만났을 때도 그랬다. 그땐 낭하가 가라앉고 지등이 떨어지기도 했다. 솔직히 이서는 그때 좀 안심했다. 멸망이라더니, 이 정도는 약과잖아. 누가 가볍게 기우는 문과 머리로 툭툭 떨어지는 지등 때문에 죽겠어.

그러나 이서의 마음을 비웃기라도 하듯, 멸망꽃의 향기는 갑자기 거대한 불운을 불러들였다. 네 번째 만남에서, 백우는 죽을 뻔했다.

멀쩡하던 전각의 벽이 쓰러지다니. 하필이면 그 순간에. 게다가 그렇게 부자연스러운 모양으로. 아무리 생각해도 우연일 수가 없었다.

다섯 번째엔 무슨 일이 벌어질지 상상도 가지 않았다.

'손님은 정말 은혜도 모르는군요.'

이서는 전력으로 자기를 보호하려 했던 백우의, 그 일그러진 얼굴을 떠올렸다.

이서는 무릎에 이마를 묻었다.

그래도 난 못 가.

그 뒤로 새말선은 이서를 제대로 쳐다보지도 않았다. 식사를 챙기고 의복을 손질하는 등 정말 시중드는 사람으로서의 의무만 다했다. 늘 말 많던 새말선까지 입을 다물어 버리자 이서의 처소는 정말 조용해졌다.

이서는 방 밖으로 한 발자국도 나가지 못했다. 혹시라도 백우와 마주치면. 그 생각만 하면 미칠 것 같았다.

"손님."

남자의 목소리에 이서는 요에서 일어나 장지문 쪽을 바라보았다. 그녀는 한참을, 저 목소리의 주인이 누군가 고민해야 했다.

"백년장자님의 보좌 패율선입니다. 들어가도 괜찮겠습니까?"

그제야 몇 번 보았던 율선이 기억났다. 이서는 반사적으로 들어오라고 말하려다가 멈칫했다. 잠시 사이를 둔 후 이서가 목을 가다듬었다.

"네."

율선은 부드럽게 문을 열고 들어왔다. 등 뒤로 문을 닫은 후, 율선이 묵례했다. 이서도 일어서서 그 인사에 답했다.

이서의 방은 넓지 않았지만, 생활에 필요한 많은 것들이 준비되어 있었다. 새말선은 두 사람 사이에 찻상을 내놓고 말없이 사라졌다. 새말선과 불편한 사이가 되고 말았지만 이서로선 어쩔 수 없는 일이었다. 어떻게 변명했어도 지금과 같은 관계가 됐을 것이다.

"며칠째 방에만 계신다고요."

먼저 말을 꺼낸 건 율선이였다. 그는 우아하게 손을 뻗어 찻잔을 쥐고 향을 깊이 음미했다. 그러고선 살짝 인상을 찡그리더니, 율선이 갑자기 바깥을 향해 버럭 고함을 질렀다.

"야, 새말선!"

밖에서 새말선이 문을 열고 고개만 내밀었다. 율선은 들고 있던 찻잔을 탁, 상에 내려놓으며 타박했다.

"누가 이 귀한 찻잎을 이렇게 망쳐? 네가 버린 찻잎만 해도 몇 통인지 알아!"

"또 맛이 이상해요?"

새말선이 자신 없는 어조로 물었다. 율선은 불만 많은 시어머니처럼 툴툴댔다.

"마셔 보나 마나지. 그냥 향만 봐도 이상하다고. 떫고 시고 텁텁할 거야."

"마셔 보지도 않고 이상한지 아닌지 어떻게 알아요!"

새말선도 지지 않고 소리쳤다. 이서는 멍해져서 이 갑작스러운 상황을 지켜보기만 했다. 둘은 한참을, 아무리 가르쳐도 나아지지 않는 며느리 때문에 뒷골이 당기는 시어머니와 곧 죽어도 말대꾸는 해야 하는 며느리처럼 악악댔다.

"아, 일단 마셔 보고 얘기하시라고요!"

"이딴 걸 마셨다가 혀 버리면 어쩌게?"

"보좌님 진짜……. 그럼 손님한테 마셔 보라고 해요!"

그러더니 새말선이 성큼성큼 다가와 이서 앞에 율선의 찻잔을 쾅 내려놓았다. 너무 세게 놓아 차가 흘러넘쳐 새말선의 손가락까지 젖었는데, 새말선은 개의치 않고 이서를 노려보며 소리쳤다.

"손님이 마셔 보고 공명정대하게 말씀해 보세요!"

차 한 잔에 무슨 공명정대까지. 하지만 기세에 눌려 이서는 자기도 모르게 찻잔을 들었다.

솔직히 이서는 차에 대해 잘 몰랐다. 서천에서는 차를 마실 일이 없었으니, 차라는 걸 여기 와서 처음 접해 보는 셈이었다. 이서는 눈을 부리부리하게 뜬 새말선을 한 번, 그리고 흥, 하는 얼굴로 고개를 돌린 율선을 한 번 보고 그대로 차를 다 들이켰다. 미지근한 차였다. 올바른 다도(茶道)와는 한참 거리가 먼 행동이었지만 율선도 새말선도 신경 쓰지 않았다.

"어때요?"

둘이 동시에 물었다. 거의 고함치듯 물어서 이서는 얼른 대답해야 한다는 압박을 느꼈다. 백우의 보좌냐, 새말선이냐. 이서는 고뇌했다.

"조, 좋아요."

두 사람의 표정이 극적으로 변했다. 하나는 좌절, 하나는 희열. 그리고 새말선은, 기다렸다는 듯 허리에 손을 얹고 흡 숨을 들이쳤다. 곧 그녀가 다다다 말을 쏟아 냈다.

"내가 얘기했죠? 그렇게 까다로워서 어느 여자가 시집오려고 하겠어요? 세상에, 마셔 보지도 않고 별로일 거라니, 보좌님이 이제껏 여! 자! 손! 도! 한 번 못 잡아 본 건 다 이런 좀생이 같은 성격 때문이라고요!"

"뭐? 조, 좀생이?"

좀생이가 버럭 소리쳤다. 새말선은 최후의 일격을 날렸다.

"그래, 이 좀생아! 문 부수는 연습은 관두고 성격 개조부터 하시죠!"

그러더니 새말선은 씩씩대며 장지문을 쾅 닫고 나가 버렸다.

이서는 반쯤 넋이 나가서 닫힌 문만 쳐다보았다. 그리고 이서와는 다른 의미로 넋이 나가 닫힌 문을 보고 있던 율선은 돌연 휙 고개를 돌려 이서를 보았다.

"손님 솔직히 말해 봐요. 차 모르죠?"

"아니, 잘 아는 건 아니지만……."

"모르잖아."

안다고 하면 큰일 날 것 같았다.

"네……. 잘 모르죠."

율선은 한참을 씩씩대더니, 분이 안 풀리는 듯 괜히 바닥을 쾅 내리쳤다.

"말해 두겠지만 난 여자한테 관심이 없는 거지 뭐 여자들이 나한테 관심 없다는 건 아닙니다. 문 부수는 연습도, 큼, 연습한 게 아니라 요새 백년궁 문들이 하도 부실해서 실험을 해 본 것뿐이라고요."

"네."

"좀생이도 아니고요. 새말선 쟤 좀 오냐오냐했더니 5년 3개월 아흐레 전쯤부터 갑자기 날 못살게 굴고……."

지금 율선은 세상에서 제일가는 좀생이처럼 보였다. 하지만 이서는 그냥 고개만 끄덕였다. 율선은 진정이 안 되는 듯 씩씩댔다. 그러다가 율선은 자기가 찾아온 이유를 기억해 냈다.

"아무튼, 요새 밖에 안 나오신다고 들었습니다."

진중한 척해도 이서의 머릿속에서 율선은 이미 좀생이일 뿐이었다. 하지만 이서는 예의 바르게 대답했다.

"네. 나가고 싶은 마음이 안 들어서요."

"음……. 네, 뭐 저도 억지로 나가라고 권할 생각은 없습니다. 후원에서 그런 일을 당했으니 놀랄 만도 하죠. 뭐가 문제였는지는 사람을 불러서 알아볼 생각입니다."

그러더니 율선은 한참 이것저것 물어 왔다. 다친 데는 없는지,

다시 열이 나진 않는지, 지내기는 괜찮은지, 그 뒤로 또 문제가 생긴 건 없는지……. 그런 시시콜콜한 것들이었다. 그런 것들을 쭉 물은 뒤 율선은 잠시 이서를 바라보았다.

그리고 이서는 그가 무슨 말을 할지 알 수 있었다. 그래서 선수를 쳤다.

"전 안 가요."

율선은 눈을 동그랗게 떴다. 그러나 곧, 전혀 당황하지 않았다는 듯 평소의 얼굴로 빙긋 웃었다. 그는 이서가 다 비워 버린 제 찻잔을 앞으로 가져오며 고개를 끄덕였다.

"알고 있습니다. 새말선에게 들었죠."

"저한테 뭐라고 하셔도……."

"뭐라고 안 합니다. 장자님이 좀 걱정하는 것 같아서, 대신 상태를 보러 온 것뿐이에요."

왜 백년장자가 날 걱정할까. 이서는 죄책감 가득한 마음으로 고개를 숙였다. 필사적이던 백우의 얼굴이 아프게 가슴을 찔렀다. 율선은 그런 이서를 물끄러미 바라보다가 나직이 말했다.

"장자님이 좀 과하다 싶게 관심을 가져도 너무 부담스러워하진 마십시오."

"……."

"여덟 살 생일 이후로 자기 부친한테 뭘 받아 본 적이 없거든요. 그러니 당연히 그 선물이 귀하지 않겠습니까."

"네……."

"그냥 어린애가 장난감에 집착한다고 생각하시면 마음이 좀 편하실 겁니다. 오래가진 않을 테니 너무 걱정 마시고요."

이서는 대답하지 않았다. 율선은 이서가 알아들었다고 생각했는지 그쯤에서 자리를 털고 일어섰다.

천년장자의 선물. 백우가 아끼는 장난감.

이서는 팔을 덜덜 떨면서도 무너지지 않던 백우의 얼굴을 다시 떠올렸다.

그날 수레멸망악심의 운명이 내내 이서의 목을 졸랐다. 운명의 굴레는 무겁고 가혹했으며 이서는 밤새 뒤척이고 신음했다. 그래도 달라지는 건 없었고, 다음 날 아침에도 이서는 시취를 풍기는 멸망꽃일 따름이었다.

율선은 만사를 제쳐 놓고 백년궁을 지은 황우양부터 불렀다. 지난번에 백우가 한번 이야기했을 때 그 지시를 무시하다 이 사달이 났으니, 눈치가 보여서라도 서둘러 황우양을 부를 수밖에 없었다.

물론 황우양은 가택신이었으므로 부르는 게 아니라 율선이 모시는 게 옳았다. 그래서 그는 이른 새벽부터 전전긍긍 백년궁 앞을 서성이며 황우양을 기다렸다.

황우양은 손잡이가 두껍고 긴 망치를 타고 왔다. 황우양의 망치가 완만한 곡선을 그리며 하강하더니 곧장 율선 앞에 멈추었다. 율선이 대기하던 사령들과 허리를 숙였다.

"먼 길인데 와 주셔서 감사합니다."

"아닙니다. 제가 지은 전각에 문제가 생겼다니 마땅히 와 봐야죠."

황우양은 아주 점잖게 대답했다. 그는 다른 신들과 마찬가지로 늙지 않는 육체를 가졌는데, 늘씬한 팔다리에 고루 근육이 잡힌 근사한 몸이었다. 머리카락을 짧게 잘라 버린 황우양은 왼손에 들고 있던 작은 공구함을 열었다. 대나무와 천으로 대충 엮은 것이었는데, 황우양은 그 작은 공구함을 열더니 커다란 망치를 그 안에 쑥 집어넣었다. 율선은 흘끗 그 공구함을 내려다보았다.

몇 번을 봐도 신기하단 말이야. 저 작은 통 속에 모든 게 다 들어 있다니.

"그래서, 무너진 전각이 어느 쪽입니까?"

"아. 그 전에 양해를 구할 것이……. 저희 장자님이 많이 다치셔서 나오실 수가 없었습니다."

"전각이 어느 쪽이냐니까."

황우양은 좀 성가시다는 얼굴로 반복했다. 율선은 아주 잠깐 그의 눈치를 살피고 먼저 몸을 틀었다.

황우양은 기이할 정도로 완벽하게 잘려 나가 무너진 벽과, 엉망이 된 후원을 바라보며 말을 잃었다. 자기가 공들여 지은 전각이 이 모양 이 꼴이 된 걸 믿을 수 없는 모양이었다.

하지만 그는 과연 장인(匠人)이었다. 황우양은 곧 공구함에서 길이를 잴 도구와 확대경 같은 것을 잔뜩 꺼내더니, 한쪽 벽만 무너진 전각 주위를 빙빙 돌며 샅샅이 살피기 시작했다. 그동안 황우양은 아무 말도 하지 않았고 율선과 사령들도 조용히 대기했다.

황우양이 도착했을 때 떠오르기 시작했던 해가 하늘 꼭대기에 걸리자, 황우양은 기가 막힌다는 듯 혀를 차며 숙였던 허리를 폈다.

"대체 백년궁 관리를 어떻게 하는 겁니까?"

"예?"

율선이 눈을 동그랗게 떴다. 특별히 궁을 관리하는 건 아니지만 그렇다고 방치하지도 않았는데. 하지만 황우양은 못마땅한 듯 율선을 위아래로 훑어보더니, 처음의 점잖은 말투는 집어치우고 훈계를 시작했다.

"집이라는 게 원래 한번 지어 놓는다고 다 되는 게 아닙니다. 주기적으로 문제가 있나 없나 봐야 되는 건데, 꼭 전문가가 아니더라도 기본적인 건 알 수 있잖습니까. 계속 이상한 일이 생겼을 텐데 미리 날 부르든가 했어야지."

"하지만 특별히 이상한 일은 없었는데요."

"무슨 소리야? 문도 계속 이상하고 등도 떨어지고 그랬을 텐데."

율선은 입을 딱 벌렸다.

황우양은 그런 율선의 얼굴을 보며 한숨을 내쉬었다. 그러더니 손에 들고 있던, 손톱만 한 벌레를 척 앞으로 내밀었다. 벌레는 새까맣고 단단한 등껍질을 갖고 있었는데, 아직 살아서 움직이고 있었다.

"이게 뭡니까?"

144

"집벌레."

간단하게 대답한 황우양은 공구함에서 작은 나무판을 하나 꺼냈다. 그러더니 벌레를 그 위에 올려놓았다. 더듬이도 없이 냉큼 판에 올라간 벌레는, 그 자리에서 두 번쯤 빙빙 돌더니 곧 맹렬하게 나무를 갉아먹기 시작했다.

사각사각 나무가 곱게 갈리는 소리가 또렷하게 들렸다. 황우양은 쯧쯧 혀를 차고 나무판을 휙 집어 던졌다. 율선이 더듬더듬 물었다.

"그, 하지만 문이랑 지등 같은 게 이거랑 무슨 상관입니까?"

황우양은 세상에서 가장 멍청한 사람을 보는 듯한 얼굴이 되었다.

"원래 집은 한 군데 문제가 생기면 다른 데도 다 문제가 생기는 거라고."

어째 아까부터 말이 조금씩 짧아지는 것 같았지만 율선은 굳이 말하지 않았다. 황우양은 성격을 종잡을 수 없는 신으로 유명했다. 그는 그새 몸을 돌려 험악하게 넘어진 벽과 훤히 드러난 전각 안을 들여다보더니 고개를 절레절레 저었다.

"아무래도 벌레를 다 죽여야겠는데."

"아, 그럼 부탁드려도……."

"그걸 왜 내가 해? 내가 세수고(勢殊蟲)야?"

세수고는 선계의 벌레 잡는 무리였다. 율선은 그건 그렇지, 하며 고개를 끄덕였다. 세수고를 불러야겠다, 그렇게 생각했는데 어쩐지 황우양이 움직이지 않았다. 그는 한곳에 시선을 고정한 채 고개를 기울였다.

"이상하네……."

그는 이제 부서진 전각이 아닌, 꽤 멀리 있는 백우의 본전 쪽을 바라보고 있었다. 율선도 그쪽으로 시선을 돌렸다. 하지만 아무것도 보이지 않았다. 황우양은 이해하기 어렵다는 듯 계속 중얼거리다가 툭 내뱉었다.

"저기까지 알을 깠나?"

같은 시각, 이서는 거의 말도 제대로 못 할 정도로 겁을 먹은 상태였다.

"들어가도 되겠습니까?"

백년장자다. 백우야. 이서는 자리에서 벌떡 일어나 어쩔 줄 모르고 서성였다. 반사적으로 장지문을 열려 했다가 화들짝 놀라 손을 떼고 물러났다. 그리고 이서는 문에서 최대한 멀리 떨어져 벽에 등을 붙였다.

아직 아프다고 들었는데, 어떻게 온 거지? 새말선은 어디 간 거지? 이서는 혼란에 빠져 입술만 달싹였다. 뭐라고 대답해야 할지 알 수가 없었다.

분명한 건 단 한 가지, 지금 백우를 보면 안 된다는 것뿐.

"손님. 혹시 주무십니까?"

"……."

"그 일 때문에 많이 놀라셨을 것 같아서 왔습니다. 진작 찾아왔어야 했는데……. 전각 관리가 제대로 안 되었던 모양입니다."

문제는 전각 관리가 아니라 이서였다. 이서는 차라리 백우가 자기가 잔다고 생각해 주길 바랐다.

"사과를 드리고 싶은데……."

이서는 도저히 더 듣고 있을 수가 없었다.

"전 괜찮아요."

불쑥 말이 튀어나왔다. 백우는 장지문 너머에서 잠시 침묵했다. 그는 백년궁을 책임지는 사람으로서 당연한 일을 하러 온 거지만, 이서는 그 당연한 일을 견딜 수 없었다.

저 사람이 다친 건 나 때문이야. 백우가 사과하는 게 너무나 싫었다. 그의 사과는 이서를 세상에서 가장 끔찍하고 뻔뻔한 꽃으로 만들어 버렸다.

"아무렇지도 않아요. 장자님이 사과하실 일도 아니고요."

"괜찮으시다면 직접 보고 말씀드리고 싶습니다. 안으로 들어도 될까요?"

"아니요."

이서는 이번엔 머뭇거리지 않고 바로 대답했다. 목소리가 조금 떨렸다. 이서는 백우가 그걸 눈치채지 못했길 바랐다.

"지금 모습이 좀 엉망이라……."

이서는 말도 안 되는 핑계를 댔다. 그런데 그 말을 하는 순간, 갑자기 발밑에서 가벼운 진동이 느껴졌다. 하지만 이서는 그저 제 다리가 덜덜 떨리는 거라고 생각했다.

"다른 사람을 만날 수 있는 상태가……."

이서의 말이 뚝 멎었다.

장지문 저편에서도 대답이 없었다. 둘은 바닥이 점점 더 강하게 흔들리는 걸 느끼며 침묵했다. 밖에서 백우가 긴장한 목소리로 말했다.

"밖으로 나오시는 게 좋겠습니다."

"아니에요!"

이서는 황급히 외쳤다. 가슴이 미친 듯이 뛰었다. 왜? 왜 또 갑자기? 내가 백년장자와 대화해서? 하지만 얼굴도 보지 않았고 그저 이야기만······.

그러나 불길한 흔들림은 더욱 강해져 갔다. 백우는 문밖에서 계속 이서를 불렀다. 사령들이 불안에 차 이리저리 뛰고 퍼덕거리는 소리가 났다. 백우는 몹시 초조해졌다. 하지만 이서는 문을 열 수 없었다. 지금 백우의 얼굴까지 보면 분명 이 전각이 무너질 것이다.

드드드 하는 소리와 함께 이젠 전각 전체가 흔들리기 시작했다. 그 순간, 백우가 벌컥 문을 열었다. 이번에는 문이 바로 열렸다. 백우는 한쪽 팔을 긴 붕대로 고정한 채였는데, 안색이 좋지 않았다. 게다가 아주 놀란 표정이었다.

이서는 그와 눈이 마주치자마자 반사적으로 고개를 돌렸다. 눈을 마주치면 더 위험할 거라고 생각했다. 하지만 사방이 흔들리고 벽에서 황토 가루가 떨어지기 시작하자 정상적인 사고가 불가능해졌다.

백우가 덥석 이서의 팔을 잡았다. 성한 손으로 그녀를 잡은 백우는, 자신이 이서를 잡은 순간 땅 울림이 더 심해졌다는 것도 모르고 무작정 달리기 시작했다.

이서는 휘청거리며 정신없이 뛰었다. 이미 상황은 걷잡을 수 없이 커져 갔다. 방에서 버틴다고 될 일이 아니었다. 백우는 한 팔이 고정된 상태로도 아주 빠르게 달렸는데 이서는 그 속도를 따라갈 수 없었다. 순간 이서는 발이 엉켜 우당탕 넘어지고 말았다.

"실례합니다."

그 와중에도 예의를 차리며 백우가 한 팔로 그녀를 들어 어깨에 들쳐 멨다. 이서는 자기 몸이 왜 갑자기 붕 떠올랐는지도 몰랐다. 그저 땅과 몸이 함께 흔들리는 것만 느낄 수 있었다.

사태는 한층 더 심각해졌다. 사령들이 미친 듯이 흥분해 날뛰고 백우를 챙기려 했다. 백년궁의 기둥을 하나씩 지나칠 때마다, 기둥에 쩌적 금이 가더니 성냥처럼 쉽게도 부러졌다. 백우는 이제 엄청난 속도로 넘어지는 기둥들에 쫓기다시피 하며 달리고 있었다. 이서는 백우의 등 뒤로 좌우 기둥들이 마치 박치기하듯 퍽퍽 부딪치며 마주 무너지는 광경을 볼 수 있었다.

길고 긴 낭하를 달리고 목조 계단을 훌쩍 뛰어 마침내 밖으로 뛰쳐나왔을 때, 전각이 기다렸다는 듯 우르르 무너졌다. 지붕이 갈라지면서 기와가 마구잡이로 떨어지고, 기둥이 모조리 부러지고, 나무로 만든 문과 낭하와 층층으로 된 천장이 모조리 다 일그러지며 부서졌다. 백년궁의 중심이나 다름없는 전각이 누가 손으로 똑 쪼갠 송판처럼 반으로 갈라지며 천지를 뒤흔들었다.

불행히도 그건 시작에 불과했다.

백우가 이서를 땅에 내려놓는 것도 잊고 있을 때, 멀쩡하던 다른 전각들도 갑자기 폭삭 내려앉기 시작한 것이다. 이번엔 반으로 갈라지는 것도 아니고, 그저 거대한 손이 꾹 누른 것처럼 찌그러지고 있었다. 차례차례. 마치 순서를 기다리듯. 이 전각이 찌그러지면 다음 전각이 짜부라졌고 그다음 전각이……. 이런 식이었다.

전각마다 사령들이 퍼드득 날아오르거나 비명을 지르며 뛰쳐나왔다. 백우는 아무것도 하지 못한 채, 그저 그 무너지는 전각들을 보고 있어야 했다.

"장자님!"

저 멀리서, 황우양과 율선이 뛰어오는 게 보였다. 백우는 다친 몸이 욱신거리는 것도 자각하지 못한 채 그저 그들을 바라보기만 했다.

"새 집이 필요하겠네요."

백우가 중얼거렸다. 물론 이서는 대답하지 않았다.

백년궁은 그렇게 먼지가 되었다. 1각도 걸리지 않았다. 이서와 백우가 다섯 번째로 만난 날이었다.

3장.
곤륜산의 봄과 꿈

　유보랑은 천년장자의 벗은 가슴에 뺨을 대고 안겨 있었다. 천
년장자는 유보랑의 등을 감싼 채 가볍고 느리게 등을 도닥였다.
그러나 그는 유보랑을 보고 있지 않았다. 천년장자는 침상 옆의
새하얀 휘장을, 바람도 없는데 흔들리는 듯 보이는 휘장을 멍하게
응시하고 있었다.

　유보랑은 그 휘장 너머에 뭐가 있는지 알았다. 예전에는 휘장
을 보기만 해도 소름이 끼쳤다. 천년장자에게 휘장을 치우면 어떻
겠느냐고 살며시 권한 적도 있었다. 그가 좋아하는 향을 뿌리고
잠자리에서도 양껏 교태를 떨고 후에도 밉지 않게 아양을 부리다
가, 아주 조심스럽게 꺼낸 말이었다.

　하지만 그 말을 들은 천년장자는 표정부터 변하더니 그대로
유보랑을 자리 밖으로 밀어 버렸다. 밀었다기보다는 그가 벌떡

일어나 유보랑이 나가떨어졌다는 말이 옳으리라. 그러고 나서 천년장자는 두 번 다시 휘장에 대한 말을 꺼내지 말라고 경고했는데, 기세가 어찌나 사납던지 유보랑은 덜덜 떨며 눈물을 보이고 말았다.

언젠가는 저걸 치워 버릴 날이 오겠지. 유보랑은 그렇게 마음을 고쳐먹었다. 그녀는 천년장자가 자기를 버릴 수 없다는 걸 알았다. 유보랑은 휘장을 보는 천년장자의 준수한 옆얼굴을 보며 나긋한 어조로 말을 꺼냈다.

"장자님, 소식 들으셨나요?"

"무슨 소식."

천년장자가 무감한 목소리로 대꾸했다. 천년장자에게는 많은 첩이 있었지만 천년궁에 들인 여자는 유보랑뿐이었다. 천년장자는 대체적으로 무뚝뚝했지만 유보랑에게는 너그러워지곤 했다. 휘장 너머의 일이나 백우의 일만 아니라면, 천년장자는 대체적으로 유보랑의 소원을 들어주었다.

"백년궁이 무너졌다는 소식이요."

"그래. 문천성에게 들었지."

"다행히 크게 다치진 않은 모양입니다."

"그래."

천년장자는 여전히 감흥 없는 목소리로 중얼거렸다. 듣고 있긴 한 건가? 유보랑은 천년장자의 얼굴을 살피다가 가볍게 그 가슴에 뺨을 비볐다.

"백년궁을 새로 짓는 동안 머물 곳을 찾고 있다고 하던걸요."

천년장자는 대답이 없었다. 자기 아들 일인데, 정말 관심 없다는 태도였다. 천년장자는 손을 뻗어 하얀 휘장을 만지작거렸다. 유보랑은 천년장자가 거기서 눈을 뗐으면 싶었다.

"아마 곤륜산의 서왕모께 가지 않을까 하는데⋯⋯."

"그렇겠지."

"천년궁으로 오라고 하는 건 어떨까요?"

천년장자는 우뚝 손을 멈추었다. 그는 천천히 고개를 돌려 천장을 바라보았다. 그러다가 유보랑을 안았던 팔을 풀고 자리에서 일어났다. 그는 유보랑에게서 등을 돌리고, 바깥을 향해 목소리를 냈다.

"문천성. 들어와."

유보랑이 허둥지둥 야금(이불)을 끌어다 벗은 몸을 가렸다. 바로 장지문이 열리고 머리를 반만 묶은 남자가 걸어 들어왔다. 천년장자는 자리에서 일어나며 짤막하게 지시했다.

"옷."

문천성은 군말 없이 다가와, 미리 준비해 둔 의복을 건네주었다. 그는 유보랑 쪽은 쳐다보지도 않았다. 유보랑이 한 손으로 야금을 잡고 다른 손을 뻗어 옷시중 드는 흉내를 내려 했을 때, 천년장자는 냉랭하게 휙 돌아섰다.

"나가라."

"장자님, 아까 제 말은 그저⋯⋯."

"안다. 나가."

유보랑은 입을 다무는 수밖에 없었다.

12년 전부터, 천년장자는 변했다. 그는 아주 변덕스럽고 이해할 수 없는 인간이 되었다. 여자들에게 한없이 치근덕거리다가도 갑자기 낯을 바꾸어 내치고, 여색에 미친 것처럼 보이다가도 돌연 식어 버리곤 했다. 유보랑은 그런 천년장자를 아주 잘 알았다. 지금은 물러날 때였다.

그래도 그 아이가 잘하고 있는 모양이지. 내내 온실에서만 자란 얼굴을 하고 있어서 아무것도 못 할까 걱정했는데, 성과가 좋구나.

유보랑은 만족스럽게 생각하며, 천년장자에게 물었다.

"나가기 전에 연초(煙草)를 하나 태워도 될까요?"

"마음대로 해."

천년장자는 삭, 삭 옷고름을 매며 내뱉었다. 유보랑은 옆에 놔두었던 긴 연죽을 들었다. 담배통에는 잘 말려 빻은 보라색 연초가 들어 있었다. 유보랑이 그 위에 후 입김을 불었다. 꺼지지 않는 불씨가 순간 붉어지더니 곧 연기가 오르기 시작했다. 유보랑은 물부리에 붉은 입술을 대고 숨을 들이마셨다가, 천천히 연기를 내뿜었다. 그러면서 천년장자의 움직임을, 한때 선계 최고의 미청년이자 누구도 가질 수 없는 남자로 이름을 떨쳤던 그의 뒷모습을 가만 바라보았다.

달다.

유보랑은 다시 숨을 들이마셨다. 곧 많은 것이 그녀의 뜻대로 될 것이다. 유보랑은 더 기다릴 수 있었다.

백년궁은 완전히 가루가 되었다. 황우양이 두 팔을 걷어붙이고 달려든다 해도 다시 원래대로 지으려면 달포는 족히 걸릴 거라 했다. 그나마도 모든 여건이 다 문제없이 충족된다는 조건하였다.

　백년장자는 머물 곳을 찾아야 했다. 그러나 백년궁의 식솔은 수도 없이 많았고, 이 인원을 이끌고 갈 곳은 많지 않았다.

　"곤륜산에 연통을 넣을까?"

　패율선이 조심스럽게 제안했다. 백우도 그 수밖에 없다는 건 알았다. 곤륜산의 주인은 서왕모였는데, 서왕모는 백우의 대모였다. 서왕모는 백우를 꽤 각별히 여겼지만, 이런 일이 생겼다 하여 달려가 매달리는 것은 아이 같아서 내키지 않았다.

　"다른 곳이 없잖아."

　율선이 무너진 백년궁 앞에 선 백우를 보고 다시 말했다. 백우는 무거운 얼굴로 고개를 끄덕였다.

　"그렇게 해."

　"내가 전해 드리고 올게. 그리고 복줄꽃을 좀 데려갈까 싶은데."

　백우는 그 갑작스러운 말에 흘끗 멀리를 바라보았다. 백년궁이 무너지는 걸 목도한 황우양이 임시로 만들어 준 막사가 있었다. 이서도 그 안에 있었는데, 그녀는 완전히 겁에 질린 것 같았다. 이런 일이 있었으니 겁날 만도 하지. 백우는 이해했다.

　"복줄꽃을 왜?"

백우의 물음에 율선은 주위를 둘러보았다. 듣는 사람이 없는 걸 확인했으면서도 율선은 소리를 낮춰 속삭였다.

"황우양 말로는 집벌레가 생긴 지 오래되진 않았을 거래. 대충 헤아려 봤을 때 이 주도 안 되었을 거라는데, 유보랑이 복줄꽃을 데려온 게 그쯤이잖아."

"그래서? 꽃에 벌레라도 꼬였다는 거야?"

벌레는 없는 것 같던데, 하고 백우가 중얼거렸다. 율선은 너무 어이가 없어 말을 잃었다. 백우는 어릴 때부터 어른스럽고 총명하단 소리를 들었지만 이럴 때 보면 백치인가 싶었다.

"그런 게 아니라, 혹시 모른다는 거지. 솔직히 집벌레가 이렇게까지 번식하는 건 보통 일은 아니잖아. 게다가 저 꽃은 백년궁 밖으로 몇 번 나오지도 않았어. 만약에 유보랑이 집벌레 유충 같은 거라도 맡겼다면, 그리고 저 꽃이 그걸 퍼뜨렸다면……."

있을 법한 일이잖아? 율선은 그렇게 말을 맺었다.

백우는 생각에 잠겼다. 지나친 비약이었지만 율선의 말은 이해가 갔다. 유보랑이 천년장자의 선물이라며 건네준 꽃이다. 유보랑과 한통속일 가능성도 무시해서는 안 된다. 하지만 백우는, 집이 흔들릴 때 새파랗게 질려 어쩔 줄 몰라 하던 이서의 얼굴을 보았다.

그것도 연기일까?

"그럴 필요는 없어."

"그래도 서왕모께 보이고 한번 여쭤 보는 게……."

"저 꽃이 거짓말을 잘하는 것 같아? 내가 보기엔 거의 어린애나 다름없어."

이서는 온실 속의 화초라는 느낌이 강했다. 쉽게 겁을 먹고, 낯선 곳에 내던져져 위축되어 있으며, 사람의 악의를 자주 접해 본 일이 없고, 아마 살면서 누군가를 지독하게 증오해 본 적도 없을 것이다. 목숨의 위협도 받아 본 적 없었겠지. 이서는 아름답고 따뜻한 곳에서, 주위 사람들의 보호와 사랑과 염려 속에 자란 것처럼 보였다.

"유보랑이 무슨 일을 꾸몄을 순 있겠지만, 아마 저 복줄꽃하곤 상관없을 거야. 게다가 복줄꽃이라잖아."

"그걸 어떻게 믿어."

율선은 투덜거렸지만 그 이상 우기진 않았다. 사실 율선은 자신의 의심이 과하다는 걸 알았다. 지난번에 만났을 때도, 복줄꽃은 쩔쩔매며 당혹하기만 했다. 음모에 능한 부류 같지는 않았다.

율선이 거기까지 생각했을 때, 백우는 다른 말을 했다.

"하지만 먼저 데려가는 것도 방법이겠지. 여기에서 머물고 싶어 하진 않을 테니까. 게다가 이상하게 날 피하더라고."

"부담스러워서 그런 거 아니고? 솔직히 몇 번이나 봤다고 지극정성으로 챙겨. 후원에서 저 꽃 감싸 준 건 누가 봐도 이상했어. 사령들도 이상하게 생각하던데."

백우는 대답하지 않았다. 구구절절 변명할 일은 아니었다.

"어쨌든 곤륜산으로 먼저 데려가. 서왕모께서 우릴 허락할 수 없다고 하셔도, 저 꽃은 거기 머물 수 있도록 부탁드려."

"야, 백년궁 사람들이 거기 신세 좀 지게 해 달라고 애걸복걸 해도 모자랄 판에……. 그리고 설마 서왕모께서 널 내치시겠냐."

"내 말 알아들었지?"

율선의 말을 싹 무시하고 백우가 다짐을 받았다. 율선은 투덜거렸으나, 어떻든 그는 백우를 모시는 입장이었다. 그는 체류를 부탁하는 백우의 친서를 받고 돌아섰다.

율선이 함께 곤륜산으로 가자고 이서를 불렀을 때, 이서는 당황해서 백년장자도 함께 가느냐고 물었다. 같이 가길 바라는 건지 아니길 바라는 건지 알 수 없어서, 율선은 잠시 이서의 얼굴을 바라보았다. 그 노골적인 시선에 이서는 고개를 숙였지만 질문을 거두지는 않았다.

"일단 허락을 구하는 일이라, 저와 손님과 다른 사령들이 먼저 갑니다. 서왕모는 지위가 굉장한 여신이라, 장자님이 연락도 없이 가면 실례가 되거든요."

"아. 네. 그럼 같이 가요."

이서는 자기가 전령으로 간다는 데 의문도 갖지 않고 곧장 수락했다. 백우가 같이 안 가길 바랐군. 율선은 쓴웃음을 지으며 생각했다. 역시 이 복줄꽃은 백년장자의 호의를 부담스러워하는 걸까.

"장자님께 인사라도 드리시죠?"

슬쩍 떠보는 말을 건네자마자 이서는 파드득 물러나며 고개를 저었다.

"아니요. 아니요, 괜찮아요. 아니, 그러니까, 예의가 아닌 건 알지만……."

"알겠습니다. 길이 급하니 바로 출발하죠."

쩔쩔매는 이서가 안 되어 보여서 율선은 그냥 고개를 끄덕여 주었다. 먼저 학에 올라, 율선은 사령들의 도움을 받아 다른 학에 오르는 이서를 바라보았다. 이런 걸 보면 백우 곁에 붙어서 그를 해치려는 것 같진 않은데. 지나치게 피하는 것도 수상하단 말이지.

율선은 한숨을 내쉬었다. 애초부터 유보랑이 가져온 걸 받아들이지 말았어야 하는데. 복줄꽃이라더니, 복은 고사하고 재앙만 불러오는 것 같았다. 율선은 고개를 저으며 곤륜산으로 출발했다.

곤륜은 멀었다. 율선은 이서와 세 명의 사령을 거느리고 출발했다. 사령들 중에는 새말선도 있었다. 선계의 학은 아주 빨랐는데도 하루 밤낮을 꼬박 날아야 했다. 그래서 마침내 곤륜산에 도착했을 때, 일행은 모두 기진맥진한 상태였다.

그리고 이름난 선경이라는 곤륜산 앞에 서서, 이서는 얼어붙고 말았다.

산의 모양이 기이했다. 아래가 넓고 위로 갈수록 좁아지는 것이 아니라, 아래가 좁고 위가 넓은 역삼각형 모양이었다. 그런데도 균형을 잃지 않고, 구름 위까지 우뚝 솟아 있어 그 꼭대기가 보이지 않았다. 이서는 고목나무 둘레 정도 되는 산의 맨 아래를 바라보다가, 안개가 자욱하게 낀 산 위로 쭉 시선을 올렸다. 저절로 입이 벌어졌다. 학에서 내려야겠다는 생각도 들지 않았다.

더 놀라운 건 저 멀리 보이는 폭포였다. 백년궁의 폭포와는 비교도 안 될 정도로 높고 웅장했는데, 산이 거꾸로 서 있음에도 물은 단 한 방울도 아래로 흘러내리지 않았다. 물은 산을 한 바퀴 돌고 다시 위로 솟구치고 있었다. 거대한 산 주위에 너울너울 학이 날았고, 이름을 알 수 없는 새들도 꼬리를 길게 흔들며 맴돌았다.

"어떻게 올라가죠?"

이서가 망연히 물었다.

이 산은 도저히 오를 수 없다. 설상가상으로 학들도 날개를 접은 채 제각기 다른 곳만 보고 있었다. 열 번을 재촉해도 날아오르지 않을 기세였다. 율선은 고개를 들어 구름에 가려져 보이지 않는 곤륜산의 정상을 바라보다가 어깨를 으쓱했다.

"아마 마중 나올 겁니다. 서왕모께서 저희를 문전박대할 생각이 아니시라면."

율선의 말이 옳았다. 일행은 오래 기다리지 않았다. 곧 하늘 높은 곳으로부터, 새하얀 무언가가 달려왔다. 처음에는 그저 하얀 덩어리처럼 보였지만, 거리가 좁혀지자 이서는 그 형상을 또렷하게 볼 수 있었다.

"천마(天馬)다……."

발굽까지 새하얀 천마였다. 긴 갈기와 꼬리가 흔들리며 사방에 잔영을 남겼다. 천마는 빠른 속도로, 마치 하늘에 난 길을 따라 달리는 듯 다가왔다. 등에 한 쌍의 희고 거대한 날개를 달고, 날아오는 것인지 달려오는 것인지 분간이 가지 않았다.

천마는 금세 율선 앞에 당도했다.

율선이 조심스럽게 손을 뻗어 천마의 목을 쓰다듬었다. 천마는 얌전히 있었지만, 율선의 손이 달갑기만 한 건 아닌 모양이었다. 곧 성가시다는 듯 고개를 털어 내며 투레질을 했기 때문에 이서는 천마가 율선의 손을 귀찮아한다는 걸 알았다.

"사실 저도 천마를 타고 곤륜산에 가긴 처음이라."

율선은 그렇게 중얼거리며 아주 느리게 천마 위에 올라탔다. 천마에게는 재갈도 안장도 등자도 없는 데다 무릎을 굽혀 주지도 않았기 때문에 율선은 꽤 낑낑대야 했다. 지켜보던 새말선은 한심해서 견딜 수 없다는 얼굴로 그의 엉덩이를 밀어 주었다.

"하지 마."

율선이 투덜거렸다. 새말선은 오호, 하는 얼굴로 그를 올려다보더니 "알았어요." 하고 팩 손을 치워 버렸다. 그녀가 손을 놓자마자 패율선은 주르륵 미끄러져 바닥에 처박혔다.

푸르르.

천마가 다시 투레질을 했다. 그리고 그 자리의 사람들은 모두 천마가 율선을 비웃었다고 생각했다. 아닌 게 아니라 정말 그런 것 같았다.

"방금 비웃은 거지?"

율선이 발딱 일어나더니 대뜸 따졌다. 천마의 얼굴에 제 얼굴을 바짝 들이밀며 턱을 치켜드는 모습을 보고, 새말선은 "좀생이……."라며 중얼거렸다. 이서는 순간을 참지 못하고 작게 웃었다. 율선이 휙 뒤를 돌아보았다.

"그렇게 잘하면 너희가 타 보지그래? 너, 새말선!"

"제가 뭘요?"

지목당한 새말선은 꽤 당황했지만, 율선은 좀스럽게도 그녀를 질질 끌고 천마 앞까지 데려갔다. 천마는 시뻘게진 율선의 얼굴을 한 번, 갑자기 신수를 타게 될 거라고 생각하지 못해 당황한 새말선의 얼굴을 한 번 보았다. 율선보다 키도 작은 새말선은 저보다 더 큰 천마의 등에 올라탈 엄두조차 내지 못했고, 율선은 다시 한 번 좀스럽게 의기양양해졌다.

"그것 봐, 내가……."

천마가 무릎을 굽혀 바닥에 앉았다.

새말선은 좋아라 등에 올라탔다. 그녀가 올라타자 천마는 자리에서 일어나 버렸다. 율선은 닭 쫓던 개처럼 낄낄대는 새말선의 얼굴만 올려다보았다.

"이……."

율선이 바득바득 이를 갈았다. 평소에는 꽤 유능하고 충실하지만 어딘가 좀 허술한 보좌의 모습을 아는 사령들은, 자기들끼리 웃음을 참느라 끅끅대기 시작했다.

"이건 차별이야!"

율선이 외쳤다. 이야, 이야, 야— 메아리가 울려 퍼졌다. 천마는 한심한 하등 동물을 보는 것처럼 고개를 젓더니 말했다.

"다섯 명을 다 태울 수는 없어. 두 명만."

율선을 포함한 모두가 입을 딱 벌렸다. 물론 입이 가장 크게 벌어진 건 율선이였다.

"마, 마, 말할 수 있으면서……! 미끄러지는 걸 지켜만 보고!"

"따지지 마."

"솔직히 우리 다 태우고 갈 수도 있으면서!"

"내가 역마(役馬, 일을 시키는 데 쓰는 말)인 줄 알아?"

천마가 서늘한 목소리로 내뱉었다. 율선은 즉시 입을 다물었다. 새말선이 주춤거리며 내리려 하자, 천마는 선심 쓴다는 얼굴로 다시 몸을 낮춰 주었다. 새말선은 주저하는 목소리로 감사 인사를 했다.

"누가 갈 거지?"

"저랑 저 꽃이 갈 겁니다."

율선이 이서를 손가락으로 가리키며 내뱉었다. 툴툴거리는 어조였다. 천마는 그런 율선을 내려다보며, '내가 이 멍청한 동물을 태워야 한다니.' 라는 표정을 지었다. 그 표정이 너무 분명해서 이서는 말에게도 다양한 표정이 있다는 걸 깨달았다.

"좋아, 타."

천마가 자세를 낮추며 말했다. 율선이 먼저 오르려 하자, 천마는 푸르르 고개를 저으며 일어나 버렸다. 또 바닥에 나동그라진 율선은 멍한 얼굴로 천마를 올려다보았다.

"너 말고. 저 꽃."

"하, 하지만 두 명 태울 수 있다고……."

이서는 일단 율선을 무시하고 조심조심 천마 위에 올라탔다. 천마는 이서를 태우고, 율선이 올라탈 시간도 주지 않은 채 일어나 버렸다. 그러더니 율선의 멱살을 덥석 물었다. 갑자기 천마의 머리가 가까이 오자 율선이 펄쩍 뛰었다. 하지만 천마는 더 말하기도 싫다는 듯 그대로 훌쩍 날아올랐다.

"으아아아악!"

율선이 비명을 질렀다. 아래서, 새말선과 사령들이 아주 밝은 얼굴로 손을 흔들어 그를 전송했다. 말려 주진 못할망정! 율선은 천마의 입에 멱살이 잡힌 채 대롱대롱 매달려 올라가며 이를 득득 갈았다.

이서는 천마에 올라, 어쩔 수 없이 들뜨는 마음으로 사방을 둘러보았다. 천마는 아주 빠르게 날았다. 양옆의 날개가 힘차게 펄럭였다. 이서는 그 빛나는 깃털을 바라보다가, 점점 넓어지는 곤륜산을 바라보며 생전 처음 보는 나무와 처음 보는 꽃들, 제 팔을 스치고 지나가는 새들을 바라보았다. 곤륜산에서는 아주 맑고 청량한 향기가 났다. 비 온 뒤 새벽의 냄새였다.

백백궁을 무너뜨려 놓고 여기서 경치 구경이나 하고 있다니.

이서는 그런 죄책감을 느끼면서도, 도저히 설레는 마음을 감출 수가 없었다. 20년을 서천에만 갇혀 살았다. 선계는 이토록 넓고 아름다웠구나. 이렇게 새롭고 향기로워. 내가 가 보지 못한 곳들도 정말 많겠지. 저승이나 인세는 어떨까.

어디에서도 나를 반기진 않겠지만.

생각이 거기에 미쳤을 때, 천마는 구름 위로 솟아올랐다.

그리고 이서는 보았다. 넓은 평야, 평평한 산꼭대기 위의 또 다른 산, 또 다른 폭포, 평화롭게 노니는 사슴과 두루미, 물 위로 뛰어오르는 무지갯빛 물고기들.

곤륜산의 정상이었다.

천마는 천천히 아래로 내려갔다. 안전하게 바닥에 발을 디딘 후 천마는 율선부터 놓아 주었다. 오는 내내 몸이 흔들린 율선은 몇 번이나 헛구역질을 해야 했다. 이서는 그런 율선을 챙겨야 한다는 생각도 하지 못하고, 홀린 듯 이 찬란한 선경을 바라보았다.

완전히 넋이 나갔군.

어느 정도 속을 진정시킨 율선은 이서를 보고 그렇게 생각했다. 그도 곤륜산은 처음이었다. 하지만 책이나 그림으로 이 광경은 많이 봤다. 실제로 보니, 과연 혼을 빼앗길 만큼 아름답고 눈부셨다.

율선과 이서는 천마의 안내를 받아 높은 누각으로 향했다. 서왕모가 즐겨 찾는다는 누각은, 폭이 넓은 물 건너에 있었다. 둥근 원 모양으로, 처음과 끝을 구분할 수 없도록 이어진 물길은 그 누각을 넓게 감싸고 있었다.

"이 물에는 부력(浮力)이 없으니 빠지지 않게 조심해."

두 사람을 폭이 좁은 다리 앞까지 데려다주고, 천마는 아무렇지도 않은 목소리로 충고했다.

이서는 천마에게 허리를 숙여 인사했다. 율선도 불만스러운 얼굴이지만, 예의를 차렸다. 천마는 잠시 선 채 허리 굽힌 이서를 물끄러미 내려다보았다. 등을 돌려 멀어지며, 천마는 생각했다.

'이상하네. 꽃이라더니…… 서왕모께서 알아서 하시겠지만.'

그 후 율선과 이서는 조심조심 다리를 건넜다. 다리는 한 사람이 지나갈 수 있을 정도의 폭이었지만, 난간이 높지 않아 당장 떨어질 수도 있을 것 같았다. 율선은 서왕모가 정말 악취미를 가졌다고 생각했다. 종종 백우에게 방문할 때 그녀는 꼭 불시에 들이닥쳤고, 갈 때도 소리 소문 없이 사라졌다. 다리를 이렇게 만들건 뭐람. 솔직히 그리 날씬하지도 않으면서…….

"패율선."

"으악!"

갑자기 들린 목소리에 율선이 펄쩍 뛰었다. 그는 하마터면 다리 아래로 떨어질 뻔했다. 이서가 반사적으로 팔을 뻗어 율선을 잡지 않았다면 아마 강에 빠졌을 것이다. 율선은 순식간에 거칠어진 숨을 정리하며 위를 올려다보았다.

3층 누각 난간에 몸을 기댄 서왕모가, 즐거운 얼굴로 둘을 내려다보고 있었다. 그제야 율선은 다리를 거의 다 건넜다는 걸 깨달았다. 엉거주춤 다리 위에 선 채, 율선이 예를 갖추려고 허둥댔다. 이 좁은 다리에서는 제대로 할 수 있는 게 아무것도 없었다.

"애쓰지 말고 올라오기나 하렴."

퍽 다정한 척 말하고 사라지는 서왕모를 보며, 율선은 성격 나쁘다니까, 하고 중얼거렸다.

누각은 화려하지 않았다. 육각 기와지붕을 얹고, 기둥에 장식을 새기지 않고, 벽에도 그림을 그리지 않은, 소박한 모양새였다. 건축에 대해 아무것도 모르는 이서는 누각에 들어서 계단을 오르면서도 그저 깔끔하네, 정도의 감상에 그쳤다. 그러나 율선은 이 누각이 바깥의 강과 곤륜산 정상의 모든 자연과 조화를 이루도록 설계되었다는 것을 알았다. 평범하게 깎은 것처럼 보이는 계단과 난간 모서리조차 완벽한 비율로 다듬어져 있었다.

"긴장하지 마십시오. 이야기는 제가 다 할 테니까요."

계단을 오르며 율선이 말했다. 안 그래도 혹 제가 뭔가 질문이라도 받을까 염려하던 이서에게는 반가운 소리였다. 그러나 이서는 서왕모 앞에 선다는 것 자체가 두려웠다. 율선이 발소리조차 삼가는 걸 보면 분명 엄청난 여신일 텐데, 혹시 내 정체를 알아보는 건 아닐까. 여기서 들키면 어떻게 될까. 날 곤륜산 밖으로 밀어 버리면? 백년장자에게 내 정체를 알리면 어떡하지?

심장이 미친 듯이 뛰었다. 정체를 알게 되면 백우가 어떤 얼굴을 할까. 상상하기도 싫었다. 그는 주인으로서 손님인 이서에게 최선을 다했다. 그러나 이서는, 이제 분명히 알았다. 자기는 멸망꽃이었고 백우를 죽이기 위해 거기에 갔으며 그것을 위해 거짓말에 거짓말을 더했다.

"왕모님. 그간 격조했습니다."

율선이 예를 취하며 무릎을 꿇었다. 그 뒤에 있던 이서도 엉거주춤 따라 했다. 급하게 고개를 숙이느라 서왕모의 얼굴도 제대로 보지 못했다.

"그래. 같이 온 건 누구지?"

"서천의 복줄꽃 이서입니다."

"그렇구나. 백우는 어쩌고 네가 여기까지 왔을까."

가까이서 듣는 서왕모의 목소리는, 노래하는 듯 가볍고 맑으면서도 낮게 깔리는 데가 있었다. 중성적인 목소리인데도 무겁지 않고 부드러웠다. 이서는 바닥을 짚은 제 두 손만 내려다보았다. 곧 율선이 대답하는 소리가 들렸다.

"백년장자님의 지시를 받고 왔습니다. 서신을 전해 드립니다."

이서는 소리밖에 들을 수 없었다. 혹여 서왕모와 눈이라도 마주칠까 이서는 조마조마했다. 다행히 서왕모는 아직까지 이서에게 크게 관심을 보이지 않고 있었다.

부스럭거리는 소리가 났다. 이서는 단정하게 깎인 나뭇결만 내려다보았다.

"곤란한 일이 생겼구나. 물론 이리로 와도 좋아. 백우는 물론 백년궁 사람들 모두."

"감사합니다."

"아, 한 명만 빼고."

서왕모가 편지를 접고 있는지, 종이가 바스락거리는 소리가 났다.

"절 말씀하시는 건 아니지요?"

율선이 웃음기 어린 목소리로 묻고 있었다. 목소리만 들었는데도, 이서는 그가 긴장했다는 걸 알았다. 서왕모가 진심으로 한 말인지 아닌지 가늠해 보려는 듯했다.

"왜 너일 거라고 생각하니?"

"아. 아, 네. 그, 그러면……."

"네 뒤의 꽃 말이다."

이서가 번쩍, 자기도 모르게 고개를 들었다. 그러자마자 서왕모와 눈이 마주쳤다.

서왕모는 당혹스러울 정도로 아름다웠다. 얼굴의 이목구비가 완전한 조화를 이루는 얼굴이었다. 높이 틀어 올린 머리 아래로 드러난, 귓불과 목덜미까지 흠잡을 데 없이 완벽했다. 이마가 적당히 넓고 콧대가 돋보이며, 뺨이 불그레했다. 봄 햇살처럼 부드러우면서도 건강한 홍조였다.

화려한 적색 비단을 두른 서왕모의 몸은 좌우가 완벽한 대칭을 이루는 듯 보였다. 둥근 어깨와 옷 위로 풍만하게 솟은 가슴, 자유롭게 뻗은 두 팔과 희고 고운 손.

무엇보다도 인상적인 것은 그녀의 눈이었다. 눈꺼풀이 접히지 않았는데도 눈이 컸고, 빽빽하고 짙은 속눈썹 아래 검은 눈동자가 또렷했다. 그 눈 위로 짙고 얇으며 부드럽게 휘어진 아미(蛾眉, 눈썹).

그녀는 누각 난간에 기대앉아 이서를 보고 있었다. 언제부터 날 보고 있었을까. 이서는 덜덜 떨리는 손을 감추기 위해 손가락에 힘을 주었다. 쥘 것도 없는 바닥에, 손가락이 아프게 눌렸다. 그래도 마음은 진정되지 않았다.

"저 꽃은 곤륜산에 머물 수 없어."

율선이 깜짝 놀라 이서를 돌아보았다. 그는 조금 쩔쩔매는 기색으로 다시 서왕모를 보았다.

"복줄꽃 말씀이십니까? 외람되지만, 저 복줄꽃은 백년장자님의 부친인 천년장자님의 선물로, 저희 장자님이 아주……."

"애지중지하겠지. 하지만 그래도 저 꽃은 안 돼."

이서는 왜냐고도 물을 수 없었다. 이서를 의심해 왔던 율선도, 서왕모가 이렇게 강경하게 나오자 당황하고 말았다.

"이유를 여쭤도 되겠습니까? 저희 장자님에게 왕모님의 말씀을 전하려면⋯⋯."

"내가 왜 안 된다고 하는지 모르니?"

율선의 말을 끊고, 서왕모가 가볍게 웃었다. 잠시 율선에게로 시선을 돌렸던 서왕모는 그가 이유를 짐작조차 못 하고 있다는 걸 알았다. 서왕모는 다시 이서 쪽으로 고개를 돌렸다. 입매를 말아 미소를 만들며, 서왕모가 불렀다.

"서천의 꽃 이서야."

이서는 입조차 벌릴 수 없었다. 서왕모는 대답을 듣지도 않고, 다감한 목소리로 물어 왔다.

"너도 이유를 모르겠니?"

율선과 이서를 먼저 보내고 나서, 백우는 곧장 곤륜산으로 출발했다. 그야말로 대이동이었다. 백년궁에 머물던 사령과 장인들은 기백에 이르렀으므로 이동에도 시간이 걸렸고 당연히 앞서간 자들보다 뒤처질 수밖에 없었다.

얼마 후 율선의 편지를 받고, 백우는 하늘배를 빌렸다.

이만한 인원이 움직이기 좋은 이동 수단이었다. 선계 곳곳에 있는 하늘부두에서 배 두 척을 빌려 백년궁 식솔들을 태우고 곤륜산으로 가는 길을 서둘렀다. 긴 이동에 사령들이 지칠까 염려스러웠다. 어느새 무리에 끼어 있던 새하얀 고양이 한 마리가 폴짝폴짝 사령들을 타 넘어 백우의 어깨에 올라탔다. 몸집이 작아 쉽게 백우의 어깨에 몸을 걸칠 수 있었다.

"오셨군요."

백우가 습관적으로 고양이의 머리를 쓰다듬으며 말했다. 고양이는 길게 하품을 했다.

"바닥에 있기 싫으십니까."

백우는 대답을 기대하지 않고 물었다. 고양이는 귀찮다는 듯 백우의 어깨에 얼굴을 비비더니 눈을 감아 버렸다.

크고 흰 돛을 단 하늘배가 바람을 받아 나아갔다. 쌍무지개 사이를 지나고 산 위를 날아, 배는 금세 곤륜산 앞에 닻을 내렸다.

율선과 이서, 그리고 세 명의 사령들은 이미 마중을 나와 있었다. 백우가 천마를 한 번 보고 이 인원을 어떻게 곤륜산까지 데려갈까 고민하는데, 율선이 조금 곤란한 얼굴을 하고 백우에게 다가왔다.

"장자님, 드릴 말씀이 있습니다."

"일단 올라가서 서왕모께 인사를 드리고……"

"아니, 그 전에요."

백우는 흘끗 사령들을 돌아보고 이서에게 눈길을 주었다. 이서가 약간 두려워하는 기색으로 꾸벅 고개를 숙여 인사했다. 백우도 마주 인사했지만, 고개를 돌린 이서는 보지 못했다.

율선은 백우를 일행과 조금 떨어진 곳으로 데려갔다. 사령들이 죄다 귀를 쫑긋 세우고 이쪽만 보고 있는 게 느껴졌다. 율선은 아주 작은 목소리로 속삭였다.

"편지 봤어?"

"오라고 하셨다며."

"그렇긴 한데……. 그게, 뭐라고 해야 하지……. 한 명만 빼고 들어오라고 하셨거든."

"누구?"

백우는 살짝 인상을 찡그리며 물었다. 한 명은 들어갈 수 없다니, 백년궁에 이상한 자라도 있단 말인가? 서왕모는 괜한 말을 하지 않았다. 율선이 슬쩍 백우의 눈치를 살피더니 중얼거렸다.

"복줄꽃."

"뭐?"

"복줄꽃은 안 된대."

"이유가 뭔데."

"그게……. 나한테 이유가 뭔지 모르느냐고 하시더니, 복줄꽃한테도 물어보고, 둘 다 대답을 못 하니까 그냥 안 되는 줄 알라고……. 그리고 쫓겨났어."

백우는 기가 막혀서 입을 벌렸다. 무슨 말도 안 되는 소리인가. 서왕모는 이유도 말해 주지 않고 백년궁의 손님을, 사령도 아닌 손님을, 멀리 떨쳐 놓고 오라고 명령한 것이다. 서왕모가 괜히 그런 지시를 하진 않았겠지만, 백우는 그걸 알면서도 이 상황을 이해할 수가 없었다. 서왕모는 무시무시한 여신이었지만 경우 없이 군 적은 한 번도 없었다. 그리고 백우에겐 늘 친절하기도 했다.

백우는 고개를 돌려 이서를 보았다. 저 멀리 있는 이서는, 조금 초조한 듯 고개를 숙이고 두 손을 맞잡은 채였다.

"복줄꽃이 뭐 실수라도 했어?"

"아니, 그냥 대뜸 저 꽃은 오지 말라고 하신 거야. 나도 놀랐다고."

백년궁은 먼지가 되었다. 운이 좋아 황우양이 백년궁을 빨리 짓는다 해도 달포는 있어야 한다. 만약 곤륜산에 복줄꽃을 데려가지 않는다면 어디에 둔단 말인가.

생각이 복잡해진 백우를 보다가 율선이 조심스레 권했다.

"그, 안 내키겠지만…… 그냥 잠깐 천년장자님 댁에 신세 지게 해도……. 어차피 거기서 준 거잖아."

"말도 안 되는 소리 마."

부친이 준 선물을 돌려보내는 꼴이 될 것이다. 생면부지의 타인에게도 용납되기 어려운, 다시없을 무례였다. 하물며 부친인 바에야.

"내가 왕모님을 뵙겠어."

백우는 그 이상 율선의 말을 듣지도 않고 휙 돌아섰다. 그리고 사령들 쪽으로 다가가 앉아서 기다리라고 말했다. 그 후 백우는 이서 앞에 섰다. 이번엔 산이 무너져 내리기라도 할까 봐 얼굴이 새하얗게 질린 이서가 얼른 뒤로 물러났다. 백우는 더 다가오지 않았다.

"걱정하지 마십시오. 제가 왕모님께 잘 말씀드리겠습니다."

이서는 대답을 해야 하나 말아야 하나 고민했다. 여기서 감사 인사를 한다고 산사태가 나진 않겠지? 이서가 초조하게 위를 올려다보았다. 그것을 어떻게 생각했는지, 백우는 이서를 안심시키려고 애썼다.

"손님을 혼자 남겨 두는 일은 없을 겁니다. 잠시 기다리고 계시면 제가 금방 처리하겠습니다."

"그럴 것 없단다."

갑자기 들린 목소리에, 사람들이 일제히 소리가 난 쪽을 돌아보았다.

백우도 고개를 돌렸다. 언제 내려온 것인지 어느새 산 아래 서 있는 서왕모와 눈이 마주쳤다. 백우는 긴 숨을 내쉬고 그녀 쪽으로 완전히 몸을 틀어 저벅저벅 가까이 걸어갔다. 자색 비단으로 몸을 감싼 서왕모와 그녀의 어깨에 앉은 청조를 보고, 백우가 허리를 굽혔다.

"왕모님. 격조했습니다."

"백년궁 소식은 들었단다. 내 아들, 이리 온."

서왕모는 어린 친아들을 어르는 것처럼 백우를 불렀다. 서왕모가 백우의 어깨를 가볍게 끌어안았다. 사령들이 무릎까지 꿇고 자기에게 예를 갖추고 있는 건 보이지도 않는 모양이었다. 백우는 허리를 펴고 서왕모의 포옹에 응했다.

곧 서왕모가 백우를 놓아 주었다. 그러더니 부드러운 미소를 지으며 말했다.

"내가 이렇게 마중까지 나왔는데, 따로 이야기할 필요 있겠니. 사령들을 멀리 물리렴. 복줄꽃은 남아도 좋아."

백우가 지시하기도 전에, 사령들은 서왕모와 백우로부터 멀어졌다. 대화가 들리지 않을 정도로 멀리 떨어져 자기들끼리 조금 웅성거리긴 했지만, 서왕모는 신경 쓰지 않았다. 그녀는 애매한 곳에 서 있는 율선과 이서를 가까이 불렀다.

백우는 잠시 서왕모를 보다가 정중한 어조로 입을 열었다.

"왕모님. 패율선에게 들으셨겠지만 저 꽃은 백년궁의 손님입니다. 부친으로부터의 선물이기도 하고요."

까악, 까악, 가까운 데서 까마귀가 울었다. 곤륜산 아래에는 안개가 자욱했다. 천마는 멀지 않은 곳에서 투레질을 하고 있었다. 아침도 아닌데, 이슬 냄새가 났다. 서왕모는 그 풍경 속에서 그림처럼 웃고 있었다.

"그래. 그러니 네가 저 꽃을 무척 아낄 것을 알아."

"그런데 왜……."

"못 들어오게 하느냐고?"

백우는 침묵했지만 대답이나 다름없었다. 서왕모는 팔을 뻗어 백우의 뺨을 도닥였다. 자기보다 더 커진 지 오래인데 백우는 여전히 아이처럼 느껴졌다. 물론 서왕모는 그게 자신의 착각이라는 걸 알았다. 백우는 백년계곡을 다스리는 장자가 되었고 선계의 복잡한 시간 문제를 훌륭히 관리하고 있었다.

그래도 서왕모 눈에, 백우는 늘 가여운 어린애였다.

"이서야, 가까이 와 보련."

서왕모의 지시에 이서가 주춤주춤 발을 옮겼다. 그러면서도 백우와 닿지 않도록 주의했다. 무슨 일이 일어날지 몰라. 여기서 안 좋은 일이 생긴다면 바로 들킬 거야. 이서는 잔뜩 긴장해 서왕모 앞에 섰다.

서왕모는 이서에게 바짝 다가섰다. 그러더니 이서의 얼굴을 뚫어져라 바라보며 깊게 숨을 들이마셨다.

"역시 이상해."

"뭐가 말입니까?"

백우는 더 기다리지 못하고 재촉했다. 서왕모는 백우를 보고 고개를 설레설레 저었다.

"너도 그렇고 율선도 그렇고, 총명한 아이들인데 아직도 이걸 몰랐구나. 하긴, 꽃이 사람의 형상을 하고 있으니."

"무슨 뜻입니까? 이해하지 못하겠습니다."

"서천의 꽃은, 백우야."

서왕모가 달래듯 노래하듯 나직나직 말했다.

"그 용모가 아름답기로도 유명하고, 그 효과가 뛰어나기로도 유명하고, 사람의 형상을 한 이룰싹이 있다는 것으로도 유명하지. 하지만 다른 것도 있단다."

이서의 얼굴이 새하얗게 질렸다. 그녀는 동요를 감추기 위해 두 손을 꽉 말아 쥐었다. 그러나 이서는 서왕모가 이미 자신의 두려움을 다 알 거라고 생각했다. 이제는 치마에 가려진 다리까지 조금씩 떨려 왔다.

말에 잠시 사이를 둔 서왕모는 빙긋 웃었다.

"향기 말이다."

"……"

"향기. 서천의 꽃에는 다 고유한 향기가 있어."

백우가 느리게 고개를 돌려 이서를 보았다. 이서는 그의 시선을 피했다.

176

"천년계곡의 감씨를 먹은 모양이구나."

이서는 자기도 모르게 번쩍 고개를 들었다. 너무 놀라 숨까지 가빠졌다. 서왕모는 뭘 그리 놀라느냐는 듯 또 웃었다. 그 웃음이, 정말 선하고 유려한데도 이서는 견디기 어려울 정도로 무서웠다.

"왜 향을 감추니?"

"저, 저는, 그런 게……."

"네가 복줄꽃이라면 왜 그 좋은 향기를 감추는 거지? 아마 한 주에 한 번은 천년계곡의 감씨를 먹어야 했을 텐데."

"숨기려고, 그런 게 아니라, 단지……."

"네게 그 감씨를 준 게 천년장자더냐?"

이제 이서는 대답도 못 하고 고개만 저었다. 서왕모는 정말 태연한 어조로 묻고 있었지만, 자꾸만 중요한 지점을 찔러 이서를 두렵게 했다. 이서는 제 몸이 벌벌 떨리는 것도 인지하지 못하고 시선을 땅바닥에 고정했다.

들켰어.

내가 복줄꽃이 아닌 걸 아는 거야. 어쩌면 내가 멸망꽃이라는 것도 알 거야. 유명하다는 여신 서왕모를 속이려고 하다니, 내가 지금까지 무슨 짓을 한 걸까. 이서는 떨리는 몸으로 어쩔 줄 몰라 하며 자꾸만 고개를 흔들었다.

"왕모님."

그때, 나직한 목소리가 끼어들었다.

"그만하십시오."

"백우야, 넌 이 꽃을 천년계곡으로 돌려보내야 한다. 부친에게 미안해서 안 되겠다면 서천으로 돌려보내. 내가 이동할 것을 내주마."

서왕모는 엄격한 얼굴로 말했다. 하지만 백우는 물러나지 않았다.

"납득할 수 없습니다. 향기가 그렇게 중요한 문제입니까."

"향기는 꽃의 정체성이나 다름없어. 그걸 왜 감추겠니. 문제가 있으니 감추는 거겠지. 백우야, 자기 자신을 감추는 사람들은 대부분 위험하단다."

백우도 서왕모가 무슨 말을 하는지 알았다. 하지만…… 백우는 이서를 돌아보았다. 이서는 새하얗게 질려선 변명 한마디 못 하고 얼어 있었다. 저 몸 안에 음모가 감춰져 있다고? 어릴 적부터 아버지와 첩의 눈치를 보며 자란 백우는 사람의 마음에 무척 민감했다. 이서는 자기에게 악의를 품은 적이 없었다.

"네가 향을 감춘 게 아쉽구나."

서왕모는 이서를 똑바로 쏘아보며 말했다. 자애롭던 기색은 온 데간데없이 사라졌다.

"그러지 않았다면 네가 무슨 꽃인지 알 수 있었을 텐데."

"전, 그런 게 아니에요. 그러니까, 제가, 향을……."

이서는 무슨 말이라도 해야 한다는 생각에 억지로 목소리를 쥐어짰다. 그러나 도저히 변명거리가 떠오르지 않았다. 원래 향이 안 난다고 할까? 하지만 이미 서왕모는 천년계곡의 감씨를 언급했다. 그리고 한 주에 한 번씩 감씨를 먹은 것도 사실이었다. 이서는 어쩔 줄 모르고 손만 꽉 말아 쥐었다.

서왕모는 이서에게 가까이 다가가, 그녀의 턱을 가볍게 쥐었다. 그러곤 떨고 있는 이서의 두 눈을 들여다보며 속삭였다.

"네가 어떤 발칙한 생각으로 내 대자 곁에 붙어 있는지 알아냈을 텐데."

"왕모님."

백우가 부드럽게 서왕모의 손을 떨쳤다. 그러더니 이서를 뒤로 밀고, 이서와 서왕모 사이를 막아섰다.

그는 서왕모보다 키가 컸다. 백우는 존경하는 대모를 보며, 선언했다.

"이만하면 충분히 하셨습니다. 거절의 뜻은 잘 알겠습니다."

"백우야."

"무례를 범했습니다. 저는 백년궁의 식솔들을 이끌고 떠나겠습니다."

백우는 아주 덤덤하게 말했다. 이 말에 놀란 건 서왕모만이 아니었다. 이서도 완전히 놀라 백우의 뒷모습만 바라보았다.

굳이 서왕모에게 체류를 청한 건 이유가 있었을 것이다. 이서가 보기에도, 배를 빌려야 할 만큼 백년궁에는 사람이 많았다. 대부분이 사령들이었지만 그들에게도 머물 곳은 필요했다. 곤륜산이 가장 좋은 거처라 생각했을 텐데, 왜…….

"이 많은 사람들을 데리고 어디로 가겠다는 거니."

서왕모는 거의 처음으로 반항하는 백우를 보며 재미있다는 듯 물었다. 백우는 표정을 흐트러뜨리지 않고 대답했다.

"선도산으로 가겠습니다."

"선도성모에게 간다고? 선도산은 좁고 낮은 산이란다. 백년궁의 전부가 거기 머물 수 있다고 생각하는 건 아니겠지. 선도성모도 허락하지 않을 거다."

"그건 여쭙기 전에는 모르는 일입니다."

"아니, 내가 선도성모에게 사람을 보내, 결코 너희를 받아 주지 말라고 할 거야."

서왕모는 웃는 얼굴로 쐐기를 박았다.

"천년장자의 선물이라고? 백우야. 네가 네 아버지를 얼마나 그리워하는지 안다. 아직도 천년장자를 기다린다는 걸 알아. 그래서난 지금까지 천년장자에 대해 네게 얘기하지 않았지."

백우는 거의 움직이지 않았다. 그러나 이서는 볼 수 있었다. 백우가 두 손을 꾹 말아 쥐고 있었다. 저와 서왕모 사이를 막아선, 강하고 단단한 뒷모습. 그러나 부친 이야기가 나오자 백우는 허물어질 것처럼 보였다.

"하지만 이 말은 해야겠구나."

"……"

"천년장자는 네게 득이 되는 걸 보내지 않아."

"왕모님."

"그자는 네가 다른 남자의 씨라고 생각하니까. 그러니 그 꽃은 이만 버리렴."

백우는 깊이 숨을 들이쉬었다. 그리고 천천히 내쉬었다. 서왕모는, 가슴을 갈기갈기 찢는 말을 해 놓고 자기가 더 가슴 아픈 얼굴이었다. 백우는 대모가 정말 자길 걱정한다는 걸 알았다. 향을 감추는 꽃이 수상하다는 것도 알았다. 부친에 대한 말도, 이해했다.

그러나 서왕모가 원하는 대로 이서를 버리고 갈 순 없었다.

"말씀은 잘 알겠습니다."

그렇게 대답했지만, 서왕모는 백우의 마음에 변화가 없다는 걸 알았다. 변화는커녕 흔들리지도 않았다.

"하지만 선계 어디에서도 저희를 받아 주지 않는다 해도, 부친께서 저를 친자로 생각지 않으신다 해도, 손님이 제 책임인 데는 변함이 없습니다."

서왕모는 확실히 알았다.

무슨 말을 해도, 백우는 이 꽃을 버리지 않을 것이다. 여기까지 와 놓고 백우는 정말 곤륜산을 떠나, 온 선계를 헤맬 작정이었다. 그리고 단언컨대, 백년궁이 완성될 때까지 선계 전체를 떠돌게 된다 해도 백년궁의 모두는 불평하지 않을 것이다. 백우는 존경받는 동시에 강력한 주인이었다. 백우는 대 인원을 이끌고 선계를 떠돌 수 있다. 그리고 지금, 백년장자는 정말 그 짓을 감행할 생각이다.

서왕모는 백우가 계산치 않고 있음을 알았다. 이렇게 나오면 상대도 어쩔 수 없겠지, 대모를 상대로 그런 셈을 할 아이는 아니다. 그리고 서왕모는, 자기가 져 줄 수밖에 없다는 것도 알았다.

"좋아."

서왕모는 한숨처럼 말했다.

"대신 내가 이 꽃과 잠시 이야기를 해야겠구나. 떠나란 말은 하지 않을 테니 걱정할 필요 없어."

"이미 충분히 겁을 주셨습니다."

"내가 언제 겁을 줬다고 그러니?"

서왕모는 태연히 말하더니 토라진 어머니처럼 중얼거렸다.

"나이 들었다고 잘 찾지도 않더니, 이젠 외인 앞에서까지 날 박대하는구나."

백우는 서왕모가 상처받지 않았다는 걸 알았다. 그래서 꿈쩍도 하지 않았다. 서왕모는 이서에게 해를 끼치지도, 떠나라고 겁박하지도 않겠다고 몇 번이나 거듭 말해 그를 보내야 했다. 그러고 나서 하늘배가 곤륜산에 올라갈 수 있도록 길을 열 테니 백년궁 식솔들을 다시 배에 태우라고도 말했다.

백우가 모여 있는 사령들 쪽으로 멀어지자, 서왕모는 얼굴에서 웃음기를 지우며 이서를 보았다.

"사실 난 이렇게 될 걸 알았단다. 백우는 고집이 세거든. 누굴 닮았는지."

이서는 대답하지 못했다. 서왕모도 대답을 기대하진 않은 모양이었다.

"네가 무슨 꽃인진 모르지만, 복줄꽃이 아니라는 건 알지. 그 반대라면 모를까. 자기 아들에게 이런 것까지 보내다니, 천년장자도 정말 갈 데까지 갔구나."

그렇게 말하고 서왕모는 품에서 작은 주머니를 하나 꺼냈다. 천을 얼기설기 끼워 만들었는데, 끈으로 입구를 조이게 되어 있었다. 언뜻 보기엔 향낭(香囊)처럼 보였다. 서왕모가 그 주머니를 이서에게 내밀었다.

"천년계곡에 자기를 감추는 감씨가 있다면, 곤륜산에는 그보다 더 귀한 것들이 있지. 그건 버드나무 우듬지를 꺾어 만든 주술 주머니란다."

"이건 왜……."

"네가 백우에게 해를 끼치는 걸 막아 줄 거야."

아주 아무렇지도 않은 어조라 이서는 흠칫 놀랐다. 그녀는 조심스럽게 두 손을 내밀어 주머니를 받았다. 해를 끼치려고 한 게 아니에요. 그 말은, 입 밖으로 나오지 않았다.

원하지 않았다 해도 그녀는 백우를 위험에 빠뜨렸다. 하다 하다 백년궁을 먼지로 만들기까지 했다.

원한 게 아니었다 해도, 유보랑과 거래해 백우 곁에 머물게 된 건 사실이었다.

"넌 부인도 안 하는구나. 정말 백우에게 해를 끼치러 왔니."

떨면서도 주머니를 받아 드는 이서를 보며, 서왕모가 혀를 찼다.

"꽃의 효능을 누르는 주머니라, 일종의 저주나 다름없지. 네 몸에도 장기적으로는 안 좋은 영향을 미칠 거야. 기를 막는 거니까. 다시 만들긴 어려운 것이니, 잃어버리지 않게 잘 간직하렴."

몸에 안 좋은 거라면서 잘 간직하라니. 이상한 소리였지만 이서는 고개를 끄덕였다. 네, 하고 조심스럽게 대답하자 서왕모는 이쪽으로 다가오는 백우에게로 시선을 돌렸다.

그 얼굴에 애정이 가득한 게 보여서, 이서는 문득 꽃감관 진성을 떠올렸다.

진성이 여기 있었다면 뭐라고 말했을까.

"왕모님. 모두 태웠습니다."

"그럼 가자. 길을 열 테니까."

"말씀은 잘 끝내셨습니까?"

백우는 이서의 얼굴을 살피며 서왕모에게 물었다. 서왕모는 웃었다.

"그래. 아무 일도 없었어. 안 그러니, 이서야?"

서왕모가 갑자기 너무 다정하게 물어서 이서는 화들짝 놀랐다. 그러다가 백우의 눈치를 한번 살피고, 그렇다고 대답했다. 백우는 못 믿는 얼굴이었지만 이서가 그렇다는데 더 할 말은 없었다.

"배에 자리가 많지 않아 천마에 오르셔야 할 것 같습니다."

"아, 네. 그렇게 할게요."

백우는 잠시 이서를 내려다보았다. 이서는 조금 위축된 듯했는데, 한편으론 안심한 얼굴이었다. 전처럼 유난스럽게 피하지도 않았다. 이서는 백우를 똑바로 바라보았고, 백우가 그녀를 천마에게로 이끌기 위해 팔을 잡았을 때도 뿌리치지 않았다.

이서는 정말 안심하고 있었다. 백우와 닿았는데도, 그와 이야기를 나누었는데도, 정말 아무 일도 일어나지 않는다. 남의 호의를 거절하는 게 마음 편할 리 없었다. 이서도 이제껏 백우를 거절하는 것이 무척 불편하고 미안했다. 이제 그러지 않아도 돼. 이서는 약간 들떠서, 백우와 천마에게 가까이 다가갔다.

서왕모는 그런 둘의 모습을 지켜보았다. 그림 같은 미소를 떠올린 채, 그러나 못마땅하고 불안한 심정으로.

이서가 다가가자 천마가 몸을 낮추는 게 보였다. 서왕모와 둘만 있을 때, 천마는 이서에게서 향기가 나지 않으니 이상하지 않으냔 얘기를 했었다. 누가 봐도 이서는 수상하고 위험했다.

그러나.

서왕모는 이서를 먼저 앉힌 백우가 그녀 뒤에 자리 잡는 걸 보았다. 이서가 당혹해서 뒤를 돌아보았는데, 백우가 몸을 낮춰 그녀의 귓가에 뭐라고 속삭였다. 떨어질 수도 있다느니 뭐라느니 하는 거겠지. 그러더니 백우는 이서의 몸이 기울거나 떨어지지 않도록 잡아 주었다.

어찌나 다정하던지 젊은 날의 천년장자를 보는 것 같았다.

하지만 천년장자도 한물갔지. 서왕모는 그렇게 생각했다. 물론 천년장자는 여전히 준수하고 훤칠하며 겉모양만 보기에는 그만한 선풍도골이 없었다. 그러나 서왕모가 보기에 천년장자의 수명은 이미 끝났다. 솔직히 말해 그녀는 천제가 왜 천년장자를 그대로 두는지 알 수 없었다.

백우는 그렇게 되지 말아야 할 텐데. 서왕모는 걱정스레 대자를 바라보았다.

저 꽃이 아무리 수상하고 위험해도, 백우가 비호하는 한은 어쩔 수 없었다. 백우는 의외로 제 고집이 있고 속을 읽기가 힘든 아이라 서왕모도 그를 좌우할 순 없었다. 서왕모는 한숨을 내쉬고, 제 어깨에 앉은 청조에게 말했다.

"지금 바로 서천으로 가서 꽃감관을 만나렴."

작은 청조는 고개를 갸웃갸웃하며 서왕모의 말을 듣기만 했다.

"가서, 저 꽃의 정체를 알아 와."

명령이 떨어지자 청조는 곧장 날아갔다. 서왕모는 천마 위에서 이쪽을 보는 백우를 향해 웃어 보이고, 하늘배가 곤륜산 정상까지 오를 수 있도록 길을 열었다.

"왕모님께서 무어라 하셨습니까?"

날아오르는 천마 위에서 백우가 물었다. 이서는 머뭇거렸다. 처음 천마를 타고 곤륜산에 오를 때는 무척 설레었는데, 백우가 뒤에 있으니 주위 풍경이 제대로 눈에 들어오지 않았다. 사실 이서는 내심 불안했다. 그 주머니의 효과는 꽤 확실한 것 같지만……

"별다른 말씀은 없으셨어요. 그저 선물을 하나 받은 것뿐이에요."

"그렇군요."

백우는 믿지 않는 듯한 목소리로 대답했다.

"저……"

"네."

왜 아무것도 묻지 않느냐고, 이서는 묻고 싶었다.

백우는 향기 나지 않는 이서에 대해 묻지 않았다. 이서는 어차피 대답할 수 없겠지만, 천년장자의 속내에 대해서도 묻지 않았다. 이서는 그것이 다행스러운 한편 겁이 났다. 굳이 말을 꺼낼 필요는 없겠지. 이서는 고개를 저었다.

"아니요……. 아무것도 아니에요."

잠시 말이 없던 백우는, 곤륜산을 바라보는 이서에게 물었다.

"곤륜산은 처음이신 걸로 아는데, 맞습니까?"

"네."

"아주 아름다운 곳이죠. 마음이 내키신다면 둘러보시는 것도 좋을 겁니다."

이서는 백우를 돌아보았다. 천마를 타고 하늘을 나는 것은 전혀 위험하지 않았다. 거의 흔들리지도 않았고. 하지만 백우는 여전히 이서를 잡고 있었다.

이렇게 닿아 있어도, 아무 일도 없어. 전전긍긍하지 않아도 돼.

그 생각에 기분이 좋아졌다. 어쩐지, 다른 꽃이 된 느낌. 이서는 마음이 들떠 자기도 모르게 불쑥 묻고 말았다.

"곤륜산에서도 많이 바쁘신가요?"

"네?"

"장자님은 바쁘시니까요. 할 일이 많은가 해서……."

"그렇진 않을 겁니다."

사실 시간과 관련된 문제를 해결하는 일의 특성상, 백년궁에 있든 곤륜산에 있든 해야 할 일은 변하지 않았고 양도 운에 달린 거나 마찬가지였다.

"그럼 혹시, 어, 시간이 되신다면……."

"네, 제가 안내해 드리죠."

이서는 마음을 읽힌 것 같아 얼굴을 붉혔다. 백우가 제 뒤에 있어 다행이었다. 당혹스러운 마음에 이서는 더듬더듬 괜한 말을 늘어놓기 시작했다.

"그러니까 제 말은, 지난번에 후원에서 구해 주신 것도 감사하고 해서, 그런데 제가 인사도 못 드려서요. 백년궁이 무너졌을 때도 그렇고, 그래서 저도 뭔가 보답을⋯⋯."

이서는 계속 말을 돌리다가 딱 멈췄다. 망했다. 나 지금 무슨 소릴 하는 거야? 바쁜 사람한테 곤륜산 안내까지 부탁해 놓고 보답 얘긴 왜 꺼냈지?

주고 싶어도 도저히 줄 게 없는 이서는 백우의 사양을 기다렸다. 그는 성실하고 단정하고 예의 바른 사람이니, 마땅히 해야 할 일을 했을 뿐이라며 거절할 거라고 예상하면서.

그러나 백우는 바로 대답하지 않았다. 그러다 나직한 목소리로 말했다.

"기대하고 있겠습니다."

이서는 어버버 할 말을 찾다가, 결국 네, 하는 대답만 내놓고 말았다. 그러고 나서도 자신 없는 듯 밑밥을 깔았다.

"대단한 건 아니고요⋯⋯."

"네."

나 진짜로 줄 게 없는데 어쩌지.

이서는 올라가는 내내 혼자 끙끙거렸다. 백우는 그녀의 동그란 뒤통수를 내려다보며 그냥 웃었다. 후원 일을 아직도 신경 쓰고 있었던 모양이다. 인사 같은 건 오지 않아도 상관없었는데, 굳이 보답 얘기를 꺼내 놓고 열심히 생각하는 모양새가 신선했다.

저를 피하지도 거부하지도 않고 얌전히 어깨를 맡긴 채 고민하는 이서는 다른 사람 같았다. 정말 기대도 않았는데 덜컥 손에 떨어진, 부친의 선물. 보답 같은 건 괜찮다고 말해 줄 수도 있었지만, 이서가 자꾸 힐끔힐끔 돌아보는 것이 즐거웠으므로 백우는 그러지 않았다. 꽃 한 송이라도 받는다면 더 즐거울 것 같았다.

서왕모의 전령 청조를 꽃감관 진성에게 안내한 것은 청현이었다.

이서가 떠난 후, 청현도 몇 차례 선계에 다녀왔다. 사람들의 바람은 주로 간단했고 들어주는 데 시간도 오래 걸리지 않았다. 청현은 지켜줄꽃으로서 여러 목숨을 구했다. 선계에 내려갈 때마다 이서를 만나지 않을까 기대했으나 선계는 넓었고 그럴 가능성은 희박했다.

그래서 청조와 진성의 대화를 엿들었을 때, 청현은 깜짝 놀라는 한편 무척 반가웠다.

"서왕모께서는 이서라는 꽃의 정체를 묻고 계십니다. 복줄꽃이 아니라고 하셨습니다."

"죄송합니다만 이미 소유자가 있는 꽃에 대해 말하는 건 금기입니다."

청현은 장지문 밖에서 그 이야기를 들었다. 진성의 덤덤한 대답에, 사람의 형상을 한 청조는 곧장 위세를 내세웠다.

"다른 사람이 아니라 서왕모십니다. 백년장자님의 대모로서 그 곁에 있는 꽃의 정체를 묻는 건 당연한 일이죠. 그분은 대답을 기다리고 계십니다."

"제게 이서에 대해 물으시는 분이 서왕모가 아니라 천제님이라해도 저는 말할 수 없습니다. 돌아가십시오."

진성의 대답은 단호했다. 아마 이서가 멸망꽃이기에 더 말하지못할 것이다. 청조는 한동안 진성을 구슬리려 들더니, 그가 움직이지 않을 걸 알고 포기했다. 서왕모가 가만히 있지 않을 거라는경고도 남겼지만 진성은 꿈쩍도 하지 않았다.

청조가 나간 후, 진성은 청현을 불렀다. 마치 그가 밖에 있다는걸 알기라도 한 것처럼.

"난 잠시 버드나무 샘에 다녀와야겠구나. 손님이 오면 조금 기다리라고 해라."

"이서는 괜찮은 건가요?"

청현은 참지 못하고 물었다. 이서는 전혀 몰랐지만 청현은 오래도록 이서를 바라봤다. 복줄꽃 여울의 마음을 알면서도 받아들일 수 없었다. 이서가 피면, 함께 꽃가루받이하고 싶다고, 그렇게생각했다.

그러나 이서는 떠났고, 돌아올 기미조차 보이지 않았다. 멸망꽃이니 분명 누군가에게 해를 끼치는 일을 하게 될 것이다. 청현은 이서가 그것을 견디지 못하리라는 걸 알았다.

"모르겠구나. 하지만 정체를 숨기고 있는 듯하고, 의심받는 모양이야."

"차라리 다시 돌아오라고 하는 건……."

"유보랑이 허락하지 않으면 그럴 수 없어. 어쨌든 난 잠시 샘에 다녀오마."

청현의 걱정 어린 얼굴을 뒤로하고 진성은 서둘러 버드나무 샘으로 향했다. 이서와 백우가 함께 빠진 적 있는 샘, 천제의 교룡 아자개가 사는 샘이었다. 진성은 주위를 둘러보고, 곧 망설임 없이 안으로 뛰어들었다.

아자개는 기다렸던 것처럼 곧장 나타났다. 대체적으로 이 샘에서 움직이지 않는 아자개는 진성을 꽤 좋아했다. 아자개가 커다란 물방울을 만들었다. 그는 진성을 그 안에 넣어 호흡할 수 있게 해 주었다.

"무슨 일이야?"

순식간에 소년의 모습으로 변한 아자개가 물었다. 저벅저벅 가까이 다가온 그는, 물을 뚝뚝 흘리며 선 진성을 올려다보았다. 진성의 얼굴이 조금 창백했다. 아자개는 모든 꽃에게 마음을 기울이느라 제 시간도 제대로 갖지 못하는 꽃감관을 가만히 바라보기만 했다.

"청이 있어 왔습니다."

과연. 아자개는 심드렁하게 생각했다. 아자개는 진성을 친우로 여겼지만, 모종의 사건 이후 진성은 일이 없으면 절대 아자개에게 오지 않았다. 이번엔 웬일로 먼저 찾아왔나 했더니 부탁이 있는 모양이었다.

뭐, 난 관대한 친우니까.

아자개는 그렇게 생각하며, 진성에게 물었다.

"뭔데?"

솔직히 이서는 자기가 즐거워할 자격이 있는지 의문이었다.

백년궁이 무너진 건 집벌레가 아니라 멸망꽃 때문이다. 이제 다 낫긴 했지만 백우가 팔을 다쳤던 것도 멸망꽃 탓이다. 이런저런 재앙을 다 불러와 놓고, 아무렇지도 않게 곤륜산을 구경해도 되는 걸까.

난 정말 나쁜 애구나. 이서는 자조적으로 생각했다. 그래도 이서는 창밖으로 보이는 곤륜산 풍경에 마음이 달떴다. 곤륜산에 도착한 첫날의 아름다운 밤이었다. 달이 유난히 가까웠다. 거의 손바닥 크기였다. 여긴 정말 높은 산이구나……. 이서는 창밖의 달을 보며 중얼거렸다.

"손님. 장자님이 오셨는데요."

밖에서 새말선의 목소리가 들렸다. 혼자 달을 보던 이서는 놀라서 벌떡 일어섰다.

"아. 네, 저, 나갈게요. 잠깐만요."

들어오라고 해도 되지만 그건 건방져 보일 것 같았다. 이서는 허둥지둥 걸어 제 손으로 장지문을 열었다. 과연 밖에 백우가 서 있었다. 평온한 얼굴이었다. 이서는 환한 달빛을 등진 채 그를 올려다보았다.

"무슨 일 있나요?"

이서가 흘끗 백우의 뒤를 살피며 물었다. 제 처지가 처지다 보니 무슨 문제라도 생겼나 걱정이 앞섰다. 백우는 고개를 저었다.

"아닙니다. 다만, 오늘이 보름이라서요. 많이 피로하지 않으시다면 보여 드리고 싶은 게 있습니다. 보름달이 뜬 날만 볼 수 있는 거라⋯⋯."

"아."

이서는 눈을 동그랗게 뜨고 백우를 보았다. 안내해 준다고 말하긴 했지만 이렇게 바로 찾아와 줄 줄은 몰랐다. 내심 새말선이라도 데리고 산책이라도 다녀올까 고민하던 이서는 뜻밖의 제안에 반갑게 웃었다.

"네, 좋아요."

이서가 백우 앞에서 웃는 건 거의 처음이었다. 이제껏 웃을 일이 없었던 것이다. 하지만 이서는 백우와 이야기하는 게 좋았다. 대화해도 아무 일도 일어나지 않았기 때문이다. 멸망꽃이 아닌 건 이런 느낌일까? 백우와 말을 섞을 때마다 그런 느낌으로 가슴이 충만해졌다.

"장자님은 피곤하지 않으세요? 저 때문이면 무리하실 필요는 없는데."

이서는 백우 옆에 서며 물었다. 백우는 피곤하지 않다고 대답했다. 그러면서, 만약 생각해 보니 피곤해서 안 되겠다고 대답했으면 이 꽃의 표정이 어떻게 변했을까 궁금해했다. 이서는 어린아이처럼 신이 나 있었다.

새말선이 뒤따르려 했지만 백우가 물렸다. 새말선은 여우에게

193

홀린 아들을 보는 어머니 같은 눈으로 이서를 보다가 곧 명령에 따랐다.

지난번 백우의 병문안을 가지 않겠다고 말한 뒤, 이서와 새말 선의 관계는 미묘해졌다. 신경이 안 쓰이는 건 아니었지만 둘은 그럭저럭 지내고 있었다. 이서는 그녀 쪽을 보지 않으려 애쓰며 백우와 함께 걸었다.

서왕모는 백년궁 식솔에게 아예 커다란 궁을 하나 내주었다. 곤륜산의 여러 궁 중 하나라 백년궁보다는 작았지만 모두가 머물기엔 충분했다. 백우와 이서는 그 궁 밖으로 나갔다.

사방이 조용했다. 바닥에는 잔디가 깔려 있었다. 포석을 깔아 만든 길이 멀리까지 이어져 있었다. 이서는 주위를 두리번거렸다. 서천에 피지 않는 평범한 꽃과 우거진 나무, 어디선가 들려오는 물소리, 신선하고 청량한 공기. 곤륜산 정상은 넓고 평평했는데, 완전한 평야는 아니어서 멀리 산이 솟아 있기도 했다. 산 위의 산. 이서는 그 산을 보다가 문득 고개를 돌렸다.

멀지 않은 덤불숲, 흰 사슴이 고개를 내민 게 보였다. 이서는 자기도 모르게 탄성을 내질렀다. 사슴이다. 하얀 사슴. 멀지 않았다. 열 걸음 정도일까?

"만져 보시겠습니까?"

"만질 수 있어요?"

이서는 눈을 빛내며 백우를 돌아보았다.

"아마 그럴 겁니다. 순하고 사람을 좋아해서, 피하지 않죠."

백우는 이서를 데리고 사슴 가까이 다가갔다. 가까이서 보니,

흰 사슴은 새끼를 거느리고 있었다. 암사슴과 새끼 한 마리. 백우가 시범을 보이듯 먼저 손을 뻗었다. 흰 사슴이 잠시 귀를 쫑긋하더니 크게 망설이지 않고 백우에게로 다가왔다. 그리고 먼저 백우의 손 밑에 머리를 대 주었다. 백우는 부드럽게 웃으며 그 작은 머리를 쓰다듬었다. 새끼 사슴도 백우의 다리에 머리를 비볐다.

"만져 보세요."

백우가 권했다. 이서는 두근거리는 마음으로 손을 뻗었다. 그녀의 손이 사슴의 머리에 닿았다. 사슴이 돌연 눈을 굴려 이서를 보았다. 이서는 사슴의 부드러운 털에 감탄했다.

"정말 예쁘……."

그 순간, 사슴이 머리를 털더니 후다닥 달아나 버렸다. 새끼도 어미 뒤를 따라 사라졌다. 사슴은 뒤도 돌아보지 않고 덤불숲 먼 곳까지 달려가 사라졌다.

백우는 이 뜻밖의 사태에 당황해서 뭐라고 말을 꺼내지 못했다. 놀란 건 이서도 마찬가지였다.

"이런 일이 드문데……. 조금 예민해졌나 봅니다."

사슴의 움직임은 백우가 보기에도 너무 노골적이었다. 이서의 손이 닿자 마치 더러운 것이 묻은 듯 머리를 털고 달아난 것이다. 백우가 보기에도 이 정도였으니 당사자인 이서는 더 놀랐을 것이다.

"그런가 봐요."

그런데도 이서는 그저 조용히 웃었다.

짐승은 사람보다 더 예민하다고 한다. 반인반수인 동물 사령과는 또 달랐다. 이서는 사슴이 사라진 방향을 보다가, 곧 눈길을 돌렸다.

느낌이 좋지 않았겠지. 멸망꽃이니까.

그렇게 생각하면 납득 못 할 일도 아니었다. 이서는 애써 자신을 달랬다. 당연한 거야. 속상한 티 내지 마. 백년장자가 보고 있어. 여기까지 데려와 줬는데. 이서는 고개를 들고 백우를 올려다보며 물었다.

"갈까요?"

백우는 잠깐 사이를 두었다가 그러자고 대답했다. 방금까지만 해도 처음 소풍 나온 어린애 같더니, 지금은 분위기가 바뀌었다. 이서는 참는 사람의 얼굴, 견디는 사람의 얼굴을 하고 있었다.

백우에겐 익숙한 표정이었다. 면경(面鏡) 속에서 종종 보던.

이서는 백우를 따라 걸었다. 두 사람 사이에 묘한 침묵이 찾아왔다. 이서는 아무렇지도 않은 척하느라 주위를 둘러보았다. 흰 사슴보다 더 신기한 것들이 많았다. 모든 동식물이, 또 바위 하나까지도, 심혈을 기울여 만든 것처럼 아름다웠다.

하지만 이서는 뭔가 만져 보거나 다가가 보자고 말할 수가 없었다. 그저 바라볼 뿐이었다. 자신을 용납하지 않는, 이 그림 같은 세계를.

"저쪽입니다."

백우가 데려간 곳은 처음 서왕모를 만났던 누각이었다.

딱 한 번 와 봤지만 좋은 기억은 없어서, 이서는 자기도 모르게 멈칫했다. 3층 누각. 왠지 꼭대기에 그때처럼 서왕모가 앉아 있을 것만 같았다.

물론 백우는 누각에서 서왕모와 이서가 만났다는 걸 몰랐다. 율선은 대화 내용만 보고했을 뿐 장소까지 말하진 않았던 것이다.

누각을 둥글게 둘러싼 강에는 두 개의 다리가 있었다. 누각 앞쪽에 하나, 뒤쪽에 하나. 백우는 그중 하나로 이서를 이끌며 설명했다.

"이 물에는 부력이 없어서 빠지면 위험합니다. 조심하세요."

"네."

이미 천마에게 한 번 들었던 설명이지만 이서는 고개를 끄덕였다. 다리는 둘이 나란히 걸을 수 없는 정도로 폭이 좁았다. 백우는 영 안심이 안 되는지 이서를 돌아보았다.

"잡아 드릴까요?"

"아, 아니요. 아니에요. 괜찮아요."

이서는 얼른 고개를 저었다. 백우는 잠시 이서를 바라보다가 앞서 걸었다.

뭘 보여 주고 싶은 걸까? 이서는 주위를 두리번거렸다. 하지만 특별한 것은 아무것도 보이지 않았다. 아니, 사실 모든 것이 특별했지만 이서는 만질 수 없는 것들이었다. 보여 준다고 한 게 동물이 아니면 좋겠는데. 이서는 누각 3층으로 올라가며 그렇게 생각했다.

예상외로, 꼭대기에는 아무것도 없었다.

이서는 빈 누각 3층에서 주위를 두리번거렸다. 하지만 정말 보이는 게 없었다. 이서는 백우를 바라보았는데, 백우는 약간 웃더니 이서를 이끌고 난간까지 갔다. 처음 서왕모를 만났을 때 그녀가 앉아 있던 곳이었는데, 누각을 둘러싼 물길이 내려다보였다.

"지금 저쪽에, 보이십니까?"

백우가 손을 들어 강 한쪽을 가리켰다. 왼쪽이어서, 이서는 고개를 돌려 그가 가리키는 곳을 내려다보았다.

"아!"

이서는 자기도 모르게 난간을 짚고 앞으로 몸을 쭉 내밀었다. 물에 커다란 달이 떠 있었다. 이서는 하늘을 올려다보았다. 하늘의 달보다 수면의 달이 더 큰 것 같았다. 둥근 원을 이룬 물인데도 계속 흐르고 있는지, 달의 모양이 미세하게 흔들렸다. 그 순간, 달 한가운데서 작은 고기가 퍼덕거리며 뛰어올랐다. 물고기 비늘이 순간 달빛으로 하얗게 물들었다.

신기해서 어쩔 줄 모르는 이서를 보며 백우는 천천히 난간에 기대앉았다. 이서의 얼굴에도 달빛이 환했다. 이서가 난간 밖으로 몸을 내밀자 긴 머리카락이 사르륵 흘러내렸다.

"이 물길이 달의 궤도와 비슷합니다. 그래서 달이 이쪽부터 저쪽까지 이동하는 게 그대로 보이죠. 보름엔 더 크게 보이고요."

"예쁘네요."

이서가 웃으며 백우를 돌아보았다. 멀리 뜬 달과 가까이 뜬 달 사이에서, 이서는 향기 없이도 싱그럽고 생생했다.

고운 꽃이다.

백우가 그렇게 생각한 순간, 이서가 바닥에 무릎을 대고 앉았다. 그러더니 난간에 팔을 받치고 턱을 괸 채 강에 뜬 달로 시선을 돌렸다.

그 누각에서는 강만 보이는 게 아니라 곤륜산의 사방이 보였다. 서왕모가 자주 찾는 이유를 알 것도 같았다. 이서는 물에 둥둥 뜬 채 아주 조금씩 움직이는 달과 그 달 한가운데로 뛰어드는 물고기를 바라보았다. 선선한 바람이 이서의 머리카락을 흔들었다.

곤륜산은 아름다웠다. 물론 백년계곡도 좋았지만, 이렇게 마음 편히 밖에 나온 건 처음이라 더 아름다워 보였다. 서천에서는 보지 못했던 이 커다란 달. 물에 둥둥 떠가는 달. 빛나는 물고기와 나무와 수많은 짐승들. 새로운 바람, 새로운 향기.

이 세계를 보기 위해 나는 사람을 죽이겠다고 한 거구나.

문득, 그런 생각이 치밀었다. 이서는 끈적끈적하게 달라붙는 죄책감을 떨치지 못하고 백우를 돌아보았다.

백우는 물끄러미 먼 곳을 보고 있었다. 백우의 옆얼굴은 단단하고 단정했다.

'난 내 남편의 아들을 죽일 거란다.'

유보랑은 왜 이런 사람을 죽이려고 하는 걸까. 이서는 궁금해졌다.

그 제의를 받아들이지 않았다면 백년계곡에도 곤륜산에도 오지 못했을 테고, 백우를 다시 만나지도 못했을 것이다. 그러나 그랬다면 백우를 죽여야 할 일도 없었겠지. 이서는 마음이 무거워졌다.

그때, 이서의 시선을 느끼고 백우가 고개를 돌렸다. 순식간에 눈이 마주쳤다. 이서가 바닥에 앉고 백우가 난간에 앉아 있어, 눈높이에 조금 차이가 있었다. 백우는 자기를 빤히 올려다보는 이서를 보며 미소 지었다.

"뭘 보고 계셨습니까?"

"장자님 얼굴이요."

"……."

너무 즉답이라 백우는 순간 할 말을 찾지 못했다. 이서는 잠시 그러고 있다가 다시 고개를 돌려 물에 뜬 달을 바라보았다. 그새 위치가 좀 달라져 있었다.

"서천꽃밭에서는 이런 걸 볼 일이 없었어요."

"서천도 아름다운 곳이라고 들었습니다."

백우는 마치 한 번도 서천에 와 본 적이 없는 것처럼 이야기했다. 이서는 고개를 끄덕였다.

"아름답죠. 하지만 전 거기서만 20년을 살았으니까요."

"그렇군요."

"새로운 세상을 보고 싶었어요."

이서는 변명처럼 중얼거렸다.

백우는 이게 변명이라는 것도 알지 못할 것이다. 그는 이서를 의심하지 않았다. 이서는 그걸 알 수 있었다. 율선은 백우의 호의를 의아하게 여기지 말라고 했었다. 그저 부친의 선물이라 마음을 쓰는 것뿐이라고. 이서는 그걸 알면서도, 백우가 자기를 의심하지 않는 게 고맙고 좋았다.

"곤륜산에는 가 볼 곳이 많죠. 기회가 닿는 대로 함께 다녀 보면 좋을 겁니다."

백우는 자연스럽게 다음을 기약해 주었다.

대단한 말은 아니었다. 그러나 달빛 탓일까, 이서는 마음이 흔들리는 걸 느꼈다. 그녀는 다시 고개를 돌려 백우를 바라보았다. 백우는 늘 자신에게 친절하고 다정했다. 화를 내는 모습 같은 건 상상조차 되지 않았다.

서천의 바깥세상인 선계에서 이서가 의지할 사람은 백우뿐이었다.

만약에.

내가 복줄꽃도 아니고, 천년장자의 선물도 아닌 걸 알게 된다면. 내 소유주는 천년장자가 아니라 유보랑이라는 걸, 내가 자기를 죽이기 위해 왔다는 걸, 이 사람이 알게 된다면.

"장자님."

"네."

이 사람은 어떤 표정을 지을까…….

"데려와 주셔서 감사해요."

백우는 잠시 대답하지 않았다. 그는 가만히 이서를 바라보다가 눈매를 휘어 웃었다.

"저도 고맙습니다."

뭐가 고맙다는 건지 이서는 알 수 없었다. 그녀는 백우의 시선을 피해 고개를 돌렸다. 저 웃는 얼굴이 자꾸 무서워졌다. 그렇게 둘은 달이 물길을 따라 둥글게 흘러갈 때까지, 누각에 함께 앉아 있었다.

　백우는 약속을 지켰다.

　그는 이서를 이끌고 곤륜산의 많은 것을 보여 주었다. 밤낮으로 무지개가 걷히지 않는 호수에 데려가기도 했고 다색조(多色鳥)가 떼를 지어 머무는 평원도 보여 주었다. 물론 이서는 삼색조나 팔색조를 만져 볼 수 없었다. 그녀가 손을 대기만 하면 다 도망가는 터라, 그저 백우의 팔에 앉은 걸 지켜만 봐야 했다.

　그나마 물에 사는 짐승은 경계가 덜했다. 백우는 이서의 새끼손톱만큼이나 작은 물고기가 사는 냇가로 이서를 데려갔다. 거기서 이서는 메기 사령을 만났는데, 그는 오랜만에 찾아온 서왕모의 대자를 위해 기꺼이 물고기를 움직여 주었다. 색색 비늘 물고기 떼가 대열을 이루어 일제히 몰려왔다 사라지기를 반복했다. 이서가 즐거워하자, 사령은 의욕적으로 물고기 떼를 지휘해 온갖 무늬를 만들어 주었다.

　이서는 어딜 가든 좋은 관객이고 좋은 청자였다. 동물이 자기를 피할 때가 아니라면, 꺼리거나 머뭇거리지도 않았다. 좋은 날에는 먼저 호수에 발을 담갔고 치마가 젖는 것도 개의치 않고 이리저리 뛰어다녔다. 메기 사령이 물고기로 글자까지 써 보였을 땐 박수를 치기까지 했다.

　시간은 막힘없이 흘렀다. 그사이, 달은 차고 이울고 또 찼다.

이제 이서는 백우 없이도 곧잘 곤륜산을 돌아다녔다. 물론 길을 거의 몰랐으므로 멀리 가는 일은 없었고, 그저 백년궁 사람들이 머무는 궁 앞을 이리저리 돌아다니는 정도였다. 새벽이슬에 신을 흠뻑 적시고도, 이서는 백우를 보면 뺨을 발갛게 하고선 뛰어왔다.

"장자님!"

이서는 또 들떠 있었다. 이서는 자신을 둘러싼 새로운 세계를 마음껏 받아들이느라 바쁘고 행복했다. 오늘은 함께 천도복숭아나무가 있는 곳에 가 보기로 했다. 이서는 꽃이며 나무에 유독 마음을 주었다.

"오셨어요?"

"네. 기다리셨나요?"

"아니요."

일찍 나오긴 했지만 신나게 다니느라 지루한 줄도 몰랐으므로 거짓말은 아니었다. 내내 창을 열고 이서가 돌아다니는 걸 본 백우도 그저 웃었다.

"그네는 어떠셨습니까?"

"아, 보셨어요?"

당연히 봤다. 그네는 멀지 않은 곳에 있었고 이서는 아주 높이까지 올라갔으니까. 이서의 추천(鞦韆)은 화려하진 않았지만 보는 재미가 있었다. 곤륜산의 궁 앞에 있는 그네는 서왕모가 어릴 적에 타던 것이었는데, 굉장히 높고 위험했다. 그래서 이서가 그 위에 올라탔을 때 백우는 깜짝 놀랐다.

그러나 이서는 곧 안정적으로 무릎을 굽히며 그네를 타기 시작했다. 많이 타 본 솜씨였다. 곧 그네는 아찔할 정도로 높이 올라갔다. 그런데도 이서는 망설이지 않았다.

무릎을 구부리며 앞으로 쭉 나아갔다가 되돌아올 때, 다홍색 치마가 동터 오는 하늘에 꽃잎처럼 휘날렸다. 하얗고 가는 발목이 드러났다 사라지고, 또 나타나기를 반복했다.

백우는 한동안 창가에 서서 그 모습을 바라보았다. 경직된 조각상 같던 사람이, 곤륜산으로 오자마자 다른 사람처럼 변하고 있었다. 백년궁에서 뭔가 문제가 있었을까. 백우는 그렇게 생각하다 내려온 참이었다.

"천도나무를 보신 적 있습니까?"

자연스레 제 옆으로 다가오는 이서를 보며 백우가 물었다. 이서는 고개를 저었다. 곤륜산의 천도(天桃). 이서도 얘기는 들은 적 있었다. 영생을 약속하는 복숭아라고 했던가?

"아니요. 귀한 거라고 듣긴 했어요."

"오늘은 반도원(蟠桃園)에 가 볼까 합니다."

"아……."

이서가 멈칫했다. 그러더니 살짝 백우의 얼굴을 살폈다. 그 애매한 행동에 백우가 걸음을 멈추고 그녀를 바라보자, 이서는 약간 불안한 얼굴로 물어 왔다.

"저, 거기 가도 괜찮은 건가요?"

"네."

안 괜찮을 이유는 뭐냐는 듯 백우가 즉답했다. 그러나 이서는 좋아라 따라나설 수가 없었다.

"그러니까 제 말은, 어, 거긴 서왕모님이 직접 관리하시는 곳이라고 들어서요."

"맞습니다."

이서는 이 말을 어떻게 돌려 해야 하는지 한참을 끙끙거렸다. 그러나 도저히 문장을 만들어 낼 수가 없어서, 속에 있는 말 그대로 묻고 말았다.

"서왕모님께서 제가 반도원에 들어가는 걸 아세요?"

허락했느냐는 얘기군. 백우는 약간 위축된 이서를 내려다보며 생각에 잠겼다. 그러고 나서 느리게 대답했다.

"그건 아닙니다."

"그럼 제가 거기 들어가면 안 되지 않을까요?"

"하지만 전 거기 패율선과도 들어갔었고, 다른 사령들과도 종종 갔었습니다. 저는 왕모님께 허락받은 몸이니 동행하시면 괜찮습니다."

율선도 되고 사령도 되지만, 설령 백년궁 모두가 허락받는다 해도 나는 안 될 것 같은데…… 이서는 서왕모의 표정을 기억했다. 오래 대면하진 않았으나 이서는 이제껏 그만한 적의(敵意)를 느껴 본 적이 없었다. 이서는 서왕모가 준 버들가지 주머니를 떠올렸다. 백우에게 해를 가하는 걸 막아 줄 거라고 했다. 마치 이서가 백우에게 해가 되는 존재라는 듯.

그 말에 대해 한마디 해명도 않고 덥석 그걸 받아 든 것도, 잘한 짓은 아니었겠지만.

"나중에 제가 왕모님께 한번 여쭤 본 다음에 가는 건 어떨까요?"

"왕모님과 이야기하실 수 있겠습니까?"

백우는 가벼운 어조로 물었다. 이서는 얼른 씩씩한 척 대답했다.

"그럼요. 제가 원래 한 이야기 해요!"

"……."

무슨 소리지?

백우는 이서의 말을 이해하지 못해서 대답할 순간을 놓쳤다. 대신 그는 다른 말을 했다.

"절 못 믿으시는군요."

이번에 말문이 막힌 쪽은 이서였다.

백우는 열 살 소년처럼 가여워 보였다. 지난번에 시간 그림자가 어린 백우의 모습을 하고 나타났을 때, 이서는 자기가 어린 시절의 백우를 꽤 안쓰럽게 여겼다는 걸 깨달았다. 그때 백우는 아버지의 눈치를 보고 있었다. 그가 달려가 말을 걸어도 천년장자는 대꾸조차 하지 않았다.

지금의 백우는 덤덤한 얼굴로 그저 자신을 바라보고 있을 뿐인데, 그 모습이 어쩐지 처연해서 이서는 곤혹스러웠다. 선풍도골의 미남자가 말끄러미 자신을 보고 있으니 거절의 말을 뱉기가 쉽지 않았다.

나 설마…… 얼굴에 약했던 거야?

"못 믿는 건 아니지만요."

"그럼 같이 가도 문제없겠네요."

반도원에 뭐 숨겨 뒀나? 이서는 의아한 마음으로 백우를 바라보았다. 분명 뭔가 보여 주고 싶은 것 같긴 한데, 그게 뭔지 말해 주지 않고 가자고만 하니 난감했다. 서왕모가 알고 화를 내는 건 아닐까.

"천도나무가 3천 6백 그루나 있죠."

와, 많네. 이서는 잠시 자기가 뭘 고민했는지도 잊고 감탄했다.

"도화원의 시간은 다른 곳과 별개라, 사계의 주기가 3천 년이고요."

처음 듣는 얘기였다. 이서가 눈을 동그랗게 떴다.

"지금이 도화원의 봄이라, 못 보면 3천 년 후에나 봐야겠네요."

이서는 어느새 백우와 함께 도화원 쪽으로 걷고 있었다.

서왕모의 반도원. 선계에 대해 이야기만 들어 온 이서도 아는, 그러나 실제로 들어가 본 사람은 많이 없다는 곳이었다. 유혹이 컸다. 그래, 난 왕모님이 주신 주머니도 갖고 있잖아. 이걸 갖고 있는 동안은 다 안전해. 이서는 그렇게 생각하며 백우를 따라갔다.

"예전에, 인세 사람이 여기까지 올라온 적이 있었다고 합니다."

"인세에서요?"

이서가 백우 옆에서 걸으며 되물었다. 인세와 선계는 엄연히 다른 공간이라, 아무나 쉽게 오갈 수가 없었다. 그런데 인세의 사람이 선계, 심지어 곤륜산까지 왔다니.

"아마 기억을 잃고 적강(謫降)한 자가 아닐까 합니다만. 어쨌든 왕모님께서 복숭아를 하나 주셨다는데, 그 씨를 감췄다고 하죠.

지상에 심을 생각이었던 겁니다."

"그럼 지금 인세에도 천도나무가 있나요?"

"글쎄요……. 그건 잘 모르겠네요."

뭐야, 그게. 이서는 허무해져서 그냥 웃었다.

"선계의 식물이 지상에서 자랄 수 있는지도 모르겠고요. 서천의 꽃은 가능한가요?"

갑자기 나온 백우의 물음에 이서는 잠깐 생각해야 했다. 글쎄, 가능할까? 될 것 같기도 했다. 서천꽃밭의 꽃씨가 밖으로 날아가지 못하게 하는 것도 꽃감관의 중요한 임무 중 하나였으니까.

"아마 될 거예요. 지금까지 그런 적은 없었던 것 같은데……. 금지된 일이기도 하고요."

"그렇군요."

백우는 고개를 끄덕이더니 하던 이야기로 돌아가 덧붙였다.

"어쨌든 그 사람이 씨를 잘 심었다고 해도 열매를 다시 얻긴 어려웠을 겁니다."

"왜요?"

"열매가 3천 년에 한 번씩만 열리거든요. 선계 시간으로 그러니, 인세에서는 3만 년쯤 기다려야겠네요."

"그럼 괜히 가져갔네요."

"뭐, 씨 감추는 걸 뻔히 보고서 말씀 안 해 주신 왕모님도……."

백우는 말끝을 흐렸지만 이서는 그가 삼킨 말을 알 것 같았다. 서왕모는 무척 아름답고 강력한 여신이었지만 성격이 좋으냐고 하면, 솔직히 그건 아니었다. 이서는 격하게 공감을 표했다.

반도원으로 가는 길 중간에 징검다리가 하나 나왔다. 백우가 잡아 주려는 듯 앞서가 손을 내밀었다. 서천에서 단 한 번도 이런 대접을 받아 본 일 없던 이서는, 민망해서 고개를 저었다.

"저 징검다리 잘 건너요."

"이 냇물에 식인고기가 삽니다."

이서는 냉큼 백우의 손을 잡았다. 어떻게 여기까지 왔는데, 물고기에게 물어뜯겨 죽긴 싫었다.

그 모습에 백우는 농담이라고 말할 순간을 놓쳤다. 그리고 그렇게 말하면 또 뭐든 괜찮다는 얼굴로 손을 놓겠지. 그래서 백우는 이서가 그리 길지도 않은 징검다리를 건너는 내내, 아무것도 없는 물속을 덜덜 떨며 내려다보고 극도로 조심하는 모습을 보며 즐거워했다.

이서가 조심조심 마지막 돌 위에 올라섰다. 안도하는 얼굴을 보니 백우는 약간, 장난기가 발동했다. 백우는 이서가 발을 떼기도 전에 슬쩍 앞으로 손을 당겼다. 그는 이미 땅에 올라선 상태였다.

과연 뻣뻣하게 굳어 있던 이서는 균형을 잃고 휘청했다. 몸이 앞으로 쏠렸다가 뒤로 기울기에, 백우가 얼른 그녀의 팔을 당겼다. 이서는 거의 넘어지다시피 백우의 품에 처박혔다.

"으아……."

코부터 부딪쳐서 온 얼굴이 다 얼얼했다. 이서는 끙끙거리며 고개를 들었다. 웃음을 꾹 참는 백우의 얼굴을 보고 이서는 순간 엄청난 배신감을 느꼈다.

"그거 거짓말이죠!"

"아닌데요."

백우는 정색했다. 이서는 또 혼란에 빠졌다. 거짓말이 아니야? 흘끗, 물을 내려다보았다. 물고기 같은 건 안 사는 것 같은데. 살아도 그런 물고기가 살 것 같진 않고…… 이서는 다시 고개를 돌렸는데, 웃고 있던 백우와 눈이 딱 마주쳤다.

"거짓말."

"뭐, 진짜 있는 곳도 있습니다."

"여긴 아니잖아요."

"그렇긴 하지만요."

미리 연습해서 나쁠 거 없잖아요? 백우는 가볍게 말했고 이서는 어쩐지 할 말이 없어졌다.

반도원은 거기서 멀지 않았다. 방금 건넌 물이 일종의 경계였다. 곧 언덕이 나왔다. 백우와 이서는 천천히 걸었다. 경사는 심하지 않았다.

"정말 다른 곳에 식인고기가 있어요?"

"있습니다."

"어디요?"

"가 보고 싶어요?"

"어떻게 생겼나 궁금해서요."

"궁금한 게 많네요."

"서천에서만 살았다니까요."

그런 소소한 이야기를 나누면서 얼마나 걸었을까, 저만치에서 천도나무의 우듬지가 보였다.

"와, 이제 보이네요."

이서가 신이 나서 백우를 앞질러 달려갔다. 혼자 팔랑팔랑 달려가는 이서의 뒷모습을 보며 백우는 문득, 아침에 그네 타던 그녀를 떠올렸다. 명랑하게 하늘에 날리던 한 송이 꽃을. 단숨에 잡아챌 수도 있을 것 같던.

언덕 꼭대기에 이르러, 이서는 걸음을 멈추었다.

꽃의 군락.

그렇게밖에 말할 수 없었다.

꽃은 가지가 보이지 않을 정도로 만개했다. 탐스러웠고, 고요한 동시에 왁자했다. 굉장한 꽃 잔치였다. 향이 강한 꽃이 아닌데도, 향기가 높새바람을 타고 아득하게 번져 왔다. 향이 이서의 소매를 흠뻑 적셨다.

가까운 꽃은 생생했고, 먼 곳의 꽃들은 연분홍 안개 같았다. 새벽녘 급히 떠난 소녀가 펼쳐 놓고 간 담홍색 치마처럼, 꽃은 멀리까지 굽이쳐 파도처럼 펼쳐져 있었다.

"서천에 비할 바는 아니지만."

다가온 백우가, 넋을 잃은 이서 곁에 서서 나직이 말했다.

"도화원의 봄도 꿈처럼 곱죠."

그렇게 말하는 백우의 목소리가 어딘지 가라앉아 있었다. 이서는 꽃의 바다에서 눈을 돌려 백우를 보았다. 백우는 먼 곳을, 먼 시간을 보고 있었다. 지금 당장 시간 그림자가 나온다 해도 이상하지 않을 것 같았다. 무슨 생각을 하는 걸까.

이서는 자기도 모르게 손을 뻗었다.

"그냥요."

그의 팔을 가볍게 쥐고, 중얼거린다.

어디로 가 버릴 것 같아서. 그 생각은 말하지 않았다. 백우는 잠시 이서를 바라보았다. 그는 팔을 빼지 않았다.

두 사람은 천천히 도화원 안쪽으로 걸어갔다. 머리 위에, 분홍 꽃들이 찬란하고 분분했다. 바람이 불 때마다 꽃이 눈을 깜빡였다. 둘은 한참을 거닐었다.

꽃이 얼마나 많이 피었던지, 낮은 가지 하나는 이서의 어깨높이까지 휘어 있었다. 이서는 그 곁에 잠시 멈춰 섰다. 흰 손으로 조심조심 꽃을 어루만졌다.

"데려와 줘서 고마워요."

백우는 이서의 말에 답하지 않았다. 대신 그는, 이서를 물끄러미 바라보다 물었다.

"서천이 그리우십니까?"

갑작스러운 질문에, 이서는 대답을 미루었다. 그녀는 만개한 꽃을 바라보았다. 서천도 물론 아름다웠다. 이서의 고향. 이서의 유년이 거기서 피고 졌다. 그리운가……. 이서는 문득, 깨달았다.

"조금요."

떠나온 지 오래되지도 않았지만.

종종 그리웠다.

아무에게도 환영받지 못한다고 여겨질 때. 서왕모 앞에서 한없이 작아졌을 때. 어떤 해를 끼치러 왔느냐고, 그런 말을 들었을 때.

"하지만 지금도 좋아요."

당신과 함께 있어도 평화로운 지금.

내가 서천을 그리워할까 염려해, 여기까지 날 데려와 준 당신 옆에서.

"다행이네요."

그렇게 말하고, 백우는 웃었다.

만개한 복사꽃이 물결처럼 둘의 마음에 밀려왔다. 마른 모래톱 같던 가슴에 선명한 물결무늬를 남기며, 다가오고 물러나기를 거듭했다.

백우는 꽃 무리에 덮인 듯 보이는 이서를 가만 응시했다. 이서의 어깨 가까이, 꽃잎이 팔랑였다.

이건 분홍 복사꽃이 불러일으키는 충동일까?

백우가 서서히 허리를 굽혔다. 이서가 눈을 동그랗게 떴다. 그가 이서의 팔을 잡고 몸을 낮추어, 스치듯 부드럽게, 이서의 어깨에서 아른거리는 꽃에 입을 맞추었다.

이서는 숨도 쉬지 못했다.

"돌아갈까요?"

백우가 묻는 말에, 간신히 고개를 끄덕일 수 있었을 뿐이다.

4장
마음은 격랑에 젖고

이서는 조심조심 주머니를 열었다. 헤어질 때 유보랑이 준 것
이었다.

그 안에는 열 개의 감씨가 들어 있었다. 한 주에 한 번, 이서는
이 감씨를 먹어야 했다. 멸망꽃의 시취를 감추기 위해서였다.

이 씨앗을 먹을 때마다 이서는 가슴이 죄였다. 아주 못된 짓을
하는 느낌. 중요한 물건을 깨뜨린 후, 차라리 들키기를 바라면서
도 엉성하게 파편을 치우는 기분.

이서는 혹시 새말선이 갑자기 들어오거나 하지 않을까 촉각을
곤두세웠다. 물론 새말선은 함부로 이서의 방에 들어오지 않았다.
하지만 모든 일은 예기치 못한 순간 일어나는 법이니 마음 놓고
있을 순 없었다.

삼켜도 되는 것인지, 씹어야 하는 것인지, 이서는 몰랐다. 그래

서 크고 딱딱한 감씨를 꼭꼭 씹어 삼켰다. 당연히 떫고 썼다. 혀가 얼얼할 정도였다. 하지만 삼키면 효과가 없는 것일 수도 있었다. 감씨는 많이 남지 않았다. 조심해야 했다.

아마 이 감씨가 다 떨어질 때쯤, 유보랑이 찾아와 새로 주지 않을까…… 이서는 막연히 그런 생각을 갖고 있었다. 만약 유보랑이 오지 않으면, 그러면…… 백년장자에게 부탁해서 잠시 천년계곡에 들러야 할 것이다.

백우가 허락할까?

'도화원의 봄도 꿈처럼 곱죠.'

그렇게 말하는 백우의 얼굴은 조금 쓸쓸해 보였다. 서왕모와의 대화를 들은 탓인가, 그의 처지가 안쓰러웠다. 천년장자는 그를 친자라 여기지 않는다 했다. 그렇게 생각하면 10년 전 서천꽃밭에서의 태도도 이해가 갔다.

백우는 얼마나 오래 아버지의 외면을 견뎌 온 것일까.

만약 꽃감관 진성이 자기를 그렇게 대한다면 이서는 마음을 크게 다쳤을 것이다. 상상도 하기 싫었다.

그때 문득, 백우가 자기 쪽으로 몸을 기울인 순간이 떠올랐다.

왜 그랬을까…….

흔히들 도화에는 마력이 있다고 한다. 사람을 현혹시키는 힘이 있다는 것이다. 이서는 그게 아주 허튼소리만은 아닐지도 모른다고 생각했다. 서천에도 비슷한 꽃이 있었다. 그리 많진 않지만,

도화와 비슷한 빛깔의, 아주 화려한 꽃이었다.

정말 도화 때문이었을지도.

그가 가까이 다가왔을 땐, 정말 제게 입을 맞추려 한다 생각했다.

그만큼 백우가 가까웠다. 그러나 닿아 오는 감촉은 없었다. 백우는 곧 물러났다. 돌아올 때도 백우는 그 일에 대해 언급하지 않았다.

나만 신경 쓰는 것 같잖아.

이서는 생각을 접으려는 듯 주머니에 달린 줄을 죽 잡아당겼다. 그 주머니를 서랍장에 넣은 후, 이서는 긴 숨을 내쉬었다.

백년궁에 간 첫날, 율선의 지시였는지 새말선이 손님에게 주는 거라며 옷을 잔뜩 갖다 주었다. 이서는 장대에 걸린 치마를 공연히 만지작거리며 백우의 얼굴을 지워 버리려고 했다.

이서는 꽃의 힘에 대해 알았다. 백우는 정말 도화에 홀렸던 것뿐이리라. 자꾸 그 일에 대해 생각하는 것도 좋지 않다고 이서는 자신을 다그쳤다.

'장자님이 좀 과하다 싶게 관심을 가져도 너무 부담스러워하진 마십시오. 여덟 살 생일 이후로 자기 부친한테 뭘 받아 본 적이 없거든요. 그러니 당연히 그 선물이 귀하지 않겠습니까.'

언젠가 율선은 그렇게 말했다.

216

'그냥 어린애가 장난감에 집착한다고 생각하시면 마음이 좀 편하실 겁니다.'

마음은 하나도 편해지지 않았다.

그녀라도 타러 나가야겠다. 그렇게 생각하며 이서는 방 밖으로 나섰다.

패율선은 여러 번 백우를 불렀다. 장지문 밖에서 기웃기웃하며 "장자님? 장자님?" 하고 불렀는데, 안에서는 도무지 대답이 들리지 않았다. 백우는 거처 밖에 사람을 두는 편이 아니라 그저 기척을 내고 허락을 받은 후에 들어가면 되는데, 대답이 없으니 율선은 한참을 끙끙거려야 했다.

"장자님, 나 들어간다?"

충실한 신하와 막역한 친우 사이에 있는 율선이 스르륵 장지문을 열었다. 혹시라도 백우가 자고 있으면 바로 나오리라고 생각하며.

그러나 백우는 자고 있지 않았다. 그는 제 거처 창문을 열고, 턱에 가볍게 손을 받친 채 밖을 내다보고 있었다. 율선이 들어온 줄도 모르는 것 같았다. 혹은 알고도 무시하거나.

율선은 굳이 소리를 죽이지도 않고 백우에게 다가갔다. 그리고 슬쩍 몸을 기울여 창밖에 뭐가 있나 확인했다.

가장 먼저 보인 건 이서였다. 당연히 그녀가 먼저 보일 수밖에 없었다. 그네를 타고 있었으니까. 해가 하늘 꼭대기에 걸린 정오. 복사꽃빛 치마를 걸치고 추천을 타는 모습은 눈에 잘 띄었다.

이서는 한참을 떨어지는 꽃잎처럼 하늘을 오갔다. 그러더니 서서히 그네를 멈추었는데, 완전히 멈추기도 전에 펄쩍 뛰어내렸다. 그대로 곤두박질치지 않을까 싶었는데 이서는 의외로 사뿐 내려앉았다.

"혼자 잘 노네. 저게 재밌나?"

율선이 중얼거렸다. 그러다가 문득 고개를 돌려 백우를 보았는데, 그의 표정을 본 순간 완전히 얼어 버리고 말았다.

"야……."

율선이 툭툭, 손등으로 그의 어깨를 쳤다. 백우는 그제야 고개를 돌려 율선을 보았다. 별로 놀라지 않는 걸 보니 율선이 옆에 있는 걸 알았던 듯했다.

"무슨 일이야?"

"너 왜 그래?"

"뭐가?"

"왜 넋을 놓고 실실 웃으면서 저 꽃을 보고 있냐고."

실실 웃으면서 어쩐다고? 백우는 흘끗 다시 창밖으로 시선을 던졌다. 이서는 이제 그네에 걸터앉아 다리를 흔들며 쉬고 있었다.

"어제 같이 반도원에 갔었거든."

백우가 혼잣말처럼 말했다. 율선은 그래서? 하며 그를 재촉했다. 반도원, 혹은 도화원이라고 불리는 곤륜산의 명소. 요즘 백우가 이서와 여기저기 다니는 건 알고 있었다. 반도원에도 당연히 데려갔으리라 생각했다. 게다가 요즘은 3천 년에 한 번 돌아오는, 도화원의 봄이 아닌가.

"서천이 그리우려나 싶어서."

"근데?"

"저 꽃이 도화 사이에 서 있는데, 느낌이……."

그건 무슨 느낌이었을까. 모든 감각이 이서에게 집중되는 느낌. 아무 의미 없는 움직임조차 유의미해지던 느낌. 사방에 분홍 꽃이 만발했고 이서의 어깨에는 꽃이 가득 핀 가지가 드리워져 있었다.

꺾고 싶다고 생각했다.

복숭아꽃의 자태가 유독 고왔으니 분명 그 꽃을 보고 든 마음이리라 생각하지만…….

거의 폭발하듯 핀 도화 사이, 이서가 홀로 있었다. 조금 외로워 보였다.

고향으로 돌아가고 싶을까, 아버지는 어떻게 이 꽃을 데려왔을까, 그런 생각을 했던 것도 같다. 그러나 잡념은 이내 사그라지고 눈앞에 남은 건 이서뿐이었다.

"잘 모르겠네."

백우가 그렇게 말을 맺었다. 율선은 어처구니가 없어서 입을 딱 벌렸다.

"잠깐. 잠깐, 잠깐, 잠깐."

"왜? 무슨 일로 왔지?"

"백년궁을 재건하는 문제로 황우양한테서 편지가 왔는데, 지금 이건 안 중요한 것 같다. 나랑 얘기 좀 해."

"그게 왜 안 중요해. 말해 봐."

그러나 율선은 격렬하게 고개를 저었다. 붕붕 소리가 나지 않는 게 용할 정도로 거세게. 그러더니 진지한 얼굴로 백우의 손을 자신의 두 손으로 꼭 붙들었다.

"잘 들어, 친구야."

우리 아가, 착하지? 백우는 그렇게 들었다.

"왕모님 말씀대로 저 꽃은 엄청 수상하잖아. 그렇지?"

"징그럽게 굴지 마."

"저건 유보랑이 가져온 꽃이라고. 솔직히 천년장자님이 보냈는지 아닌지 알 게 뭐야?"

자기도 모르게 진실을 말한 율선은 그러나 곧 격렬하게 백우를 끌어안았다. 순간 갈비뼈가 눌린다고 생각될 만큼 거센 힘으로.

"크흡! 우리 불쌍한 백우, 그동안 얼마나 외로웠으면! 저런 음침하고 수상하고 얼굴이랑 목소리랑 몸 말고는 볼 게 없는 꽃을……."

퍽!

백우가 그대로 율선의 머리통을 후려쳤다. 율선이 파다닥 뒤로 물러났다. 그러더니 곧 낯빛을 바꾸어 진지하게 말했다.

"알았어. 이제 진짜 말할게."

"그냥 하지 마."

"너 저 꽃한테 정 주면 안 돼."

돌아서던 백우가 멈칫했다.

그도 이서가 이상하다는 건 알았다. 이서는 무척 수상했다. 하지만 거듭 생각하건대, 이서의 모든 것이 의심스러움에도 백우는 이서를 경계하기가 어려웠다.

"정 주는 게 아니야."

"그럼 둘이 누각 나가고 물가 나가서 참방거리고 손잡고 반도원 걷는 게 그냥 산책이야?"

"손님한테 할 도리를 하는 것뿐이야."

"야, 지금은 너도 손님이야."

율선은 기가 막힌다는 얼굴로 내뱉었다. 듣고 보니 맞는 말이었다. 백우는 말을 돌리기로 했다.

"백년궁은 어떻게 되고 있대?"

"잘. 아무튼 너 이제부턴 저 꽃한테 신경 꺼. 곤륜산에 볼 거 많지. 정 보여 주고 싶으면 내가 보여 줄게."

"네가 왜?"

백우가 율선을 보며 물었다. 그 얼굴에, 잠깐이나마 희미한 경계가 스쳤다. 율선은 백우의 미묘한 어조를 느끼고 순간 당혹해서 답할 말을 찾지 못했다.

"넌 새말선이랑 놀아. 저 꽃한테는 신경 끄고."

"야, 솔직히 내가 새말선이랑 놀 사람이냐?"

"수준 비슷하던데."

백우는 툭 뱉고 다시 창밖으로 눈을 돌렸다. 그러다가 그대로 우뚝 굳었다. 율선이 무슨 일이냐고 묻기도 전에 그가 손을 뻗어 창문을 다 열었다. 그러면서 생각했다.

어딜 가는 거지? 길은 알고 가는 건가? 같이 가자고 하면 될 텐데 위험하게 혼자…….

어느새 저만치 걸어간 이서는, 두리번거리지도 않고 곧장 앞으로 나아갔다. 백우는 혀를 차며 바로 몸을 일으켰다. 방금까지 입이 아프도록 이서와 시간을 보내지 말라고 했던 율선은 헤, 하고 입을 벌렸다.

"야!"

그러나 백우는 뒤도 돌아보지 않았다. 순식간에 멀어지는 그 뒷모습을 보며 율선은 아주 깊은 불안을 느꼈다. 일이 뭔가 잘못될 것 같았다. 망할! 율선은 씩씩대며 백우의 뒤를 따라 달리기 시작했다.

이서는 조심조심 누각에 올랐다.

아직 아침이라 달은 보이지 않았다. 하지만 이서는 이 누각이 마음에 들었다. 부력이 없다는 물을 조심조심 건너 3층까지 올라가니, 곤륜산이 멀리까지 보였다. 밤에 봤을 때는 나무와 곤륜산 정상에 솟은 산들과 짐승들이 모두 어둠에 녹아 있었는데, 지금은 전부 선명했다.

이서는 백우와 왔을 때처럼, 바닥에 앉아 난간에 몸을 기댔다. 누각을 둘러싼 둥근 물줄기를 내려다보다가 정면의 풍경을 바라보다가 하며 혼자만의 시간을 즐겼다. 백우와 왔어도 즐거웠을 것이다. 하지만 어제 그런 일이 있었으니…… 괜히 보러 가기가 어려웠다.

흔들리는 수면을 내려다보고 있자니 서천에서의 일이 생각났다. 그때는 백우도 이서도 아주 어린아이였다. 불붙을꽃을 썼다가 큰일이 났었지. 이 물은 서천의 버드나무 샘과는 아주 달랐지만, 그래도 향수를 불러일으키는 데가 있었다.

유보랑과 거래하지 않았다면 여기 오지 못했을 것이다. 그럼 백년궁에 갈 일도 없었겠지. 곤륜산에 올 일도 없었을 테고. 지금이야 서왕모가 준 주술 주머니 덕에 안전하지만…….

이서는 한시도 품에서 떼어 놓은 적 없는 주머니를 꺼냈다. 한 손에 쏙 들어오는 작은 주머니였다. 안에 버드나무 우듬지가 들어서 조금 불룩했다. 이서는 주머니를 코 가까이 가져와 냄새를 맡아 보았다. 아무 향도 나지 않았다.

이걸 받은 후엔, 정말 거짓말처럼 아무 일도 없었다. 백우와 대화를 나눠도. 물을 건너느라 그와 손을 잡아도. 심지어 어제도……. 이서는 붕붕 고개를 저었다. 난 왜 자꾸 어제 일을 떠올리는 거야.

이렇게 계속 살 수는 없을까?

이서는 헛된 줄 알면서도 고민했다.

이 주머니만 평생 잘 가지고 있으면 안 될까? 하지만 그러면 유보랑은 천년계곡의 감씨를 주지 않겠지. 아니, 백우에게 부탁해도 되지 않을까? 그래도 천년장자의 아들인데 가서 감씨 정도는……. 괜히 불편한 아버지와 대면하라고 요구하는 꼴이 될까? 아니, 이유를 물으면 뭐라고 대답하지?

한번 생각이 시작되자 멈출 수가 없었다. 이대로 다르게 살 수 있을지도 몰라. 백년궁에서 쫓겨나지만 않으면. 이대로 계속 살 수 있을지도 모르잖아. 이서는 주머니를 이리저리 만지며 이런저런 계획을 세워 보았다.

"하아……."

이서가 한숨을 내쉬었다.

서천을 떠날 때는 각오가 대단했는데. 그러나 실제로 자기 때문에 궁이 무너지기까지 하자, 겁이 났다. 당연한 일이었다. 서천에선 누굴 다치게 할 일도 없었고 이렇게 심각한 거짓말을 할 일도 드물었다.

이서는 백우를 완전히 기만하고 있었다. 이건 아무리 좋게 말하려 해도 기만이었다.

"어떻게 하지……."

그녀는 주머니를 쥐고 혼잣말을 했다. 목소리를 내어 말해 보아도 답은 나오지 않았다.

그리고 바로 그 순간, 그녀의 뒤에서 첨벙하는 소리가 났다. 이서는 깜짝 놀라 뒤를 돌아보았다.

물에서 뭔가가 솟아오르고 있었다. 길고 거대한, 용의 꼬리처럼 보였다. 검푸른 비늘로 덮인. 이서는 눈을 동그랗게 떴다. 용이야! 이서가 벌떡 일어났다. 그리고 그 순간, 물에서 솟아오른 꼬리가 그대로 이서의 손목을 휘감았다.

이서는 비명도 지르지 못하고 그대로 난간 밖으로 떨어졌다.

언뜻 백우의 목소리를 들은 것 같았지만, 부력 없는 물에 그대로 처박히는 바람에 그 생각은 금방 사라져 버렸다.

추락하는 속도는 조금도 줄어들지 않았다. 떨어진 순간, 이서
는 물을 엄청나게 마시고 말았다. 물은 뼛속까지 얼릴 듯 차가웠
다. 이서는 본능적으로 자기 손목을 휘감은 것을 떨쳐 내려고 버
둥거렸다. 눈을 떠야 한다는 생각도 들지 않았다.

그 순간, 마치 버드나무 샘에 빠졌을 때처럼, 갑작스럽게 호흡
이 자유로워졌다.

이서는 헐떡거리고 기침을 하면서 몸을 일으켰다. 일어났다기
보다는 엎드려서 구역질을 했다고 보는 게 맞았다. 머리카락이 엉
망으로 얼굴에 달라붙었다. 어느 정도 숨이 진정된 후, 이서는 머
리카락을 대충 떼어 내며 주위를 두리번거렸다.

이서는 여전히 물속에 있었다.

물과 이서 사이에 투명한 막이 가로놓여 있었다. 이서는 개화
열 때문에 버드나무 샘에 들어갔을 때처럼, 물방울 안에 들어와
있다는 걸 깨달았다. 밖에 아주 오래전에 본 검푸른 용이 있었다.
개화할 때 봤던 용. 버드나무 샘에 산다는, 천제의 교룡이었다.

왜…….

이서는 아직도 욱신거리는 제 손목을 다른 손으로 감싸며 그
용을 바라보았다. 어릴 때 만났을 때는 용이 정말 거대해 보였다.
다 자란 지금도 마찬가지였다. 교룡은 어마어마하게 컸다.

"이서야."

자기 이름을 들은 순간, 이서는 번쩍 고개를 들었다. 말도 안

돼. 지금 이 목소리가 들릴 리가. 이서는 천천히 뒤를 돌아보았
다.

벌어진 입술 사이로, 신음 같은 목소리가 흘러나왔다.

"꽃감관님……."

그는 이서와 달리 물에 젖어 있지 않았다. 그는 주저앉은 이서
에게 다가와 몸을 낮추었다. 그리고 차갑게 언 그녀의 손에 자신
의 손을 포갰다.

"안색이 나쁘구나."

"꽃감관님, 여긴 어떻게…… 왜……."

이서는 간신히 목소리를 쥐어짰다. 너무 놀라서, 또 너무 반가
워서, 이서는 눈물이 날 것 같았다.

"계속 못 볼 줄 알았어요."

이서는 울지 않으려고 애를 썼다. 진성이 어쩔 줄 몰라 하는 그
녀의 어깨를 다독여 주었다.

"선계에서 많이 외로웠겠구나."

진성은 매일 떠난 꽃들을 생각했다. 그중에서도 이서는 각별했
다. 어릴 때는 이서만큼 명랑한 이룰싹이 없었다. 개화한 후 급격
히 달라지긴 했지만, 그래도 이서는 세상에 나가 본 적 없는 어린
애였다. 심지어 그녀는 멸망꽃이었다. 이제껏 얼마나 가슴을 졸였
을까.

"전에 서왕모가 전령을 보냈다. 내게 네가 무슨 꽃인지 묻더구
나."

이서는 놀라 숨을 멈추었다. 역시 그랬구나. 서왕모의 기세가

심상치 않다고는 생각했다. 하지만 곤륜산으로 들어온 후 서왕모는 이서를 따로 부르지 않았다. 백우와 이리저리 다니는 걸 모를 리 없음에도 막지 않았다. 그래서 자기를 잊었다고 생각했는데…….

"서왕모는 널 의심하고 있어. 곧장 오고 싶었지만 숨어들려다 보니 시간이 걸렸구나. 이서야, 시간이 많지 않다. 곧 서왕모가 내가 이리 들어온 걸 알아차릴 거야. 절대 서왕모에게 네 정체를 들켜선 안 돼. 곧장 널 가두거나 죽일 거다. 서왕모는 백년장자의 친모와 아주 각별한 사이였어."

"서왕모님은 이미 절 의심하고 있어요. 제가, 향기를 감춰서……."

"서왕모는 대단한 여신이지만 향기 없는 꽃의 정체를 단번에 알아차릴 수는 없어. 무조건 숨겨라. 서왕모는 자기 대자를 끔찍하게 아껴. 백년장자의 친모와 아주 막역한 사이라 무조건 백년장자를 보호하려고 할 거다."

"꽃감관님."

이서가 떨리는 목소리로 그를 불렀다.

"아세요……?"

제가 백년장자를 해치게 될 거란 걸, 아세요?

이서는 그렇게 물을 수 없었다. 유보랑과 맺은 금구의 언약이 그녀의 입술을 단단히 굳어지게 했다. 그러나 진성은 그녀가 뭘 물으려 했는지 알았다. 그는 유보랑이 이서의 소유자라는 걸 알고 있었으며, 유보랑이 가장 갈망하는 게 뭔지도 알고 있었으므로.

"일단은 서왕모의 눈에서 멀어지는 게 중요해. 곤륜산을 떠나기 전까지, 되도록 백년장자에게 가까이 가지 마라. 유보랑은 오직 백년장자가 죽기만을 바라고 있어. 네 모든 힘이 백년장자에게 집중되었을 거야. 백년궁이 무너졌다고 들었다. 그것과도 관련 있지 않니?"

"네……."

이서는 고개를 끄덕였다. 그러다 퍼뜩 고개를 들어 진성을 보았다.

"그런데 지금은 괜찮아요. 서왕모님이 저한테 주술 주머니를 주셨는데, 버드나무 우듬지가 들어 있대요. 그걸 갖고 다닌 후로는 백년장자와 만나도 아무 일도 없고……."

이서는 그걸 보여 주려고 품을 뒤졌다. 옷이 잔뜩 젖어서 움직이는 것도 쉽지 않았다. 앉은 채 이리저리 주머니를 찾던 이서가, 곧 새파랗게 질려선 벌떡 일어났다. 그러더니 치마를 털고 미친 듯이 고개를 돌리며 주머니를 찾았다.

없어.

가슴이 선뜩해졌다. 갑자기 심장이 무서울 정도로 빨리 뛰었다. 없어. 없어. 혹시 떨어지면서 놓친 걸까? 만들기 쉽지 않은 거라고 했는데. 이 강바닥에 가라앉아 버린 거면 어쩌지? 이서는 너무 겁이 나서 다리까지 덜덜 떨렸다. 진성이 왜 그러느냐고 물어 왔다.

"어, 없어요. 꽃감관님, 그거…… 그 주머니……. 없어졌, 제가 잃어버렸나 봐요. 아까 여기로 떨어지면서 놓친 것 같은데, 그

거…… 그거요, 꽃감관님. 그거…….”

말이 엉망이었지만 진성은 무슨 소리인지 바로 알아들었다. 그는 밖에서 가만히 둘의 대화를 듣고 있던 아자개에게 허둥지둥 다가갔다.

“이서가 주술 주머니를 떨어뜨린 것 같습니다. 혹시, 한 번만…….”

투명한 막 너머에서, 용이 눈을 가늘게 떴다. 지금 누굴 시켜 먹고 있어. 그런 목소리가 들리는 것 같았다. 하지만 진성은 다시 한번 부탁했다. 이서는 거의 제정신이 아닌 것 같았다. 이제껏 그것만 믿고 버틴 게 빤히 보였다.

아자개가 목을 울렸다. 짐승이 으르렁대는 소리가 아니라, 거의 우레 같았다. 그러나 그는 짜증스러운 기색을 감추지 못하면서도 길고 검푸른 몸을 돌려 바닥을 샅샅이 살피기 시작했다.

“이서야. 이서야, 진정해라.”

진성은 눈에 보일 정도로 덜덜 떠는 이서에게 다가가 그녀를 달랬다. 단순히 추워서 떠는 건 아닐 것이다. 이서는 자신의 어깨를 잡은 진성을 올려다보며 물었다.

“저 어떡하죠, 꽃감관님…….”

“물에 빠뜨린 거라면 교룡이 곧 찾아 줄 거다.”

순간, 진성이 말을 멈추었다. 그리고 한결 더 부드러워진 목소리로 이서를 불렀다.

“이서야……. 울지 마라.”

더 참는 것은 무리였다.

이서의 두 뺨이 눈물에 젖었다. 이서는 눈물을 닦을 생각도 못한 채, 참담한 얼굴로 진성을 올려다보며 어깨를 들먹였다. 이서는 진성의 품으로 무너졌다.

"꽃감관님……."

주머니가 없을 때, 자기와 있으면 백우는 자꾸 다쳤다. 나중에는 백년궁이 전부 무너졌다. 백우는 팔이 부러지고 신수에 의해 구출되었다. 아직도, 자기를 노려보던 백호의 눈을 잊지 못한다.

너 때문인 걸 안다.

자기 때문이라는 것과, 그걸 신수가 알지도 모른다는 이중의 공포가 이서를 짓눌렀다. 그런데도 백년장자는 무구한 소년처럼 괜찮으냐며 찾아왔다.

서천이 그리울까 봐, 도화를 보여 주었다.

그런데 나는 왜. 대체 왜.

"전 왜 이렇게 태어난 거예요?"

"이서야."

"전 대체 왜 사람을 다치게 하는 꽃인가요……. 제가 이룰싹일 때 뭔가 잘못했나요? 아니면 태어나지 말았어야 하나요?"

가혹한 운명이다.

진성은 그렇게 생각했다. 그는 수도 없이 이 물음을 들어 왔다. 많은 꽃들이 자기의 운명을 받아들이지 못했다. 그들은 개화 후 울면서 진성에게 매달렸다. 다른 꽃이 될 수는 없나요. 이서는 특히 더했다. 수레멸망악심. 그녀의 멸망과 악심은 수레의 바퀴와 바퀴살처럼 하나가 되어 한 방향으로만 구르고 또 구를 것이었다.

왜 세계는 이런 모양으로 이루어져 있는가. 진성은 이해할 수 없었다.

그때, 뒤에서 아자개의 목소리가 들렸다.

"시간이 없어."

어느새 안으로 들어온 아자개는 또 소년의 모습을 하고 있었다. 그는 심각한 얼굴로 진성을 재촉했다.

"서왕모가 이상한 걸 눈치챘다. 천마며 개명수(開明獸, 몸은 호랑이고 얼굴은 인간인 신수)며 백사(白蛇)까지 낌새를 챈 게 분명해. 우린 지금 당장 떠나야 한다."

"주머니는 있습니까?"

"없어. 떨어뜨렸다면 밖에 있을 거다. 저 앨 물 위로 보내고 당장 떠나야 해."

진성이 찾아와 부탁이 있다고 했을 때 쉬운 일은 아닐 거라 생각했다. 하지만 곤륜산의 무수한 신수와 맞붙어 싸울 각오까진 되어 있지 않았다. 서왕모가 직접 나오기라도 하면, 뒷일은 생각하기도 싫었다.

진성이 급히 이서의 손을 잡았다. 더 위로할 수 없는 것이 안타까웠다.

"이서야, 서왕모와 유보랑을 조심해라. 둘 다 네게는 위험해. 그리고 나중에라도 천년궁에 가게 되면……"

풍덩!

진성과 이서가 동시에 고개를 들었다. 누군가 물에 뛰어든 것 같았다. 부력이 없는 물이라 그 신형이 그대로 곤두박질쳤다. 이서가 비명을 질렀다.

"백우예요! 꽃감관님, 백년장자예요!"

백우는 그대로 이서 쪽으로 떨어졌다. 애초에 이서 때문에 물에 뛰어든 모양이었다. 아자개가 만들어 놓은 물방울을 찢으며, 백우의 몸이 곧장 아래로 떨어졌다. 그리고 그 순간, 아자개가 소리쳤다.

"젠장, 더 시간 끌면 우린 끝장이야!"

아자개가 욕지거리를 하더니 그대로 용의 모습으로 변했다. 물방울이 꽃잎처럼 쉽게 찢어졌다. 진성이 이서의 손을 잡아끌어 아자개의 뿔에 매달리게 했다. 아자개는 그대로 꼬리를 움직여 떨어지는 백우의 몸을 휘감았다.

곧 아자개의 긴 몸이 물 밖으로 솟구쳤다. 아자개는 그대로 날아 이서가 떨어진 누각을 둥글게 감쌌다. 진성이 허둥지둥 이서를 누각 3층에 내려 주었다. 아자개는 백우의 몸도 대강 팽개쳤다. 그러더니 이서에게 뭐라고 말하려는 진성을 무시하고 그대로 몸을 돌려 다시 물속으로 뛰어들었다.

이서는 곧 아자개가 왜 그렇게 서둘렀는지를 알 수 있었다. 저 멀리, 천마가 엄청난 속도로 날아오는 게 보였다. 그러나 이서는 곧 거기서 고개를 돌렸다. 물에 흠뻑 젖은 백우가 몸을 일으켜 자기 쪽으로 다가오고 있었던 것이다.

"오지 마세요!"

이서가 비명처럼 외쳤다.

그 말이 주술이라도 되는 듯, 백우가 멈춰 섰다.

이서는 벌떡 일어나 달렸다. 멈춰 선 백우를 그대로 지나쳤다. 다리가 후들거렸다. 주머니. 어서 찾아야 해. 어서. 분명 물가에 떨어졌어. 빨리. 제발. 이서는 거의 구르다시피 계단을 내려가 미친 듯이 물가를 더듬었다. 무성히 자란 풀 사이에 떨어진 것 같은데 도저히 찾을 수가 없었다.

왜 그걸 꺼냈을까. 그냥 품에 넣어 둘걸. 대체 왜 그랬지. 경솔했어. 어쩌면 좋지. 이서는 반쯤 정신이 나가 있었다. 그녀는 무릎으로 기면서 사방을 더듬었다. 하지만 아무것도 보이지 않았다.

난 이제 끝장이야. 나 때문에 곤륜산이 무너지기라도 하면? 내가 멸망꽃인 걸 서왕모에게 들키면? 그럼 어떻게 되지? 백년장자는? 그에겐 뭐라고 말하지? 내가 이제껏 당신을 속였다고? 뭐라고 하면 좋아?

순식간에 눈앞이 뿌옇게 흐려졌다. 진성 앞에서도 울었는데, 아직 더 흘릴 눈물이 남았었나. 뭘 잘했다고 울어. 이서가 거칠게 눈가를 비볐다. 백우가 자신을 보고 있을 거라 생각하니 심장이 쿵쾅거렸다. 얼마나 이상하다고 생각할까. 얼마나 수상해 보일까. 게다가 그는, 이미 물에서 아자개와 함께 있는 자신을 봤다. 당연히 의심할 것이다.

온몸이 물에 젖어, 견딜 수 없을 만큼 추웠다. 그리고 그보다 더 무서웠다.

그때, 목소리가 들렸다. 아주 가까운 곳이었다.

"손님. 찾으시는 게 이겁니까?"

이서가 번쩍 고개를 들었다.

어느새 가까이 다가온 백우가, 낯익은 주머니를 내밀고 있었다.

혹 그가 제게 말을 건 것만으로도 해를 입을까 싶어 이서는 덥석 그 주머니를 받아 들었다. 차갑게 언 손이 덜덜 떨렸다. 이서는 두 손으로 주머니를 꽉 움켜쥐었다.

"누각에 떨어져 있었습니다."

백우는 덤덤한 목소리로 말했다.

주머니를 꼭 쥔 후에야, 이서는 자기가 헐떡이고 있다는 걸 알았다.

비참했다. 암담하고 서러웠다. 아직 한낮인데, 자신의 세상은 영원히 달도 별도 없는 새벽일 것 같았다. 운명이 그녀 앞에 안배한 건 지금의 추위와 고통스런 어둠뿐일 듯했다.

"죄송해요."

이서가 주저앉은 채로, 백우를 올려다보며 속삭였다. 일어선 채, 백우는 이서를 내려다보았다. 작은 어깨를 떨며 매달리듯 자신을 올려다보는 이 의뭉스러운 꽃을. 용도 모를 주술 주머니를 들고, 안도와 절망이 뒤섞인 얼굴로 사죄하는 이서를.

"죄송해요……"

이유는 모르나, 백우는 그녀가 사과하는 게 싫었다.

"다 젖었습니다. 부축해 드릴 테니, 어서……."

"그만둬라."

백우가 이서를 일으켜 세우려는데, 뒤에서 서왕모의 목소리가 들렸다.

이서는 눈길을 돌려 그쪽을 바라보았다. 백우도 선 채로 돌아섰다. 이서가 엉거주춤 자리에서 일어났다. 몸에 힘이 하나도 없었지만, 서왕모가 무시무시하게 화가 난 얼굴이라 도저히 앉아서 맞이할 수가 없었다.

서왕모는 성큼성큼 다가와 이서 앞에 섰다. 멈춤과 동시에, 서왕모가 있는 힘껏 이서의 뺨을 후려쳤다.

"왕모님!"

서왕모가 이서를 때릴 거라곤 예상조차 하지 못한 백우가 고함치듯 그녀를 불렀다. 그러나 이서는 항변하지 않았다. 언 뺨에 충격이 가해지자 격통이 밀려왔다. 이서는 입을 꾹 다물고 다시 고개를 들었다. 서왕모는 다시 손을 들어 올렸다.

"그만두십시오! 이게 무슨 일입니까!"

백우가 서왕모의 손목을 붙들고 두 사람 사이를 막아섰다. 서왕모는 대자가 제 몸에 손을 대자 얼굴을 찡그렸다. 그러나 백우도 물러나지 않았다. 이서를 치다니. 새파랗게 질려서 추위에 떨고 있는데. 세상천지 혼자 남은 어린애처럼 어쩔 줄 모르고 있는데.

"저 애가 곤륜산에 서천의 교룡을 끌어들였다. 본래 곤륜산에 오려면 내게 허가를 받아야 해. 그런데 그 교룡은 몰래 들어와 이 꽃만 만나고 사라졌지. 이게 무슨 뜻인지 모르겠느냐?"

"그 신수는 돌아갔습니다. 아무 해도 끼치지 않았고요. 그런데 왜……."

"이건 곤륜산의 일이다."

서왕모가 차갑게 백우의 말을 잘랐다. 그녀의 눈이 사납게 번

뜩였다. 백우는 물러나지 않았다. 이서에게 저런 얼굴을 보여 주고 싶진 않았다. 서왕모는 몹시 아름다웠으나 지금은 이서를 찢어 발길 것처럼 보였다. 좌정한 신들이 다 그렇듯, 그녀는 자기 땅과 관련된 일에 무척 예민했다.

"넌 이 일에 참견할 권리가 없어. 당장 그 꽃을 내놓고 물러가."

그때 이서가 뒤에서 살며시 백우의 팔을 잡았다. 그가 돌아보자, 이서가 말했다.

"전 괜찮아요."

세상에서 제일 괜찮지 않은 사람의 얼굴이었다. 얼굴에는 핏기가 하나도 없고, 입술은 새파랗고, 머리부터 발끝까지 젖어 있었다. 심지어 몸을 떨고 있기까지 했다.

"죄송해요."

그런 몰골로 덧붙이는 말이 더 가관이라, 백우는 이제 화가 날 지경이었다. 그는 서왕모 앞으로 나서려는 이서의 팔을 꽉 붙잡았다. 그리고 서왕모를 향해 분명한 목소리로 말했다.

"제가 주제넘게 나서고 있다는 건 압니다. 하지만 이분은 제 손님입니다. 이렇게 젖은 상태로 세워 둘 수는 없습니다. 오늘 안에 반드시 함께 왕모님께 가겠습니다."

서왕모는 당장이라도 이서를 죽여 버리고 싶은 걸 참고 있었다.

이건 신으로서의 본능이었다. 좌정한 땅에 허락하지 않은 자가 들어왔다. 용서할 수 없다. 버드나무 샘에서 거의 움직이지 않는 교룡이 여기까지 숨어들다니. 화가 나서 견딜 수가 없었다.

그러나 백우의 태도가 지나치게 강경했다. 서왕모는 깊이 숨을 들이마셨다.

백우가 아니었다면.

백우의 친모만 아니었다면.

"해 지기 전까지 와야 할 거다."

서왕모가 냉혹한 얼굴로 명령했다. 그러더니 그대로 몸을 돌렸다. 서왕모가 어찌나 분노했는지, 그녀와 공명하는 곤륜산의 모든 동식물이 일제히 숨을 죽였다. 바람도 불지 않았다.

백우는 서왕모의 뒷모습을 바라보다가, 이서를 돌아보았다. 이서는 시체 같은 몰골이었다. 온몸을 떨고 있어서, 도저히 걸을 수 없을 것 같았다.

"실례하겠습니다."

그렇게 말하고, 백우가 그녀를 안아 들었다.

"아니요, 전 괜찮아요!"

이서가 바로 고개를 저었지만 그는 듣지 않았다.

괜찮다는 말을 자주 하는 사람은 대개 괜찮지 않다. 애초에 괜찮다는 말은 아프지 않다는 말이 아니라 견딜 수 있다는 뜻이기 때문이다. 이서는 종종 뭔가를 아주 오래 견뎌 온 표정을 짓곤 했다.

그래서 도저히 그냥 둘 수가 없는 건지도.

"그대로는 못 걷습니다. 방까지만 모셔다드릴 테니, 따뜻한 물에서 잠시 쉬다가 나오십시오."

이서는 잠깐 침묵했다. 젖은 채로 몸이 닿아 있으니, 서로의 체온이 더 뜨겁게 느껴졌다.

"아까 왜 물에 들어오신 거예요?"

"손님이 물에 빠진 것 같아서 그랬습니다. 멀리서 언뜻 봤거든요."

이서는 정말 어렵게 물었는데, 백우의 대답은 쉽게 나왔다. 당연하다는 투였다. 뭐가 당연할까. 부력도 없는 물에 뛰어드는 게, 이 사람에게는 별거 아닌 일인가.

다른 사람들에게도 이렇게 친절할까?

돌이켜 보면 백우는 어릴 적에도 무척 다정했다.

내가 이런 대접을 받을 자격이 있는 걸까……. 이서는 그 생각을 떨쳐 버리기 위해 다른 것을 물었다.

"아무것도 안 물어보세요?"

이번에는 백우도 조금 사이를 두었다. 그의 마음 안에서, 무언가 정리가 필요한 듯했다. 그러나 대답을 기다리는 입장인 이서는 조금 초조해져서 자꾸만 말을 주워섬기게 되었다.

"그 주머니라든가, 아니면 아까 물에서 보셨던 용이라든가…… 그런 것들……."

"물어보면 대답해 주실 겁니까?"

이서는 말문이 막혔다. 그녀가 아무 대답도 하지 못하자, 백우는 그리 무겁지 않은 어조로 말했다.

"대답을 들을 수 없는 것엔 익숙합니다."

여덟 살 무렵, 어머니가 사라졌다. 그리고 세상에서 가장 존경하고 사랑하던 부친이 갑자기 등을 돌렸다.

아버지에게는 이유도 물을 수 없었다. 다른 사람 같아서, 모르는 사람 같아서, 백우는 두려웠다. 그래서 아버지의 보좌인 문천성에게 매달렸다. 무슨 일이냐고 물었다. 그는 대답해 주지 않았다. 가깝게 지내던 사령들에게 물었다. 모두 고개를 저었다.

마침내 용기를 내어, 덜덜 떨며 아버지에게 이유를 물었을 때.

'제가 뭘 잘못했나요?'

부친은 대답해 주지 않았다.

'뭐든지 고칠게요. 착한 아이가 될게요.'

목소리가 덜덜 떨리고, 심장이 미친 듯이 뛰고, 세상이 흔들렸다. 귀에서 이명이 울렸다. 세상에서 가장 약한 존재가 된 느낌이었다. 아버지의 입술이 너무나 두려웠다. 저 입술에서 나오는 말이 자신을 단숨에 뭉개 버릴 수 있다는 걸, 소년은 알았다.

천년장자가 가까이 다가왔다. 그는 백우 앞에 선 채, 그 맑고 순한, 불안이 가득한 얼굴을 내려다보았다.

'제발 말해 주세요……'

차라리 아버지가 자신을 비난했다면 일은 쉬웠을 것이다. 자신에게 잘못이 있다고 꾸짖었다면 무조건 용서를 빌었을 것이다. 어머니가 사라지고 이제 남은 건 아버지뿐이었다. 세상을 내어 줄 것처럼 사랑하다가 돌연 등을 돌린, 내 강하고 무서운 아버지.

멀어지는 천년장자의 뒷모습을 보며, 소년은 다짐했다.

두 번 다시 묻지 말자.

두 번 다시.

백우는 이서에게도 묻지 않을 생각이었다. 어차피 답을 들을 수 없다면. 거절당하기만 할 거라면. 강박처럼 자기를 피하다가 또 이렇게 몸을 맡기는 이서의 행동은 백우를 혼란스럽게 했다. 그러나 묻고 싶지 않았다. 물어도 대답하지 않을 것이다. 침묵의 뒷모습을 쫓아가는 건 너무 외롭고 괴로웠다.

"전, 대답할 수는 없지만……."

이서는 덤덤한 얼굴의 백우를 위로하고 싶어 무작정 말을 시작했다. 옷까지 흠뻑 젖어 무거울 텐데, 백우는 속도를 늦추지 않았다. 이서는 앞만 보고 걷는 그를 향해 간신히 속삭였다.

"장자님이 다치지 않으면 좋겠어요."

"……."

"그게 전부예요."

백우는 이서를 내려다보았다. 품에 안긴 채, 이서는 초조하게 자신의 반응을 살피고 있었다. 내팽개쳐진 어린애의 얼굴. 서왕모의 손찌검에 한쪽 뺨이 약간 부어 있었다.

유보랑이 대신 주고 간, 아버지의 꽃.

"저도 손님이 안전하길 바랍니다."

그런 뜻이 아닌데. 이서는 입술을 잘근잘근 깨물었다.

"이제, 물에는 빠지지 마세요."

덧붙이는 그 말에 이서는 어찌할 수 없이 미소를 지었다. 주머니를 잃어버렸을 때의 충격과 두려움이 아직도 그녀 가슴에 남아 있었다. 거짓말처럼 그 주머니를 내밀던 백우의 모습을 기억한다. 이 사람이 천천히 몸을 기울여, 제 어깨의 꽃에 입술을 묻던 순간도.

이젠 절대 잃어버리지 말아야지…….

그렇게 다짐하며, 이서는 눈을 감았다. 세상이 아슴아슴 멀어졌다.

서왕모는 자신의 처소로 돌아오자마자 패율선과 새말선을 불러들였다.

패율선은 아까의 소란을 들었으므로 올 것이 왔다 싶었으나, 그리 중요치 않은 사령에 불과한 새말선은 서왕모의 부름에 덜덜 떨었다. 새말선은 완전히 얼어붙어서 서왕모의 처소 안으로 들어갈 생각도 못 하고 있었다.

"보좌님, 저, 저는 왜, 왜, 부, 부, 멍, 멍……."

"짖지 마."

패율선이 바로 새말선의 입을 틀어막았다. 이 장지문 너머에 서왕모가 있다. 일단 새말선을 진정시켜야겠는데, 그녀는 거의 울 것 같은 얼굴이었다. 매일 패율선에게 덤비는 것과는 별개로, 그녀는 높은 사람들을 어려워했다. 게다가 상대는 냉혹하기로 이름

높은 여신, 서왕모였다.

"어떡, 하, 하, 죠, 저저저, 저, 아무, 아무것, 모몰, 몰, 저……."

"알았어. 알았어, 알았어. 알았다고."

패율선은 한숨을 내쉬고 새말선의 두 어깨를 꽉 잡았다. 그리고 몸을 낮춰 눈높이를 맞춘 후 단호한 목소리로 말했다.

"들어가면 묻는 말에 대답하는 거 말고는 한 마디도 하지 마. 웬만하면 내가 알아서 할 테니까. 알겠어?"

"멍……."

"짖으면 안 돼."

"넹컹."

"아니, 짖으면……."

안 된다니까. 그렇게 말하기도 전에, 드르륵 장지문이 열렸다.

황공하게도 직접 문을 열어 준 서왕모의 얼굴이 무시무시하지만 않았다면, 패율선도 꽤 자연스럽게 웃을 수 있었을 것이다. 하지만 서왕모는 정말 화가 머리끝까지 난 얼굴이었다. 그녀는 문에서 손을 떼지도 않은 채 내쏘듯 물었다.

"왔으면 들어오지 않고 뭐 하는 짓이지?"

"그, 죄송합니다."

패율선은 변명하지 않고 바로 허리를 굽혔다. 그러면서 너무 놀라 딸꾹질까지 하기 시작한 새말선의 등을 꾹 눌러 주었다. 서왕모는 화풀이라도 하듯 인사를 받아 주지 않았다. 이대로 세워 두려는 건가, 패율선이 그렇게 생각한 순간, 서왕모가 뒤로 돌아서며 말했다.

"들어와라."

"감사합니다."

패율선이 얼른 새말선을 끌었다. 단 한 번도 신과 이런 식으로 만난 적 없던 새말선은 그야말로 혼돈 상태였다. 심지어 안으로 들어가다가 고꾸라지기까지 했다. 서왕모는 정말 별꼴을 다 보겠다는 듯 한 번 돌아보았을 뿐 특별히 책망하지는 않았다.

서왕모는 차 한 잔도 내주지 않았다. 물론 백년궁의 둘 역시 그런 걸 기대하진 않았다. 서왕모는 곧장 율선에게 물었다.

"저 꽃이 처음 백년궁에 왔을 때 맞이한 게 너라고 들었다."

"그렇습니다."

"저게 정말 천년장자의 선물이더냐?"

"유보랑은 그렇게 말했습니다. 저 꽃은 스스로 복줄꽃이라 했습니다."

결국 무슨 꽃인지는 잘 모르겠단 소리였다. 서왕모는 한숨을 참았다. 그리고 새말선에게로 고개를 돌렸다.

"네가 저 꽃을 맡은 사령이라지. 뭔가 이상한 점은 없었느냐?"

새말선은 갑자기 제게로 질문이 들어오자 놀라 고개를 들었다. 그러다가 서왕모와 눈이 마주쳤다. 그뿐이었는데, 그녀는 튀어 오르듯 놀라며 매달리듯 율선을 보았다. 율선이 얼른 나섰다.

"저, 새말선은 그저 간단한 시중을 들고 있을 뿐이고 계속 붙어 있지도 않아서, 그런 건 잘 모를⋯⋯."

"네가 언제 사령이 됐는지 모르겠구나. 정말 개로 만들어 버리기 전에 닥쳐라."

율선은 식은땀을 흘리며 입을 다물었다. 서왕모는 정말, 말로 다 할 수 없을 정도로 화가 나 있었다.

"저, 전, 특, 특, 특별히, 그런 건, 잘, 하, 하지만, 그, 저……."

새말선이 온몸을 떨며 한 글자씩 띄엄띄엄 내뱉었다. 서왕모는 당장 다 엎어 버리고 싶은 걸 참으며 끝까지 새말선의 말을 들었다.

"저희 장, 장자님이, 요즘, 저, 멍, 아니, 그, 요즘 절 따로 두, 시고, 꽃과 자주 외, 외출을, 네, 네……."

"백우가 저 꽃을 싸고도는 걸 내가 모른다고 생각하는 건 아니겠지. 둘이 반도원까지 다녀온 걸 알고 있다. 대체 저 꽃의 정체가 뭔지 알려고 이러는 게 아니냐!"

서왕모가 짜증스럽게 소리쳤다. 율선은 그녀가 지금 무척 위험한 상태라는 걸 알 수 있었다. 서왕모는 본래 범의 속성을 갖고 있어서 한번 분노하기 시작하면 아주 난폭해졌다. 이러다간 정말 새말선을 죽일지도 모른다. 율선은 마른침을 삼키고, 서왕모 앞에 바짝 엎드렸다.

"왕모님. 무슨 꽃인지 짐작하는 바가 있습니다."

서왕모가 번뜩 율선에게로 시선을 돌렸다. 율선은 자꾸 입에 침이 말랐다. 확실한 것은 아니다. 하지만 지금은 방법이 없었다.

"뭐냐. 뜸 들이지 말고 말해라."

"아직, 추측일 뿐이지만……."

율선은 말을 맺기 전에 긴 숨을 내쉬었다.

"사모꽃이 아닌가 합니다."

잠시 방에 침묵이 깔렸다.

새말선도 율선의 말을 들었다. 그러자 퍼뜩 생각나는 것이 있었다. 하지만 도저히 말할 용기가 나지 않았다. 다행히 율선이 그녀가 하고자 했던 말을 덧붙였다.

"백년궁이 처음 무너졌을 때, 저 꽃을 구하려다가 장자님이 크게 다쳤습니다. 신수가 나타나지 않았다면 무척 위험했을 겁니다. 이후 저 꽃은 한동안 장자님을 피했고……. 아까도 넋을 놓고 창밖에서 추천 타는 꽃만 보고 있었습니다."

"더 말해 봐라."

"아까 누각 근처에서, 꽃이 물에 빠진 것 같다며 바로 물에 뛰어들었습니다. 그게 부력 없는 물이고 아주 위험하다는 걸 장자님도 잘 알지 않습니까. 아무리 천년장자의 선물이라 해도 조금 이상한 데가 있습니다."

"사모꽃이라."

서왕모가 중얼거렸다. 그녀가 뭔가 생각하는 걸 알고 율선은 얼른 백우의 역성을 들었다. 백우는 이서 일에 지나치게 나서고 있었다. 서왕모 앞을 막아서기까지 했으니 아무리 아끼는 대자라도 당연히 못마땅할 것이다.

"사모꽃이면, 그래도 크게 염려할 건 없지 않겠습니까. 장자님도 왕모님께 부러 그러는 것은 아닐 겁니다."

"사모꽃이면 염려할 게 없다고?"

서왕모가 비웃었다. 그러더니 차갑게 내쏘았다.

"너는 정말 서천의 꽃을 모르는구나."

"무슨……."

"슬픔꽃이나 의심꽃, 웃음꽃이나 분노꽃 같은 것은 오히려 다루기가 쉽다. 꽃만 없애면 그 감정은 사라지니까. 하지만 사모꽃은 달라."

율선은 입을 다물었다. 서왕모가 무슨 말을 하려는지 알 것 같았다.

"그건 유일하게 중독되는 꽃이다. 맹독이나 다름없어. 꽃을 없애도, 그 힘을 눌러 막아도 소용없다. 너희는 애모가 뭔지도 모르느냐? 그게 사모하는 자가 멀리 간다고 사라지는 마음이더냐?"

서왕모는 이서가 사모꽃이 아닐 가능성이 더 크다는 걸 알고 있었다.

백우는 본래 정이 많은 아이다. 어릴 적에, 백우의 부모는 온 힘을 다해 그를 사랑했다. 이후 모친인 구천현녀가 잘못되고 천년 장자가 아이를 외면하면서 백우는 마음을 크게 다쳤지만, 그래도 천성적으로 성품이 선하고 유했다. 그러니 부친의 선물을 아끼는 것일 가능성도 충분했다.

그러나, 확실히 백우의 행보는 기이한 데가 있었다. 이제껏 백우는 서왕모의 뜻에 반한 적이 없었다. 처음 이서를 데려올 때도 백우의 태도는 지나치게 강경했다. 게다가 아까는 어떠했나. 백우는 서왕모의 손을 잡아채기까지 했다. 이루 말할 수 없는 결례였다.

"무슨 말인지는 알겠다. 둘 다 이만 물러가."

둘은 그 말을 듣자마자 자리에서 일어났다. 새말선은 거의 실신하기 일보 직전이었다. 율선은 새말선이 넘어지지 않도록 꽉 붙들고, 서왕모에게 인사한 후 물러났다.

서왕모는 가만히 앉아서, 백우와 이서를 기다렸다.

그때 백우는 거의 실신하다시피 한 이서를 방에 눕히고 있었다.

새말선이 돌아오기 전이라 시중을 들어 줄 사람이 없었다. 그렇다고 흠뻑 젖은 옷을 그대로 입혀 둘 수도 없어서, 백우는 어쩔 줄 모르고 허둥댔다. 그는 누구의 시중을 들어 본 적이 없었고 있다 해도 여자의 옷을 벗길 수는 없는 일이었다.

그 순간 다행스럽게도 이서가 눈을 떴다.

그러나 그녀는 거의 잠에 취해 있었다. 백우는 얼른 이서의 등에 손을 받치고 일으켜 세웠다.

"새말선이 잠깐 자리를 비운 것 같습니다. 일단 옷을 갈아입고 따뜻한 물에……."

백우는 곧 멈칫했다. 힘이 없는지, 이서가 그대로 백우의 품에 고개를 기댔다. 그녀가 중얼거렸다.

"추워……."

"잠깐만 기다리고 계시면, 제가 밖에 나가서 사령들을 데려오겠습니다."

이럴 때 새말선이 어딜 간 건지 알 수가 없었다. 백우는 초조했다. 이서의 몸은 얼음장처럼 차가웠다. 모든 체온이 사라지는 것 같았다. 이서는 추위 때문에 몸을 덜덜 떨었는데 자기가 그러고 있다는 것도 제대로 인지를 못 하는 것 같았다.

물에 젖은 탓도 있겠지만, 이건 분명 심력을 너무 소모한 탓이다. 백우는 알 수 있었다. 그는 이서를 안고 어린애 어르듯 달랬다.

"조금만 기다리면 됩니다."

"주머니……. 잘 챙겨야 하는데……."

이서가 꺼져 가는 목소리로 중얼거렸다. 백우는 알겠다며 고개를 끄덕였다. 사령들에게 말해 두겠습니다, 그렇게 대답해 주었다.

이서는 가물가물 감기는 눈을 억지로 떠서 백우를 보았다. 이 단정하고 선한 얼굴. 근심이 어린 얼굴. 나는 매번 당신을 다치게 했는데, 당신은 아무것도 묻지 않고…… 또 이렇게 내 곁에서…….

자꾸 의식이 흐려졌다. 이서는 정신을 차리기 위해 고개를 저었다. 너무 추워서, 차라리 백우가 꽉 안아 주었으면 싶었다. 몸이 허물어지자 정신도 틈을 보였다. 이서는 자기가 지금 꿈을 꾸는 것인지 현실에 있는 것인지 분간할 수 없었다.

"안아 주세요."

이서가 어리광을 부렸다. 떨면서, 백우의 품으로 파고든다. 백우는 기이한 감정을 느꼈다.

이성으로는 그러면 안 된다는 걸 안다. 당연하다. 이서는 지금 아프고 추우니까. 당연히 진심으로 한 소리가 아닐 것이다. 하지만 백우는 제 마음의 다른 구석이 맹렬하게 외치는 소리를 들었다.

뭐 어때?

지금 안아. 어서. 아무 데도 못 가게.

백우는 저항하지 않았다. 애초부터 저항할 수 없는 자 같았다. 백우는 이서를 꽉 끌어안았다. 종종 가만둘 수 없을 만큼 외로운 표정을 짓는 꽃을. 마음대로 멀어졌다가 또 다가오는, 도저히 종잡을 수 없는 한 송이 여자를. 이서가 제 품에서 안도한 듯 긴 숨을 내쉬었을 때, 백우는 어떤 충만감을 느꼈다.

'장자님이 다치지 않았으면 좋겠어요. 그게 전부예요.'

백우가 천천히 머리를 숙여, 이서의 입술을 머금었다. 본래 그렇게 하려고 했던 것처럼.

달지도, 향기롭지도 않았다. 그저 차가웠다. 그래서 백우는 가슴이 저렸다. 이서는 아득해지는 정신으로 백우의 입술을 느꼈다. 생애 첫 접문(接吻).

왜?

왜 피하고 싶지 않지?

이서에게 조금만 더 기운이 남아 있었더라면, 그녀는 입술을 벌려 백우를 받아들였을 것이다.

그러나 그녀는 한계였다. 이서는 그대로 다시 잠에 **빠졌다**. 아슬아슬하게 버티고 있던 의식이 탁 끊어졌다. 그러나 발밑이 무너지는 듯한 감각은 전혀 없었다. 그저 깊은 잠에 젖듯, 안온했다.

좋은 꿈이네.

당신이 다치지 않는, 좋은 꿈.

서왕모에게 찾아온 건 백우 혼자였다. 어느 정도 짐작한 바라 서왕모는 크게 놀라지 않았다. 백우는 평소와 같은 얼굴로 들어와 서왕모 앞에 앉았다. 그를 보던 서왕모가 읊조렸다.

"꽃과 함께 온다고 했던 것 같은데."

"손님은 깊이 잠들었습니다. 의원 모량의 말로는 거의 혼절한 수준이라 합니다. 부디 너그러이 이해해 주십시오."

서왕모는 긴 숨을 내쉬었다. 백우는 가만히 서왕모를 바라보고 있었다. 늘 가엾고 귀히 여겼던 대자의 얼굴을 보다 서왕모는 목소리를 조금 누그러뜨렸다. 달래 볼 요량이었다.

"백우야, 요즘 내게 어찌 이러느냐."

"죄송합니다."

이렇게 즉각 사과가 나오면 할 말이 없어지는 법이다. 더 타박할 수도 없어 서왕모는 다른 이야기를 꺼냈다.

"아까 네 보좌와 꽃의 사령을 불러 얘기를 나눴단다. 그 꽃이……."

"이서입니다."

백우가 드물게 말을 끊었다. 율선도 서왕모도 이서를 가리켜 이 꽃 저 꽃 하고 있었다. 물론 부를 말이 마땅치 않아 스스로도 그랬으나, 사람들이 계속 그녀를 아무렇게나 부르는 것이 불편했다.

"그래. 이서 말이다. 난 이서가 무슨 꽃인지 전혀 모르지 않니. 서천에 청조를 보내 물어봤다만, 꽃감관은 대답하지 않더구나. 그러더니 나 몰래 교룡을 보냈지."

백우는 수면 아래서 본 것을 떠올렸다. 커다란 용이 있었다. 꽃감관은 이서와 함께였다. 아주 오래전 서천에 갔을 때 그를 본 적이 있다. 세월이 많이 흘렀지만 선인답게 용모는 거의 변하지 않았다.

서왕모는 교룡에 대해서만 알 뿐, 꽃감관 김진성이 함께 곤륜산에 왔다는 건 모르는 모양이었다. 그래서 백우는 굳이 말하지 않았다.

"무슨 실마리라도 얻을 수 있지 않을까 싶어 패율선과 사령에게 물었는데, 그 애들이 뭐라 했는지 아니?"

"모르겠습니다."

단정한 대답에 서왕모가 웃었다. 그러더니 다른 것을 물었다.

"너는 이서가 무슨 꽃이라고 생각하니."

백우는 물끄러미 서왕모를 바라보았다. 아름다운 얼굴이었다. 특히 눈이 그랬다. 그 그린 듯한 눈을 바라보며 백우가 중얼거렸다.

"잘 모르겠습니다."

"추측이라도 좋아. 네가 그 꽃을 볼 때 느끼는, 아주 막연한 감정 같은 거라도 좋단다."

백우는 성실하게 대답하려고 했다. 이서를 볼 때 느끼는 감정. 처음에는 그저 잘 살펴 줘야겠다고 생각했다. 완전히 믿을 수는 없어도, 그녀는 아버지의 선물이니까. 하지만……. 백우는 고개를 저었다.

"잘 모르겠습니다."

이건 좋지 않구나.

서왕모는 그렇게 생각했다. 이서에 대한 감정을 물었을 때 모르겠다는 대답이 나오면 일은 복잡해진다. 아주 복합적인 감정이라 스스로도 정의하지 못하고 있을 가능성이 크기 때문이었다.

"꽃이 마음에 드니?"

그 질문 역시 백우에게는 어려웠다. 마음에 든다. 마음에? 백우는 자기가 기껍게 여기는 백년궁 사람들을 몇 떠올렸다. 패율선과 의원 모량, 몇몇 사령들.

"눈길이 가는 건 사실입니다."

"어떤 면이?"

서왕모는 태연한 척 물었다. 그러나 그녀는 잔뜩 신경을 곤두세우고 있었다.

백우는 이서를 생각했다. 이서. 어딘지 익숙한 이름인 것도 같았다. 백년궁이 무너졌을 때, 그녀는 자기 아래서 정말 어쩔 줄 모르겠다는 표정이었다. 백호가 둘을 구하긴 했지만 당시 아무도 이서를 챙기지 않았다 들었다. 손님은 어떻게 되었느냐고 물었을 때, 율선은 아마 새말선이 챙기지 않았을까, 라고 말을 흐렸고 새말선도 아차 싶은 얼굴이었다. 어찌나 기가 막히던지.

누각에서 달빛을 받던 이서. 풍성한 치마를 날리며 추천(鞦韆)을 타던 이서. 물에 흠뻑 젖어서 떨던.

'안아 주세요.'

기이한 충동을 불러일으키는. 그 정체불명의 꽃 한 송이.

"여러 가지로 그렇습니다."

그 모든 것을 말할 수 없어서 백우는 차라리 입을 다무는 편을 택했다. 서왕모는 백우의 얼굴을 유심히 바라보다가, 백우와 눈이 마주치자 재빨리 웃음을 만들어 보였다. 그녀는 여전히 이서와 교룡에게 화가 난 상태였지만 백우는 절대 이서를 내주지 않을 듯했다.

사모꽃이라.

서왕모는 혀를 찼다. 그러면 주술 주머니가 소용없을 것이다. 만일 백우가 정말 이서를 사모하게 되었다면.

하지만 이상한 게 하나 있었다. 이서를 선물한 건 천년장자다. 혹은 그의 첩 유보랑이다. 둘 중 누구든 백우에게 사모꽃을 보낼 이유가 없었다. 다른 이를 사랑하게 하는 것도 아니고, 꽃 자체를 사랑하게 한다고? 무엇하러 그러겠는가?

"왕모님."

서왕모의 생각을 자르며 백우가 그녀를 불렀다.

"이번 일은 대신 사과드립니다. 손님이 의도한 게 아니었을 겁니다."

단정한 사과에 서왕모는 웃었다. 그 이서라는 꽃은, 과연 알 것인가. 백우가 대신 찾아와 머리를 숙이는 것을. 알든 모르든 그 꽃은 마음에 안 들었다.

"그 꽃에게 너무 마음을 주면 안 된다, 백우야."

백우는 가만히 서왕모를 바라보았다.

언젠가 율선도 비슷한 말을 했다. 유보랑이 주고 간 꽃이니 분명 이상할 거라고. 너무 마음을 주면 안 된다고. 백우는 그들의 말을 이해했다. 그러나 백우에게는 기이할 정도의 믿음이 있었다.

이서는 다른 사람을 해칠 꽃이 아니다. 그런 걸 견딜 수 있는 사람이 아니다. 다친 자신을 보며 그렇게 고통스러운 표정을 짓는 사람이, 다른 이에게 해를 끼친다고? 음모를 감추고 있다고?

"유념하겠습니다."

적당히 답한 후, 백우는 다른 청을 했다.

"도화 한 송이를 부탁드려도 되겠습니까?"

"어디에 쓰려고?"

곤륜산 반도원의 도화는 물론 귀한 꽃이고 특별한 영약(靈藥)이기도 했다. 그러나 지금 영약을 필요로 하는 사람은 없었다. 백우는 덤덤히 대답했다.

"손님이 서천을 그리워하는 것 같습니다."

"……."

서왕모는 기가 막혔다. 내가 방금 너무 정 주지 말라고 한 거 잊었니?

그 말을 참으며 서왕모는 간신히 웃었다.

"그래서?"

"반도원의 도화가 손님에게 어울리는 것 같고."

"그렇구나."

서왕모는 이를 갈았다. 백우는 알아차리지 못했다.

"무언가 선물을 하고 싶은데…… 아시겠지만 저는 여자에게 무얼 줘야 하는지 몰라서요."

꽃이 무난하지 않겠습니까? 하고 백우는 덧붙였다. 서왕모는 속이 부글부글 끓었다. 너무 마음 주지 말라는 충고에 유념하겠다고 대답해 놓고 바로 선물을 찾다니.

"선물은 왜 주고 싶으냐?"

"그저 주고 싶어서요."

서왕모는 위험천만하게 웃었다. 아주 눈부시고 화려한 웃음이었다. 그녀는 탁상 너머로 팔을 뻗어 백우의 손을 잡았다. 그리고 충고했다.

"식인어를 주렴."

"……."

"그게 최고야."

백우는 그 말에 동의하지 못했다. 그는 아주 이상하다는 어조로 물었다.

"곤륜산에 있는 그 물고기 말씀이십니까?"

"그래."

백우는 고개를 갸웃했다. 그 아래턱이 툭 튀어나온 흉측한 물고기를 주라고? 식인어는 눈이 빨갛고 커다란 데다 이빨이 기괴할 정도로 가지런하고 단단했다. 사람 팔뚝 크기의 커다란 물고기였다. 전에 그 얘기를 해서 이서를 겁줬던 기억이…… 그런데 그게 선물이 될까?

백우는 서왕모의 얼굴을 바라보았다. 그는 오래 대모를 알아왔지만, 그녀의 모든 것을 아는 건 아니었다. 서왕모는 진심인 척 환하게 웃었다.

"꽃들은 그런 걸 좋아해."

무서워하는 것 같았는데……. 꽃이란 굉장하구나. 그런 걸 좋아하다니. 백우는 그렇게 생각했다. 하지만 서왕모는 백우의 손을 꽉 잡으며 다시 강조했다.

"내가 특별히 아주 큰 걸로 잡아 주마."

"그러실 것까진……."

"아니."

서왕모는 고개를 저었다.

"꼭 그걸 선물하렴. 알았니?"

좀 이상했지만 백우는 일단 고개를 끄덕였다. 그 어리둥절한 얼굴을 보며, 서왕모는 이서만 한 식인어를 잡겠다고 굳게 다짐했다.

새말선은 한참 이서를 돌보고 있었다. 아까까지만 해도 심하게 열이 올랐지만, 이서의 몸은 이제 어느 정도 안정을 찾았다. 새말선이 이서의 젖은 옷을 벗기고 따뜻한 물이 담긴 욕조에서 몸을 녹이게 하는 동안, 이서는 단 한 번도 깨지 못했다. 백년궁의 의원 모량은 거의 혼절이나 다름없다고 했다.

새말선이 한참 이서를 돌보고 있는데, 뒤에서 장지문이 열렸다. 기척에 뒤를 돌아보니 백년장자가 서 있었다.

"장자님."

새말선이 귀를 쫑긋하며 백우를 불렀다. 백년궁 사령들이 다 그렇듯, 그녀는 백우를 무척 좋아했다. 백우는 어려운 주인이었지만, 크게 화를 내는 일도 드물었고 문제를 일으키지도 않았다.

"손님은?"

"아직 잠들어 계세요. 열은 거의 떨어졌고요."

백우가 고개를 끄덕였다. 나가 있을까요, 물었더니 백우는 그러라고 했다. 새말선은 나가면서 흘끗 백우의 품을 곁눈질했다. 백우는 검은 줄무늬가 있는 하얀 고양이를 안고 있었다. 처음 보는 것 같은데. 새말선은 이상하다고 생각했지만 곧 밖으로 나갔다.

백우는 이서 옆에 앉아 잠시 기다렸다. 잠든 이서는 평화로워 보였다. 창백하던 얼굴에도 어느 정도 혈색이 돌아왔다. 백우는 손을 뻗어 그녀의 머리카락을 만지작거렸다. 안겨 있던 고양이가 못 봐 주겠다는 듯 훌쩍 그의 품에서 뛰어내렸다.

'안아 주세요.'

그때 무척, 가엽고 어여뻤지.

백우는 이서의 입술을 그리듯 쓸어 보았다. 제정신이었다면 이서가 그렇게 말했을까. 저를 허락했을까. 서왕모는 이서가 마음에 드느냐고 물었다. 그렇다고 대답할 수도 없었고, 아니라고 할 수도 없었다.

차라리 이서가 진짜 꽃이었다면.

쉽게 꺾어서 가질 수 있었을까?

잠들었던 이서가 눈을 떴을 때 백우는 그런 생각을 하고 있었다.

"장자님."

이서가 약간 갈라진 목소리로 그를 불렀다. 침상 옆에 앉아 있던 백우가 퍼뜩 정신을 차렸다. 그리고 그녀의 입술에 닿았던 손을 거두며 변명했다.

"열이 있는 것 같아서요."

자연스러운 변명은 아니었지만 이서는 그저 고개를 끄덕였다. 그러더니 퍼뜩 놀라 제 품을 더듬었다. 백우가 사령들에게 당부했는지, 주머니는 제자리에 잘 들어 있었다.

"아…… 서왕모님께 가야죠. 죄송해요."

이서가 일어나면서 중얼거렸다. 먹은 게 없어서 몸에 힘도 없을 텐데 서왕모 얘기부터 꺼내는 게 용하다 싶었다. 자기가 그저 잠시 잠들었다가 깨어난 거라고 생각하는 듯했다.

"안 가도 됩니다. 더 쉬세요."

"어…… 왜요?"

"제가 다녀왔으니까요."

이서가 눈을 동그랗게 떴다. 그러다 백우와 눈이 마주치고 화드득 고개를 돌렸다.

나 왜 그런 꿈을 꾼 거지? 사실 접문하고 싶었던 거야? 이렇게 아무것도 모를 것 같은 순수한 사람을 두고 그런 상상을 했다고? 이서는 혼란에 빠졌다.

"아니, 그, 그래도 저도 가 봐야 하지 않을까요? 그러니까, 어, 뭐라고 해야 하지, 아무래도 직접 가서 말씀을 드리는 게……."

말이 엉망으로 나왔다. 이서는 허둥지둥 침상에서 내려오려 했다. 자꾸 그 꿈이 생각나서 차라리 서왕모에게 가고 싶었다. 그때 이서는 탁상에 앉은 하얀 고양이 한 마리를 보고 움직임을 멈추었다.

검은 줄무늬가 있는 고양이가 입을 쩍 벌리고 하품을 했다. 품에 쏙 들어오는 작은 크기였다. 고양이는 이서가 절 보는 걸 알고 잠시 눈을 맞추었다가, 한숨을 쉬고 고개를 돌렸다.

'알 게 뭐람.' 하는 식의 한숨에 이서는 약간 얼이 빠졌다. 이서는 백우를 피하려던 것도 잊고 물었다.

"저, 저 고양이는 뭐죠?"

"아. 말씀드리는 걸 잊었네요. 잠시 맡기고 싶습니다."

백우가 태연하게 말했다. 이서는 천진한 얼굴로 "와, 귀엽다." 하고 중얼거리며 손을 뻗었다. 이서의 손이 머리에 닿는 순간 고양이가 귀찮다는 듯 귀를 움직였다. 하지만 이서의 손을 피하진 않았다.

"안아 봐도 되나요?"

그 물음에, 백우가 슬쩍 고양이를 살폈다. 그리고 고개를 끄덕였다.

"아마 괜찮을 겁니다."

괜찮으면 괜찮은 거고 아니면 아닌 거지, 아마? 하지만 이서는 이 작고 하얀 줄무늬 동물이 정말 좋았다. 이서가 손을 뻗어 고양이를 안았다. 고양이의 긴 몸이 아래로 축 늘어졌다. 고양이가 이를 드러내며 하품을 했다. 지겹고 같잖다는 반응이었지만 이서는 마냥 좋았다.

"그런데 고양이 기르셨어요? 왜 백년궁에서는 한 번도 못 본 것 같죠?"

그렇게 물으며 이서가 가볍게 고양이에게 입을 맞추었다. 그 순간 또 꿈에서의 접문이 떠올랐다. 이 꿈은 왜 잊히지도 않는 거야. 빨리 날아가라. 이서는 자신에게 그렇게 말하며 백우를 돌아보았다.

이서는 멈칫했다.

왜 지금 내 눈을 안 보는 것 같지?

백우의 시선이 미묘하게 아래로 내려가 있었다. 그러다 그는 퍼뜩 정신을 차린 듯 입을 열었다.

"제가 기르는 건 아니지만, 백년궁에 머물긴 합니다. 데리고 계시면 도움이 될 겁니다."

그 말이 끝나자 고양이가 코웃음을 쳤다. 이서는 고양이가 코웃음을 칠 수 있다는 걸 처음 알았다. 코가 막히나? 이서는 걱정스럽게 고양이를 살폈다. 물론 고양이는 멀쩡했다.

오히려 멀쩡하지 않은 건 백우였다. 왠지 바짝 긴장이 되었다. 고양이를 들고 이리저리 살피는 이서를 보고 있는데, 이서가 눈을 돌려 자기를 봤으면 하는 마음이 반이고 지금 제 얼굴을 보지 않았으면 하는 마음이 반이었다. 왠지 표정이 엉망일 것 같았다.

마음에 드느냐고?

백우는 서왕모의 물음을 다시 떠올렸다.

이서는 지난 일을 어떻게 생각하고 있을까. 분명 깨어 있는 것 같았는데. 그저 아무 일도 아니었다고, 충동이었다고 넘기려는 걸까?

"손님."

백우는 참지 못하고 그녀를 불렀다. 이서가 백우를 돌아보았다.

"아까 몸이 무척 차던데……. 지금은 괜찮으십니까?"

진짜 묻고 싶은 건 그게 아니었지만, 그래도 백우는 대답을 기다렸다.

"아."

이서는 화들짝 놀라 고개를 돌렸다.

"아니, 네, 어, 네. 아까는 어, 물에 빠졌었으니까요."

기억하는구나. 백우는 확실히 알았다. 그러고 나자 의문이 휘몰아쳤다. 그렇다면 왜 모르는 척하는 거지? 사실은 불쾌했나? 그래서 없던 일로 하려는 걸까? 앞으론 만지는 것도 허락하지 않을까?

"그렇군요."

물론 태연한 척 그렇게 읊조리는 백우를 보는 이서의 마음도 정상은 아니었다. 나, 물 밑에서 꽃감관님이랑 있을 때보다 지금이 더 수상해. 혼자 그런 꿈이나 꿔 놓고 왜 더듬어? 저 사람이 알면 얼마나 당황하겠어?

"네. 그, 그렇죠?"

"네."

백우의 짤막한 대답 뒤로는 계속 침묵이었다.

이 정도로 어색한 건 처음이었다. 이서는 숨이 막혔다. 흘끗 훔쳐본 백우는 또 태연해 보여서 이서는 혼자 답답했다. 물론 백우도 답답해서 쓰러질 지경이었다.

"아, 아깐 감사했어요. 여기까지 데려다주신 거요."

이서는 간신히 할 말을 찾았다. 마치 공을 넘기듯 말을 던졌다. 자, 이제 네 차례야!

"아닙니다."

백우는 공을 받아 던지기는커녕 피해 버렸다. 이서는 끙끙거리며 그다음에 할 말을 찾았다. 아, 왜 그런 꿈을 꾼 거야. 이서는 새 공을 주워서 던졌다.

"이, 입술이 건조한가 봐요."

너무 뜬금없는 공이었다. 백우가 대답할 말을 찾지 못한 건 당연했다. 이서는 제 입을 저주하며 서둘러 말을 주워섬겼다.

"네, 어, 튼 것 같아서요. 뭐라도 좀 바르는 게……."

"그런가요?"

백우가 되물었다. 이서가 눈을 깜빡였다.

"아! 잠깐만요."

이서가 주섬주섬 서랍장을 뒤졌다. 어디서, 분명 연고를 본 것 같은데. 새말선이 옷과 함께 이것저것 챙겨 준 게 있었다. 이서는 두 번째 서랍에서 작은 주머니를 발견했다. 이거다. 이서는 그 안을 뒤져 동그랗고 납작한 통에 담긴 연고를 찾아냈다.

"이거요."

"이게 뭡니까?"

"어, 모르세요? 입술에 바르는 거예요. 보여 드릴게요."

이서가 금속으로 된 뚜껑을 열었다. 그리고 새끼손가락으로 하얗게 굳은 연고를 조금 떠, 제 입술에 살살 문질렀다. 그러고선 완벽한 시범을 보였다는 듯 웃으며 백우에게 연고를 내밀었다.

"해 보세요."

백우가 의아한 얼굴로 연고를 받았다. 그러더니 이서처럼 새끼손가락으로 연고를 찍었다. 그러고선 손을 뻗었다.

그의 손가락이 이서의 입술에 닿았다.

이서가 아무 말도 하지 못하고 얼어 있는 동안, 백우는 조심스럽게 그녀의 입술에 연고를 발라 주었다. 백우의 손가락이 작은 입술을 문지르며 지나가는 감촉이 선명해서, 이서는 장자님 입술이 텄다는 뜻이었다고 말할 기회를 놓쳤다.

이서의 품에서 고개를 들어 둘이 하는 짓을 보던 고양이가 한숨을 내쉬었다. 그리고 몸부림을 쳐 이서의 손에서 벗어났다. 이서는 너무 멍해져서 고양이를 툭 떨어뜨리고 말았다. 고양이가 파드득 고개를 털듯이 저었다. 팔자에도 없는 수호묘 노릇을 하게 된 백우의 신수는 생각했다.

진짜 가지가지들 한다.

해가 쨍한 날이었다. 고양이의 모습을 한 백우의 신수는 창턱에 늘어져 햇볕을 쬈다. 간혹 꼬리를 흔들기도 했지만 기본적으로는 잠든 것처럼 꼼짝도 하지 않았다.

백호는 얼마 전의 백우를 생각하고 있었다.

'혹시라도 손님에게 무슨 일이 생기지 않게 해 주면 좋겠습니다.'

백우는 그렇게 말했다. 해 주면 좋겠다, 그런 완곡한 표현이었지만 결국 청이었다. 자기보다 몇 갑절을 더 산 백호에게 백우는 늘 정중했다. 그런 그가 사적인 청을 넣는 건 무척 드문 일이라, 백호는 바로 거절하지 못하고 뜸을 들였다.

그래도 그 꽃은 마음에 들지 않았다. 인간의 형상으로 변할 수도 있지만 백호는 기본적으로 동물적인 성격이 더 강했다. 육감이라는 게 있었다. 무슨 꽃인지는 몰라도 백년궁이 무너진 게 이서 때문일 가능성이 크다는 건 알았다.

'난 네 신수야.'

종종 멍하게 꽃을 바라보는 백우에게 그런 말을 해도 소용없을 것 같아서, 다른 방식으로 거절했다. 백우는 백호에게 명령할 수 없었다. 서왕모 같은 신들은 신수를 종속시키기도 하지만, 기본적으로 선인들과 신수는 동반 관계였다.

'알고 있습니다.'

'그 꽃을 지킬 의무가 없다는 뜻이지.'

'해서 청하는 게 아닙니까.'

그때 백호는 백우 정도 크기의 호랑이 모습이었다. 백호는 입을 쩍 벌려 하품을 했다.

'백년궁이 무너진 건 그 꽃 때문이야.'

'어찌 확신하십니까?'

'육갑.'

'가끔 틀리기도 하는 걸로 아는데요.'

어린 게 시비는. 틀린 말은 아니라 백호는 귀찮다는 듯 휙 꼬리를 휘저었다. 하지만 백우는 끈질기게 매달렸다. 생전 없던 일이었다.

백우가 태어났을 때부터 백호는 그의 신수였다. 원래는 천제가 천년장자에게 주었고, 천년장자가 다시 제 장자에게 넘긴 것이다. 그래서 백호는 천년장자에 대해서도, 백우에 대해서도 잘 알았다. 이 부자는 백호에게도 특별했다.

꽃에 대한 마음이 어떤 식으로든 각별하기는 한 모양이구나……. 백호는 그렇게 생각했다.

'그 꽃 때문에 안 좋은 일이 생기면 바로 물어 죽일 거다.'

찜찜한 허락이었다. 백우는 웃었다.

그래서 백호는 고양이로 모습을 바꾸고 이서 옆에 머물게 되었다. 처음에 백호는 이서의 행동을 주의 깊게 살폈다. 하지만 이서의 일과는 지극히 단순했다. 백우와 만나거나 새말선과 간단한 이야기를 나누고, 잘 먹고 잘 자는 게 전부였다. 가끔 혼자 곤륜산을 돌아다니기도 했지만 특별한 일은 전혀 없었다.

하지만 몇 가지 수상한 건 있었다.

천년계곡의 감씨—백호는 보자마자 그게 뭔지 알았다—와 버드나무 우듬지를 꺾어 만든 주술 주머니.

이서는 병적으로 그 둘을 소중히 간수했다. 씻으러 갈 때도 품에서 떼어 놓질 않았다.

지금도 마찬가지였다. 이서는 창가에 앉아 멍하게 밖을 바라보고 있었는데, 두 손에 주술 주머니를 꼭 쥐고 가끔 만지작거렸다. 그러다가 화들짝 놀라 마치 주머니가 제자리에 있는지 확인하려는 듯 제 손을 내려다보곤 했다.

이서는 가끔 백호를 쓰다듬기도 했는데, 자꾸 저를 애완동물 취급 하는 게 거슬렸지만 정체를 알리긴 싫었으므로 백호는 가만히 있었다. 그러면서 이서의 손을 바라보았다.

뺏어 볼까?

아님, 감추거나 태워 봐?

"야옹아."

백호는 결심했다. 한 번만 더 저 바보 같은 이름으로 부르면,

정말 저 주머니를 찢어 버리겠다고.

"장자님은 지금 뭐 하고 계실까?"

내가 아냐. 백호는 코웃음을 쳤다. 백우가 위험에 처하면 어느 정도 느낄 수는 있지만, 점쟁이처럼 그가 지금 뭘 하나 알아맞힐 수는 없었다. 그때 이서가 백호에게로 시선을 돌렸다. 그리고 작은 고양이의 몸을 쑥 들었다. 할퀴어 버릴까, 백호는 아주 잠깐 고민했다. 그러나 이서의 손은, 백우의 손과는 달라서 꽤 따뜻하고 부드러웠으므로 한 번 봐주기로 했다.

난 정말 너그러워. 백호가 자부하는 사이 이서는 백호를 무릎에 앉히고 머리를 쓰다듬었다.

"넌 사람으로 못 변하니? 새말선은 가끔 개로 변하기도 하는 것 같던데."

동물 사령과 날 똑같이 취급하다니. 백호는 불쾌해졌다. 동물 사령과 신수는 완전히 달랐다. 백호는 이번에야말로 이서의 손을 콱 물어 버릴까 했지만, 그때 마침 이서가 제 등허리 털을 부드럽게 쓰는 바람에 기회를 놓쳤다.

"오늘은 안 오시려나? 바쁜가? 내가 가 볼까?"

가든지 말든지.

"좀 있으면 점심때잖아. 가서 같이 먹자고 할까?"

백호는 아무 의미 없이 고개를 털었다. 좀 간지러워서 그런 건데, 이서는 무슨 대답이라도 들은 양 시무룩해졌다.

"맞아……. 역시 바쁘겠지? 시간을 관리한댔나? 바쁠 거야."

이 기막힌 자문자답을 들으면서, 백호는 앞으로도 절대 자기가 말할 수 있다는 걸 들키지 않겠다고 다짐했다. 이서는 또 혼자 무슨 생각을 하는지 멍해졌다.

언젠가, 패율선이 이서에게 말했다. 그저 부친의 선물이니 소중히 여기는 것뿐이라고. 장난감을 소중히 여기는 소년이라고 생각하면 마음이 편할 거라고 했다. 이서도 율선의 말을 이해했다. 그리고 그 이해가, 그녀는 괴로웠다.

백년장자는 분명 그녀에게 아무 감정도 없을 것이다. 있다 해도 아버지의 선물을 중히 여기는 효심 정도겠지. 그게 이서를 불안하게 만들었다.

"장자님은 뭘 좋아할까?"

이서는 눈부신 곤륜의 풍경을 바라보며 중얼거렸다. 백호는 '너.' 라고 대답하려다 참았다. 확실히 백우의 태도는 모호한 데가 있었다.

백우가 이서에 대해 모르듯, 이서도 백우에 대해 몰랐다. 그가 뭘 좋아하는지, 뭘 원하는지, 그런 건 전혀 알 수 없었다. 그저 아버지와의 관계가 무척 원만치 못하다는 것 정도. 그것이 백우의 마음을 갉아먹고 있다는 것 정도. 그리고 자신이 백우에게 치명적인 거짓말을 하고 있고, 백우는 그걸 까마득히 모른 채 너무나 정중하고 친절하다는 것 정도가 알고 있는 전부였다.

진실을 알면.

내게 뭐라고 할까……

그때, 밖에서 새말선이 들어왔다. 이서가 의아한 얼굴로 고개를 돌렸다.

"손님."

이러면 안 되는 걸 알면서도, 이서의 가슴이 기대로 뛰었다.

"장자님이 오셨어요."

이서는 재빨리 고양이를 안고 벌떡 일어섰다. 그리고 주머니가 제 손에 잘 있나 확인하고, 그걸 품에 집어넣었다. 그리고 새말선을 내보내 잠깐만 기다려 달라는 말을 전하게 하고, 허둥지둥 면경(面鏡)을 확인했다.

그리고 이서는 직접 문을 열었다. 밖에 백년장자가 서 있었다. 평소와 같은 표정이었다.

하지만 백우의 마음은 평소와 같지 못했다. 그가 보기에, 이서는 오늘 유난히 들떠 보였다. 나갈 준비를 하던 중이었나? 백우는 흘긋 백호를 보았지만 신수는 도움을 주는 대신 귀찮아하며 눈을 감아 버렸다.

"무슨 일이세요?"

사실 백우는 백년궁 이야기를 하러 왔다.

선계 최고의 건축가이자 신이기도 한 황우양으로부터 편지가 도착했다. 백년궁이 거의 다 지어졌으니 한번 확인하러 오라는 거였다. 지난번보다 넓게 지은 데다 공간 효율도 한결 나아진 만큼 직접 보고 다시 옮겨 올 준비를 하라는 것 같았다. 그래서 잠시 자리를 비우게 되었는데, 꽃에게 말해 두는 게 나을 것 같았다.

하지만 이서가 반기는 얼굴로 용건을 묻자 백우의 마음이 바뀌었다.

"백년궁이 거의 다 지어졌다고 합니다. 한번 보러 갈까 하는데……. 같이 가시겠습니까?"

"어……. 그래도 되나요?"

"네. 거기 잠시 들렀다가, 바로 천년계곡으로 출발할까 합니다."

이것도 방금 세운 계획이었다. 원래 백우는 이서를 곤륜산에 이대로 두고 혼자 부친의 천년계곡에 다녀오려 했다.

"천년계곡에요?"

어째서인지, 이서는 단번에 불안한 얼굴이 되었다. 그러더니 곧 애써 표정을 감추고 물어 왔다.

"무슨 일 있나요?"

"곧 부친의 탄일입니다. 매해 찾아뵙곤 하죠."

아. 이서는 고개를 끄덕였다. 하지만 선뜻 그러자고 말할 수가 없었다. 가면 천년장자도 만날 테고, 유보랑도 있을 거다. 이서는 지금 주술 주머니로 제힘을 억누른 상태였다. 만약 유보랑이 그걸 알게 된다면……. 아니면 백우에게, 자신이 천년장자의 소유가 아니라 유보랑의 것이라는 걸 들키기라도 하면?

백우는 이서가 망설이는 것을 보았다.

이전 같았으면 먼저, 내키지 않으면 거절해도 된다고 말해 줬을 것이다. 그러나 백우는 그러고 싶지 않았다. 부친이 준 선물이기 때문에 이서를 그 앞에 데려가고 싶은 건 아니었다. 백우는 이서와 함께 있고 싶었고, 자신이 유년을 보낸 곳을 보여 주고 싶었다. 아름다운 추억만 있는 것은 아니었지만.

"다른 사람들은 같이 안 가나요?"

이서는 영 가기가 싫은 모양이었다. 백우는 고개를 저었다. 조금 가라앉은 목소리를 꾸며 냈다. 본래 이렇게 계산하고 움직이는 편이 아닌데, 그는 스스로에게 약간 놀랐다.

"대체로는 패율선과 저 둘만 갑니다. 어차피 저에 대해선 많이 들으셨을 테니 털어놓자면, 아버지와 제 관계가 그리, 원만치만은 못해서요."

이서는 눈을 동그랗게 떴다. 아무렇지도 않은 척 말하는 백우의 얼굴이, 몹시 가엽고 지쳐 보였다.

어쩌면 이 사람은 의지할 데가 필요한지도 모른다. 아니면 부친의 선물인 자신을 데려가 성의를 보이려는 건지도.

당연히 거절해야 하는데, 입이 떨어지지 않았다. 여기서 거절의 말을 내는 것이 백우에 대한 치명적인 배신처럼 느껴졌다. 지나친 감상인 걸 알면서도 이서는 백우의 얼굴에 흔들렸다.

불쌍한 표정이 통하는 걸 안 백우는 그 연기를 계속했다. 원래 이런 건 아무렇지도 않은 척 말해야 효과가 좋은 법이다.

"물론 그런 곳에 가는 게 불편하시겠지만……."

"아니요."

이서는 백우가 던진 낚시찌를 덥석 물었다. 월척. 백우는 역시 식인어보다는 이쪽이 좋다고 생각했다.

그리고 대어 이서는 자신의 눈치를 살피는 듯한 백우의 모습에 마음이 약해질 대로 약해졌다. 백년궁으로 나오기 전까지 백우가 얼마나 외로웠을까, 상상해 보면 가슴이 아팠다. 힘이 되어 주고 싶다. 난 아무것도 해 줄 수 없겠지만.

"하지만, 저⋯⋯."

이서가 어렵게 말을 꺼냈다. 뭔가 부탁할 것이 있는 모양새라, 백우는 뭐든 들어주겠다고 다짐했다.

"천년장자님이나 그⋯⋯ 나머지 가족들은 뵙지 않았으면 해요. 물론 인사 정도는 드려야겠지만."

이서가 흘끗 백우의 표정을 살피며 덧붙였다. 백우는 고개를 저었다.

"불편하시면 만나실 필요 없습니다. 아버지께서도 개의치 않으실 겁니다."

안심한 기색을 감추지 못하는 이서를 보며 백우는 처음으로 그녀와 천년장자의 관계를 묻고 싶어졌다. 아버지는 어머니를 너무나 사랑했으나 어느 순간 어머니에게 해를 끼치고 다른 여자들을 찾기 시작했다. 첩 유보랑도 그중 하나였다. 어쩌면 아버지가 이서에게도 그런 시선을 보냈을까.

잘 숨겨서 데려가야지. 백우는 다짐했다.

마침 이서도 비슷한 생각을 하고 있었다. 잘 숨어서 들어가야지.

"혹시 지금 바쁘세요?"

이서가 조심스레 물었다. 백우는 생각하지도 않고 고개를 저었다. 이서는 잠깐 백우의 얼굴을 살피다가, 조금 어색한 얼굴로 권했다.

"점심 아직 안 드셨으면, 같이 드실래요?"

거절당할까 봐 가슴이 뛰었다. 다행히, 백우는 이서를 오래 기다리게 하지 않았다. 그는 기다렸다는 듯 웃으며 대답했다.

"네."

그리고 잠시 후, 창밖을 보던 패율선은 밖에 함께 앉은 이서와 백우를 보고 경악했다. 둘은 이서가 그네 타던 나무 아래 앉아 음식을 널어놓고, 소풍이라도 나온 것처럼 즐거워하고 있었다. 무슨 얘기를 하는지 너무 멀어 들리지 않았다. 패율선은 그들 근처에 있는 새말선을 발견하고 일단 궁 밖으로 나왔다.

새말선도 율선을 보고 기다렸다는 듯 가까이 다가왔다. 그리고 놀란 얼굴로 묻지도 않은 자초지종을 설명했다.

"아니, 장자님이 굳이 밖에서 드시겠다는 거예요. 그래서 제가 저기까지 음식을 갖다 날랐다니까요. 손님은 안에서 먹어도 괜찮다고 했는데 장자님이 한 번도 밖에서 식사한 적 없지 않느냐면서 막……."

"내가 말했잖아."

율선은 심각한 얼굴로 저 멀리의 둘을 바라보며 중얼거렸다.

"사모꽃이 분명해."

선계 역사에 길이 남을 헛다리였다. 이서와 백우를 가까이서 지켜본 새말선도 뒤따라 힘차게 헛다리를 짚기 시작했다.

"정말 그런가 봐요. 솔직히 우리 장자님 지금까지 여자랑 둘이 밥 먹은 적 없잖아요."

"저것 봐, 아주 눈에서 꿀이 뚝뚝 떨어지네."

너무 멀어서 백우의 눈빛은 잘 보이지도 않았다. 하지만 율선의 헛다리는 튼튼했다.

"아악, 지금 머리 쓰다듬었어!"

"으아악!"

머리에 뭐가 붙어서 떼어 준 것뿐이었다. 하지만 둘의 망상은 점점 커져 갔다.

"게다가 제가 들으니 벌써 천년장자님께 인사를 시키려나 봐요!"

"뭐?"

"왜 곧 천년장자님께 가셔야 하잖아요. 근데 얘기하는 거 들어 보니까 둘이 같이 간대요. 원래는 사령 몇 명이랑 보좌님 정도만 데려가시잖아요!"

율선의 얼굴에서 푸시시 김이 샜다. 그는 이 순진한 개 사령을 내려다보았다. 새말선은 정말, 백우가 이서를 천년장자에게 인사 시킬 거라고 믿는 모양이었다. 하지만 율선은 누구보다도 잘 알았다. 백우는 천년장자에게 말도 제대로 붙이지 못한다. 그런 그가 뭘 어쩐다고?

"그런 건 아니겠지. 하여튼 헛다리는."

새말선은 발끈했다.

"무슨 말씀이세요! 누가 헛다리 짚고 있는지는 두고 봐야 알죠!"

두 튼튼한 헛다리의 싸움은 백우와 이서가 식사를 마칠 때까지 계속되었다. 그리고 멀리서 율선과 새말선의 다툼을 지켜본 백우와 이서는 이런 대화를 나누었다.

"보좌님이랑 새말선이 참 사이좋네요."

"그러게요. 요즘 더 가까워진 것 같습니다."

이서는 고개를 돌려 백우를 보았다. 미풍에 그의 머리카락이 살랑였다. 청의를 입은 백우는 단정하고 수려했다. 여러모로 눈이 가는 사람이다. 이서가 그렇게 생각한 순간, 백우가 눈길을 돌렸다.

눈이 마주치자 이서는 바로 그 시선을 피했다. 그러면서 스스로도 그 이유를 몰랐다. 그녀는 빈 찬합을 주섬주섬 정리하는 척했다.

"이만 들어갈까요? 백년계곡으로 가시려면 준비도 해야 되고……."

"네, 그러죠."

멀리서 패율선과 새말선이 여전히 싸우고 있었으므로, 이서는 자기가 직접 찬합을 챙겨 들고 일어섰다. 백우가 자연스럽게 따라오면서 이서의 손에서 찬합을 가져왔다. 그러면서 평이한 어조로 말을 건넸다.

"같이 가 주셔서 감사합니다."

천년계곡 얘기인 모양이었다. 이서는 얼른 고개를 저었다.

"아니요. 별일도 아닌데요."

사실 엄청난 별일이었지만 이서는 백우와 가고 싶었다. 이곳에 서왕모와 남아 있기도 싫었다. 그런 이서를 보는 백우의 입가에 엷은 미소가 번졌다.

"그래도요."

이서는 아무 대답도 하지 못했다. 그렇게, 곤륜산을 떠날 날이 다가오고 있었다.

5장
그대 뜰에 피는 꽃

백우는 떠나는 날을 정하기 위해 서왕모를 찾았다. 서왕모는 이서와 율선, 새말선만 데리고 떠나겠다는 백우의 말을 들으며 고개를 끄덕였다. 백년궁이 완전히 재건될 때까지 식솔들을 부탁한다는 거였다. 곤륜산은 넓으니 서왕모는 상관없었다. 다만 마음에 걸리는 건 하나 있었다.

"이서 말이다. 그 꽃을 데려갈 거니?"

"네."

"다시 생각해 보는 건 어떨까 싶구나."

백우는 어리둥절한 얼굴이었다. 대체 왜 그 꽃을 거기까지 데려가겠다는 건지. 그 꽃은 무슨 생각으로 따라가겠다고 한 건지. 서왕모는 이 앞일 모르는 남녀의 마음이 걱정스럽고 한심하고 어여뻤다.

진정 이서가 사모꽃이라면 일이 커지겠구나⋯⋯. 서왕모는 정해진 날짜에 곤륜산 밖으로 나가는 길을 열겠다고 말하고 백우를 내보냈다.

혼자 남은 서왕모는 이서의 얼굴을 떠올렸다. 말갛고 순진한 얼굴. 겁도 많고 어딘지 확신이 없는 듯한 꽃이었다. 꽃감관이 교룡까지 보낸 걸 보면 각별히 마음을 쓰고 있는 듯도 하고.

"이서를 불러오렴."

서왕모의 어깨에 앉아 있던 청조가 포르르 날아갔다. 그리고 잠시 후, 이서는 얼굴이 창백해져선 서왕모를 찾아왔다. 곤륜산에 와서 서왕모가 직접 이서를 부른 건 처음이었다. 서왕모는 소리라도 한번 지르면 경기할 것 같은 어린 꽃을 보며 마음이 복잡해졌다.

백우가 이런 애를 마음에 두었다고?

"천년계곡에 가기로 했다면서."

"네."

이서는 바짝 긴장해서 대답했다. 그 대답이 부족하다고 여겨졌는지, 눈치를 보며 다시 한번 "네, 왕모님." 하고 덧붙이기도 했다. 서왕모는 과연 이서가 백우를 감당할 수 있을까 다시 가늠해 보았다. 하지만 가능성은 희박해 보였다.

"백우가 마음에 드니?"

백우에게도 했던 질문이었다. 이서는 눈을 동그랗게 뜨더니, 눈치를 보며 고개를 저었다.

"전 그런 생각은 안 해요. 장자님은 백년계곡을 다스리는 선인이고, 전……."

　씨알도 안 먹힐 거짓말이었다. 서왕모는 가만히 이서를 바라보았다. 이서는 그 시선 앞에 쩔쩔맸다. 과연, 가여워 보이긴 했다. 백우는 가여운 아이를 좋아하는가. 누굴 닮아선 참 취향도 독특하지. 서왕모는 혀를 찼다.

　"이서야."

　서왕모가 처음으로 이서의 이름을 불렀다. 하지만 이서는 전혀 알아차리지 못하고 대답을 내놓기에 바빴다.

　"이런 말 하긴 그렇지만, 백우는 가여운 애란다. 여덟 살 무렵에 어머니가 사라지고 세상에서 자기를 제일 사랑해 주던 아버지가 갑자기 등을 돌렸지."

　서왕모는 이서도 이 정도는 알 거라고 생각했다.

　이서도 천년장자와 백우의 관계에 대해서는 어느 정도 짐작하는 바가 있었으므로 고개만 끄덕였다. 그러면서 서왕모가 왜 갑자기 이런 이야기를 하는지 궁금해했다.

　"그래서 그 애는 다른 사람이 자길 외면하는 걸 두려워해. 백우가 괜찮아 보일 수도 있지만 외면당하는 일에 익숙해지는 사람은 없지 않겠니. 그래서 그 앤 마음을 준 사람들에게 유난스럽지. 잘 헤어 나오질 못해."

　"네……."

　"백우가 널 대하는 태도가 심상치 않더구나. 만약 백우가 네게 마음을 준다면 어떤 일이 벌어질지 알겠니?"

　이서는 눈을 깜빡였다. 바닥에 시선을 고정한 채. 백우가 내게 마음을……. 잘 상상이 가지 않았다. 꿈에서는 다정했지. 찬 몸을 안고 입을 맞춰 주었다. 안아 달라고 어리광을 부려도 귀찮다고 내치지 않았어. 그게 그냥 꿈이라는 게, 아쉬웠다.

"만약 백우가 정말 널 사모하게 되고, 네게 집착하기 시작한다면, 이서야."

"……."

"넌 절대 아무 데도 못 간단다."

서왕모가 아주 태연하게 그 말을 해서 이서는 잘 알아듣지 못했다. 하지만 서왕모는 확신했다. 백우가 정말 이서에게 마음을 준다면. 이서가 자기를 받아들였다고 생각한다면. 마음이 통했다는 확신이 생기고 이서를 자기 사람으로 여기기 시작한다면.

"대모인 나라도 백우에게서 널 빼앗을 수 없을 거고, 천제가 명령해도 백우는 따르지 않을 거야."

"장자님은 저한테 그런 마음인 게 아니에요."

이서는 간신히 고개를 저었다. 서왕모는 웃었다. 정말 순진하긴 하구나 싶었다. 서왕모가 믿지 않는 걸 알았는지 이서는 좀 더 구체적으로 설명했다.

"정말로, 장자님은 저한테 그런 식으로 관심을 둔 게 아니에요. 그냥 제가…… 천년장자님의 선물이라 잘 대해 주시는 것뿐이에요."

"나도 그러길 바라지만, 백우 마음은 네 생각이나 내 바람대로 되는 게 아니야."

정말 아닌데……. 이서는 이렇게까지 적극적으로 부인해야 하는 게 조금 쓸쓸했지만 아닌 건 아니었다. 백우는 원래 다정한 사람이고, 외로움이 많은 사람이다. 그래서 남들이 오해하는 것 같았다.

"조심하렴."

서왕모는 백우를 아주 좋아했다. 백우의 친모도 정말 좋아했다. 하지만 백우가 착한 아이냐고 묻는다면…… 글쎄, 어떨까. 서왕모는 쉽게 긍정의 답을 줄 자신이 없었다. 물론 서왕모는 종종 속을 알 수 없고 위험스럽고 의뭉스런 백우 그 자체를 사랑했다.

"내 말 잊지 말고."

이서는 고개를 끄덕였다. 어차피 백우가 자기를 사모하게 되는 날은 오지 않을 것이다. 누가 멸망꽃 따위를 사랑할까. 그러다 만약 들키기라도 하면 그만한 재앙이 없을 터다.

서왕모는 이서가 제 충고를 새겨듣지 않은 걸 알았지만 그 이상 말해 줄 수는 없었다. 아무 일이 없길 바랄밖에.

며칠 후, 서왕모는 백년궁으로 떠나는 백우를 전송했다. 백우는 착한 대자처럼 단정히 인사했다. 서왕모는 고아하게 웃으며 백우를 보냈다. 다음번에도 즐거운 얼굴로 만날 수 있으면 좋으련만. 떠나는 일행을 보며 서왕모는 긴 숨을 내쉬었다.

백우는 백년궁에 오래 머물지 않았다. 그는 황우양과 간단한 이야기를 나누고 새로 지은 백년궁을 한 번 둘러본 후 바로 학에 올라탔다. 이서가 보기에도 백년궁은 크게 달라진 게 없는 듯했다. 본궁의 내부만 보고 온 백우는 확실히 더 넓어졌다고만 말했다.

학에 올라타는 백우를 보며 이서는 말을 꺼낼 기회를 엿보았다. 따라붙는 이서의 시선을 느끼고 백우가 그쪽으로 고개를 돌렸다. 이서는 약간 어색하게 웃었다.

"저, 혹시 천년궁의 누가 마중을 나올까요?"

"그러진 않을 겁니다. 지금까지도 조용히 들어갔거든요."

백우는 당연하다는 듯 대답했다. 이서는 다행이라고 생각하는 한편 백우 때문에 마음이 무거워졌다. 아버지의 궁으로 가면서 마중을 기대하지 않는다. 평범한 일은 절대 아니었다.

이서는 품에 안은 고양이의 머리를 쓰다듬었다. 이서가 탄 학이 고양이를 태우지 않으려 해 잠시 애를 먹었다. 귀찮다는 듯 꼬리만 늘어뜨리고 있던 고양이가 한번 날카롭게 울자 학은 완전히 기가 죽은 기색으로 등을 내주었다.

백년계곡과 천년계곡은 멀지 않았다. 이서는 하늘에서 백년계곡을 내려다보았다. 처음 유보랑과 함께 백년계곡에 왔을 때, 얼마나 두렵고 한편으로는 설레었는지. 이서는 남몰래 백우에게 시선을 주었다. 백우는 속을 알 수 없는 얼굴로 앞만 바라보았다.

'만약 백우가 정말 널 사모하게 되고, 네게 집착하기 시작한다면.'

서왕모의 말이 떠올라 이서는 백우에게서 시선을 거두었다. 말도 안 되는 소리야.

곧 일행은 천년계곡 끝자락에 들어섰다. 천년계곡은 백년계곡보다 훨씬 더 크고 웅장했다. 정말 끝이 보이지 않는 영토였다. 백년계곡은 넓고 씩씩했고, 곤륜산은 신비롭고 우아했는데, 천년계곡은 광활하고 냉혹했다. 궁도 길도 모두 반듯하게 다듬어진 데다 곡선보다는 직선이 더 많았다.

일행은 곧 천년궁 앞에 멈추었다. 궁보다는 요새에 더 가까운 듯했다.

백우의 말이 옳았다. 마중 나온 사람은 아무도 없었다. 낯모르는 길손에게도 이렇게는 안 하겠다 싶었다. 백우가 온다는 소식을 들었을 텐데, 사령 하나도 눈에 띄지 않았다.

하지만 백우도 패율선도, 심지어 새말선도 그걸 이상하게 생각하지 않았다. 그들은 아무렇지도 않게 대문을 밀고 안으로 들어갔다. 방문할 때마다 머무는 거처가 정해져 있는지 백우는 척척 앞장섰다.

이서는 천년궁을 제대로 둘러보지도 못했다. 백년궁과 비슷한 느낌이긴 했지만 전각이 훨씬 더 크고 높아 위압적이었다. 이서는 허둥지둥 걸어 백우 뒤에 붙었다. 그러자 백우가 이서의 등에 손을 대며 걸음을 늦춰 주었다.

백우는 한 전각 안으로 들어가 장지문을 열었다. 율선과 새말선도 각자의 거처를 찾아 흩어졌다. 백우는 이서부터 안으로 들여

보냈다. 끝이 안 보일 정도로 긴 복도와 까마득히 높은 천장을 보며 정신을 못 차리던 이서는 얼른 방 안으로 들어갔다.

"마음에 드십니까?"

백우가 물었다. 이서는 방을 제대로 둘러보지도 않고 고개를 끄덕였다. 머무는 방도 무척 넓었다. 천장이 너무 높아서 어색하긴 했지만, 침구며 탁상까지 잘 갖춰진 곳이었다. 다만 어쩐지 차갑고 삭막한 느낌이었다. 먼지 한 톨 없는데도, 창호지를 덧댄 창문으로 햇빛이 드는데도, 이곳은 낯설고 서먹했다.

"혼자 있기엔 좀 큰 것 같네요."

이서는 몸부림치는 고양이를 바닥에 내려 주며 말했다. 백우로부터 무언가 대답이 돌아올 줄 알았는데, 의외로 그는 말이 없었다. 그제야 이서는 그가 여전히 문가에 서 있다는 걸 의식했다.

"양해를 구하고 싶은 일이 하나 있습니다."

이서의 시선을 받자, 백우가 입을 열었다.

"천년궁 쪽에서는 저와 패율선, 새말선 정도만 오는 걸로 알고 있습니다. 방을 하나 더 내 달라고 요청할 수는 있지만 손님이 원하지 않으시는 것 같아서 이야기하지 않았습니다. 그래서, 혹시 괜찮으시다면……."

이서는 그 뒤에 무슨 말이 나올지 예상했다. 새말선과 함께 지내야겠구나. 불편할 수도 있겠지만 유보랑에게 들키는 것보단 나았다. 천년장자도 유보랑도 마중조차 나오지 않을 정도로 백우에게 냉랭하니, 새말선과 있어도 들킬 염려는 적을 것 같았다.

"여기서 같이 지내는 건 어떻겠습니까?"

백우가 너무 주저하며 말해서, 이서는 오히려 더 당황했다. 새 말선과 지내는 게 뭐 그렇게 큰일이라고 저렇게 말하지? 오히려 환대받지 못하는 곳에 혹까지 달고 와 준 백우에게 감사해야 할 일이었다. 이서는 얼른 고개를 끄덕였다.

"네, 저도 그 편이 더 좋아요. 마음 써 주셔서 감사해요."

"그럼 짐은 이쪽으로 옮기겠습니다."

"네?"

이서는 눈을 동그랗게 떴다. 새말선은 아까 다른 곳으로 갔기에 당연히 그쪽으로 이동해야 한다고 생각했던 것이다. 아니면 방을 바꿔 주려는 건가? 그럴 필요 없는데. 이서는 난처한 얼굴로 고개를 저었다.

"그러실 필요 없어요. 제가 옮기면 돼요."

"짐을 옮기시겠다고요?"

백우는 당연히 의아해졌다. 이서의 짐은 많지 않았지만 그래도 꽤 무거운 나무 상자에 들어 있었다. 옷장 크기의 상자를 번쩍 들어서 옮기는 이서라니, 잘 상상이 가지 않았다. 사실은 힘셀꽃 같은 건가? 백우가 근육이 불끈불끈 솟는 이서를 상상하는 동안 이서는 이서 나름대로 당황하고 있었다.

"네, 뭐, 짐도 옮기고요……."

"도와 드리겠습니다."

혼자 옮기다간 반드시 허리가 나갈 것이다. 백우는 확신했고 이서는 백우의 말을 또 이해하지 못했다.

"아, 그냥 걸어가도 되는데요."

어딜 걸어가? 짐 있는 곳까지? 백우는 고개를 저었다.

"걸어가도 너무 무거워서 혼자는 안 됩니다."

뭐가 무거워? 내 몸이? 이서는 어색하게 하하 웃었다. 나 요즘 살쪘나? 많이 먹긴 했지?

"전 무거워진 거 못 느꼈는데……. 티 나나요?"

이 기막힌 만담을 듣고 있던 백호는 보료 위로 올라가 몸을 뻗고 앉았다. 흥미진진했다. 팟곤(哱琨, 흥미진진한 것을 보며 먹는 음식)이라도 있으면 좋을걸. 백호는 길게 늘어져, 두 사람이 언제 서로의 말을 알아듣나 지켜보았다.

"(상자가) 무거워 보이던데요."

"아, 요즘 (몸이) 좀 무겁긴 했는데……."

"(상자를) 지고 오던 학도 무거운 기색이었고요."

"아. 역시 좀 덜 먹을 걸 그랬죠?"

이서는 민망한 얼굴로 웃었다. 무슨 소리지? 백우는 어리둥절해서 대답하지 못했다. 그 침묵을 긍정이라고 생각한 이서는 앞으로 정말 소식하겠다고 다짐했다. 무거워 보이긴 싫었다.

"무슨 말씀이신진 모르겠지만…… 덜 드실 필요는 없을 것 같은데요. 어쨌든 여기 계시면 제가 사령들을 시켜서 짐을 가져오겠습니다."

"아, 네. 전 다른 사람 눈에 띄면 안 되겠죠? 미리 새말선 방에 가 있을까요?"

"네?"

"……네?"

와, 드디어. 백호는 뒹굴 한 바퀴 몸을 굴렀다. 배를 드러낸 채 머리를 거꾸로 젖혀 두 사람을 바라보았다. 이서와 백우는 한참 말이 없었다. 둘 다 어디서부터 무엇이 잘못됐는지 더듬는 모양이었다.

"아, 아닌가요? 새말선 방엔 나중에 갈까요?"

"새말선 방에 왜 갑니까?"

"아까, 거기서 지내라고……."

이서가 말을 흐렸다. 아니, 정확히 새말선과 지내라는 말은 아니었던 것 같기도 하고.

"제가 말을 제대로 못 한 모양입니다. 새말선과 같은 방에서 지내라는 뜻으로 이해하신 겁니까?"

그쯤 되자 백우도 이서도 서로가 한참 전부터 딴소리를 하고 있었다는 걸 깨달았다. 이서는 당황해서 고개를 끄덕였다.

"어, 네……. 아닌가요?"

"아닙니다."

그럼 무슨 뜻인데? 이서는 영문을 모르겠단 얼굴로 백우를 올려다보았다. 백우는 좀 더 정확히 말해야 할 필요성을 느꼈다.

"제 말은, 손님이 저랑, 이 방에서 함께 지냈으면 한다는 뜻이었습니다."

아.

이서는 그 정도 소리밖에 낼 수 없었다. 백우는 그 이상 부연하지 않았다. 새말선의 방은 넓지 않아 지내기 불편할 거라든가, 다른 사령들이 천년궁 일정을 전하러 종종 드나드니 위험할 거라든가, 그런 말은 일절 꺼내지 않았다.

그저 어쩔 줄 몰라 굳어진 이서를 향해 조심히 물음을 건넸다.

"싫으십니까?"

그리하여 이서는 백우와 함께 지내게 되었다.

방은 충분히 넓었고 농에는 요와 이불이 넉넉하게 들어 있었다. 음식도 지나치다 싶을 정도로 많이 들어왔다. 상을 가져오는 사령들은 굳이 안으로 들어오지 않고, 문밖에다 상을 두고 알린 후 사라졌다.

다시 갇혀 지내는 일상의 시작이었다.

하지만 이서는 전처럼 우울하거나 무료하진 않았다. 백우와 백호가 내내 옆에 있었고, 종종 새말선도 들렀다 갔다. 한 번은 백우와 율선이 뭔가에 골몰하기에 뭘까 싶어 슬쩍 보기도 했다.

나무로 깎아 만든 지도였다. 이서는 백호를 쓰다듬으며 그쪽을 흘끗거렸다. 나무로 만든 지도라니. 들어 본 적도 없었다. 커다란 앉은뱅이 식탁만 한 지도였는데, 단순한 지도가 아니었다. 산이 솟아 있고 나뭇결이 움직여 물결처럼 보이는 곳도 있었으며, 조금씩 움직이는 땅도 있었다.

"알려 드릴까요?"

이서는 퍼뜩 정신을 차렸다. 백우가 약간 미소를 띤 채 자기를 보고 있었다. 백우만 그런 게 아니었다. 백우 맞은편에 앉아 있던 율선도, 옆에서 차를 따르던 새말선도 이서를 바라보았다. 시선이 집중되자 이서는 당혹해서 고개를 저었다.

"아, 아니요."

"궁금하신 거 아닙니까?"

이서는 애매하게 웃었다. 백우는 잠깐 그런 이서를 보더니, 지도에서 뚝 커다란 산 하나를 떼어 냈다. 역삼각형 모양이었다. 백우는 그걸 내밀며 이서에게 말했다.

"보셔도 됩니다."

곤륜산이다.

산의 모양만 보고도 알 수 있었다. 이서는 더 사양하지 않고 가까이 다가가 곤륜산 모형을 받았다. 짙은 빛깔. 무겁거나 거칠지 않았다. 잘 다듬은 조각처럼 매끄러웠다. 이서가 서 있기만 하자, 백우가 부드럽게 이서의 손목을 잡아 곁에 앉혔다. 제가 앉은 보료 위였다.

"이걸 여기 이렇게 끼우면."

백우가 이서의 손을 잡고 움직였다. 부자연스럽게 비어 있는 자리로 곤륜산을 가져가자, 달각, 소리가 났다. 산이 다시 고정되었다.

"다시 뺄 수도 있고요. 다른 걸 드릴까요? 백년궁도 있습니다."

백우가 지도 한쪽을 손가락으로 가리켰다. 곤륜산과 꽤 떨어진 곳에, 백년궁이 보였다. 반듯하고 단정한 백년궁의 본전. 재건이 잘되고 있다니 다행이야, 이서는 그렇게 생각하며 백년궁으로 손을 뻗었다.

그런 식으로 이서는 한참 지도를 가지고 놀았다. 백우는 아주 다감한 목소리로, 이따금 그녀의 손을 이끌거나 고개를 그녀 쪽으로 기울이며, 지도를 어떻게 사용하는 것인지 알려 주었다.

"이걸 살피면서 시간에 문제가 생기지 않는지 보는 겁니다. 보통은 이것보다 훨씬 큰 지도를 사용하지만, 그건 백년궁이 무너질 때 손상돼서 복구 중이거든요. 이 정도 크기로도 충분히 살필 수 있죠."

"무슨 표시가 나타나나요?"

"정해져 있는 건 아닙니다. 시간 그림자나 시간 유사가 생기면, 갑자기 지형이 변하기도 하고 안개가 나타나거나 조각이 빨려 들어가기도 하죠."

이서는 고개를 끄덕였다. 한번 보고 싶은데. 하지만 시간에 문제가 생기는 건 좋지 않았다. 이서는 문득, 예전에 백년궁에서 봤던 어린 백우를 떠올렸다. 그것도 시간 그림자라고 했지. 백우는 자신의 기억에서 나온 거라고 했지만, 이서는 알고 있었다. 그건 이서가 기억하는 어린 백우였다.

"시간 그림자가 생기면 매번 전처럼 잡으시나요?"

"전처럼?"

"저희 백년궁에 있을 때요. 그때 장자님 시간 그림자 봤잖아요."

백우는 그때를 떠올렸다. 기억이 났다. 난데없이 어린 자신이 나타나 놀랐다. 그것이 이서를 시간 유사로 끌어들이려는 듯 손을 뻗고 있어서 더욱 놀랐고.

"항상 직접 갈 수는 없습니다. 보통은 그 땅을 다스리는 신이나 신선에게 연락을 하죠. 그래도 해결되지 않으면 직접 가지만요."

그 이후 백우는 시간 그림자나 시간 유사가 생기는 이유는 여러 가지이고, 이유 없이 나타날 때도 있고, 그것들에 휩쓸려 목숨을 잃은 사람도 상당하다고 말해 주었다. 이서는 집중해서 들었다. 그러고 보면 왜 서천에는 한 번도 시간 그림자 같은 게 나타나지 않았을까?

"서천은 특별히 천제로부터 직접 보호받는 땅입니다. 아직 거기서 문제가 생긴 적은 없죠."

백우는 간단히 대답하며 이서를 보았다. 이서는 백우보다 앉은키가 조금 작았는데, 말간 눈으로 올려다보고 있으니 기분이 묘했다. 백우는 잠시 말을 멈추고 이서를 응시했다.

이대로 고개를 숙이면 어떨까?

저 어깨에 팔을 감고 가까이 끌어당기자. 놀랄 테니, 이마에 입을 맞추고, 앙증맞은 코에, 작은 입술에……

이서는 백우의 마음을 짐작조차 하지 못했다. 분명 당황하겠지. 이번에야말로 밀어 내면서 이러지 말라고 할지도 모른다. 정말로 피하게 되면?

"장자님, 차 좀 더 드릴까요?"

갑작스레 끼어든 목소리에 백우는 정신을 차렸다.

이 방에는 율선과 새말선도 있었다. 백우는 둘의 얼굴을 살폈다. 새말선은 아무것도 모르고 빈 백우의 찻잔에 시선을 고정한 채였다. 하지만 율선은 달랐다. 백우의 친우이자 심복인 그는 눈을 가늘게 뜨고 백우를 관찰했다.

"아니, 괜찮아."

기계적으로 입술을 움직여 대답하고, 백우는 먼저 율선의 시선을 피했다. 그제야 자기가 이서와 너무 가까이 붙어 있었다는 생각이 들었다. 지도를 보여 주고 이리저리 설명하면서 가까이 앉게 된 거라 지금까지 의식하지 못했다. 백우는 이서를 보았다. 이서는 지도를 살피다가 물었다.

"서천꽃밭은 어디 있나요?"

"이쪽입니다. 이 지도가 조금 작아서, 서천도 작게 표시되어 있죠."

서천꽃밭은 원래 넓은 땅이 아니라 작은 꽃 한 송이로 표시되어 있었다. 이서는 나무로 깎은 그 꽃을 들어 무슨 꽃인지 살폈다. 본 적 없는 꽃이네……. 여러 꽃이 섞여 있는 모양새였다.

"어릴 때, 잠시 서천꽃밭에 간 적이 있었습니다."

이서는 백우에게 고개를 돌렸다. 그리고 그 순간, 이서도 백우와의 거리가 너무 가깝다는 걸 깨달았다. 이제 와 뒤로 물러나는 것도 어색해 그대로 굳어졌다. 백우는 그런 이서를 보며 물었다.

"서천에 들르고 싶으시다면, 나중에 함께 갈까요?"

아. 이서는 고개를 끄덕였다. 하지만 한편으론, 백우와 함께 서천에 갈 일은 절대 없으리라 생각했다. 가서 꽃들이 멸망꽃이라고 수군거리기라도 하면? 그럼 이 평화는 산산조각 날 것이다. 새말선이 곁에 앉아 차를 따르고, 패율선이 빈둥거리는 모양새로 늘어져 있고, 백우가 다정하게 말을 걸어 주는 이 순간이, 지는 꽃처럼 향을 잃으리라.

"혼자 가도 괜찮아요. 바쁘실 텐데."

백우는 그 말에 대답하지 않았다. 대신 그는, 이서의 벽에 대해 생각했다. 이서는 가끔 이렇게 보이지 않는 벽을 세울 때가 있었다. 백우는 여전히 이서가 무슨 꽃인지 몰랐다. 묻겠다는 생각도 하지 않았다.

'전, 대답할 수는 없지만……. 장자님이 다치지 않았으면 좋겠어요. 그게 전부예요.'

모든 의문을 덮어 놓고 그 말만 믿을 뿐.

그때였다. 장지문 밖에서 낯선 목소리가 들렸다.

"백년장자님. 문천성입니다."

모두가 일제히 반응했다.

이서는 낯선 사람의 목소리에 놀라 벌떡 일어났다. 두리번거리며 숨을 곳부터 찾았다. 백우도 마찬가지였다. 그는 서둘러 장롱 문을 열더니 그 안으로 이서를 들여보냈다. 패율선과 새말선은 두 사람의 난리를 이해하지 못했지만 문천성이라는 이름에는 반응하여, 긴장한 기색으로 허리를 곧추세우고 앉았다.

"문천성은 아버지의 보좌입니다. 잠시만 들어가 계십시오."

속삭이고, 백우가 문을 닫았다.

이서는 어두운 장롱 안에서 숨을 죽였다. 너무 놀라서 심장이 쿵쾅거렸다. 손끝에서도 맥박이 느껴질 정도였다. 곧 자리를 정리하는 소리가 들렸고, 들어오라고 말하는 소리가 뒤를 이었다.

장지문은 정말 소리도 없이 열렸다. 문천성이라는 남자의 목소리가, 아까보다 훨씬 더 가까운 곳에서 들려왔다.

"인사가 늦었습니다."

"아니요, 괜찮습니다. 무슨 일로 직접 오셨죠?"

백우의 목소리는 의외로 평온했다. 하지만 평소와는 조금 달랐다. 위화감. 건조한 듯도 하고.

문천성은 대답하기 전에 율선과 새말선을 내보냈다. 기분 탓인지 방이 한층 고요해진 것 같았다.

"유보랑이 한번 만나고 싶다는 말을 전하게 했습니다."

가슴이 철렁했다. 이서는 자기도 모르게 두 손으로 입을 막았다. 숨소리라도 새어 나갈까 두려웠다. 천년장자의 첩인데 아무런 경칭도 없이 불리는 게 이상하다는 생각조차 들지 않았다. 이서는 돌이라도 된 것처럼 꼼짝도 하지 않고 밖의 소리에만 집중했다.

"알겠습니다. 제가 갈 테니 부르라 하세요."

백우의 대답을 듣고, 이서는 아까 느낀 위화감의 정체를 깨달았다.

백우는 동요한 것이다. 그는 기대했다가 실망한 게 분명했다. 아주 미세한 변화였지만, 이서는 알 수 있었다. 느낄 수 있었다. 이유도 모르고, 이서는 제발 그가 천년장자에 대해 묻지 않길 바랐다.

"아버지께선 그에 대해 아십니까?"

"네. 유보랑이 물었을 때 마음대로 하라고 하셨습니다."

"다른 말씀은 없으셨고요."

"네."

문천성은 즉답했다. 거의 냉정하게 느껴질 정도였다. 하지만 그가 특별히 악의를 품은 건 아니었다. 백우의 침묵 때문에 그 대답이 냉혹하게 느껴진 것뿐이었다.

"알겠습니다."

그가 아무렇지도 않다는 듯 답한다. 무슨 일인지, 문천성은 바로 나가지 않았다. 그러나 다른 말도 하지 않았다.

"애쓰지 않으셔도 됩니다."

백우는 덤덤한 목소리로 말했다. 곧, 문천성이 물러났다. 이번에는 장지문 닫히는 소리가 또렷하게 들렸다. 하지만 이서는 선뜻 밖으로 나갈 수가 없었다. 불안하기도 했고, 백우의 얼굴을 볼 자신이 없는 탓이기도 했다.

유보랑은 왜 백우를 죽이려 할까. 어차피 백우는 천년궁에 살지도 않는데. 단순히 전처의 아들이라서? 천년장자는 왜 백우가 자기 친자가 아니라고 믿을까.

난 정말 바보였어. 왜 아무것도 모르고, 아무 생각도 하지 않고, 무작정 유보랑을 따라나섰을까. 사람을 죽이는 게 어떤 건지 단 한 번도 제대로 생각해 본 적이 없었는데.

곧 문이 열리고 빛이 들어오며, 백우의 얼굴이 보였다.

역광 탓에 그 얼굴이 어두웠다. 이서는 장롱에서 나오지 못했다. 그녀는 꼼짝 않고 서서 백우를 올려다보았다. 얼굴이 분명히 보이지 않았다. 하지만 이서는 백우가 약간 미소 지은 걸 알 수 있었다.

"나오셔도 됩니다."

하지만 이서는 걸음을 뗄 수가 없었다.

"놀라셨군요. 문천성은 갔습니다."

백우는 태연했다. 상처받은 것 같지 않았다. 그는 왜 굳이 천년 장자 이야기를 물었을까. 다 알고 있었을 텐데. 오래도록 거절당해 왔다고 하지 않았나. 이유도 알려 주지 않고 외면한 아버지가 무어 그리 애틋하고 그립고 간절할까.

차라리 묻지 말지.

관심 없는 척해 버리지.

백우가 이서에게 손을 뻗었다. 이서가 하얗게 질린 얼굴로 자신만 보고 있자 걱정이 된 탓이었다. 일단 밖으로 나오게 할 생각이었다.

"죄송해요. 좀 놀라서……."

이서는 변명했다. 백우는 그런 그녀를 물끄러미 바라보았다. 이서는 어떻게 해야 할지 모르는 얼굴이었다. 매번 숨어 지내는 게 편할 수는 없겠지. 죄지은 것도 없는데. 백우는 그렇게 짐작했다.

그러면서도 곤륜산에 두고 올 걸 그랬단 생각은 안 드니 참 묘한 기분이었다.

그때 이서가 손을 뻗어 백우의 팔을 잡았다. 거의 힘이 들어가지 않아서, 잡았다기보다는 그저 닿았다는 느낌이 더 강했다.

"괜찮으세요?"

멈칫, 백우가 움직임을 멈추었다. 서툴기 짝이 없는 위로였다.

그런데도. 고작 그 한마디 뱉어 놓고 제 표정만 살피고 있는 이서인데도.

백우는 고개를 숙였다.

허락을 구하듯, 이마에 보드랍게 입을 맞추었다. 이서의 몸이 굳는 게 느껴졌다. 멈출 생각도 없으면서, 백우는 물었다.

"그때, 싫으셨습니까?"

속삭임. 이서는 고개를 저었다. 뭘 묻는 거지. 그런 게 아니에요. 그렇게 말하려고 했는데, 백우는 기다리지 않았다. 그대로 이서의 허리를 안고 머리를 받친 채, 입술을 겹쳤다.

읍, 하고 이서가 숨을 삼켰다. 놀란 탓인지 다리에 힘이 풀렸다. 백우는 그녀를 받아 안았다. 덜컹, 그대로 이서를 안으로 밀어붙였다. 이서는 제대로 서 있기 위해 백우를 안았다. 백우는 서두르지 않고 그녀의 입술을 열었다. 이서의 입은 기다렸던 것처럼, 준비했던 것처럼 따뜻했다.

이서의 벽을 허무는 듯한 느낌이, 백우의 전신을 덮쳤다. 그 투명한 벽이 사라지고 마침내 이서에게 건너간 것 같았다. 날 거절하지 않아. 날 받아들이고 있잖아. 그 생각이 백우의 머리를 뜨겁게 달구었다. 내 걸로 만들자. 서천으로든 어디로든 떠나지 못하게 하자.

지금.

바로 여기서.

이서도 백우의 갈증을 느꼈다. 그는 지금 매달리고 있었다. 이서는 그 어린아이 같은 절박함을 느낄 수 있었다. 내게 마음을 두었다면. 이서는 백우를 안으며 생각했다. 생각했다기보다는 있는 그대로 느꼈다. 이 사람이 내게 마음을 두었다면. 그게 정말이라면.

받고 싶다.

그 마음을 가지고 싶다.

바로 그 순간에는 수레멸망악심의 시취도, 징그러운 꽃잎의 반점도, 유보랑도 사라졌다. 내게 양심이라는 게 있다면 지금 사실을 털어놔야 한다. 금구의 언약 때문에 불가하다면 다른 수를 써서라도. 그러나 이서는 그러지 않았다. 지금, 오직 백우만이 빛과 색과 향을 갖고 있었다. 이서는 그의 빛에, 색과 향에 젖고 싶었다. 다른 건 어떻게 되든 좋았다.

잠시 입술이 떨어졌을 때, 백우가 속삭였다.

"가지 마세요."

여기 있는 게 힘들어도. 당신이 무슨 이유로 왔든. 서천이 그리워도. 내가 싫어져도.

잦아드는 목소리였다. 이서는 답하듯 그의 품에 고개를 묻었다. 가슴이 마구 뛰었다. 앞뒤를 설명하지 않아도, 백우가 뭘 말하는지 알 수 있었다. 이서는 대답했다.

"안 갈게요."

거짓에 물든 입술로 뱉는 약조는 얼마나 허망한지. 그러나 이서는 약속다. 그리고 가슴으로 한 가지를 더 다짐했다.

이 사람을 죽이지 않아.

그럴 수만 있다면 뭐든 하겠어.

그리고 그 순간, 이서는 제 몸이 뜨겁게 달아오르는 걸 느꼈다. 기이한 열기였다. 백우의 등에 닿은 이서의 손등이며 옷깃에 가려진 목덜미까지 검은 반점이 번졌다. 하지만 둘 다 그걸 보지 못했다.

뜨거워. 이서는 생각했다. 하지만 백우가 그 열기를 알아차리기 전에, 그녀의 몸에서 반점이 걷혔다. 이서는 여전히 백우에게 안겨 있었다. 모든 것이 이대로 무사하고 안온할 것 같다는, 또 다른 꿈을 꾸면서.

당연히 유보랑은 뭔가 이상하다고 생각했다.

그녀가 진성에게 듣기로, 수레멸망악심꽃은 가장 강력한 꽃이었다. 유보랑은 진성과 질척거리는 과거가 있었고 그것 때문에 진성은 유보랑과 거리를 두고 싶어 했지만, 꽃감관으로서 찾아온 사람에게 꽃에 대해 설명할 의무를 소홀히 하진 않았다. 진성의 설명에 따르면 수레멸망악심꽃의 능력은 아주 위험하고 변덕스러워서, 반드시 상대에게 큰 해악을 끼치게 된다고 했다. 물론 가장 보편적인 해악은 부상과 죽음이었다.

'이서가 개화한 이룸싹이라 도감에 적힌 것과는 조금 다를 수 있습니다. 이룸싹은 다루기도 어렵고 변수가 많죠. 또 멸망꽃이 핀 건 처음이라 도감에 적힌 것 말곤 다른 정보도 없고요.'

'그래도 효과는 분명하겠죠?'

'그럴 겁니다. 서천의 꽃이니까요.'

이서가 백우와 함께한 지 벌써 두 달이나 지났다. 이서를 백년 계곡으로 보내고 나서 몇 주 안 지나 백년궁이 무너졌다. 그 소식을 들었을 땐 오랜만에 마음이 들떴다. 그 후 백우는 백년궁의 모두를 데리고 서왕모의 곤륜산으로 갔다. 거기서 또 한 달을 보냈다. 그러니 이쯤이면 뭔가 크게 다치기라도 하든가 병에라도 걸리든가, 아니, 이미 죽었어야 하는 게 아닌가!

그러나 백우는 너무나 멀쩡했다. 지나치게 멀쩡해서 흠이었다. 백우는 아무도 환영하지 않는 부친의 집에 들어와 한 주 뒤인 천년장자의 탄일을 기다리면서 아주 잘 지냈다. 평소처럼 자신의 보좌와 개 사령 하나만 데리고 왔다고 들었다. 멸망꽃은 떼어 놓고 온 모양이었다.

하지만 둘이 떨어져 있다 해도 이건 이상하지 않은가. 멸망꽃과 그렇게 오래 붙어 있었는데, 그리고 그 꽃은 신 황우양이 지은 백년궁까지 먼지로 만드는 꽃인데, 그런데도 백우가 아직 살아 있다니. 그 후로는 크게 다친 적도 없다고 들었다. 이해할 수 없었다.

이제 슬슬 멸망꽃에게 준 감씨도 떨어져 갈 텐데. 그 감씨를 받으려면 어차피 이서는 유보랑에게 와야 했다. 유보랑은 그때 이서에게 어떻게 된 일이냐고 물을 생각이었다.

물론, 그 전에 백우도 만나고. 유보랑이 백우를 부른 건 그래서였다. 자기 눈으로 직접 백우를 확인해야 할 것 같았다.

"진작 불렀어야 했는데 늦어졌네요. 미안합니다."

하나 마나 한 소리였다. 하지만 백우는 덤덤하게 대답했다.

"아닙니다."

예의로라도 제가 먼저 찾아뵈었어야 하는데, 같은 소리는 나오지 않았다. 유보랑도 별로 기대하진 않았다. 모르는 사람들은 백년장자가 성실하고 선량하고 순하다고 하는데, 그건 정말 아무것도 모르고 하는 소리였다. 마냥 착하고 순한 사람이 여덟 살 때부터 이 집에서 홀로 견뎠다고?

"지내면서 불편한 점은 없나요?"

"네."

"그래요. 필요한 게 있으면 언제든 말해 줘요."

백우는 미소를 지었다. 이서나 서왕모를 대할 때와는 또 다른, 조소였다. 유보랑은 서안 아래서 두 주먹을 꽉 쥐었다.

안주인 노릇 하긴. 백우가 그렇게 비웃는 것 같았다. 하지만 백우는 또 "네." 하고 간단히 대답했을 뿐이다.

사실을 말하자면 유보랑은 천년장자의 첩이 아니었다. 공식적인 관계가 아니다. 게다가 유보랑만 천년장자와 육체적 관계를 맺고 있는 것도 아니었다. 천년장자는 천년궁 밖에도 수많은 여자를 두고 있었다. 유보랑이 특별한 건 오직 그녀만이 천년궁에 들어오는 걸 허락받았기 때문이었다. 그리고 천년장자는 가끔 유보랑에게 관대했다. 그것만이 유보랑의 지위였다.

그리고 그녀는 천년궁의 안살림을 맡고 있지도 않았다. 그런 건 천년장자의 보좌인 문천성이 모조리 해결했다. 그러니 필요한 게 있다면 유보랑이 아니라 문천성에게 말해야 옳았다. 물론 백우도 그걸 모르지 않았다.

"부친의 선물은 잘 지내고 있나요?"

유보랑은 웃는 얼굴을 그대로 유지하고 물었다. 물론 백우도 표정을 허물어뜨리지 않았다. 그는 방금까지 이서와 있다 왔지만, 어떤 동요도 내비치지 않고 간단히 대답했다.

"네."

"지금은 곤륜산에 있겠군요."

"네."

백우는 태연하게 거짓말을 했다. 유보랑은 그 이후로도 이서와 관련된 걸 물었다. 사소한, 신경을 기울일 가치가 없는 것들이었다. 백우는 네 혹은 아니요 정도로 대답하며 적당히 상대했다.

"이번 탄일에는 꽃감관도 온다던데요."

"그렇습니까."

백우는 무감한 척 대답했다. 하지만 머리는 바삐 돌아갔다. 꽃감관. 그는 어릴 때 꽃감관을 한 번 본 적이 있었다. 그리고 얼마 전에도 보았다. 이서와 함께 곤륜산의 물속에 있었지.

무슨 이야기를 나누었을까.

돌아갈 방법에 대해 의논한 건 아닐까? 갑자기 그런 불안이 치솟았다. 꽃감관은 서천꽃밭 밖으로 잘 나오지 않는데, 왜 굳이 온다는 걸까? 그때 함께 있던 용과 같이 올 것인가. 그렇다면, 이서를 데리고 떠나는 건 아닐지?

말도 안 되는 비약이었지만 백우는 생각의 가지가 마구잡이로 뻗어 가는 걸 막지 못했다. 그는 표정을 감추기 위해 찻잔을 들었다. 마시지 않고 입술만 적셨다.

　"더 이르실 말이 없으면 이만 가 보겠습니다."

　백우는 자리를 뜨려 했다. 유보랑은 그 담담한 얼굴이 미웠다. 깨뜨릴 수 없는 저 가면이. 그러나 유보랑은 백우를 알았다. 백우라고 상처받지 않는 것은 아니다. 오히려 누구보다도 쉽게 다치는 편이다. 그리고 유보랑은 그를 피 흘리게 할 방법을 잘 알았다. 칼은 이미 준비되어 있었다.

　"참, 혹 필요하다면 선초(仙草)를 좀 가져가세요."

　"선초 말입니까?"

　"네. 광에서 썩어 가기에 내가 천년장자님께 청해 받아 왔거든요. 아직도 많이 남아서, 여기저기 나누어 주고 있지요. 아주 귀한 겁니다."

　유보랑은 밖에 대기하던 사령을 불러 선초를 가져오게 했다. 사령이 자개로 장식된 장을 열고 그 안에서 작은 함 하나를 꺼냈다. 사령이 함을 서안에 내려놓고 물러나자, 유보랑이 직접 함의 뚜껑을 열었다.

　안에 든 것을 본 순간, 백우의 얼굴에 금이 갔다.

　"백 년에 한 번만 나는 선초라던데……. 내게는 많으니 가져가세요."

　백우는 가만히 마른 선초를 바라보다가, 고개를 들었다. 찌르는 듯한 눈이었다.

"감사히 받아 가겠습니다."

백우는 함을 닫고 직접 들었다. 그리고 아무 말도 하지 않고 일어났다. 유보랑이 앉은 채로 인사했다.

"몸조심하세요."

"네."

백우는 밖으로 나와 탁, 문을 닫았다. 그리고 얼굴을 굳힌 채 제 방으로 걷기 시작했다. 사람을 많이 끌고 오지 말라는 천년장자의 명령 때문에 사령이라고는 새말선 하나밖에 데려오지 않았는데, 그녀는 지금 이서와 함께 있었다. 그러니 짐 같은 건 모두 제 손으로 들어야 했다. 하지만 백우의 머리를 뜨겁게 하는 건 그런 것 따위가 아니었다.

방으로 돌아가자, 새말선과 차를 마시던 이서가 반짝 고개를 들었다. 그녀는 반가운 기색으로 얼른 일어섰다. 품에 백호를 안고 있었다.

"장자님."

다가온 이서는 백우가 손에 뭔가 들고 있는 걸 보았다. 한눈에 보기에도 잘 다듬어 만든 나무 함이었다.

"이게 뭐예요?"

이서 뒤에 있던 새말선은 조용했다. 그녀는 함에 든 게 뭔지 알았다. 함 자체가 눈에 익었다. 1년 전 이맘때쯤, 백년계곡에서 자란 잣나무를 베어 만든 것이었다.

새말선은 조심스럽게 백우의 표정을 살폈다. 사정을 모르는 이서도 대답 없는 백우를 바라보기만 했다.

"백년선초입니다. 백년계곡에서만 자라는 거죠. 백 년에 한 번만 얻을 수 있고요."

백우는 평이한 어조로 대답했다. 이서는 그렇구나, 하고 고개를 끄덕였다. 내가 잘못 느낀 건가? 방금 조금 아픈 것 같았는데. 이서가 다시 백우의 얼굴을 살피려는데, 그가 이서를 지나쳐 걸어가더니 함을 대충 새말선에게 떠안겼다.

"처리해."

"아, 네. 네, 장자님."

새말선은 얼른 대답했다. 백우는 잠깐 어디로 가야 할지 모르는 사람처럼 그 자리에 서 있다가, 몸을 돌렸다. 곧 이서에게 말했다.

"잠시 다녀올 곳이 있어서, 나가 보겠습니다."

그렇게 말하면서 백우가 조금 웃었는데, 웃는 표정을 만들려고 애쓴 듯했다. 그러고 나서 백우는 사라졌다. 장지문이 닫혔다.

새말선은 숨을 죽이고 있다가 한숨을 내쉬었다. 이서는 이게 다 뭔지 알 수가 없어 어리둥절했다.

"천년장자님도 참 너무하시지."

새말선이 한숨을 내쉬었다. 이서는 슬쩍 그쪽을 보았다. 새말선은 이 귀한 걸 어떻게 하지, 중얼거리며 함을 들고만 있었다.

"왜 그래요? 선초면 좋은 거잖아요."

물론 눈치로 절대 좋은 일이 아니라는 건 알았지만, 이서는 태연한 척 물었다. 새말선은 고개를 저었다.

"좋은 거긴 한데…… 이게……."

새말선은 이걸 말해도 되는지 몰라 머뭇거렸다. 하지만 이서는 그녀가 누구에게든 하소연하고 싶을 것임을 알았다. 이서는 새말선에게 가까이 다가갔다. 왜요, 하고 부추기듯 묻자 새말선은 한숨을 내쉬며 입을 열었다.

　"사실 이게, 아, 정말…… . 우리 장자님이 작년에 천년장자님께 드린 거거든요. 이만한 함을 열 개나 가져와서 그해 난 백년선초를 죄다 다듬어서 드린 건데…… . 유보랑 만나러 갔다가 이걸 들고 오셨잖아요."

　이서는 단숨에 상황을 이해했다.

　하지만 어떻게 그럴 수 있지? 그래도 아들이 준 선물인데. 아들이 아니라 남이 준 선물이라고 해도 이렇게 무성의한 방식으로 돌려주지는 못할 것이다. 이서는 이 함을 들고 들어오던 백우의 얼굴을 떠올렸다. 마음이 이상할 정도로 아팠다.

　그때, 이서의 품에서 백호가 훌쩍 뛰어내렸다. 그러더니 창가로 가 너무나도 능숙하게 미닫이 창문을 열었다. 창호지를 바른 창문이 옆으로 쭉 밀려 나고, 그 너머 백우의 뒷모습이 보였다. 그는 가만히 서 있었다. 한동안 그 뒷모습을 응시하던 백호가 사람처럼 한숨을 쉬었다.

　만약 꽃감관님이 나한테 저런 식으로 대한다면 난 절대 견디지 못할 거야. 이서는 그 생각을 안 할 수가 없었다.

　"두 분이 크게 다투시기라도 했어요?"

　"그런 건 아닌데, 저도 정확히는 몰라요. 그냥 소문만 들어서요. 아마 보좌님이 잘 아실 것 같긴 한데 물어보기도 그렇잖아요.

그래도 장자님은 매년 정말 정성껏 선물 준비 하시는데, 이걸 이런 식으로……. 한두 번도 아니고 매번 이러니까, 정말 해도 너무하죠."

유보랑에게 갔다가 받아 온 것이니 천년장자가 직접 돌려주진 않았을 것이다. 하지만 친자의 선물을 첩이 마음대로 다루게 내버려 둔 것, 받은 지 1년이나 지난 선물을 그대로 방치했다는 것이 문제였다.

이서는 그제야 율선의 말을 이해했다.

백우가 처음 천년장자의 선물이라는 자신을 보고 얼마나 기뻤을 것인가. 물론 좋은 마음으로 보냈다 여기진 않았겠지만, 그래도 자신의 마음이 보답받았다는 일말의 가능성을 보았을 것이다. 이서는 단순한 선물이 아니라 백우가 상상할 수 있는 부친의 마음이었던 것이다. 달콤한 상상은 단숨에 백우 마음의 상처받은 어린아이를 사로잡았고, 그래서…….

'가지 마세요.'

그래서 그렇게 말한 걸까?

새말선은 다시 한번 대체 이 선초를 어쩌죠, 하고 중얼거렸다. 그때 창가에서 백호가 뛰어내리더니 종종 다가와 그대로 선초를 으적으적 씹어 먹기 시작했다.

새말선은 경악했지만 백호는 아랑곳하지 않았다. 그는 속으로 실컷 천년장자를 욕하고 있었다. 모자란 놈. 정도라는 게 있지.

매번 상처받는 백우 저놈도 대체 왜 기대를 못 버리는지. 백호는 꽤 많은 선초를 그 자리에서 죄다 먹어 치웠다.

"괜찮겠죠?"

이서가 얼떨떨하게 물었다. 백호는 흥, 하더니 꼬리를 휘두르고 보료 위에 늘어져 버렸다. 새말선은 어색하게 고개를 끄덕였다.

"어쨌든 처리하라고 하셨으니까……."

새말선의 손에 들린 빈 함을 바라보다가, 이서가 물었다.

"혹시 그 함, 제가 가져도 되나요?"

그렇게 해서 이서는 함을 받았다. 잘 깎은 함은 반질반질 윤이 났다. 이서는 함 뚜껑을 열고 냄새를 맡았다. 향기로운 나무 냄새와 청량하게 쏘는 듯한 선초의 향이 섞여 있었다. 이서는 함을 방한구석에 잘 놓아두었다. 뭐라도 넣어서 줘야지, 하고 다짐하면서. 설령 백우가 정말 자기를 장난감으로 생각한다고 해도, 이 마음은 어쩔 수 없을 듯했다.

이서는 가만히 앉아서 백우를 기다렸다. 새말선은 곧 자리를 떴고, 이서는 방에 백호와 둘이 남았다. 여전히 이 하얗고 작은 고양이의 정체를 모르는 이서는 심란한 마음으로 고개를 무릎 사이에 묻었다.

방금 전의 일로, 자기에 대한 백우의 마음은 분명해졌다. 백우는 부친으로부터 귀한 선물을 받았다고 여긴 것뿐이다. 그것이 사람 형상을 하고 있으니 마음이 끌린 것이고. 그러니 이서가 보기에, 백우는 자기를 사모하거나 마음을 둔 건 아니었다.

알고 있었는데.

서왕모에게도 그렇게 말했는데.

마치 몰랐던 사실을 알게 된 것처럼 마음이 아팠다. 입술을 겹치던 백우의 격정을 떠올린다. 그것도 그저 상처받은 아이의 몸부림이었을까.

마음이 어쩌면 이렇게 간사한지. 백우가 제게 사모하는 정을 두지 않았다면 차라리 다행이다. 어차피 이서는 백우를 떠나야 했다. 시기의 문제일 뿐이다. 그러니 정말 백우를 생각한다면, 일말의 양심이라도 남았다면, 이 상황을 다행으로 여겨야 했다.

그러나 도저히 그럴 수가 없었다. 천진난만한 어린아이의 손에 꺾인 작은 꽃이 된 기분이었다. 아이는 꽃잎을 갈래갈래 찢으며 즐거이 놀다가 곧 손을 털고 집으로 돌아갈 것이다. 꽃은 형체도 향도 잃고 버려질 게 분명했다.

드르륵 장지문 열리는 소리가 났다. 이서는 고개를 들었다. 평소와 같은 얼굴을 꾸미려 애썼다.

"오셨어요?"

어쩐지 백우를 똑바로 볼 수가 없었다. 백우는 그것을 그저 수줍음이라고 이해한 듯했다. 그가 다가와 이서를 안았다. 백우의 옷자락에는 바람 냄새가 남아 있었다. 이서는 그의 품에서 깊이 숨을 들이쉬었다.

착각하면 안 돼. 스스로 다짐하면서. 백우가 위로를 구하듯 이서의 입술에 제 입술을 포갰다. 마음도 이렇게 포개지는 것이었다면 얼마나 좋을까. 아니, 오히려 비극이었을지도 모른다. 이서는 그렇게 생각하며 팔을 뻗어 백우를 받아들였다.

"장자님."

"네."

백우는 숨과 숨 사이에 대답을 끼웠다. 그가 이서의 목덜미에 입술을 묻었다. 무향의 꽃인데도, 체향 때문에 아찔했다.

"무슨 꽃을, 좋아하세요?"

이서가 저보다 낮아진 백우의 머리카락을 쓰다듬으며 물었다. 작은 선물을 하고 싶었다. 순간, 백우가 강하게 그녀의 목을 깨물었다. 윽, 하고 이서의 몸이 가볍게 튀었다. 백우는 그녀의 허리를 강하게 감싸 안았다. 꼼짝도 할 수 없도록. 단 한 걸음도 물러날 수 없도록. 그러면서 대답했다.

"당신이요."

백우는 대답을 기다렸다. 그러나 이서는 답하지 않았다. 거짓말. 사실은 누구라도 상관없으면서.

백우는 이런 데 아주 민감했다. 그는 문득 손을 멈추고, 이서와 떨어져, 그녀의 얼굴을 뚫어져라 바라보았다.

왜지? 왜 이런 표정이지? 느낌이 좋지 않았다. 백우는 이서의 어깨를 쥐고, 물었다.

"무슨 일 있었습니까?"

"아니요."

"그런데 왜⋯⋯."

"아무렇지도 않아요."

이서가 말을 끊었다. 그리고 한 발 앞으로 나가, 몸을 기대고 백우에게 먼저 입을 맞추었다. 백우의 키가 훨씬 커서, 그녀는 거의 매달리듯 백우의 목을 안아야 했다. 명백히 백우의 신경을 다른 데로 돌리려는 행동이었다.

그러나 백우는 몰랐다. 그는 마치 가지라는 듯, 어서 꺾어 가라는 듯 웃고 있는 이서에게 함락되었다. 이성이 흐려졌다.

그 뜨거운 품에 안겨, 이서는 묻고 싶었다.

내가 천년장자의 선물이 아니더라도. 내가 유보랑의 꽃이라는 걸 알게 되어도.

그래도 날…….

천년장자의 탄일이 하루 앞으로 다가오면서, 이서도 이것저것 듣는 것이 많아졌다. 새말선과 패율선이 백우 곁에 와서 떠들어 댔기 때문이다. 그리고 함께 차를 마시면서 그들의 이야기를 듣다가 이서는 반가운 소식을 접했다.

"꽃감관님이 오세요?"

대화에 참여하지 않고 조용히 듣기만 하던 이서가 목소리를 높이자, 모두의 시선이 그녀에게로 쏠렸다. 이번만큼은 이서도 머뭇거리지 않았다.

"언제요? 잠깐 들렀다만 가세요? 아니면 하루 주무시나? 뭘 타고 오세요?"

지난번 곤륜산에서 만났을 때 진성의 이야기를 다 듣지 못했다. 주머니를 잃어버려 경황이 없는 상태라 마저 묻지도 못했다. 분명 천년장자에 대한 이야기도 하려고 했던 것 같은데. 구체적인 기억은 없었지만 뭔가 덜 들었다는 건 분명했다.

꼭 그것 때문이 아니라도 이서는 진성이 그리웠다. 누구에게라도, 백우에 대한 마음을 털어놓고 조언을 듣고 싶었다. 그러나 누구에게 말할 수 있을까. 새말선도 패율선도 안 되고 서왕모에게는 더더욱 말할 수 없다.

"아마 잠깐 들렀다 가실 겁니다."

백우가 낮은 목소리로 대답했다. 이서가 눈을 빛내며 그에게로 고개를 돌렸다.

"저, 그러면, 장자님. 혹시……."

"안 됩니다."

방이 조용해졌다.

이서가 입술을 달싹였다. 왜 차가운 얼굴이지? 방금까지만 해도 율선과 새말선이 시끄럽게 떠드는 소리를 들으며 종종 고개를 끄덕이기도 하던 백우는, 기묘한 표정을 짓고 있었다. 이서는 그의 마음을 읽을 수 없었지만 그의 기분이 상했다는 건 알 수 있었다.

"아직 뭔지 말하지도 않았는데요."

이서가 머뭇머뭇 중얼거렸다. 백우의 답은 자르듯 단호하게 나왔다.

"꽃감관님을 만나게 해 달라는 거 아닙니까? 안 됩니다."

"왜…… 왜요?"

쿨럭, 새말선이 기침을 했다. 차를 다 마시기도 전이었는데, 그녀는 자리를 털고 일어났다. 그러더니 본격적으로 구경할 태세를 갖춘 율선을 억지로 일으켜 세웠다. 그러면서 작은 소리로 쏘아붙였다.

"제발 눈치 없이 굴지 마요."

"왜, 이제 시작인데."

"이게 재밌어요?"

둘이 속닥거리며 밖으로 나간 후에도 방은 여전히 조용했다. 백호도 슬쩍 밖으로 나가 버렸다.

"왜 만나면 안 되나요? 들키지 않게 할게요. 꼭."

이서가 간절히 매달렸다. 하지만 백우는 제 옆에 앉은 이서를 바라보며 침묵을 지켰다.

이서의 존재가 들통날 것을 우려해서가 아니다. 백우로서는 부친이나 유보랑이 이서의 존재를 알든 모르든 상관없었다.

백우도 두 사람의 만남을 방해하고 싶지 않았다. 이 상황에서 이서를 도울 수 있는 건 백우뿐이었다. 그러니 마땅히 여유롭고 태연한 태도로, 원하는 대로 하라고 말해 주는 게 옳으리라.

그러나 백우의 입술은 멋대로 움직였다.

"곤륜산에서 꽃감관과 무슨 얘길 했습니까?"

이 갑작스러운 공격에 이서는 딱 굳었다. 분명 묻지 않겠다고 했는데. 이서는 입술을 달싹였지만 아무 말도 할 수 없었다. 뭐라고 한단 말인가. 진성은 경고하러 왔었다. 서왕모가 의심하고 있

다는 걸 알려 주려고. 그리고 절대 서왕모에게 멸망꽃임을 들키지
말라고 당부하려고.

"왜 대답을 못 합니까?"

백우가 다그쳤다. 그는 목소리를 높이지도 않았고 얼굴을 찡그
리지도 않았다. 그러나 이서는 처음으로, 그가 무서웠다. 아니, 백
우에게 들킬지도 모른다는 게 두려웠다.

"서천으로 돌아가자는 얘기를 한 건 아닙니까?"

가슴이 철렁했다. 이서는 백우를 제대로 바라보지 못하고 고개
를 떨어뜨렸다. 가슴이 불안하게 뛰었다.

"그런 게 아니에요. 그런 게 아니라…… 그땐 다른…… 중요한
일이 있었어요."

"그런데 내게는 말해 줄 수 없다는 거군요."

백우는 냉정하게 내뱉었다. 이서는 혼란스러웠다. 백우는 단
한 번도 이런 태도를 보인 적이 없었다. 내가 뭔가 잘못했나. 이
서는 제 말을 되짚어 보았으나 뭐가 문제였는지 알 수 없었다.

"제가 뭔가 실수했나요?"

이서의 목소리가 떨렸다. 백우도 이서가 겁먹은 것을 알았다.
그는 자신을 진정시키려 애썼다. 하지만 쉽지 않았다.

그때, 곤륜산에는 교룡도 있었다. 교룡은 천제의 신수로, 백호
와 호각을 이룰 만큼 강력하다. 만약 꽃감관이 작정하고 이서를
데려가려 한다면 백우는 막을 수 없을 것이다.

백우는 묻지 않을 수 없었다. 이 질문이 아주 이상하고 한심하
게 들릴 것을 알면서도.

"여기 있는 게 좋습니까?"

대화의 맥락을 따라잡지 못하는 이서를 보며, 그는 재차 물었다.

"떠날 생각을 하는 건 아닙니까?"

사실 이서는 줄곧 가고 싶었던 건 아닐까. 백우는 종종 그런 생각을 했다. 그래서 보이지 않는 벽을 세운 건 아닌지. 어느 날 갑자기 사라져 버리는 건 아닌지.

또 뒤에 혼자 남아, 뒷모습만 바라보게 되는 걸까. 아니, 이 꽃은 그런 작별의 순간조차 허락하지 않을지 모른다. 어릴 적 갔던 서천은 아름답고 안온했다. 그곳으로 가고 싶지 않을까. 이서는 종종 괴로운 얼굴이 되었다. 그게 서천에 대한 향수 때문이라면?

"아니에요."

이서는 고개를 저었다.

"그러려고 꽃감관님과 만나려 했던 건 아니에요. 정말로요."

백우는 답하지 않았다. 못 믿는구나. 이서는 고개를 떨어뜨렸다. 진성을 만나 지난번에 하려던 말이 뭐였는지 마저 듣고 싶었고, 유보랑이 왜 백우를 죽이고 싶어 하는지도 묻고 싶었다.

하지만 백우가 원하지 않는다면. 그가 불안해한다면.

"안 만나도 돼요."

이서가 말했다. 백우는 물끄러미 그녀의 얼굴을 바라보았다. 이서도 그걸 느끼고, 고개를 들어 백우를 향해 웃으려 했다. 뜻대로 되었는지는 알 수 없었다. 이서는 반복했다.

"안 만날게요."

백우는 제 마음이 속삭이는 소리를 들었다. 못 만나게 해. 저쪽이 먼저 말했잖아. 그냥 그러라고 고개만 끄덕이면 돼. 하지만 지금 이서는 너무, 가여워 보였다. 백우가 사랑하고 염려하는 그 모습이었다. 제 눈치를 살피고 있다. 그게 만족스러운 동시에 조금 두려웠다.

　이러다가 지쳐 떠나 버리기라도 하면? 아버지나 다름없는 꽃감관이 지척에 있는데 그를 만나지 못하게 하는 건 가혹한 짓이었다. 게다가 이유도 터무니없었다.

　"아, 목마르지 않으세요? 새말선한테 차라도 부탁할까요?"

　이서는 분위기를 바꾸기 위해 밝은 목소리로 말했다. 그러면서 자리에서 일어났다. 그때, 따라 일어선 백우가 그녀의 손목을 잡아챘다. 그대로 잡아당겨 이서를 안았다. 뒤에서 안은 모양새라, 이서는 그의 숨이 제 귓가에 흩어지는 걸 느낄 수 있었다.

　"장자님?"

　이서가 조심스레 불렀다. 백우의 손이 이서를 단단히 안고 있었다. 이서는 그 손등 위에 제 손을 겹쳤다. 그때, 백우가 중얼거렸다.

　"죄송합니다."

　이서는 답하지 않았다. 괜찮다고 하는 것도 이상했고, 뭐가 죄송하냐고 모르는 척하는 것도 이상했다.

　"제가 강요할 수 없다는 건 알지만……."

　백우는 이서의 목에 입술을 묻었다. 그저 가만히 대고만 있었다. 백우가 말할 때마다, 그 입술의 움직임이 선명하게 느껴졌다.

"가지 않겠다고 약속하면, 만나게 해 드리겠습니다."

백우는 이게 말도 안 되는 짓이라는 걸 알았다.

이서는 손님이다. 자신의 사령 같은 게 아니었다. 그가 강제하거나 명령할 수 있는 사람이 아니었다. 게다가 무엇보다도, 이서는 자신을 거부하지 않고 있었다. 떠나지 않게 조심조심 다루고 사랑스럽게 얼러야 옳았다.

그러나 백우는 지금 선심 쓰듯 말하고 있었다. 스스로도 그걸 알았다. 가슴이 불안스레 뛰었다.

"안 가요."

이서가 나직이 속삭였다. 그녀는 백우 쪽으로 돌아섰다. 백우와 눈을 맞췄다. 그의 얼굴을 올려다보며 이서는 반복했다.

"장자님만 두고는 안 갈게요."

이곳에. 오래도록 이유도 없이 아들을 외면해 온 아버지의 집에. 백우만 두고 떠날 수는 없었다.

어차피. 이서는 생각했다. 어차피, 당신은 날 보내게 될 거야. 내 정체를 알게 된다면. 절대 날 용서하지 않을 거야. 내가 천년장자의 꽃이 아니라는 걸, 아버지의 선물이 아니라는 걸 알게 되면. 사실 당신을 죽이기 위해 왔다는 걸 알면.

그 전까지는 옆에 있고 싶다, 이서는 바랐다.

"제가 싫어져도?"

백우가 고통스레 속삭였다. 그는 이서가 가지 않길 원했다. 옆에 있기를. 지금처럼. 이서는 백우를 받아들였고 마치 가지라는 듯 그의 품에 안겼다. 이서는 아름답고 가여웠으며, 어떤 의미로든 선물 같았다. 잃어버리고 싶지 않았다. 미움받는 것은 이제 지겹다.

"안 싫어져요."

"싫어질 겁니다."

이런 식으로 굴면 누구라도 싫어질 것이다. 어떤 권리도 없으면서, 다정하다가 불안해하다가 강제하다가 하며 변덕을 부리면. 누구라도 떠나고 싶어질 것이다.

"그래도 가지 마세요."

덧붙이고, 백우는 조용히 이서의 대답을 기다렸다. 그는 이서의 표정을 읽을 수 없었다. 이서는 조금 혼란스러운 듯도 했고, 슬픈 듯도 했고, 동정하는 것 같기도 했다. 백우는 차라리 세상에서 가장 가여운 자가 되고 싶었다. 그래서 이서의 눈을 제게 붙들어 놓고 싶었다.

"네."

대답은 짧고 분명하게 나왔다. 이서가 먼저 백우에게 손을 뻗었다. 그의 목을 가볍게 안았다. 그리고 짧은 접문. 이서는 조곤조곤 말했다.

"함께 자리에 눕는 거요, 서천에서는 꽃가루받이한다고 해요."

육체의 결합, 정신의 합일, 가약(佳約), 그 모든 것을 통틀어 꽃가루받이라 불렀다. 하지만 이서는 거기까진 설명하지 않았다. 백우는 이해하지 못할 것이다.

"여기선 뭐라고 하나요?"

백우는 잠시 사이를 두었다.

318

"안는다고 합니다."

답하는 그 입술이 이서의 입에 잠시 닿았다 떨어졌다.

"품는다고도 하고."

이서가 조금 웃었다. 백우가 이서의 옷고름을 풀었다. 물색 비단이 스르륵 미끄러졌다. 이서는 백우가 하는 대로 가만두었다.

"나눈다고도 하죠."

이 꽃을 꺾고 싶다. 갖고 싶다. 백우는 이서가 제 옷고름에 손을 대는 걸 제대로 느끼지도 못했다. 그는 여유로운 척, 다정한 척 이서를 열었다.

"좋네요."

이서가 속삭였다. 이서가 고개를 들어 백우의 턱에 가볍게 접문하고 그의 상의를 젖혔다.

"나눠 주세요."

그 시점에서, 백우의 이성이 끊어졌다. 백우는 부스러지도록 이서를 끌어안았다. 이서의 몸은 달고 보드랍고 안락했다. 그러나 동시에 백우를 미치도록 초조하게 만들었다.

백우는 이서를 갖고 싶었다. 온전히 소유하고 싶었다. 그럴 수 없음이 애달프고, 둘 사이의 거리가, 도저히 좁혀지지 않아 갈급하고 간절했다. 백우는 희고 빛나는 꽃이 가득한 벌판에서 자기가 원하는 단 한 송이 꽃을 찾아 헤매는 어린아이였다. 모든 꽃이 이서 같았고 어떤 꽃도 이서가 아니었으며 한 송이도 제 것으로 만들 수 없었다.

그럼에도.

백우는 이서와 저를 나누고 싶었다. 자기 자신뿐만 아니라 앞으로 다가올 모든 날의 새벽과 노을을. 생의 뱃전을 적시고 부서지는 물결과 햇빛을. 모두, 이서와 함께.

6장
뒷모습

천년장자의 탄일 연회는 화려했다.

학을 타고 내려올 때부터 천년계곡이 축제 분위기인 걸 알 수 있었다. 천년궁뿐만 아니라 천년계곡 전체에 화려한 빛의 지등이 줄지어 늘어선 게 보였다. 그 넓은 계곡에 빛으로 된 줄이 생긴 것처럼 보일 정도였으니, 실제 걸린 지등의 개수는 다 헤아리기도 어려울 것이다.

진성은 학에서 내렸다. 함께 온 청현도 진성의 뒤를 따랐다. 천년궁으로 들어가는 문 앞에 서서, 진성은 문을 지키는 사령에게 말했다.

"서천꽃밭의 꽃감관 김진성이오."

사령은 흘낏 청현을 보았지만, 향기 때문에 금세 꽃인 줄 안 것 같았다. 그는 잠시 기다리라고 말한 후 사라진 뒤 금세 돌아왔다.

"들어오십시오."

진성은 청현과 안으로 들어갔다. 연회가 열리는 뜰로 가기 위해서는 잠시 걸어야 했다. 포석을 깔아 만든 길을 걸으며 진성은 아무 말도 하지 않았다. 청현도 침묵했다.

사방에 먼저 도착한 사람들이 있었다. 그들은 모두 들떠서 수군거렸다. 과연 화려하고 거대한 연회였다. 청현은 말로만 듣던 천년장자의 힘이 상상보다 크다는 걸 몸소 느꼈다.

진성은 원래 서천 밖으로 잘 나오지 않았다. 이런 연회에 참여한 일도 손에 꼽았다. 그러나 이번에 진성은 반드시 천년장자의 연회에 참석해야 했다. 백우 때문이었다.

멸망꽃을 밖으로 내보낸 후 진성은 안심할 수가 없었다. 이서가 정말로 누구를 죽이게 되는 것도 걱정이었고, 정체를 들키는 것도 걱정이었다. 이서는 서왕모로부터 주술 주머니를 받아 괜찮다 했고 거기에 크게 의지했지만, 진성은 서왕모를 믿지 않았다. 서왕모는 백우를 각별히 귀애했고 그만큼 이서에게 위험했다. 그 주술 주머니도 못 믿을 물건이었다.

백년장자를 만나 잠시 이서의 소식이라도 들을 생각이었다. 천년장자도 제 아들에게는 거의 관심을 두지 않으니 눈에 띄지 않을 수 있을 것이다.

청현은 벌써부터 주위를 두리번거리며 이서를 찾고 있었다. 진성이 나지막한 목소리로 주의를 주었다.

"너무 두리번거리지 마라. 눈에 띄는 행동을 해서 좋을 게 없어."

"혹시 이서가 왔을지도 모르니까요."

"청현아. 네가 우겨서 데려온 거다. 조용히 있어야 돼."

그제야 청현은 조금 수그러들었다. 진성은 긴 숨을 내쉬었다.

본래 꽃들은 소유자가 없으면 쉽게 밖으로 나오지 않는다. 아예 금지된 것은 아니지만 암묵적인 규칙 같은 것이었다. 강력한 힘을 가진 꽃들이 무분별하게 서천 밖으로 나가면 혼란이 야기될 것은 뻔한 일이라, 진성은 되도록 꽃을 밖으로 데리고 나오지 않았다. 하지만 청현은 지켜줄꽃이라 선계에 나와도 누구에게 해가 되지 않을 테고, 또 본인이 너무 강력하게 우기는 통에 함께 올 수밖에 없었다.

무엇보다도 진성은 청현의 간절함을 이해했다. 그는 어릴 적부터 꽃들을 보아 왔다. 청현이 이서를 어떻게 생각하고 있는지는, 아마 청현 자신보다 진성이 더 먼저 알아차렸을 것이다.

길 끝에 커다란 문이 있었다. 두 사람은 열린 문 너머로 갔다.

한눈에 다 들어오지도 않을 만큼 넓은 뜰에 긴 식탁이 늘어서 있었다. 향기로운 삼과 구이, 볶음, 탕, 찜, 절임, 밀쌈, 냉채, 강정, 세상에 존재하는 모든 음식을 다 내놓은 것처럼 보였다. 선계의 식탁은 대체로 간소하지만, 특별한 날에는 달랐다.

천년계곡에서만 피는 꽃 천리향이 사방을 장식했다. 인세의 꽃과는 달라서, 선계의 천리향은 커다랗고 탐스러웠다. 향도 강렬했다. 청현의 향이 묻힐 정도였다.

천년장자는 정면 단 상석에 앉아 있었다. 그보다 한 단 아래 유보랑이 앉았다. 백우도 그녀와 나란히 앉아 있었다. 진성은 청현과 함께 천년장자 쪽으로 다가갔다. 이미 자리 잡은 사람이 많아 무척 혼잡했다.

천년장자 쪽을 보다가 잠시 시선을 돌린 순간, 유보랑과 눈이 마주쳤다.

유보랑은 무슨 신호라도 보내는 듯 눈매를 접어 웃었다. 진성은 답하지 않았다. 그는 유보랑으로부터 고개를 돌려 백우를 살폈다. 공식적으로 인정받지도 못한 첩과 같은 단에 앉은 백우는 덤덤한 얼굴이었다.

이서에게 잘해 줄까. 걱정이 앞섰다. 아직 이서가 멸망꽃이라는 걸 모르겠지만, 알게 된다면 어떨까. 진성은 백우에 대해 잘 몰랐다. 이서를 험악하게 대하는 것 같진 않지만 상황이 변하면 또 모르는 일이었다.

천년장자는 진성을 보고 상석에서 미소를 지었다. 천년장자는 진성을 딱 꽃감관으로만 인식하고 있었다. 과거에 전혀 인연이 없었던 건 아닌지라 천년장자는 진성을 보고 옛 친우라고는 했지만…… 둘은 친우라 하기엔 무리가 있었다.

그래도 천년장자는 멀지 않은 곳에 꽃감관을 위한 자리를 마련해 두었다. 진성은 준비된 자리에 앉았다. 청현은 그 곁에서 기대 어린 낯으로 주위를 살폈다. 물론 이서는 보이지 않았다.

진성은 조용히 앉아 이따금 백년장자의 얼굴을 살폈다. 그가 자리에서 일어나면 살짝 따라가 이서의 근황을 물을 셈이었다. 하지만 시간이 한참 지나도록 백우는 자리에서 움직이지 않았다.

천년장자 앞으로 온 도산이 한쪽에 수북이 쌓여 있었다. 진성은 저보다 한 단 아래에 앉은 사람들이 그 선물 더미를 가리키며 수군거리는 소리를 들었다.

"이번엔 이무기의 눈이랍니다."

"그 귀한 걸……. 이무기도 직접 잡았을까요?"

"아무튼 백년장자도 매해 정성이네요. 그런 도산을 받고도 인사 한마디 없으니, 보는 내가 다 민망해서……."

천년장자가 또 아들의 선물을 기쁘게 받지 않은 모양이었다. 천년장자와 백년장자, 이 부자의 미묘한 관계는 선계의 공공연한 비밀이었다. 천년장자의 집에 문제가 있다는 건 모두가 알았지만 아무도 자세한 정황은 몰랐다.

과거, 천년장자는 온 선계에 이름을 날렸다. 그는 천제의 명령으로 인세에 내려가 건국을 도왔고, 아직도 그곳에서 신으로 추앙받았다. 다시 선계로 돌아온 후에는 이곳저곳을 여행하며 어려움을 겪고 있는 사람들을 구했고 제대로 정돈되지 않은 곳이 있다면 직접 찾아가 확인한 뒤 천제에게 도움을 구했다. 선인의 수명을 관장하는 천년장자가 된 뒤로도 모든 일을 공명정대하게 처리했다.

그러나 유독 천년장자는 여인에게 관심이 없었다. 그렇다고 남색가인가 하면 그런 것도 아니었다. 그는 타인에게 사모의 정을 줄 생각이 없는 것처럼 보였다. 천년장자는 친애도 우애도 기꺼이 나누었지만, 구애하는 여인들은 모두 거절했다.

그런 천년장자가 서왕모의 친우이자 오른팔인 구천현녀와 사랑에 빠졌을 때, 모든 사람들이 깜짝 놀랐다. 그게 척애(隻愛, 짝사랑)

라는 걸 안 후에는 더욱 놀랐다. 그러나 천년장자는 마치 적을 정복하듯 구천현녀의 마음을 정복했다. 마침내 구천현녀와 가약을 맺은 후, 천년장자는 세상에서 가장 행복한 남자처럼 보였다.

그러나 그 행복은 8년 만에 끝장났다.

아무도 구천현녀가 어디로 사라졌는지 몰랐다. 이를 둘러싸고 소문은 무성히 뻗어 나가 끝없이 새끼를 쳤다. 어떤 사람들은 천년장자가 구천현녀의 부정을 의심해 죽여 버렸다고 했다. 모종의 이유로 구천현녀에게 버려진 천년장자가 너무나 분노한 나머지 그녀를 산 채로 먹어 버렸다는 얘기도 돌았다. 천년장자가 유일한 아들인 백우를 너무나 박대했으므로, 사람들은 앞뒤가 어떻든 천년장자가 구천현녀에게 배신당했을 거라고 짐작했다.

그러나 확실한 건 아무것도 없었다. 구천현녀를 몹시 아꼈던 서왕모조차 조용했다. 당시 여덟 살이었던 백우도 그에 대해 입도 벙긋하지 않았다. 때문에 천년장자의 집안 이야기는 소문으로만 남았다.

"이서는 안 보이네요."

청현이 중얼거렸다. 진성은 고개를 끄덕였다.

"아마 없을 거라고 했잖느냐. 그래도 백년장자에게 소식 정도는 들을 수 있겠지."

그 순간, 백우가 마침내 움직였다. 부친에게 인사를 전하지 않은 걸 보면 아예 자리를 뜰 생각은 아닌 듯했다. 진성은 잠시 앉아서 후원 쪽으로 사라지는 백우를 지켜보았다. 바로 따라가면 눈에 띌까. 하지만 천년궁 앞뜰에 사람이 너무 많아 누가 누군지 제대로 분간도 못 할 정도였다.

"청현아, 가자."

진성이 그렇게 속삭이고 일어섰다. 그는 조심스럽게 주위를 살폈다. 그는 특히 유보랑을 주의해서 보았다. 그러나 유보랑은 다가와 아첨하는 사람들과 어울리느라 먼 곳까지 관심을 기울이지 못하는 듯했다.

지금이 기회다. 진성은 곧장 움직였다. 그는 태연한 얼굴로 백우를 따랐다. 인적이 드문 곳에서 백우에게 말을 붙일 심산이었다.

과연 백우는 연회가 벌어지는 곳으로부터 멀리 떨어져 천년궁 안쪽으로 들어갔다. 오가는 사령들이 청현의 향에 이끌려 두 사람을 돌아보기도 했지만 방해하는 자는 없었다. 마침내 백우가 천년궁의 긴 낭하로 들어갔을 때, 진성이 그를 부르려 했다.

그 순간, 아무것도 모르는 듯 걷던 백우가 멈춰 섰다. 그리고 뒤로 돌아섰다. 진성과 눈이 마주쳤는데도, 백우는 전혀 놀라지 않았다. 마치 둘이 따라올 것을 알고 있었던 것처럼. 잠시 청현을 보며 살짝 미간을 좁혔지만 순간적인 표정이라 진성도 청현도 알아차리지 못했다.

"꽃감관님. 오랜만에 뵙습니다."

백우가 정중하게 인사했다. 진성도 살짝 고개를 숙여 답했다. 곧 백우가 말했다.

"제 꽃이 기다리고 있습니다. 안내해 드리죠."

이번에는 청현이 얼굴을 굳혔다. 그러나 진성은 백우의 말에 큰 주의를 기울이지 않았다. 일단 이서가 잘 지내고 있는지 보고, 서왕모가 줬다는 주머니도 살펴야 했다. 진성은 조용히 백우 가까이 다가갔다.

같은 시각, 연회장에 앉아 있던 유보랑은 문득 고개를 들어 진성의 자리를 살폈다. 아무도 없었다. 같이 왔던 그 수꽃도 보이지 않았다. 유보랑은 한 단 위에 앉은 천년장자를 보았는데, 과연 그는 무료한 얼굴로 정면만 보고 있었다. 천년장자의 옆자리는 여전히 비어 있었다.

유보랑이 살짝 일어섰다.

아무래도 일이 잘되는 것 같지 않았다. 백우는 진작 죽어야 했다. 아니면 진성이 뭘 잘못 알고 있었던지. 유보랑은 그에게 수레멸망악심꽃의 효능을 다시 물을 생각이었다.

진성과 청현은 눈에 잘 띄었다. 청현 때문이었다. 지켜줄꽃인 청현의 향은 사령들의 기억에 남았고, 유보랑은 쉽게 두 사람의 뒤를 밟을 수 있었다. 사령들에게 물어물어 앞으로 나아간 결과, 유보랑은 두 사람이 백우와 함께 사라졌다는 걸 알아냈다.

백우는 천년궁에서 거동이 자유롭지 못하다. 부친의 눈치를 살피고 있는 탓이었다. 그러니 백우가 천년궁에서 개인적인 손님을 만난다면, 장소는 백우의 거처밖에 없었다. 유보랑은 그대로 걸음을 옮겼다.

과연 백우의 방에서 인기척이 들렸다. 외진 방인 데다 사령들도 전부 연회장과 본궁 사이를 바쁘게 오갈 때라, 유보랑은 어렵지 않게 안의 대화를 엿들을 수 있었다.

안에서 이서의 목소리가 들린 순간.

유보랑의 얼굴이 사납게 일그러졌다.

이서는 백우의 방에 앉아 진성을 기다리고 있었다. 백우는 분명 만나게 해 준다고 했다. 여기서 가만히 기다리고 있으면 자기가 꽃감관을 데려오겠다고. 그러니 기다리는 수밖에 없는데, 자꾸 초조하고 불안했다. 무슨 일이 벌어질 것만 같았다.

그날따라 백호도 보이지 않았다. 백호라도 옆에 있으면 좀 나았을까. 이서는 앞뒤로 몸을 흔들며 자신을 다스리려 애썼다.

그래서 마침내 백우가 진성과 청현을 데리고 들어왔을 때, 이서는 거의 제자리에서 펄쩍 뛰다시피 했다. 기대하지도 않았던 청현이, 그녀의 소꿉친구가, 진성과 함께 들어오고 있었다. 굉장한 선물이었다. 이서는 진성 옆에 선 청현에게 달려갔다.

"청현아!"

이서가 덥석 청현의 손을 잡았다. 청현이 곧 팔을 뻗어 이서를 안았다. 청량하고 은은한 향기가 이서를 적셨다.

진성은 둘을 지켜보기만 했으나 백우의 반응은 달랐다. 백우가 그대로 청현과 이서를 떼어 놓았다.

"시간이 많지 않습니다. 서두르시죠."

이서는 당황해서 백우를 올려다보았지만, 백우는 그녀 쪽으로는 눈길도 주지 않았다. 백우는 청현을 차갑게 응시하다 재촉하듯 진성에게로 눈을 돌렸다.

"아, 그게……."

이서가 머뭇거리며 백우를 보았다. 백년장자는 이서가 무슨 꽃인지 모른다. 백우 앞에서는 많은 이야기를 할 수가 없었다. 그러나 백우는 나갈 생각조차 없는 듯 그 자리에 서 있었다. 그런 백우에게 자리를 비켜 달라고 말하는 데는 엄청난 용기가 필요했다.

"셋이서만…… 잠깐 얘기해도 될까요?"

백우는 바로 대답하지 않았다. 이서는 간절히 그를 바라보았다. 백우가 여기 있으면, 유보랑이나 멸망꽃에 대한 이야기를 전혀 할 수 없게 된다. 백우는 이서의 마음을 몰랐으나 결국 고개를 끄덕였다.

"잠깐입니다."

백우는 그렇게 말하고 덧붙였다.

"꽃감관님이 향기 나는 꽃을 데려오는 바람에 사령들 눈에 쉽게 띄었을 겁니다. 지체할 시간이 없으니 서두르세요."

진성도 청현의 향이 사람들의 이목을 끌기 쉽다는 건 알고 있었다. 진성은 백우에게 알겠다고 대답했다. 백우는 그를 흘끗 보고, 이서와 눈을 맞추었다.

"약속한 거 기억합니까?"

가지 않겠다고 했던.

이서는 고개를 끄덕였다.

"네, 장자님."

백우는 불안한 얼굴을 했지만 밖으로 나가 주었다. 이서는 백우가 옆에 남아 있길 원했다는 걸 알았다. 그럼에도 백우는 시간을 주고 있었다.

"이서야. 네가 전에 곤륜산에서 잃어버렸던 것 말이다."

백우가 밖으로 나가고 나서 잠시 사이를 두었다가, 진성이 곧장 말을 시작했다. 이서는 고개를 끄덕였다. 버드나무 우듬지를 꺾어 만든 주술 주머니. 그게 이서의 유일한 희망이었다.

백우는 요즘 종종 무섭게 굴지만, 그래도 기본적으로 다정하고 가엽고 이서의 마음을 잡아끌었다. 나중에 진실을 안 그에게 버려진다 해도, 그래도 그때까지는 버틸 수 있지 않을까.

"넌 그걸 버려야 한다."

이서는 대답조차 할 수 없었다. 왜요? 간신히 입을 벌려 그렇게 물었는데, 목소리가 떨렸다. 이서는 진성이 그걸 알아차리지 못했길 바랐다.

"그건 단순한 부적이 아니라 일종의 저주야. 그런 식으로 쓰이는 곤륜산의 버드나무 우듬지는 다 그렇지."

"알아요, 저도 들었어요."

"아니, 넌 제대로 못 들은 거다."

진성이 단호하게 말했다.

이서는 그 주술 주머니를 서왕모로부터 받았다 했다. 그러면서 이제는 괜찮다고, 더 이상 백년장자가 다치지 않는다고 했다. 어리석은 이서, 순진한 내 딸. 서왕모가 아무 악의 없이 이서에게 그걸 내줬다고?

"서왕모가, 네 몸에 쌓이는 저주 때문에 시들게 될 거라고 말했니?"

진성은 곁에 선 청현이 몹시 놀란 걸 알았다. 청현은 이 상황에 대해 전혀 모르니 당혹스러울 수밖에 없으리라. 그러나 지금 중요한 건 그게 아니었다. 진성은 말해야 했다.

이서는 그 주머니를 포기해야 한다. 유보랑이 소유 계약을 파기해 줄 리 없으니, 이서는 결국 백우를 죽이게 될 것이다.

그게 아니라면, 이서는 자신의 생명을 버리게 된다.

이서는 물끄러미 진성을 보았다. 그녀는 백우가 이 자리에 없는 게 다행이라 여겼다. 만약 백우가 듣고 있었다면, 대체 무슨 얘기를 하는 거냐고 추궁했겠지. 대답할 말 같은 건 하나도 준비되어 있지 않았다.

중요한 건 바로 그것이었다.

죽게 될 거라는 말을 들었는데, 백우에게 변명할 말을 먼저 찾고 있는 이 마음이. 그것이 이서에겐 더 중요했다.

"네가 그것 때문에 죽게 될 거라고 말하는 거다."

"꽃감관님."

이서가 낮은 목소리로 진성을 불렀다. 잠깐 침묵했다가 이서가 담담하게 말했다.

"전 주술 주머니를 버리지 않아요."

"그건 널 죽일 거야, 이서야. 내 말이 무슨 뜻인지 모르겠니?"

"아니요, 알아요. 하지만……."

말이 더 나오지 않았다. 이서는 제 입술을 꾹 깨물었다. 백우를 생각했다. 그러자 말이 저절로 나왔다.

"전 아무도 해치고 싶지 않아요."

그녀는 꽃감관을 아버지처럼 생각해 왔다. 진성이 자기를 얼마나 걱정하는지도 알았다. 멸망꽃을 걱정하는 건 꽃감관님뿐일 거야. 이서는 그렇게 생각했다. 진성은 이 경고를 해 주기 위해 천년계곡까지 왔다. 그것이 무척 고맙고 미안했다.

진성은 말을 잃고 이서를 바라보았다. 그러더니, 그가 중얼거렸다.

"그럼, 차라리 죽겠다고?"

"그런 말은 아니지만……."

"주술 주머니를 버리지 않으면 네가 죽게 돼, 이서야."

이서는 잠시 말이 없었다. 두 사람의 대화를 이해하지 못해 침묵하던 청현도, 끈질기게 이서를 바라보았다. 그러나 이서는 살짝 고개를 숙이고 선 채 그저 생각에 잠겨 있었다. 곧 이서가 고개를 들었다.

"유보랑의 꽃이 된 제가 바보였어요."

뜬금없는 소리에 진성도 청현도 대답하지 못했다. 하지만 이서는 진성을 똑바로 바라보며, 중얼거렸다.

"딱 한 번만 멸망꽃이면 된다고 생각했는데…… 그러고 나서, 다른 꽃이 되면 행복해질 거라고……. 그렇게 생각하면 안 되는 거였나 봐요."

경솔했다. 그때는 몰랐다. 그때는, 누구든 죽이게 되더라도, 다른 꽃이 될 수만 있다면 상관없다 여겼다. 열다섯 해를 기다려 수레멸망악심으로 피었으니 어떤 대가를 치르더라도 다른 꽃이 되고 싶었다. 그걸 위해서라면 어느 정도 희생을 감수해야 한다고, 각오해야 한다고, 그렇게 생각했다.

그 무모한 욕심과 각오는 백우 곁에서 지는 꽃처럼 무용했다.

제 손을 잡고, 다칠까 염려하고 보호하는 백우와 함께 있으면 모든 것이 무의미했다. 그것이 설령 천년장자의 선물을 아끼는 마음이라도, 열망에 찬 그 눈을 보고 있으면 마음이 뜨거워졌다. 마치 닫힌 봉우리를 여는 것처럼 제 몸으로 들어서던 백우, 가지 말라고 속삭이던 목소리……

"그땐 솔직히, 별로 깊이 생각하지 않았어요. 그냥 딱 한 번만 참으면 된다고, 한 번만 나쁜 꽃이면 된다고, 그런 다음에 좋은 꽃이 되어서 다 보상할 수 있다고 생각했는데……. 아니었나 봐요. 그게 아닌가 봐요, 꽃감관님."

진성은 이서의 눈에 눈물이 차오르는 것을 보았다. 이서는 참으려고 애썼다. 숨을 깊이 들이쉬고, 내쉬었다. 청현의 향기가 느껴졌다. 자신의 시취와는 완전히 다른. 이서는 어느 때보다도 간절히, 간절히 되뇌었다.

왜?

나는 왜 수레멸망악심일까?

지켜보던 진성이 마침내 나직이 물었다.

"백년장자를 사모하니?"

마침내 이름 붙여진 마음 앞에, 이서는 무섭고 부끄럽고 먹먹했다. 이서는 무작정 고개를 저었다. 진성이 다가와 그녀를 안았다. 어린아이를 달래듯 등을 도닥였다. 이서는 견딜 수가 없었다.

퍽 눈물이 터졌다.

"정말 제가 장자님을…… 그러면 어떻게 해요? 저 때문에 백년 궁도 무너지고, 이러다가 정말 장자님까지……."

"이서야, 괜찮다. 그렇게 되지 않게 도와주마. 더 생각해 보자. 방법을 찾아보면 돼."

이서는 억지로 고개를 끄덕였다. 그녀는 진성의 품에 고개를 묻은 채, 속삭이듯 물었다.

"제가 무슨 꽃인지 알게 되면 어떡하죠?"

"이서야. 그렇게 된다고 해도 네가 나쁜 게 아니야."

이서가 고개를 저었다. 진성이 무어라 더 달래려는지 이서의 얼굴을 보려 했다. 그러나 이서는 진성에게서 떨어지지 않은 채, 중얼거렸다.

"제가 나쁜가 봐요."

"……."

"제가 나빴나 봐요, 제가 뭘 잘못했나 봐요. 그게 아니면 제가 이런…… 이렇게…… 계속 속이고 거짓말하고, 만약에 장자님이 이걸 다 알게 되면……."

날 버릴 거야.

뒤도 돌아보지 않을 거야.

사실은 그게 가장 무서웠다. 백우의 차가운 뒷모습을 보게 되는 것이. 두 번 다시 제게 오지 않을 것이. 솔직히 말하자면 백우가 자신의 배반에 상처받을 것보다, 그로부터 버려지는 게 더 무서웠다.

"전 아무도 멸망시키고 싶지 않아요."

이서가 고개를 들며 말했다. 젖은 목소리였으나 뜻은 분명했다. 이서는 제 품으로 손을 넣어, 주술 주머니를 꽉 움켜쥐었다.

"절대 다치게 하고 싶지 않아요."

그리고 바로 그 순간.

이서의 가슴에서부터 열이 번졌다. 이서는 느낄 수 있었다. 지난번에 느꼈던 바로 그 열이었다. 가슴에서 시작된 열은 금세 손끝 발끝까지 번졌다. 검은 반점이 두두두 올라왔다. 옷 밖으로 드러난 목덜미며 손목, 손등, 얼굴에 이르기까지, 수레멸망악심의 검은 반점에 뒤덮였다.

뜨거워. 이서를 잡고 있던 진성도 깜짝 놀랐다. 단순히 열이 문제가 아니었다. 꽃의 반점이 이서의 몸에 번진 것이다. 이런 일은 이제껏 없었다. 이서가 개화열을 겪었던 날을 제외하고, 수레멸망악심이 이런 식으로 자기 모습을 드러낸 일은 없었다.

"이게 무슨……."

청현도 놀라서 이서를 부축했다. 이서가 휘청하더니 청현의 품에 기댔다. 시야가 가물가물하고 눈알이 터질 것처럼 아팠다. 몸이 너무 뜨거웠다. 겁이 났다. 왜 이러지? 뭐지? 이서는 제 몸의 열을 느낄 수 있었다. 목이 말랐다.

"이서야, 괜찮으냐? 대체 왜 이러는 거지?"

이서가 간신히 목이 마르다고 중얼거렸다. 물. 물이 필요했다. 진성은 급히 방 한쪽의 찻주전자를 가져와 잔에 따랐다. 그대로 이서의 입가에 잔을 꾹 눌렀다. 이서가 입을 벌리고 차를 마셨다.

그러나 소용없었다. 모자랐다. 이서의 몸은 점점 더 뜨거워졌다. 반점이 작정한 듯 이서를 덮었다. 청현은 이서와 닿은 부분이 데일 것처럼 뜨거워지는 걸 느꼈다.

진성은 뭔가 이상하다는 걸 알았다. 이제껏 한 번도 이런 현상을 접한 일이 없었다. 일단 이서에게는 물이 필요했다. 진성은 이서가 개화할 때 열을 견디지 못하고 버드나무 샘에 뛰어들었던 날을 떠올렸다. 약수가 필요했다. 진성은 이서를 자리에 눕히고 일어섰다.

"이서야. 여기 있어라. 내가 천년장자에게 가서 약수를 부탁하겠다. 청현이는 이서를 지키고 있어."

진성은 그다운 차분함을 완전히 잃어버렸다. 이서에게 말할 수는 없었지만 그도 몹시 겁이 났다. 이게 무슨 일인가. 이서가 잘못되기라도 하면? 의심스러워 보인다 해도 천리수를 부탁해야 했다. 천년장자는 의아해하겠지만 오래 지체하지 않고 내어 줄 것이다.

"이서야."

청현이 이서의 손을 꽉 잡아 주었다. 그러나 이서의 몸이 얼마나 뜨거웠던지, 금세 그 손을 놓아야 했다. 맨살이 닿으면 아플 정도로 열감이 심했다. 그 열을 감내하고 있는 이서는 거의 제정신이 아니었다.

"청현아. 목…… 나 목말라……. 너무 뜨거워."

"잠깐만 기다려. 꽃감관님이 약수를 가져오실 거야. 그걸 마시면 괜찮아질 거야."

하지만 이서는 열에 시달리면서도 고개를 저었다. 지금 당장. 당장 필요했다. 목구멍이 찢어지는 것 같았다. 심장이 뛸 때마다, 몸이 들썩일 때마다, 바짝 달아오른 피부가 찢어져 버릴 듯했다.

"나 물…… 너무 목말라……."

급기야 이서는 타는 듯한 갈증을 이기지 못하고 자리에서 일어나려 했다. 그러나 몸에 전혀 힘이 들어가지 않았다. 이서는 허우적거리듯 바닥으로 고꾸라졌다.

청현은 어쩔 줄 몰라 하며 그녀를 감쌌다. 그러나 청현과 닿아 있는 것도 이서는 괴로웠다. 이서는 청현을 밀어 내며 자꾸 목이 마르다는 말만 반복했다.

마침내 청현은 결심한 듯 자리에서 일어섰다.

"다른 곳에서 물을 찾아볼게. 근처에 있을 거야."

이서는 무슨 소리인지도 모르고 고개부터 끄덕였다. 무엇이든 상관없었다. 구정물이라도 좋았다. 차가운 물을 마시고, 물에 몸을 담그면 살아날 수 있을 것 같았다. 이 열이 날 죽일 거야. 이서는 무서웠다. 너무 뜨겁고 아팠다. 살이 갈기갈기 찢어지는 듯했다.

진성도 청현도 사라지고, 이서는 혼자 남았다. 이서는 몸부림치고 헐떡거리고 물을 찾아 방을 기어 다니면서, 또 넘어지고 마른 목으로 기침을 하고 헛구역질을 하면서, 기다리고 또 기다렸다. 제발 아무나 들어와서 물을 좀 주었으면.

얼마나 기다렸을까. 마침내 장지문 열리는 소리가 들렸다. 이서는 기어서 문 쪽으로 다가갔다. 청현일까. 아니면 꽃감관님. 아니면 혹시 장자님일까, 그러면 어쩌지, 이 모습을 들키면…… 하지만 와 주었으면 싶기도 해서…… 이서는 혼란스러웠다. 머리가 쪼개지는 것처럼 아팠다. 이서는 제 손목과 손등을 뒤덮은 반점을 볼 수 있었다. 이서는 제발 백우가 이 반점에 크게 신경 쓰지 않길 바라며, 고개를 들었다.

누군가 장지문 안으로 들어섰다.

유보랑이었다.

이서는 바로 그녀를 알아보지 못했다. 얼굴을 본 지 꽤 시간이 지나기도 했고, 지독한 열 때문이기도 했다. 그러나 들어온 사람이 백우도 진성도 청현도 아니라는 건 명확했다. 이서는 신음하며 고개를 숙였다.

유보랑은 여유로운 걸음으로 다가왔다.

그녀를 방해할 사람은 아무도 없었다. 백우는 연회에서 자리를 지켜야 하고, 꽃감관과 꽃 한 송이는 사라졌다. 이서의 상태를 보니 짐작이 갔다. 분명 약이라도 구하러 간 거겠지. 유보랑은 입매를 말아 웃었다.

이서는 제대로 일어나지도 못했다. 유보랑은 이서 곁에 무릎을 굽혀 앉았다. 이제 이서의 몸은 점점 더 뜨거워져서, 가까이 있기만 해도 열이 전해질 정도였다.

유보랑이 흐트러진 이서의 머리카락을 쓸어 넘겼다. 그 작은 접촉도 고통스러운지 이서가 힘없이 머리를 흔들었다. 유보랑은 천천히 이서를 바르게 눕혔다. 그리고 천천히 이서의 품을 뒤지기 시작했다.

"앙큼한 계집애구나."

노래하는 듯 나른한 목소리. 이서는 거의 알아듣지 못했다. 시야가 가물가물 흐려졌다. 그러나 정신은 끈덕지게 붙어 있었다. 누구지. 들어 본 적 있는 목소리다……. 아는 얼굴. 조금 무서워했던…….

유보랑의 하얗고 긴 손가락이 이서의 옷자락을 헤집었다. 옷고름을 풀고, 손이 안으로 쑥 들어왔다. 어디 있을까, 어디에 숨겼니, 우리 순진한 이서.

"열이 많이 나네. 소유 계약을 어겨서라고 생각하진 않니?"

유보랑이 그렇게 중얼거렸다. 사실 그 소유 계약을 어기면 꽃에게 어떤 문제가 생기는지, 그녀도 몰랐다. 아마 진성은 알지도 모른다. 하지만 굳이 물을 필요는 없으리라. 이서는 이렇게 열에 시달리고 있으니까. 이제 이서는 숨 쉬는 것도 버거워 보였다.

곧 유보랑은 이서의 주술 주머니를 찾아냈다. 천을 얼기설기 끼워 만든 평범한 주머니였다. 위를 끈으로 조이게 되어 있었는데, 언뜻 향주머니처럼 보이기도 했다. 유보랑은 그 주머니를 이리저리 들춰 보다가 살짝 냄새를 맡아 보았다.

"서왕모한테서 받았니?"

유보랑이 마치 아픈 딸을 돌보듯 이서의 이마를 짚으며 물었다. 말도 안 될 정도로 뜨거웠다. 유보랑은 주머니를 꾹 쥐었다. 정확히 뭔지는 몰라도 이게 이서의 힘을 막았고, 그래서 백우가 여직 멀쩡한 모양이었다.

안 되지. 유보랑은 미소를 지었다. 안 돼. 약속과 다르잖아.

"가서 백우에게 안기렴."

어서 가서 죽여 버려.

유보랑이 일어서려는 순간, 탁, 이서가 그녀의 손목을 잡았다. 거의 불에 닿은 것처럼 뜨거웠다. 유보랑은 반사적으로 그 손을 뿌리치려 했다. 그러나 이서는 유보랑이 생각했던 것 이상으로 단단히 힘을 준 상태였다.

"안 돼……."

이서가 중얼거렸다. 그때 마침, 이서의 얼굴에서 서서히 반점이 걷혔다. 반점은 마치 피부 속으로 흡수되는 것처럼 흐려지다가 사라졌다. 열은 시작되었을 때처럼 빠르게 걷혔다. 하지만 이서는 여전히 제정신이 아니었다.

"그건 안 돼."

이서가 다시 중얼거렸다. 이서는 의식을 잃어 가고 있었다. 유보랑은 다른 손으로 이서의 손목을 떨쳐 버렸다.

"넌 백우를 죽이기로 약속했어."

유보랑이 속삭였다. 이서는 그 말을 들을 수 있었다.

"난 약속 안 지키는 아이를 싫어하지. 설령 너와 서왕모가 다음에도 이런 술수를 부린다 해도, 난 또 빼앗아 태울 거야."

이서는 주머니를 빼앗기면 안 된다는 걸 알았다. 너무나 간절했다. 그러나 열이 한번 태우고 간 몸은, 예전과는 다른 새 몸이 된 것처럼 뜻대로 움직여지지가 않았다. 이서는 애를 썼으나 고개조차 제대로 가눌 수 없었다.

저게 없으면.

난 장자님을 죽이게 될 거야.

"네 운명대로 백년장자를 죽이러 가렴."

유보랑은 웃으며 일어섰다. 백우는 분명 이 꽃에게 정을 주었을 것이다. 그러니 몰래 숨겨 환영받지 못하는 천년궁까지 데려오고, 꽃감관을 인도해 만나게 해 준 것이다. 눈물겨운 부녀 상봉이었겠군. 유보랑은 조소했다.

백우도 별수 없다. 그 피가 어디로 가겠나. 결국 백우도 사랑에 눈멀어 컴컴한 구덩이로 굴러떨어지게 될 것이다. 이 꽃이 멸망꽃인 걸 알아도, 한번 마음을 주었다면 기꺼이 이 꽃을 안고 죽으리라.

제발 빨리 죽어 버렸으면.

유보랑은 그렇게 중얼거렸다. 작은 소리라, 이서는 듣지 못했다. 유보랑은 이서를 그대로 내버려 두고 밖으로 나왔다. 낭하는 조용했다. 유보랑은 만족스레 웃었다.

백우만 죽으면.

그 여자의 아들만, 이 세상에서 없어진다면.

진성이 다급하게 천년장자를 찾아 연회장으로 돌아왔을 때, 공교롭게도 그는 자리를 비운 상태였다.

빈자리를 본 순간 진성은 정말 미칠 것 같았다. 이서는 오래 견디지 못한다. 저 열이 저절로 떨어지면 좋으련만. 그러나 이서는 개화열도 유독 오래 앓은 꽃이었다. 서둘러 약수를 구해 돌아가야 하는데 천년장자가 없으니 애가 탔다.

"무슨 일이십니까?"

백우가 무구한 얼굴로 다가와 물었다. 몰래 진성을 데려가 이
서와 만나게 한 사람처럼 보이진 않았다. 진성은 순간적으로 이서
가, 하고 말을 시작했다가 입을 꾹 다물었다.

'제가 무슨 꽃인지 알게 되면 어떡하죠?'

진성도 그걸 확신할 수 없었다.

만일 이서가 멸망꽃이라는 걸 알게 되면, 백년장자는 어떻게
반응할 것인가. 그래서 이서의 상태를 보여도 되는지 확신이 서지
않았다. 그러나 약수는 급했다. 진성은 얼른 백우에게 속삭였다.

"천리수를 구할 수 있겠소?"

백우는 눈을 깜빡였다. 천리수. 천년계곡의 약수를 말하는가.
천년궁 안에 약수를 뜰 곳이 있었다. 물길을 틀어 약수가 고이게
한 곳이었다. 그러나 약수가 가까이 있느냐 없느냐는 문제가 아니
었다. 백우는 천년계곡의 주인이 아니었다. 부친의 것에 마음대로
손을 댈 수는 없었다.

"어렵습니다."

"구해야 하오. 이서에게 필요한 것이라."

"무슨 문제가 생겼습니까?"

"갑자기 열이 심하게 나서……."

백우는 더 듣지 않고 고개를 끄덕였다. 오래전 이서가 아팠을
때 백리수를 구해다 먹인 적 있는 백우는, 이번에도 이서가 돌연

앓는 모양이라고만 생각했다.

"가까이에 약수를 모아 둔 곳이 있습니다. 가져가겠습니다."

그렇게 말한 백우는 바로 등을 돌렸다. 서두르는 몸짓이었다. 외면받는 자식이라 해도 천년장자의 친자니 자리를 지켜야 할 텐데. 그러나 진성은 백우보다 이서가 더 걱정이었다. 백우가 알아서 이서의 거처로 오겠거니 하며 진성도 허둥지둥 연회장의 물을 챙겨 이서에게로 돌아갔다.

다시 돌아온 천년궁엔 마침 다른 곳에서 차를 구해 온 청현도 쓰러진 이서의 입에 차를 흘려 넣으려 애쓰고 있었다. 검은 반점이 걷힌 채였다. 그 모습을 보자마자 진성은 형언할 수 없는 안도감을 느꼈다.

"열은 어떻지?"

"이젠 괜찮습니다. 정상이에요."

청현은 고개를 끄덕였다. 그러면서 이서의 몸을 반쯤 일으켜 계속 차를 마시게 하려 했다. 입술이 바짝 갈라 터져 있어, 서둘러 물이 필요해 보이긴 했다. 하지만 차는 계속 입 밖으로 흘러내릴 뿐이었다. 진성도 청현도 마음이 조급해졌다.

"안 되겠습니다."

청현은 차를 제 입에 머금고, 그대로 몸을 숙였다.

다급한 접문이었다.

열이 내렸는데도 이서의 입술은 뜨거웠다. 이럴 때가 아니라는 걸 알면서도, 청현은 머리가 어떻게 되어 버릴 것만 같았다. 서천에서, 이서는 내내 청현의 마음을 몰랐고 알았다 해도 받아들였을

지는 미지수였다. 친구의 자리를 지키며 이서를 바라본 시간을 뛰어넘어, 마침내 청현은 이서와 닿아 있었다.

이서의 입은 힘없이 열렸다. 청현은 이서의 고개를 살짝 들고, 입에서 입으로 차를 전했다. 이서가 의식을 잃은 채로 몇 차례 기침을 했다. 그러나 그뿐이었다. 이서는 깨어나지 못했다. 청현은 더욱 마음이 급해졌다. 그가 다시 한번 차를 머금고 몸을 숙이는 순간, 장지문이 열렸다.

그리고 안으로 들어서려던 백우는 돌처럼 굳은 채 그 자리에 멈춰 섰다.

그는 청현에게 안긴 이서를 보았다. 그가 안았던, 그가 나눴던, 이서였다. 소유 계약을 맺은 적은 없으나 이서는 자신의 꽃이었고 누구도…… 설령 아버지나 다름없는 꽃감관이라도 제게서 빼앗아 갈 수 없는 존재였다.

그런데.

오늘 처음 본, 저 기이한 향을 뿜는 꽃이, 이서를 안은 채 접문하고 있었다.

백우는 그대로 성큼성큼 걸었다. 그대로 이서의 팔을 잡아 거칠게 당겼다. 혼절한 이서는 힘없이 끌려왔다. 백우는 당장이라도 달려들 것처럼 사납게 청현을 노려보았다.

"뭐 하는 짓이지?"

백우가 바짝 이서를 안았다. 갑자기 이서를 빼앗긴 청현은 앉은 채 백우를 올려다보았다. 무어라 설명해야 하는데, 입이 떨어지지 않았다. 이서의 입술은 뜨겁고 달았다. 바짝 마른 입 안이 오히려 청현을 부르는 듯싶었다. 청현은 그제야, 자신이 이서에게 너무 몰두했음을 깨달았다.

"내 꽃이다."

이서의 몸이 백우의 품에서 축 늘어졌다. 그러나 백우는 이서가 혼절한 것도 알아차리지 못했다. 생경한 분노가 눈앞을 흐리고 몸을 뜨겁게 했다. 이서를 빼앗길 뻔했다는 것만이 중요했다. 그 외에는 아무것도, 이서조차도 중요치 않았다. 지독한 모순이었으나 백우는 몰랐다. 그는 살기가 깃든 목소리로, 경고했다.

"손대지 마."

이서는 제 입으로 차가운 물이 들어오는 걸 느꼈다. 아무 향도 없는, 청량한 물이었다. 그 물은 이서의 입 안을 적시고, 자기 온도를 잃지 않은 채 그대로 목을 타고 배 속으로 내려갔다. 처음에 이서는 그저 가만히 그 물이 몸에 활기를 불어넣는 걸 느꼈다. 그러다가 갑자기 갈증을 느꼈다. 이서는 본능적으로 제 앞에 있는 머리를 껴안고 적극적으로 매달렸다.

잠시 시간이 지난 후에야 이서는 자신이 바닥에 누워 있다는 걸 알았다. 그리고 약간의 시간이 더 지나자, 누군가 제 상체를 조금 들어 올려 입으로 물을 전하고 있다는 걸 깨달았다.

이서는 눈을 떴다.

검은 눈동자. 익숙한 얼굴. 백우는 눈을 뜨고 있었다. 이서는 눈을 크게 뜨고 백우를 보았다. 접문……. 백우는 이서에게 약수를 먹이고 있었다. 아니, 그것보다는 차라리 백우가 이서를 마시고 있다고 해야 옳을 듯했다.

다음 순간.

"콜록, 콜록!"

이서가 백우를 거세게 밀쳤다. 백우가 이서를 단단히 안고 있어 둘의 거리는 벌어지지 않았다. 대신 입술은 떨어졌다. 이서는 고개를 숙이고 연거푸 기침을 했다.

"괜찮습니까?"

백우가 낮은 목소리로 물었다. 이서는 고개를 저었다. 손이 덜덜 떨렸다. 반사적으로 제 손등부터 살폈다. 다행히 반점은 사라지고 없었다.

"놔…… 놔주세요."

이서가 중얼거렸지만 백우는 듣지 않았다. 그는 오히려 이서의 허리를 더욱 단단히 안았다. 이서는 오른손을 들어 정신없이 제 품을 뒤졌다.

없어.

아무것도 없어.

손이 덜덜 떨렸다. 이서는 헐떡였다. 그녀가 고개를 들어 진성을 보았다. 열에 시달리며 혼자 방에 있을 때, 유보랑이 들어온 게 떠올랐다. 제대로 반항조차 하지 못하고 주머니를 빼앗긴 것도.

"놔요!"

이서가 제 허리에 감긴 백우의 팔을 풀어냈다. 이서가 너무 거칠게 움직인 탓에, 백우는 주춤 물러섰다. 그 어느 때보다도 강렬한 거부였다. 이서의 얼굴에서 핏기가 싹 가셨다. 이서는 넋이 나간 것처럼 중얼거렸다.

"뺏겼어."

그 말을 온전히 이해한 사람은 아무도 없었다.

다음 순간, 이서는 벌떡 일어났다. 그러나 몸이 금세 무너졌다. 백우가 얼른 그녀를 받아 안았다. 이서는 사력을 다해 백우의 손을 걷어 냈다. 그리고 거의 고꾸라지듯 문으로 달려갔다. 방 안에 함께 있던 청현이 얼른 그녀의 팔을 낚아챘다. 이서는 그마저도 사납게 뿌리쳤다.

거의 부수듯 장지문을 열었다. 최대한 백우로부터 멀어져야 한다는 생각밖에 들지 않았다. 다리가 덜덜 떨리고 몸에 힘이 제대로 들어가지 않았다. 뒤에서 소란스러운 소리가 들렸다. 이서는 몇 번이고 넘어지고 바닥을 구르고, 또 벽을 짚고 일어나고, 또 넘어지고, 기고, 헐떡이며 나아갔다.

나가는 길. 천년궁을 떠나야 해. 장자님이 없는 곳으로. 멀어져야 해.

이서는 무작정 나아갔다. 천년궁은 백년궁과는 비교도 안 될 정도로 넓고 여기저기 돌아다녀 본 일도 없었으므로, 어디가 나가는 길인지 전혀 알 수 없었다. 이서는 무조건 달렸다.

길을 잘못 든 게 분명했다. 인적이 점점 드물어졌다. 뒤에서 사람들이 쫓아오는 소리가 들렸다. 구역질이 날 정도로 숨이 가빴다. 못 도망쳐. 숨어야 돼.

이서는 모퉁이를 돌았다. 그리고 가장 가까이 있는 장지문을 열었다. 안에 뭐가 있는지 보지도 않고 거세게 문을 닫았다. 몸을 낮추고 방 안쪽으로 기듯이 나아갔다. 문밖으로, 다급한 발소리가 들렸다. 이서는 미친 듯이 뛰는 심장을 느끼며 웅크렸다. 긴장을 견딜 수 없어 눈을 질끈 감았다.

곧, 사방이 고요해졌다.

지독한 향기가 코를 찔렀다. 이서는 천천히, 눈을 떴다. 그리고 여러 차례 깜빡였다. 자기 눈을 의심하면서.

꽃이다.

이서는 제가 짓뭉개고 앉은 것이 무엇인지 보았다. 온 바닥이, 다 꽃이었다. 선명하고, 눈을 찌르는 듯 날카로운 보라색. 이서는 아주 느리게 고개를 들었다.

꽃. 꽃. 꽃.

바닥도, 사면 벽도, 천장도, 전부 꽃이었다.

다 같은 꽃이었다. 꽃은 벽이며 천장까지 덩굴을 뻗어 만개했다. 벽이 원래 무슨 색이었는지조차 알 수 없었다. 보라색 꽃들은 마치 기백만 군인처럼 군집한 채 폭발할 듯 피어 있었다. 향이 지독했다. 이서는 자기도 모르게 코를 막았다. 제 손과 무릎 아래 짓뭉개진 꽃이 보였다. 손과 치마가 보랏빛으로 물들었다.

이서는 비틀비틀 일어났다. 더럭 겁이 났다. 왜 무섭지. 이서는 빽빽하게 핀 보라색 꽃 사이에서 정신이 혼미해지는 것을 느꼈다. 이게 뭐야. 왜 여기 이 꽃들이 가득하지? 이서는 주춤주춤 뒷걸음 질을 쳤다. 하지만 도망칠 데가 없었다.

꽃의 크기는 다 달랐다. 손바닥만 한 것도 있고 손톱만 한 것도 있었다. 그러나 생김은 모두 똑같았다. 이서는 이게 무슨 꽃인지 알았다. 이런 곳에 이렇게 많이 있으면 안 되는 꽃이었다.

지금의 상황을 하나도 알 수가 없었다. 나가야 해. 이서는 휘청거리며 장지문을 열었다. 문까지 덩굴이 번지지 않은 게 기이할 정도였다. 이서는 문을 여는 제 손이 덜덜 떨리는 걸 보았다. 그걸 보자 갑자기 서러움이 치밀었다. 주머니는 잃어버렸고, 아무 설명도 하지 않고 백우 앞에서 달아났고, 지금은 어딘지도 모르는 곳에서 혼자였다. 그것도 사방 천지를 가득 메운 보라색 꽃의 방에서.

한시도 그 방에 계속 있고 싶지 않았다. 나가려는데, 갑자기 발목이 뭔가에 붙잡혔다. 이서는 공포에 질려 뒤를 돌아보았다. 길게 뻗은 덩굴이 이서의 발목에 감겨 있었다.

"놔!"

그렇게 소리치며 이서는 그대로 앞으로 나가려 했다. 그러나 덩굴은 이서를 놓지 않았다. 쾅! 그대로 넘어진 이서는 필사적으로 덩굴로부터 벗어나려 했다. 덩굴은 점점 더 억세게 이서를 감더니 다리를 타고 점점 더 위로 올라왔다. 처음에는 한 줄기였으나 나중에는 여러 줄기가 방으로부터 이서를 향해 뻗어 나와 다리를 칭칭 감았다.

"안 돼, 놔줘! 왜 이러는 거야!"

이서가 비명을 질렀다. 그러나 꽃들은 이서의 말을 알아듣지 못했다. 이제 붙잡힌 다리가 떨어져 나갈 것처럼 아파 왔다. 덩굴이 다리를 끊어 버릴 것처럼 억세게 달라붙었다.

"이서야!"

이서가 번쩍 고개를 들었다. 진성이였다. 이서가 소리쳐 그를 불렀다. 진성은 이서의 다리를 휘감은 덩굴을 보더니 눈을 크게 떴다. 곧 그는 이서에게로 달려와 품에서 날카로운 가위를 꺼냈다. 서천에서 쓰던 물건이었다. 진성은 망설임 없이 덩굴을 잘라 냈다. 덩굴은 잠시 진성의 손목과 가윗날을 감았으나 곧 힘을 쓰지 못하고 스스스 방 안으로 물러났다. 진성이 있는 힘껏 장지문을 닫았다.

"이서야. 괜찮으냐?"

이서는 고개를 저었다. 그녀는 주저앉은 채로 숨을 헐떡였다. 그러고 나서 진성에게 이게 어떻게 된 일이냐고 물으려 했다. 저 꽃들은 그냥 꽃이 아니었다. 서천의 꽃이었다. 한두 송이라면 모를까, 여기 이렇게 군집하면 안 되는 꽃이었다. 그걸 묻기 위해 입을 연 순간, 그녀의 입에서는 전혀 다른 말이 나왔다.

"꽃감관님. 저 도망쳐야 돼요."

말을 뱉은 후에야, 이서는 지금 저 꽃은 중요치 않다는 걸 알았다.

그녀가 주저앉은 채로 더럭 진성의 품에 매달렸다. 얼굴이 시체처럼 창백했다. 이서는 더듬더듬 반복했다.

"저 가야…… 여기서 나가야 돼요. 그러니까, 장자님 없는 데로…… 먼 데로요. 아니, 아니, 저기, 저희 곤륜산으로 가요. 저좀, 거기로 데려다주세요, 서왕모님한테, 그게, 제가……."

"이서야. 이서야, 진정해라. 왜 이러니?"

"저 뺏겼어요."

이서는 일어나려고 버둥거리며 중얼거렸다. 목소리가 잔뜩 갈라져 나왔다. 아까 덩굴에 감겼던 다리가 너무 아팠다. 하지만 빨리 떠나야 했다. 진성이 몹시 당혹한 얼굴로 이서를 부축했다.

"유보랑이 제 주머니를 뺏어 갔어요. 그거 없으면 안 되는데, 꽃감관님, 빨리요. 저 빨리 가서 그거 다시…… 일단 빨리, 곤륜산으로 가야 돼요, 빨리요."

진성은 이서의 말을 전부 알아들었다. 그러나 곤륜산으로 가는 건 찬성할 수 없었다. 일단 그는 이서를 진정시켜야 했다.

하지만 이서는 이미 제정신이 아니었다. 미친 듯이 열이 올랐다가 유보랑에게 주머니를 뺏기고, 약수를 먹고 정신을 차리자마자 앞뒤 가리지 않고 달아났다. 제정신일 수가 없었다. 이서는 이제 거의 발작하듯 떨고 있었다.

"제발요. 제발 빨리요. 제발. 저 이렇게 있으면 또 전처럼 돼요. 여기도 백년궁처럼 무너져요. 이번엔 정말 다 죽을 거예요."

"알았다. 알았어, 이서야, 여기서 나가게 해 줄 테니 걱정 마라. 진정해. 숨 쉬고. 숨 쉬어."

이서는 그제야 숨을 크게 들이쉬었다. 숨이 모자랐다. 이서는 헐떡였다.

"서천으로 가자, 이서야."

진성이 결연한 얼굴로 말했다. 언제 백년장자가 이리로 올지 몰라 긴장이 되었다. 따로 찾아보기로 하고 흩어졌지만 백우는 곧 이리로 올 것이다.

"내가 유보랑을 설득해 어떻게든 계약을 끊어 주마."

이서는 눈을 깜빡였다. 곧, 그녀는 고개를 저었다. 여전히 목소리가 떨렸지만, 아까보다는 한결 나아진 기색이었다.

"안 되잖아요, 그런 거."

"되게 하겠다. 내가 유보랑을 설득하면 돼."

이서는 고개를 저었다. 열에 시달려 의식이 흐려진 상태로도, 이서는 유보랑의 증오를 느낄 수 있었다. 오직 백우를 향한.

가서 죽여 버려. 그녀는 처음으로, 소유자의 감정에 공명했다. 유보랑은 백우의 죽음을 바랐다. 그것도 아주 간절히.

"곤륜산에 데려다주세요……. 제발요."

이서는 반복했다. 진성은 알 수 있었다.

이서는 백우를 포기하지 않는다.

백년장자의 곁에 있는 것을 단념하지 못한다.

진성은 아득해졌다. 언제 이렇게 되었을까. 이러면 안 되는 거였는데. 이럴 수 없는 건데……. 왜 하필 이서가, 하필이면 이서란 말인가. 아니, 왜 하필 백우인가. 왜 하필 유보랑이었는가.

이서는 진성에게 의지한 채 걸었다. 다리에 힘이 풀려 제대로 걷기가 힘들었다. 어서 여길 떠나, 곤륜산으로 가, 서왕모에게 엎드려 빌어서라도 새 주술 주머니를 받아야 한다는 생각이 이서를 지배했다. 팔다리의 움직임이 남의 것처럼 생경했다. 아까의 열 이후, 새 몸을 입은 것처럼 사지가 낯설고 불편했다.

이제는 다른 사람들 눈에 띄는 것도 중요치 않았다. 이미 유보랑에게 들켰다. 어떻든 상관없었다. 이서는 진성이 이끄는 대로 걸었다. 손님인지라 뒷문으로 나갈 수도 없고 뒷문이 어딘지도 몰라서, 둘은 결국 사람들이 잔뜩 모여 있는 연회장까지 나가야 했다.

진성은 연회장으로 나가는 문까지 이서를 데려다주고, 주위를 둘러보았다.

"잠시 기다리렴. 청현이를 데려와야겠다."

진성은 청현이 어디쯤 있는지 느낄 수 있었다. 그는 서둘러 걸음을 옮겼다. 연회장과 본궁 안을 오가는 사령들이 이상하다는 듯 이서를 흘끗거렸다. 그러나 이서는 그들에게 신경조차 쓰지 못했다. 이서는 벽에 기대선 채 숨을 깊이 들이쉬고 또 내쉬었다.

잘될 거야.

괜찮아. 서왕모님께 가자. 가서 주술 주머니를 하나만 더 달라고 하자. 버드나무가 한 그루만 있는 것도 아니고, 분명 더 만들 수 있을 거야. 그런 다음에 다시 돌아오면 돼……. 그렇게 자신을 안심시켰다. 하지만 마음은 조금도 나아지지 않았다. 눈을 떴을 때 처음 봤던 백우의 얼굴, 기이한 열기가 담겨 있던 그 눈…….

이서는 눈을 떴다.

그리고 보았다. 백우였다. 그가, 먼 곳에서부터 이쪽으로 달려오고 있었다. 어떻게? 생각할 겨를도 없었다. 이서는 무작정 등을 돌렸다. 문을 벌컥 열고 연회장으로 뛰쳐나갔다.

사람들이 너무 많아 제대로 나아가기가 힘들었다. 하지만 이서는 있는 대로 힘을 주어 사람들을 밀치고 앞으로 나아갔다. 너무 거칠게 움직여 소란이 일었다. 시선이 집중되었다. 천년장자는 의아하게 그쪽을 바라보고, 유보랑은 미소를 지었다.

이서는 뒤도 돌아보지 않았다. 백우가 어떤 표정을 짓고 있는지, 도저히 볼 수가 없었다.

금방 올게요.

이서는 달리면서 생각했다. 연회장에서 천년궁 밖으로 나가는 통로를 지났다. 금방 올게요, 꼭 다시 올게요, 주술 주머니만 다시 얻으면……. 통로를 다 지나자 학이 보였다. 어떤 게 진성과 청현이 타고 온 학인지 알 수 없었다. 이서는 학을 지키고 있던 사령에게로 뛰어갔다.

"서천에서 온 게 어떤 거예요?"

사령이 저만치 서 있는 두 마리 학을 가리켰다. 이서는 그쪽으로 달렸다. 뒤를 돌아보니 백우가 막 밖으로 나오고 있었다. 이서가 얼른 학에 올라탔다. 학이 이서를 흘끗 보더니 제가 태우고 온 사람이 아니라는 걸 알고 떨어뜨리려는 듯 몸을 뒤척였다.

"제발. 제발, 제발, 부탁이야. 난 서천의 꽃이야. 네가 꽃감관님의 학이라면 날 곤륜산으로 데려다줘."

학은 잠잠했다. 백우가 달려오는 게 보였다. 이서가 그에게서 시선을 떼며 다시 한번 제발, 하고 말했다. 학이 펄럭 날개를 펼쳤다.

순식간에 지상이 멀어졌다.

이서는 뒤를 돌아보았다. 제자리에 붙박인 듯 선 백우가 보였다. 표정을 정확히 볼 수 없었다. 차라리 그래서 다행이었다.

금방 돌아올 테니까, 보지 마세요.

이서가 입술을 달싹였다.

내 뒷모습을 보지 마.

7장
배반의 향기

천년장자는 또 흰 휘장 너머를 응시하고 있었다.

가슴팍이 규칙적으로 오르내렸다. 유보랑은 그 맨가슴에 손을 얹었고, 천년장자가 자기를 돌아보길 기다렸다. 기다리고 또 기다렸다. 하지만 천년장자는 유보랑을 보지 않았다. 그가 휘장을 젖힐 것처럼 손을 뻗었다가, 툭 떨어뜨렸다.

장자님, 하고 유보랑이 속삭였다. 촉, 천년장자의 벗은 어깨에 입을 맞추었다. 저 좀 보셔요. 유보랑이 나른함을 가장한 목소리로 재촉하자, 천년장자는 마침내 고개를 돌렸다. 그러나 여전히 먼 곳을 보는 얼굴이었다. 멍한 얼굴. 그 표정이, 얄궂게도 백우와 닮아 있었다.

"백우는 어딜 그리 급히 갔을까요?"

유보랑이 속살거렸다. 천년장자는 대답 없이 유보랑의 얼굴을 들여다보았다. 유보랑은 그가 왜 자꾸 제 얼굴을 보는지 알았다. 그가 왜, 예외적으로 자신만 천년궁에 들였는지도 알았다.

"인사도 없이 갔던데…… 보좌와 사령도 그저 내버려 두고 말이지요."

"누굴 따라가는 모양이던데."

천년장자가 느리게 대꾸했다. 유보랑이 물어 답했다기보다는 그저 혼잣말 같았다. 하지만 유보랑은 그 정도로도 괜찮았다.

"백우도 사내가 되었나 봅니다."

유보랑은 웃으며 말했다. 그쯤 해 두고 유보랑은 지나간 연회 이야기를 꺼냈다. 하지만 천년장자는 금세 흥미가 사라진 듯 다시 휘장 쪽으로 고개를 돌렸다. 유보랑이 아랫입술을 살짝 깨물었다.

천년장자는 아들을 박대하면서도 그 아들 이야기에만 관심을 보였다. 그 외의 일에는 심드렁했다. 아니, 엄밀히 말하자면 그는 유보랑에게 관심이 없는 것이었다. 천년장자는 선인들의 수명을 관리하는 제 일도 충실히 해냈고 보좌인 문천성과는 종종 농담을 하며 웃기도 했지만, 유보랑에게는 눈길도 제대로 주지 않았다.

두고 보라지. 백우만 죽으면.

유보랑은 웃으며, 드물게 천년장자의 품에서 벗어나 연죽을 들었다. 태워도 될까요, 그녀는 여상히 물었고 천년장자는 마음대로 하라는 듯 고개를 끄덕였다. 잘 빻은 보라색 연초가 가득 들어 있었다. 입김을 불어 불씨를 되살렸다. 유보랑은 만족스러운 얼굴로 물부리에 입술을 가져갔다.

이서의 주머니는 태웠다.

과연 곤륜산의 서왕모가 만든 것이라 잘 타지도 않았다. 하지만 제아무리 여신이 만든 것이라 해도 불에 내던져진 이상 소용없었다. 유보랑은 거의 한 시진 정도 화로 앞에 서서 타들어 가는 주머니를 바라보았다. 백우의 미래도 저렇게 그을리고 오그라들며 재만 남기고 사라지길 빌면서.

생각보다 일이 잘되었다.

유보랑은 미친 듯 이서를 따라 달리던 백우를 똑똑히 보았다. 예의 바른 청년인데, 마구잡이로 연회장의 사람들을 밀치고 달렸다.

이제 이서가 도망쳐도 소용없다. 일이 어쩌면 이렇게 아귀가 딱딱 맞게 돌아갈까. 운명의 풍향계는 백우의 죽음을 가리키고 있었다. 이서는 절대 백우를 벗어나지 못할 것이다.

서왕모며 백우의 보좌 패율선이며 백년궁 사령들이 제아무리 용을 써도, 백우의 운명은 바꾸지 못하리라. 유보랑은 달게 연기를 들이마셨다. 가만히 누워 있던 천년장자는 곧 보좌 문천성을 불러 옷을 준비하라 하고, 유보랑에게도 그만 나가라 명령했다. 마음이 흡족하여 그 명도 서운치 않았다.

이서를 태운 학은 곧장 곤륜산으로 날아갔다.

전경은 제대로 보이지도 않았다. 이서는 너무 막막하고 무섭고 미안해서 입 안쪽 살만 잘근잘근 씹었다. 마음이 안정되지 않았다. 백우는, 제 뒤에 서서 하염없이 자신만 올려다보던 백우는. 혹시라도 말을 섞으면 또 천년궁이 무너지기라도 할까 급히 달아났지만, 금방 돌아오겠다고 한마디만 했어도 되지 않았을까.

하지만 모르는 일이었다. 게다가 천년궁에는 어마어마하게 많은 사람들이 모여 있었다. 그때 궁이 무너졌다면……. 게다가 백우 부친의 궁인데……. 상상하고 싶지도 않았다. 이서는 하릴없이 학을 재촉했다.

'안 가요. 장자님만 두고는 안 갈게요.'

약속했는데.

버리고 갔다는 오해를 하게 만들긴 싫었다. 그날 백우가 얼마나 절박하고 갈급하게 매달려 왔던가. 이서는 그가 가여웠다. 그가 자신을 미워하거나 의심하는 건 싫었다. 괜찮아. 이서는 애써 자신을 달랬다. 주술 주머니만 새로 받은 다음에, 가서 해명하면 돼. 뭐라고 하지. 뭐라고 해야 믿어 줄까?

도저히 뾰족한 수가 생각나지 않았다. 그러는 사이 학은 곤륜산 아래 이서를 내려 주었다. 뒤집힌 산 앞에 서서, 이서는 까마득히 높은 정상을 목이 아프도록 올려다보았다.

"서왕모님!"

어떻게 해야 할지 몰라 이서는 무작정 외쳤다. 여러 차례 서왕모를 불렀지만 하늘은 잠잠했다. 곤륜산 주위를 나는 새들이 이서 가까이 날아왔다가 휙 선회해 돌아가곤 했다. 서왕모가 길을 열지 않으면 곤륜산으로 올라갈 수 없다. 이서는 마음이 급해졌다. 지금 이 순간에도 백우가 제자리에 서 있을 것 같았다.

"서왕모님!"

그 뒤로도 이서는 다섯 번이 넘게 서왕모를 불렀다. 그리고 마침내 천마가 모습을 드러냈다. 천마는 전처럼 빠르게 날아와 이서 앞에 섰다. 이서보다 훨씬 큰 천마는 날개를 접지 않은 채 이서를 내려다보았다. 이서가 얼른 천마에게 말했다.

"왕모님을 뵈러 왔어요. 혹시, 혹시 태워 주실 수……."

"타. 시끄러워 죽겠다."

서왕모가 그렇게 말했다는 건지, 천마가 그렇다는 건지 알 수 없었다. 어떻든 천마는 무릎을 굽혀 주었고 이서는 고개를 숙여 보이고 조심스레 천마의 등에 올라탔다. 천마는 그대로 땅을 박차고 곤륜산을 향해 솟구쳤다. 전에 탔을 때보다 거친 움직임이라, 이서는 떨어질까 싶어 천마의 목을 꽉 끌어안아야 했다.

한참을 기다려야 할지도 모른다고 생각했는데, 서왕모는 이서를 기다리고 있었다. 두 사람이 처음 만났던 누각 위였다. 이서는 언젠가 부력 없는 물 위로 떨어졌던 날을 떠올리며, 천천히 누각 계단을 올랐다. 그때 진성과 서천의 교룡이 찾아왔다. 위험을 무릅쓰고 몰래 물길을 타고 곤륜산으로 와 주었다.

이서에게 경고하기 위해서.

'절대 서왕모에게 네 정체를 들켜선 안 돼. 곧장 널 가두거나 죽일 거다. 서왕모는 백년장자의 친모와 아주 각별한 사이였어.'

이서는 눈을 감았다 떴다. 긴 숨을 내쉬었다. 그 숨이 조금 떨려서, 이서는 자기가 겁을 먹었다는 걸 알았다. 하지만. 이서는 마지막 계단을 올랐다. 붉은 비단옷을 입고 머리카락을 높이 올려 묶은 서왕모가, 한가롭게 누각 난간에 기대 있었다. 이서는 서왕모의 시선을 피하지 않았다. 이서는 흔들리는 걸음으로 나아가, 서왕모 앞에 무릎을 꿇었다.

"백우는 어쩌고 혼자 왔니."

이서는 마른침을 삼켰다. 서왕모는 여전히 나른한 자세였다. 화를 낼지도 몰라. 이서는 겨우 입을 열었다.

"예전에 주셨던 주술 주머니를 잃어버렸어요."

그러고 나서 이서는 서왕모의 말을 기다렸다. 바닥의 나뭇결이 눈에 들어왔다. 이서는 두려움을 떨치려고, 그 나뭇결에서 눈을 떼지 않았다. 그러나 심장이 목으로 튀어나올 것처럼 뛰었다. 자꾸 손끝이 차가워졌는데, 반대로 머리와 눈가는 열이 몰려 뜨거웠다.

"그래서?"

이서는 고개를 들 생각도 하지 못하고 굳어졌다.

하지만 서왕모는 특별히 책망하는 것 같지 않았다. 마치 이렇게 될 줄 알았다는 듯, 여유롭고 한가한 태도였다. 이서는 조심조심 눈을 들어 서왕모의 기색을 살폈다. 마침 역광이 들어, 그녀의 얼굴이 제대로 보이지 않았다. 이서는 그새 해가 지고 있음을 알았다.

"만들기 쉽지 않은 거라고 하셨던 걸 기억하고 있습니다. 다시는…… 절대 잃어버리지 않을 테니까, 하나만 더……."

"복줄꽃 이서야."

서왕모는 이서의 말을 뚝 끊었다. 이서는 숨을 죽였다. 이제 와 왜 저리 부르는가.

"네게 해 주고 싶은 얘기가 두 개 있구나. 하나는, 버드나무 우듬지를 사용해 만드는 주술 주머니는 앞으로 백 년 후에나 만들 수 있다는 사실이란다. 우듬지 자체는 많지만 주술에 드는 시간은 길거든. 네게 준 것도 예비용이었지."

이서는 그 말을 거의 받아들이지 못했다. 정말 그럴까? 이서는 역광의 그림자에 가려진 서왕모의 표정을 살피려 애썼다.

서왕모는 이서가 저를 의심하는 걸 알았지만 더 부연하는 대신 다른 이야기를 했다.

"다른 하나는, 이서야, 넌 서천으로 달아나는 편이 좋았겠구나."

"무슨……."

그때, 뒤에서 누군가 이서의 양팔을 억세게 잡았다. 이서는 반사적으로 뒤를 돌아보았다. 똑같은 얼굴의 무표정한 여자 두 명이 양쪽에서 이서를 붙들고 있었다. 이서는 일어나려 했지만 어째서인지 두 사람의 힘을 당해 낼 수가 없었다.

서왕모가 천천히 일어섰다. 긴 치마가 바닥에 끌리는 소리가 났다. 이서는 고개를 들었다. 왜 갑자기 자기를 억류하는 건지, 이해할 수 없었다. 이서는 다시 일어나려고 했지만 여자들이 다시 억세게 꿇어앉혔다.

"놔주세요!"

이서가 겁에 질려 외쳤다. 그녀는 단 한 번도 이런 식으로 붙들린 적이 없었다. 그러나 서왕모는 이서에게 다가와, 몸부림치는 그녀의 품을 뒤졌다. 이서는 등골이 서늘해졌다. 뭘 찾는 거지. 대체 뭘? 유보랑이 제 품을 뒤졌을 때가 떠올랐다. 이제는 서왕모가 똑같은 짓을 하고 있었다. 서왕모가 가까이 다가오자 이서는 그녀의 얼굴을 볼 수 있었다. 서왕모는 미소 짓고 있었다. 이서는 필사적으로 버둥거렸지만 무용한 일이었다.

"아, 여기 있구나."

서왕모가 꺼낸 건, 천년계곡의 감씨가 든 주머니였다. 서왕모는 주머니에서 눈을 떼지 않은 채 입을 열었다.

"청조야."

이서의 양옆에서 동시에 대답이 나왔다. 서왕모는 감씨가 든 주머니를 자신의 품에 갈무리했다.

"가두렴."

"왕모님! 보내 주세요!"

이서는 떨면서 소리쳤다. 너무 떠느라, 목소리가 제대로 나오지도 않았다.

그때, 서왕모가 고개를 돌려 이서를 정면으로 바라보았다. 그 눈빛이 칼날처럼 날카롭고 차가웠다.

"어리석구나. 왜 내게 왔지? 전에는 백우를 곤륜산에 머물게 하기 위해 어쩔 수 없이 주술 주머니를 내어 준 것뿐이야. 이제는

364

백년궁 재건도 끝났고 백우가 고집을 부릴 일도 없는데, 내가 전처럼 널 봐주리라 여겼느냐?"

이서는 대답하지 못했다. 도저히 할 말이 떠오르지 않았다. 하지만. 하지만, 그래도.

장자님이 기다리는데.

내가 자길 버리고 도망쳤다고 생각할 텐데.

"감씨를 빼앗고 가둬 두면 곧 네 향이 드러날 테지."

서왕모가 입매를 말아 웃었다. 검고 깊은 눈이 이채를 띠고 빛났다.

"그때야말로 네가 무슨 꽃인지 알 수 있겠구나."

그렇게 중얼거린 서왕모는 볼일이 끝났다는 듯 벌떡 일어섰다. 그러더니 이서를 뒤에 남겨 두고 먼저 누각을 떠났다. 이서는 숨을 헐떡이며, 서왕모를 다시 부를 생각조차 하지 못하고 청조로부터 벗어나려고 몸부림을 쳤다.

그러나 청조는 이서를 놔주지 않았다. 그들은 계단에서조차 조심하지 않고 이서를 질질 끌고 내려갔다. 모서리에 자꾸 뼈가 부딪쳤다. 누각 아래로 내려와서도 이서가 버둥거리자, 청조 중 하나가 거세게 이서의 뺨을 내리쳤다.

이서가 순간 잠잠해졌다. 어찌나 세게 맞았던지, 머리가 징징 울렸다.

"소란 피우지 마십시오."

그렇게 이서는 곤륜산의 무수한 동굴 중 하나에 갇혔다.

청조는 이서를 안으로 거칠게 떠밀었다. 다리에 힘이 풀려 이서는 그대로 나동그라졌다. 벌떡 일어나 달려갔는데, 가녀린 여자의 몸을 한 청조가 거대하고 무거운 돌을 굴려 그대로 동굴 입구를 막아 버렸다.

"안 돼!"

마지막 석양빛이 사라졌다.

이서는 달려들었다. 돌을 밀어 내려고 애썼다. 처음에는 손으로 밀다가, 나중에는 어깨와 온몸으로 밀었다. 하지만 소용없었다. 청조는 그토록 간단하게 해낸 일인데, 이서는 할 수 없었다.

가쁘던 숨은 느리게 진정되었다.

똑, 똑, 동굴 안쪽에서 느리게 물 떨어지는 소리가 났다.

깊은 곳에서부터 불어오는 바람이 더럽혀진 이서의 치맛자락을 흔들었다. 춥고, 습하고, 무엇보다도 너무나 캄캄했다. 이서는 제 손바닥을 내려다보려 했다. 그러나 아무것도 보이지 않았다. 벽을 짚고 비틀비틀 나아가다가, 뭔가에 발이 걸려 쾅 고꾸라졌다.

울면 안 되는데.

뻔뻔스럽게 굴 처지가 아닌데.

이서는 넘어진 자리에서 바짝 웅크렸다. 등허리를 둥글게 말고 손을 가슴팍에 모았다. 씨앗일 적의 기억은 없지만, 할 수만 있다면, 땅속에 있을 때로 돌아가고 싶었다.

아주 어릴 때, 곤륜산에 간 적이 있다.

백우는 그날을 선명히 기억했다. 물론 일곱 살 무렵의 일이니 이리저리 기우고 덧칠한 기억일 테지만. 그래도 백우는 가끔 저린 가슴으로 그때를 반추하곤 했다. 그날 도화원의 꽃들이 얼마나 선명했는지, 보리떡 같은 구름 덩어리가 얼마나 많았는지, 해가 질 때 하늘이 어떤 빛깔로 절절 끓었는지.

그때도 도화원은 봄이었다. 백우 왼쪽에는 어머니 구천현녀가, 오른쪽에는 천년장자가 서 있었다. 그때 천년장자가 서왕모의 허락도 없이 도화를 한 송이 꺾어 구천현녀의 머리에 꽂아 주었다. 구천현녀는 수줍어하거나 고개를 숙이는 대신 짙은 미소를 띠었다.

'꽃하고 어울리는 건 내가 아니라 당신이지.'

구천현녀는 그렇게 말하더니 제 머리의 꽃을 빼 천년장자의 머리에 꽂으려 했다. 천년장자가 웃으며 그녀의 손을 잡았다.

'그래도 받아 주세요, 부인. 서왕모께서 경을 칠 걸 각오하고 꺾었는데.'
'내가 꺾었다고 할게. 왕모님은 날 더 좋아하시니까.'

천년장자는 그 말을 듣고 웃었다. 그러더니 다가와 그녀의 뺨에 가볍게 입을 맞추었다. 애도 보는데, 하고 구천현녀가 타박했지만 싫은 기색은 아니었다.

그때 어머니는 행복해 보였다. 아버지도 그랬다. 구천현녀가 백우를 도화원의 높은 바위 위에 올려 주었다. 그런 다음 봄기운 이 번진 도화원을 잘 보라고, 도화원의 봄은 3천 년에 한 번씩 돌 아와 기백 년을 머무르지만 한 번 떠나면 2천 년이 넘도록 볼 수 없다고 말해 주었다.

'그래서 도화원의 봄은 꿈처럼 곱지. 쉽게 볼 수 없고, 한 번 보더라도 떠나면 오래 돌아오지 않으니까.'

과연, 만발한 도화는 향기롭고 위태로웠다. 백우는 꽃들이 곧 폭발할 것 같다고 생각했다. 군집의 일부로 존재하는 꽃이 아니라 한 송이 한 송이 존재감이 뚜렷한 꽃들이었다. 모든 꽃에는 다른 이름들이 있을 듯했다. 향이 너무 짙어서였을까, 백우는 어지러웠 다.

'이제 이리 온, 백우야.'

바위 아래서 천년장자가 팔을 뻗었다. 백우는 주저 없이 그 품 에 안겼다. 천년장자의 옷에서도 꽃향기가 났다. 천년장자가 백우 를 안고 머리를 쓰다듬었다. 백우는 눈을 깜빡이며 가만히 그 손 길을 느꼈다. 종일 돌아다녀서 솔직히 조금 졸리고 피곤했다.

'부인, 애가 졸린 것 같은데요. 들어가는 게 좋겠어요.'

'당신은 애를 너무 무르게 키운다니까.'

구천현녀가 농담처럼 그렇게 말하더니 조심조심 백우를 받아 안았다. 백우야, 걸을 수 있겠어? 일곱 살 백우는 고개를 저었다. 아빠가 안아 줘. 웅얼거리자 구천현녀가 낮게 웃었다. 구천현녀는 절대 연약한 편이 아니었지만, 그래도 백우가 느끼기에 천년장자 의 품이 더 넓고 단단했다.

'애 좀 재우고 들어갈까?'

구천현녀가 나무 아래를 가리키며 물었다. 그쯤에서 백우는 완전히 잠들어서, 천년장자가 뭐라고 대답했는지 듣지 못했다. 무척 평화로웠던 것만 기억할 뿐이었다.

백우에게는 그날의 모든 순간이 다 선명했다. 단순한 영상이 아니었다. 아직도 그날의 도화 향기를 맡을 수 있고, 꽃잎을 장난스럽게 들추고 가던 바람을 느낄 수 있으니까. 그러나 단 한 가지, 기억하지 못하는 게 있었다.

부모의 체온.

구천현녀가 자신의 손을 잡았을 때, 또 천년장자가 제 몸을 가뿐히 안았을 때. 그 순간의 감각만이 먹이 번진 듯 흐리고 모호했다.

백우의 기억에는 또 하나의 도화원이, 그리고 또 하나의 기억이 있었다.

그날 이서는 왜 그렇게 탐스러웠을까? 그저 아찔한 도화에 둘러싸여 있어서? 사라질 것처럼 보여서? 서천을 그리워하는 것처럼 느껴져서, 어느 날 말도 없이 훌쩍 떠나갈 것 같아서…….

처음부터.

처음부터, 백우는 그 위태함에 이끌렸다. 선물로 받은 자기 것인데, 그런데도 가진 느낌이 들지 않아서. 바로 그게 백우를 사로잡았다. 백우는 그런 느낌을 참을 수가 없었다. 그는 가져야 했다.

이서는 아이처럼 천진했지만 가끔 억지로 견디는 자의 얼굴이 되었는데, 백우는 그녀가 제 곁을 버거워하는지도 모른다 여겼다. 서천은 이름난 낙원이었다. 어려서 죽은 아이들의 혼과 천인의 아이가 어울려 노는 곳이었다. 거기서 꽃들은 계절과 무관히 피고 지고 씨를 날리고 품에 새와 벌을 받아들이며 지냈다.

그러나 선계는 달랐다. 그러니 이서는 적응하지 못했을 수도 있었으리라. 언젠가부터 백우는 그런 느낌을 받았다. 하지만 그렇다고 이서를 서천으로 돌려보내고 싶은 건 아니었다. 오히려, 돌아갈 생각조차 못 하게 붙잡아 놓고 싶었다.

이서는 딱 그만큼의 거리를 두고 서 있었다. 손을 뻗으면 가질 수 있을 법도 한. 여기 있고 싶다고 말하지 않지만, 가지 말라고 하면 네, 하고 대답하는.

그러나 이서는 갔다.

약속이나 다짐은 원래 무용한 것이다. 그럼에도 백우는 이서를 믿었다. 하지만 사실 백우는 자기가 정말 그녀를 믿었던 것인지 확신할 수가 없었다. 진정으로 그녀를 믿었다면, 좀 더 혼란스럽고 두려운 기분이어야 하는 게 아닌가?

백우는 마치 자신이 이렇게 될 줄 알고 있었던 것 같았다. 조금 놀라기도 했지만, 그보다는 역시, 하는 마음이 큰 것이다.

처음엔 아버지가 이상해졌고 다음엔 어머니가 사라졌다. 백우를 애지중지 아끼고 어여뻐하던 사령들도 약속이나 한 것처럼 그를 외면했다. 천년장자의 보좌 문천성이 그나마 백우를 가여워했으나 결국 그도 천년장자의 편이었다. 백우는 제자리에 서서 사람들이 제게서 등을 돌리는 걸 지켜보았다.

이 정도는 아무것도 아니지.

놀랍게도 웃음이 났다.

그때는 어려서, 아무것도 몰라서, 너무 놀라 굳어 버려서, 그냥 서 있기만 했다. 가지 말라고 애원하기만 했다. 그러나 백우는 이제 열 살 안팎의 어린애가 아니었다. 그는 이미 성년이었고, 백년 계곡을 다스리는 자였으며, 무엇보다도 뭐든 할 각오가 되어 있었다.

달아날까 사라질까 애지중지 감싸도 이렇게 된다면.

묶으면 되지. 꺾어서 고운 백자 꽃병에 꽂으면 될 일이다.

"서천으로 간다."

백우가 제 학에 올라타 말했다. 천년장자에게 인사를 해야 한다는 생각은 없었다. 제가 인사를 하든 안 하든 부친은 신경조차 쓰지 않을 터. 이미 간 사람에 대한 미련은 덮어 두더라도, 아직 제가 잡을 수 있는 사람이 저기 있었다. 중요한 건 바로 그것이었다.

학이 날개를 펼쳤다. 올 때는 함께 왔으나 돌아갈 때는 다시 혼자였다. 상관없었다. 서천을 모두 태우는 한이 있어도 이서를 제손에 쥘 것이었다.

그러나 서천에 도착했을 때, 백우는 한 꽃으로부터 이런 말을 들어야 했다.

"꽃감관님은 지금 안 계세요. 천년장자 댁으로 가셨는데 아직안 오셨어요."

길게 풀어 내린 머리를 반만 묶은 암꽃이었다. 백우는 희미하게 눈살을 찌푸렸다. 백우의 표정을 보더니 꽃이 약간 경계하는기색으로 물었다.

"꽃감관님은 왜 찾으시는데요?"

"내 것을 훔쳤으니까."

꽃은 기가 막힌 얼굴이 되었다. 꽃감관 진성이 훔치긴 뭘 훔쳤단 말인가. 진성은 성실하고 정직한 천인으로 이름이 높았다. 꽃들에게도 늘 다정했다. 꽃이 발끈해 무어라 따지려는데, 백우가먼저 등을 돌렸다.

기다리면 된다. 언젠가 이서를 데리고 이리로 올 테니까. 이서가 돌아올 곳이라면 서천뿐이다. 백우는 그때까지, 며칠이고 몇달이고 기다릴 생각이었다.

그 시각, 물론 진성은 이서와 함께 있지 않았다. 이서가 사라졌다는 걸 알아차리자마자 그는 급히 청현과 곤륜산으로 왔다. 그러나 한 가지 난제가 있었다.

서왕모가 도무지, 길을 열어 주지 않았다.

곤륜산은 서왕모의 좌정지로, 그녀가 길을 열거나 천마를 보내 주지 않으면 들어갈 수가 없었다. 지난번처럼 아자개의 힘을 빌려 물길을 타고 슬쩍 숨어들어 가는 방법도 있었지만, 그랬다간 이서를 돌려받는 건 고사하고 얼굴도 보지 못하게 될 것이다.

"정말 이서가 곤륜산으로 왔을까요?"

곁에 선 청현이 초조한 얼굴로 물었다. 청현은 꽃감관이 여러 차례 서왕모를 부르는 걸 지켜보았다. 하지만 도무지 길이 나지 않자 마음이 급해졌다.

"이서는 분명 여기로 왔다. 그리고 내 짐작이지만, 아마 갇혔을 거야."

진성은 이서의 절박함을 알았다. 그녀는 제발, 제발 곤륜산으로 데려다 달라고 애원했다. 서왕모가 위험하다고 그토록 경고했지만 이서에게는 서왕모의 주술 주머니만이 구명줄인 모양이었다. 그 주머니를 갖고 백우와 함께했던 날이 그토록 즐겁고 고운 모양이었다.

하지만 이서는 모른다. 서왕모가 정말로 무시무시한 여신이라는 걸, 이서는 모른다. 서왕모는 분명 백우 앞에서 다감했을 것이다. 그러니 그녀가 백우와 함께 있는 이서에게 사납게 굴었다 해도, 본성만큼은 아니었을 것이다.

심지어 그 대단하다는 천년장자도 서왕모가 몇 년에 한 번 제 집에 온다고 하면 경계부터 하고 보는 판이었다. 이서는 서왕모를 당해 낼 수 없었다. 서왕모는 천제와 겨우 며칠 간격을 두고 탄생한 태곳적 여신인 데다, 남편을 여럿 거느리고 자식들을 모두 선계의 신으로 앉힌 여자였다. 서왕모는 여신의 모습을 하고 있지만 남자도 아니고 여자도 아니었으며 사람이기도 하고 짐승이기도 했다. 이서 같은 어린 꽃이 상대할 수 있는 여신이 아니었다.

하지만 만만치 않기론 진성도 마찬가지였다.

그는 수십 명의 이룰싹을 길렀고, 한 주에도 수백 명의 어린 혼과 하늘 아이들을 맞이해 얼렀으며, 수천, 수만 송이 꽃이 핀 서천의 아버지였다. 게다가 이서는 그에게도 무척 아픈 손가락이었다. 그렇게 활달하고 명랑하던 아이가 수레멸망악심으로 핀 후 급격히 달라졌다. 원치 않는 꽃으로 핀 이룰싹 모두가 안타까운 처지였지만, 그중에서도 이서는 더했다.

진성은 서왕모가 저를 곤륜산으로 들여보내 줄 때까지, 이서를 만나게 해 줄 때까지 부를 셈이었다.

해가 지고 달이 차고, 또 낮이 오고 다시 어두워졌다. 진성은 기다렸다. 몇 번이고, 서천으로 가 아자개에게 부탁할까 고민하면서. 교룡 아자개가 과연 천마와 백사, 개명수를 비롯한 곤륜산의 수많은 신수를 모두 이길 수 있을까, 부질없이 가늠하고 애태우면서.

그렇게 사흘이 지났다.

기적은 없었다.

하지만 서왕모는 결국 진성을 만나 주었다. 곤륜산에 시취(尸臭)

가 진동하기 시작한, 그날 밤에.

서왕모는 천마도 타지 않고 내려왔다. 풍성한 치맛자락이 거칠게 펄럭였다. 그녀는 곧장 진성에게로 날아왔는데, 무시무시한 얼굴이어서 진성은 반드시 자신이 한 대 얻어맞을 거라고 생각했다. 진성은 청현이 나서지 못하도록 뒤로 보냈다.

"꽃감관."

서왕모가 미소를 지었는데, 잔뜩 화가 난 얼굴로 미소를 지으니 표정이 기괴해졌다. 진성은 피하지 않았다. 그도 마주 웃었다.

"왕모님. 오랜만에 뵙습니다."

"꽃감관이 지난번에 교룡을 타고 곤륜산에 오지 않았다면 말이겠지."

진성에게 유리할 게 없는 화제였다. 진성은 변명하거나 부인하지 않았다.

"돌려 말하지 않겠습니다. 서천의 꽃을 받으러 왔습니다. 돌려주시길 청합니다."

단정하고 정중한 어조였다. 서왕모는 진성의 뒤에 선, 지켜줄 꽃 청현을 보았다. 향기가 여기까지 전해졌다. 청량하고 기분 좋은 향기였다. 서왕모는 방금까지 머리가 깨질 것 같은 시취에 시달리다 온 터였다. 그녀는 청현에게서 눈을 떼고 대답했다.

"나도 괜한 말장난하지 않겠소. 꽃감관 생각대로 그 꽃은 곤륜산에 있소. 지금 곤륜산에는 시취가 가득하지. 이제껏 그런 냄새를 풍기는 꽃은 한 송이도 본 일이 없소."

당연히 그럴 것이다. 온 서천을 통틀어 수레멸망악심꽃은 이서뿐이었다. 오랜 시간을 살며 보고 들은 것이 많은 서왕모도 적잖이 당혹했으리라. 그러니 이서의 시취가 번지자마자 굳게 닫아걸었던 문을 열고 산 아래로 내려온 것이다.

"하지만 향을 보면 꽃을 알 수 있지. 그 애는 백우를 시체로 만들 꽃이더군."

진성은 대답하지 않았다.

유보랑에게 이서를 내준 건 어쩔 수 없는 일이었다. 그녀는 천년장자 대신 10여 년 전의 빚을 받으러 왔다 했고, 사람을 죽일 수 있는 가장 강력한 꽃을 요구했다. 진성은 이서를 감출 수 없었고, 유보랑이 무슨 제안을 하든 이서가 거절하도록 설득할 생각이었지만…… 일은 늘 뜻대로 되지 않는 법이었다.

"꽃감관도 알겠지. 나는 꽃감관이 여기서 굶어 죽든 얼어 죽든 관심이 없소. 나는 저 꽃을 저대로 가두고 말려 죽일 생각이고, 꽃감관이 무어라 해도, 설령 천제가 내게 온다 해도 내 대자를 죽일 꽃은 풀어 줄 수 없소."

"이서는 아직 누구에게도 해를 끼치지 않았습니다. 백년장자가 조금 다친 적이 있다 하나 경미한 부상이었을 뿐이고, 불구가 되거나 목숨을 잃은 것도 아닙니다. 아무리 왕모님이라 해도 함부로 서천의 꽃을 죽일 수는 없습니다. 그건 중죄임을 아실 테죠."

진성은 강한 어조로 내쏘았다. 평소 예의 바르기로 소문난 꽃감관이 이를 드러냈음에도, 서왕모는 여유 만만했다. 그녀는 차갑게 진성을 비웃었다.

"누구에게도 해를 끼치지 않았다고? 꽃감관은 나를 천치로 아는군. 저 꽃이 백년계곡에 나타난 이후로 온갖 사고가 끊임없이 발생하고 있소. 그게 저 시체 냄새 풍기는 꽃과 전혀 연관이 없다고 믿는 건 아니겠지. 꽃감관은 꽃들의 부친이기 전에 꽃의 힘을 관리하고 통제하고 책임지는 사람이오. 무조건 꽃을 감싼다고 해결될 일이 아니란 말이오."

진성은 대답하지 못했다. 서왕모는 당혹한 그의 얼굴을 보며 느긋하게 말을 이었다.

"곤륜산은 아주 넓지. 그 꽃이 여기저기 돌아다니다가 동굴에 갇혔고, 빠져나오지 못해 죽었다 하면 그만이오. 내가 그 꽃을 찌르거나 다른 사람을 시켜 죽이려 한다면 문제가 되겠지만, 갇혀 죽은 건, 글쎄……. 꽃감관이 날 발고한다 해도 천제는 내 말을 믿으리란 걸 모르진 않을 텐데."

서왕모의 말은 사실이었다. 선계에서도 사고는 자주 일어났다. 백우가 선계의 시간을 관리하고, 천년장자가 선인의 수명을 관리하는 것도 다 그런 사고 때문이었다. 많은 사람들이 시간 유사에 빨려 들어가 죽거나 신의 좌정지에 잘못 들어갔다가 누구에게도 발견되지 못하고 기갈에 시달려 죽었다.

서왕모는 이서 역시 그런 사람 중 하나로 만들어 버릴 것이다. 설령 서왕모가 고의로 이서를 가두어 죽인 게 밝혀진다 해도, 그게 이서를 살려 내진 못한다.

진성은 자세를 바꾸었다.

"왕모님. 이서는 제가 서천으로 잘 데려가서, 다시 선계로 나오지 않도록……."

"천년장자가 저 꽃을 백우에게 선물했다지. 그럼 꽃의 소유자는 천년장자인데, 그와 소유 계약을 맺은 상태인 꽃을 다시 서천으로 데려가 나오지 못하게 한다고? 천년장자가 가만히 있을 거라고 생각하는 건 아니겠지."

진성은 입을 다물었다. 서왕모는 조소 어린 목소리로 물었다.

"아니, 저 어린 꽃의 소유주가 천년장자긴 한 건가? 그 멍청한 놈이 정말 이젠 머리가 어떻게 되는 바람에 제 아들을 죽이겠다고 날뛴 건가?"

진성은 서왕모를 설득할 수 없음을 알았다. 한번 뜻을 정하면 절대 바꾸지 않는 신들이 있다. 서왕모도 그중 하나였다. 이대로라면 서왕모는 정말 이서를 말려 죽일 것이다. 절대 풀어 주지 않을 것이다.

그녀가 이서를 풀어 준다 해도 문제는 문제였다. 이서의 주인은 천년장자가 아니라 유보랑이지만, 주인이 누구든 소유 계약을 파기하지 않고 무작정 이서를 서천에 숨기는 건 미봉책에 불과했다. 꽃에 대한 소유자의 권리는 꽃감관의 권리보다 우선한다.

"저는 이서를 딸처럼 길렀습니다."

진성이 나지막이 말했다. 서왕모도 그가 무슨 말을 하는지 알았다. 진성은, 거의 완벽에 가까운 꽃감관이었다. 서왕모도 그를 싫어하지 않았다. 이렇게 그와의 관계가 틀어지는 건 달갑잖은 일이나, 백우의 목숨이 달린 일이었다. 이럴 때 서왕모는 누구와도 타협하지 않았다.

"왕모님께서 정말 천제의 이름을 걸고 이서를 내줄 수 없다 맹세하셨어도, 저는 이서가 곤륜산에 갇혀 죽게 내버려 두지 않을 겁니다."

"꽃감관에게 꽃이 귀하듯, 내게도 내 대자가 귀하지. 그걸 잊지 마시오."

그 말을 끝으로 서왕모는 사라졌다. 그녀는 그대로 등을 돌려 곤륜산으로 돌아갔다. 진성은 말없이 가장 막강하고 완고한 여신의 뒷모습을 바라보았다.

"꽃감관님."

뒤에 서 있던 청현이 조심히 진성을 불렀다.

"서왕모는 정말 이서를 죽일 생각인 것 같습니다."

"그 전에 구해야지."

"방도가 있으십니까?"

청현이 눈을 동그랗게 뜨고 물었다. 그는 지켜줄꽃으로, 선계의 많은 사람들이 사랑하는 꽃이었다. 청현은 꽤 많은 선인을 만나 그들의 꽃이 되었고, 자연 선계에 대해서도 이서보다 훨씬 더 많이 알았다. 서왕모가 얼마나 굉장한 여신인지도 들었다. 꽃감관도 선계에서는 꽤 높은 지위지만, 여신에 비할 건 아니었다.

진성은 거꾸로 선 곤륜산을 잠시 올려다보았다. 서왕모가 시취 이야기를 한 걸 보니, 이서는 제 향을 감출 수도 없게 된 것이다. 혼자 갇혀서 얼마나 자책하고 있을까.

이서를 곤륜산에서 빼낼 방법은 하나뿐이었다.

"백년장자에게 간다."

서천에서 꼬박 하루를 기다려도 진성이 나타나지 않자, 백우는 온 선계를 들쑤시고 다녔다.

선계에서 천년장자의 아들은 예의 바르고 선량하고 성실하다는 평을 받아 왔다. 능력도 아버지 못지않고, 선풍도골의 미남자로 천년장자의 젊은 시절을 떠오르게 한다는 것이었다. 하지만 그 며칠 새, 백우는 선량하지도 성실하지도 않은 얼굴로 선계 곳곳을 헤맸다. 대취락, 속하촌, 십화산, 옥룡설산……

곤륜산은 애초부터 목록에서 제외되었다. 이서가 절대 그곳에 갈 리 없다고, 백우는 확신하고 있었다. 그는 지치지도 않고 선계를 돌아다니고, 여기저기 바쁘게 서찰을 띄워 답을 재촉했다. 이 살인적인 강행군에 죽어나는 건 함께 천년궁에 갔던 패율선과 새말선이었다.

"잠깐, 잠깐, 헉, 좀, 천천히 가!"

그들은 막 선도성모를 만나고 오는 길이었다. 선도산을 다스리는 성모는, 꽃감관을 찾는 백우의 말에 고개를 갸웃하며 '왜 서천을 비웠을까, 드문 일인데……'라고 대답했고 그 이상의 도움은 없었다. 타고 다니던 학도 지친 터라 그들은 걸어서 산을 오르내려야 했는데, 패율선은 방금 아찔한 내리막에서 다섯 번째로 구른 참이었다.

"잠깐만, 헉, 흐억, 너무, 숨이, 헉……"

올라가는 것도 아니고 그냥 내려가는 건데 이렇게 힘들다니! 패율선은 태어나서 이렇게 오래 걸어 보긴 처음이었다. 하지만 백우는 뒤도 돌아보지 않았다. 새말선이 얼른 패율선을 일으켜 세웠다. 백우는 누가 봐도 제정신이 아니었고 사령인 새말선은 몸을 사리고 있었다.

"빨리 일어나요."

"나 이제 못 걸어……. 못 걷는다고!"

"왜 이래요? 장자님 폭발하기 전에 조용히 해요!"

"나 진짜 못 걷는다고!"

고…… 고…… 고……. 메아리가 울렸다. 백우가 우뚝 걸음을 멈추었다. 안 그래도 보좌고 사령이고 떼어 놓고 가려는 걸 억지로 따라온 참이라—실제로 백우는 신수 백호도 천년궁에 두고 와 버린 상황이었다—, 패율선이 찔끔 놀라 입을 다물었다. 백우는 패율선을 보다가 툭 내뱉었다.

"곤륜산으로 가."

"뭐…… 뭐?"

차가운 목소리로, 패율선은 자기도 모르게 더듬었다. 하지만 백우는 무감한 얼굴로 부연했다.

"지금쯤이면 백년궁 재건이 완전히 끝났을 거야. 곤륜산에 있는 사람들 데리고 다시 백년궁으로 들어가 있어."

"넌…… 장자님은?"

백우는 대답하지 않았다. 계속 이렇게, 무식한 방법으로 꽃감관을 찾으려는 모양이었다. 백우는 꽃감관이 이서를 데리고 '숨어 버렸'고 확신했다. 하지만 율선이 보기에 그건 억측이었다. 율선은 숨을 고르고 슬그머니 말을 높였다.

"지금까지 말을 못 했는데요……. 그때 꽃감관도 엄청 놀란 얼굴이었습니다. 그 꽃이 꽃감관 학을 타고 사라졌는데, 사전에 아무 합의도 없었던 것처럼 보였고요. 그래서 꽃감관이 새 학을 받으려고 한참 기다렸다던데."

"언제?"

네가 미친놈처럼 달려 나가기 전에요, 이 미친놈아. 율선은 그렇게 말하고 싶은 걸 간신히 참았다.

"장자님 떠나시기 좀 전에……."

"뭐?"

"그러니까, 제 생각에는 꽃감관도 아마 예상하지 못했던 게 아닐까 싶다는 얘깁니다. 그 꽃이 꽃감관이랑 동행하지도 않았고 서천으로도 안 갔다면, 지금 꽃감관을 찾아도 아무 소용 없는 게 아닌가 싶어서요."

"진작 말했어야지."

백우가 사납게 다그쳤다. 말 붙일 틈도 없이 끌고 다닌 건 백우였는데도. 패율선은 입을 벙긋거리다가 이 억울함을 나누기 위해 새말선에게로 시선을 돌렸다. 그러나 새말선도 '와, 멍청이.' 하는 표정이었으므로 패율선의 억울함은 배가 되었다.

"아마 꽃감관도 그 꽃을 찾고 있는 게 아닐까요?"

새말선이 조심조심 물었다. 백우는 고개를 끄덕였다.

그때, 하늘에서 날카로운 새 울음소리가 났다. 세 사람이 일제히 고개를 들었다. 선계의 매였다. 율선이 "백년궁에서 온 모양입니다." 하고 중얼거렸다. 백우가 팔을 들자, 매는 기다렸다는 듯 내려와 그 팔에 앉았다.

이 매를 쓰지 않은 지도 오래되었다. 다른 선인들과 연락을 주고받을 때는 보통 전령을 썼다. 그것이 예의였다. 매를 보내 연락하는 것은 보통 주인이 궁을 떠나 있을 때 사령들이 쓰는 방법이었다.

백우는 매 다리에 묶인 종이를 뽑았다. 길고 얇은 종이가 돌돌 말려 있었다. 거기에, 뜻밖의 소식이 적혀 있었다.

「꽃감관이 백년궁 방문. 백년궁 재건 완료」

"황우양이 보낸 모양이네요."

옆에서 종이를 건너다보던 율선이 중얼거렸다. 백우는 그 종이를 한참 동안 들여다보더니, 긴 숨을 내쉬었다. 여전히 마음은 불안하고 초조했다. 그러나 일단 꽃감관이 백년궁으로 왔다는 말을 듣자, 속이 조금 진정되는 듯했다. 이서를 찾아낸 게 아님에도 불구하고.

곁에 섰던 율선이 조심스레 물었다.

"백년궁으로 가실 겁니까?"

"그래."

"그럼……."

"너희는 곤륜산으로 가서 사람들을 백년궁으로 데려와. 난 먼저 꽃감관을 만날 테니까."

아까도 들은 지시긴 했다. 하지만 율선은 선뜻 움직이지 못했다. 꽃감관을 만나는데, 사령 하나 없이 혼자? 율선이 슬쩍 백우의 얼굴을 살폈다. 하지만 백우는 다른 데 정신이 팔린 듯했다. 그래, 일에도 손을 놓고 있으니 지금쯤 어디선가 시간 유사나 그림자가 나타났을지도 모른다. 어떻게든 빨리 백우를 진정시켜 일로 복귀하게 하는 게 중요했다.

"자리를 너무 오래 비우시면 안 됩니다. 아시죠?"

율선이 불안한 얼굴로 물었다. 백우는 고개를 끄덕였다. 하지만 모르는 얼굴이라, 아니, 상대가 뭐라고 했는지 제대로 듣지도 않은 얼굴이라 율선은 불안해졌다.

하지만 이런 상태의 백우는 누구도 말릴 수 없었다. 율선은 그저 백우가 빨리 정신을 차리길 바라며 곤륜산으로 떠날 수밖에 없었다.

백우는 머뭇거리지 않고 백년계곡으로 갔다. 이제껏 타고 다닌 학은 잔뜩 지쳐서, 도저히 데려갈 수가 없었다. 백우는 선도성모에게 부탁해 다른 학을 타야 했다.

백년궁은 완공되었다. 하지만 백우는 그 모습을 제대로 보지도 않았다. 그의 시선은 오직, 청현을 데리고 선 꽃감관에게 고정되어 있었다. 백년궁을 재건한 황우양도 눈에 들어오지 않았다. 그는 황우양이 무어라 말을 건네려는 것도 무시하고, 성큼 진성에게 다가갔다.

"이서는 찾았습니까?"

이서. 본인 앞에선 불러 본 적 없는 이름인데, 의외로 쉽게 입에서 튀어나왔다. 진성은 인사도 건너뛰고 물어 오는 백우를 보며 긴 숨을 내쉬었다.

"어디 있는지 알고 있소. 하지만 갇혀 있지. 위험하기도 하고."

백우의 얼굴에 경악이 번졌다. 그가 진성에게 다그치듯 물었다.

"대체 어디에? 어디 있습니까?"

"그 전에 묻고 싶은 게 하나 있소."

"지금 그런 게 중요합니까?"

진성은 고개를 끄덕였다. 그는 백년장자를 온전히 믿지 못했다. 그러나 서찰을 보내자마자 날아와 이서의 행방부터 묻는 백년장자는……. 그래도, 진성은 확신이 필요했다.

"만약 이서가 서천으로 가고 싶다고 하면 어떻게 할 생각이오?"

이거야말로 생각할 필요도 없는 질문이었다. 백우는 잘라 말했다.

"안 됩니다."

진성은 고개를 끄덕였다. 그리 놀란 것 같지도 않았다.

"만약에 이서가, 만약에……."

"복줄꽃이 아니어도 상관없습니다."

진성은 말문이 막힌 채 백우를 바라보았다. 백우의 얼굴은 더없이 냉혹했다. 그러나 그는 진심이었다. 백우는 진심으로 이 상황이, 진성이 이서의 행방을 알면서도 바로 말해 주지 않고 이것저것 묻기만 하는 상황이, 짜증스럽고 초조한 듯했다.

"오래전부터 알고 있었습니다. 설마 내가 그렇게 우둔할 거라 생각한 건 아니겠죠."

백우의 목소리에서 인내심이 사라지고 있었다. 이제 말해 줘야 했다. 하지만 아직 한 가지가 더, 남아 있었다. 진성은 청현을 돌아보았다.

"이서를 데리러 가기 전에 한 가지 해야 할 것이 있소."

청현은 준비되었다는 듯, 고개를 끄덕였다.

그리고 잠시 후, 셋은 함께 곤륜산으로 갔다. 이제 시취는 곤륜산 바깥까지 번져 있었다. 백우는 까마득하게 높은 산을 올려다보았다.

이서가.

그의 것이 여기 있었다.

서왕모는 패율선과 마주 앉아 있었다. 율선은 이제 백년궁 재건이 끝났으니, 곤륜산에 머무는 백년궁 식솔들을 이끌고 돌아가겠다고 말했다. 서왕모는 곧 길을 열겠노라 말하며 고개를 끄덕였다.

율선은 슬쩍 서왕모의 눈치를 보았다. 뒤쪽에 앉은 새말선은 아예 새하얗게 질린 얼굴로 입을 틀어막고 있었다. 율선은 태연한 얼굴로 찻잔을 드는 서왕모에게 물었다.

"왕모님……. 곤륜산에 무슨 일이 있습니까?"

"냄새가 지독하지. 나도 안단다."

서왕모는 거기까지만 말하고 입을 다물었다. 지금 서왕모가 있는 궁은 그나마 나은 편이었다. 이서가 갇힌 동굴 가까이 살던 자들은 모두 거처를 멀리 옮겼다. 동물도 그 근처로 가지 않았고, 천마와 백사 같은 신수조차 잔뜩 예민해진 채 동굴로부터 멀리 떨어지려 했다.

"백우는 어디 있니?"

"아마 백년궁에서 꽃감관을 만났을 겁니다."

"꽃감관을?"

되묻고, 서왕모는 차게 웃있다. 꽃감관이 제법 머리를 쓴 모양이지. 백우가 오면 길을 열 것이라 짐작한 게 분명했다. 그러나 백우에게 무어라 말했을까. 이서가 이토록 지독한 시취를 풍기는 꽃이라고? 단 한 송이 꽃이 드넓은 곤륜산을 시취로 가득 채웠다. 서천에서는 어찌 지냈는지 모를 일이다. 어쩌면 거기서는 향이 조금 덜했을지도.

서왕모는 율선을 보며, 아무것도 모르는 척 물었다.

"백우가 꽃감관을 왜 만나지?"

"아……. 천년장자님으로부터 받은 꽃이 사라졌습니다. 장자님은 내내 그 꽃을 찾아다녔는데 꽃감관이라면 행방을 알 거라고 생각하신 듯합니다."

율선은 구역질을 참고 대답했다. 그 모습을 보며 서왕모는, 천년계곡의 감씨를 다시 이서에게 돌려줄까 고민했다. 어차피 그 안에서 죽게 내버려 둘 거라면 냄새 정도야 감춰도 상관없겠지 싶었다.

아마 백년궁의 누구도 이게 이서의 냄새인 줄 모를 것이다. 주마다 감씨를 먹고, 자기로부터 주머니를 받아 챙기고……. 그 작고 어린 계집애가 이제껏 어떻게 사람을 속여 왔을지 생각하면 기가 막혔다.

"그 꽃 말이다."

서왕모는 찻잔을 만지작거리다가, 율선과 눈을 맞추고 웃었다. 시취 때문에 미미하게 인상을 쓰고 있던 율선이 억지로 얼굴을 펴며 마주 웃었다. 반사적인 행동이었다.

"정말 천년장자의 선물이니?"

"네."

율선은 고개를 끄덕였다. 하지만 그가 생각하기에도 조금 의심스러운 점이 있긴 했다. 이서를 데려온 건 유보랑이었다. 어쩌면 유보랑이 거짓말을 한 걸지도 모른다. 처음부터 율선은 그쪽에 더 무게를 두고 있었다. 그는 덧붙였다.

"하지만 꽃을 데려온 건 유보랑이었습니다. 그녀가 천년장자님의 이름을 함부로 사용했다고 보진 않습니다만."

어쨌든 의심스럽긴 하단 소리였다. 서왕모는 잠시 침묵하더니 별다른 첨언 없이 고개를 끄덕였다. 도무지 속을 알 수가 없어. 율선은 속으로만 중얼거리며 시선을 바닥으로 내렸다. 속이 울렁거렸다.

"이만 길을 열어 주마. 언제든 놀러 와도 좋아."

서왕모는 아무 냄새도 안 난다는 듯 태연한 낯빛으로 말했다. 율선은 반갑게 자리에서 일어났다. 제발 빨리 밖으로 나가고 싶었다.

백년궁 사람들이 곤륜산으로 올 때 타고 왔던 하늘배는 여전히 그 자리에 있었다. 곤륜산 가까운 곳에 둥둥 뜬 채 정박해 있는 배를 끌어 내리는 데는 많은 시간이 필요하지 않았다. 율선은 살았다는 얼굴을 하고 있는 사령들을 죄다 배에 태웠다. 새말선은 이미 저쪽에서 속을 게우고 있었다.

서둘러 타라고 얘기할 필요도 없었다. 사령들은 서두르지 못해 안달이었다. 패율선은 마지막 사령이 배에 오르자마자 출항했다. 배는 백년궁을 향해 나아갔다.

같은 시각, 백우는 막 천마에 오르고 있었다. 서왕모가 순순히 길을 열고 천마를 보내 진성은 무척 놀랐다. 시취는 더욱 짙어져 있었다.

천마는 곧장 서왕모 쪽으로 날아갔는데, 그녀는 이서가 갇힌 동굴 앞에 있었다. 중간부터는 숨 쉬기가 어려울 정도로 악취가 심해졌다. 천마는 불쾌한 듯 투레질을 했으나 속도를 늦추진 않았다.

"백우야."

동굴 앞에 서 있던 서왕모가 부드럽게 백우를 불렀다.

백우는 천마가 땅으로 내려앉자마자 하마(下馬)했다. 그가 큰 보폭으로 서왕모에게 다가갔다. 냄새가 지독해서 진성은 인상을 썼다. 서천에는 수많은 꽃이 있고 이서는 단 한 송이에 불과했기 때문에, 시취가 이 정도로 두드러지진 않았었다.

"왕모님. 제 꽃을 받으러 왔습니다."

백우는 인사조차 하지 않고 말했다. 서왕모는 미소를 지었다.

"아마 꽃감관에게서 들었겠지만, 난 그 꽃을 죽일 생각이란다."

"그럴 생각이셨다면 절 곤륜산으로 들이지 마셨어야죠."

백우는 가볍게 대꾸하더니 마치 이서가 어디 있는지 안다는 듯 서왕모 뒤를 쏘아보았다. 저 동굴 안에 그토록 찾아 헤맸던 이서가 있었다. 누구라도, 설령 제 대모라도, 제 친부라도 이서를 빼앗진 못하리라.

"내가 천마를 보내지 않았더라도 넌 들어올 방법을 찾았겠지. 서천의 교룡을 이용하는 방법도 있고……. 난 너와 얘길 하고 싶단다."

"왕모님도 아시겠지만 저는 말을 번복하지 않습니다."

무감한 목소리였다. 백우는 건조한 얼굴로, 사실 그대로를 전달하는 자의 모습으로, 말을 이었다.

"이서를 죽인다면 저와 왕모님은 대대로 원수가 될 겁니다."

이건 서왕모도 예상치 못한 강수였다. 백우에게는 사람이 많지 않았다. 물론 백년궁 사령들은 예외로 둬야겠지만. 엄밀히 말해 백우를 비호하는 신은 서왕모뿐이었다. 선도성모 같은 다른 선인들도 백우를 좋게 평가하긴 하지만 개인적으로 호의를 보인 일은 없었다. 그러니 서왕모는 백우가 자기를 저버리거나 등질 수는 없으리라 여겼다.

서왕모는 백우가 진심이라는 걸 알았다. 그녀는 잠시 자기 마음을 들여다보았다. 그러더니 빙긋 웃었다.

"지금 이게 네 꽃의 향기란다. 이 꽃은 널 죽이게 될 거야."

별로 놀라운 말도 아니었다. 모르려야 모를 수가 없었다. 이 냄새는 너무 노골적이었다.

"제 소유입니다. 왕모님이 관여하실 바가 아닙니다."

"죽어 시체가 된 너와 사이좋은 모자간으로 남는 게 나을까, 아니면 살아 있는 너와 원수가 되는 게 나을까? 어느 쪽이든 마음이 아프구나."

서왕모는 차라리 살아 있는 백우와 원수가 되는 편이 낫다 여겼다. 사람의 마음은 참으로 모르는 것이다. 백우가 이서를 잃어 슬퍼한다 해도, 결국 시간이 백우를 낫게 하리라. 그러면 백우와 마주 앉아 한담을 나눌 날도 오겠지. 서왕모는 가벼운 어조로 말했다.

"너는 아주 강력한 선인이지. 네 나이 때의 천년장자보다 더 강해. 그러니 천제도 네게 시간을 맡긴 것이고……. 만 년만 더 지나면 나와 대등하게 겨룰지도 모르겠구나. 하지만 지금은 아니지."

서왕모가 웃었다. 꽃감관도 어리석기 그지없구나. 내가, 이 서왕모가 대자가 오기만 하면 냉큼 저 꽃을 내어 주리라 여기다니.

"지금은 아니란다, 백우야."

서왕모가 그렇게 말한 바로 그 순간이었다.

천지가 진동했다. 발밑이 심하게 흔들렸다. 서왕모를 비롯한 모두가 순간 균형을 잃을 정도였다. 서왕모가 당혹에 얼룩진 얼굴로 뒤를 돌아보았다. 그녀는 곤륜산의 신으로서, 본능적으로 지금 무슨 일이 벌어지고 있는지 깨달았다.

역삼각의 곤륜산이, 기울고 있었다.

이서는 아무것도 떠올리지 않으려 애썼다.

사방이 너무 어둡고 추웠다. 가만히 누워 있는 것만으로도 숨이 가빴다. 맹렬한 기갈이 이서를 덮쳤다. 빛은 없었다. 이서는 지금이 낮인지 밤인지, 시간이 얼마나 흘렀는지 전혀 알 수가 없었다. 출구를 가로막은 바위는 너무 크고 단단했고, 이서는 여러 차례 그 바위에 몸을 날렸다가 나뒹굴었다. 끝없이 이어지는 정적.

서천과 백년궁 생각이 났다. 잠들었을 때는 꿈을 꿨고 깨어 있을 때도 꿈을 꿨다. 솔직히 이서는 이제 뭐가 꿈이고 현실인지 분간할 수 없었다. 어떨 때는 깬 채로 환각을 보는 것 같았고 어떨 때는 잠든 채로 악몽에 잡아먹히는 듯했다. 그저 밝으면 꿈인가 보다 하고, 어두우면 현실인가 보다 했다.

유년의 친우였던 청현과 여울이 떠올랐고, 자기가 수레멸망악심인 것을 알고도 곁에 있어 주었던 진성이 떠올랐다. 유보랑과 서왕모도. 그러나 이서의 마음에 가장 강한 파문을 일으키는 건 백우였다.

백우.

이서는 궁금했다. 나를 찾고 있을까? 하지만 이서는 제 향이 드러나기 시작하면서부터 토악질을 거듭했다. 스스로도 참기 어려운 냄새인데, 만약 백우가 찾아온다 해도 무슨 소용일까. 애초부터 진성의 말대로 서천으로 가는 게 옳았을까?

그러나 이서는 자기가 그럴 수 없었음을 알았다.

그때는 백우 생각밖에 나지 않았다. 안 가겠다고, 두고 가지 않는다고 약속했으니까. 그러니까 어떻게든 곁에 남을 방법을 찾아야 했다. 다른 방법 같은 건 떠오르지 않았고 정신을 차렸을 땐 이미 서왕모 앞이었다.

애초에 유보랑과 계약하지 않았다면……. 하지만 그런 가정은 다 부질없었다. 그때는 쉽게 생각했다. 이서는 절망에 침식당한 상태였고 자기가 그 정도는 독하게 굴 수 있다 여겼다.

그러나 백우가 무너지는 벽 앞에서 이서를 지켰을 때. 팔이 망가진 채로도 저를 찾아와 괜찮으냐고 물었을 때. 이서는 깨달았다.

누굴 죽이는 것은 절대 쉬운 일이 아니었다. 당연한 건데, 그것을 너무 늦게 깨달았다.

이서는 인정했다. 자신은 바보 같았고, 스스로를 과대평가했으며, 나약한 주제에 위악(僞惡)을 부렸다. 사람을 죽일 수 있다고? 다른 꽃으로 필 수 있다면, 그 정도는 해낼 수 있다고?

아마 그럴 수 있는 꽃도 있으리라.

다만 이서는 아니었다.

그녀는 벽에 기대 웅크린 채 백우를 그렸다. 가지 말라고 말하며 손을 뻗던 그 절실한 얼굴을. 여느 때보다도 선명하게.

그리고 눈을 깜빡였을 때, 아마 그런 것 같다고 생각했을 때, 이서는 제 목덜미에 닿는 서늘한 손을 느꼈다.

이서는 거의 발작하듯 놀라 벌떡 일어섰다. 그러자 목에 닿았던 손이 떨어졌다. 아무것도 보이지 않았다. 이서는 차가운 동굴 벽에 딱 붙어 사방을 두리번거렸다. 물론 의미 없는 짓이었다. 이 동굴은 기이해서 눈이 어둠에 익숙해지지 못했다. 손을 코앞까지 갖다 대도 윤곽조차 볼 수 없었다.

"손님."

그 목소리에, 이서는 얼어붙었다.

아는 목소리였다. 아는 목소리인데…… 그럴 리 없었다. 이서는 숨 쉬는 것도 잊었다. 그런데도 심장이 튀어나올 것처럼 뛰었다. 견딜 수 없어 숨을 토했다. 그 순간, 아까의 차가운 손이 이서를 안았다.

팔이 허리에 감겼다. 손과는 달리 뜨거운 입술이 이서의 이마에, 콧잔등에, 입술에 떨어졌다. 그러더니 곧 목덜미에 가볍게 이가 닿았다. 익숙한 감촉. 이런 일이 이전에도 있었다. 이서의 이성은 흐려졌으나 그녀의 몸은 기억하고 있었다.

바로 그날이었다. 백우가 처음으로 이서의 몸을 열었던. 하지만 그땐 몰랐다. 이런 식으로 백우를 떠나게 될 줄은. 이서는 생각을 멈추었다. 아니, 그저 자연히 그렇게 되었다.

그녀는 백우에게 매달렸다. 호흡이 금세 흐트러졌다. 이서는 속삭였다.

"어떻게 왔어요?"

백우에게선 대답이 없었다. 그는 마치 예전에 했던 일을 되풀이하려는 듯 똑같이 움직였다. 이서는 어쩐지 이대로 두고 싶다고 생각했다. 무슨 일인지 하나도 이해할 수 없었지만, 그래도 아주 오랜만에 편안했다.

"떠나려고 한 게 아니에요……. 말하고 가려고 했는데, 상황이……."

뚝. 이서의 말이 끊어졌다.

내가 지금 왜 여기 있었지?

다음 순간, 이서는 바로 백우를 떠밀었다. 안 돼. 왜 아무 말도 못 하고 왔는데? 이제 주술 주머니가 없으니, 혹시 한마디라도 섞으면 끔찍한 일이 생길까 두려워서 그랬다. 그런데 지금 뭘 하고 있는 거야?

덥석, 백우가 이서의 손목을 잡았다. 이서는 그게 백우의 손인 걸 느낄 수 있었다. 안 돼. 이서가 고개를 흔들며 그를 떨쳐 내려 했다.

그러나 너무 늦었다. 발밑이 흔들리기 시작했다. 이서는 그 거센 진동을 느낄 수 있었다. 심장이 미친 듯이 뛰었다. 몸을 가눌 수가 없었다. 땅이 흔들려서인지 너무 심하게 떨고 있어서인지 분간이 가지 않았다. 이서는 자기도 모르게 안 돼, 하고 중얼거렸다.

갑자기 땅이 기울었다. 기운다고? 이서는 의아할 새도 없이 동굴 입구 쪽으로 쭉 미끄러졌다. 거친 돌바닥에 무릎이며 손이 쓸렸지만 의식하지 못했다.

그리고 마침내 입구를 막았던 돌이 굴러갔다. 마치 작은 구슬처럼 가볍게. 빛이 이서의 눈을 찔렀다. 이서는 반사적으로 눈을 가렸다. 일어나 높은 곳으로 달리려 했지만 소용없었다. 다리에 힘이 풀렸다. 이서는 고개를 쳐들고 위를 바라보았다. 빛을 정면으로 받은 백우가 동굴 안에 그대로 서 있는 게 보였다. 그는 미끄러지지도 비틀거리지도 않았다. 이서는 가슴이 선뜩해졌다.

장자님이 아니야?

다음 순간, 이서는 그대로 굴렀다. 머리와 팔다리가 마구 바닥에 부딪치고 신이 벗겨졌다. 이서는 헐떡거리며 무력하게 휩쓸릴 수밖에 없었다.

"이서야!"

어디선가 자신을 부르는 소리가 들린 것도 같았다. 그러나 이서는 그 목소리가 실제인지 아니면 상상인지 분간할 수 없었다. 다음 순간, 이서는 누군가 자신을 받아 안는 것을 느꼈다. 등 뒤에 손을 받치고 무릎 아래 다른 팔을 넣어 번쩍 들어 올렸다.

익숙한 품이었다. 따뜻한 몸. 체취가 청량했다. 조금 그리운 느낌이 들기도 했다.

마침내 몸의 흔들림이 멈추었다.

"안 돼!"

귀를 찢는 듯한 고함. 서왕모다. 이서는 눈을 뜨고 싶지 않았다. 하지만 그 생각은 아주 잠시였고, 이서는 번쩍 눈을 떴다.

가장 먼저 시야에 들어온 건 백우의 얼굴이었다.

태양은 그의 머리 위에 있었다. 그래서 그의 표정을 제대로 볼 수 없었다. 이서는 그가 조금, 지친 것 같다고…… 안도한 것 같다고, 또 화가 난 것 같다고 느꼈다. 아주 짧은 시간 동안 스치는, 아주 막연한 느낌이었다.

안 되는데. 이서는 아까 동굴에서처럼 중얼거렸다. 온몸이 욱신거렸지만 지금 백우에게 안겨 있으면 안 된다는 건 알고 있었다. 모르긴 몰라도 지금 땅이 기우는 것도 자신 때문일 것이다. 그러니 백우에게 안겨 있으면 더한 일이 벌어질지도 모른다.

그러나 달랐다.

기울던 산이 천천히, 마치 스스로 버티려고 안간힘을 쓰는 듯 기울던 그대로 멈추었다. 돌과 풀과 짐승과 사람이 엉키며 폭발하던 굉음도 서서히 멎었다. 모든 것이 느리게 이루어진 것처럼 느껴졌으나 실제로는 순식간이었다.

왜지?

이서는 의아함에 백우를 올려다보았다. 그러다가, 제 몸에서 풍기는 지독한 시취를 자각하고 얼굴이 창백해졌다. 백우는 한 마디도 하지 않고 이서를 내려다보고 있었다. 이서는 그가 자기를 땅에 내려 주길 바랐다. 불안해서 숨 쉬기가 버거울 지경이었다.

"시간 그림자로군."

서왕모가 이를 갈며 말하는 소리가 들렸다. 서왕모는 이제 완전히 백우로부터 몸을 돌려, 제 좌정지에 나타난 이물(異物)에게 시선을 고정하고 있었다. 서왕모의 시선이 닿는 곳에 또 다른 백우가, 아까 동굴 안에서 이서를 그러안았던 백우가 서 있었다. 기울어진 땅에 굳게 발을 디딘 채.

그제야 이서는 그 자리의 모든 사람이 허공으로 조금씩 떠올라 있다는 걸 알았다. 멀지 않은 곳에 신성과 청현도 보였다. 청현은 떠오를 수 없는 모양이었지만, 진성이 그의 손목을 잡고 아래로 굴러떨어지지 않게 지탱하고 있었다. 이서는 하마터면 소리쳐서 둘을 부를 뻔했다.

"백우야. 할 수 있겠니?"

서왕모가 백우를 바라보며 물었다. 백우는 잠시 대모를 응시하다, 제 품의 이서를 바라보았다.

기억에서 태어난 시간 그림자였다. 최근 모습이니 아마 이서의 기억에서 태어났을 것이다. 언젠가 백년궁에도 어린 시절의 백우가 한 번 나타난 적이 있었다. 백우는 시간 그림자를 처리하는 게 천제로부터 받은 자신의 의무라는 걸 알았다. 저대로 두면 유사까지 생겨날 것이다.

백우는 입매를 비틀어 웃었다.

"왕모님은 강력한 신이시죠."

맹세컨대 서왕모는 백우가 비꼬는 걸 처음 보았다. 차가운 목소리였다.

"믿고 가겠습니다."

이미 곤륜산은 엉망이었다. 갑자기 산이 기울다 멈추는 바람에, 길은 사방으로 열렸고 서왕모는 지금 당장 산을 통제할 수 없었다. 이서를 데리고 가려면 지금이 적시였다. 어차피 저 정도 그림자는 서왕모도 해결할 수 있다. 백우는 이서를 안고, 공황 상태에 빠진 학 한 마리의 목을 그대로 낚아챘다. 거친 손길이었다. 백우는 제 앞에 이서를 태우고 그 뒤에 탔다.

이서는 한 마디도 하지 못했다.

그녀는 제 등에 닿은 백우의 가슴팍을 느끼며, 왜 아무 일도 벌어지지 않는지 헤아리려 했다. 분명 동굴 안에서 백우와 접했을 때는 뭔가 일어났는데. 그런데 진짜 백우와 이렇게 바짝 붙어 있는 지금, 사방이 고요했다. 학의 날개 아래서 곤륜산이 본래 모습을 되찾으려 애쓰는 듯 흔들리는 것만 보일 뿐이었다. 산은 더 기울지 않았으나 그렇다고 원래대로 돌아가지도 못한 채였다. 서왕모가 애쓰고 있지만 생각대로 안 되는 게 분명했다.

이서는 도움을 구하듯 뒤를 돌아보았다. 진성과 청현이 따라오고 있을 게 분명했다. 아니, 그게 아니더라도 그들의 모습이라도 보고 싶었다. 진성에게 상황을 묻고 싶었다. 아직 백우와 말을 섞는 건 불안했다. 어쩌면 말을 거는 순간, 바로 다른 재앙이 닥칠지도 모른다.

그러나 이서가 뒤를 돌아보기도 전에, 백우가 뒤에서 그녀의 목덜미를 쥐었다.

가볍게, 한 손으로 그러쥐었다. 위협하는 듯한 몸짓은 아니었는데도 이서는 움찔 몸을 굳혔다.

아무것도 설명하지 못했다. 그리고 아마 앞으로도 진실을 전부 털어놓을 수는 없을 것이다. 이서는 유보랑과 금구의 언약을 맺었고, 그 이유가 아니라 하더라도 자신이 백우에게 모든 걸 말할 수 있을 것 같진 않았다.

그래도 이서는 말해야 했다. 조금이라도. 하다못해, 당신을 버리고 도망친 게 아니라는 말이라도. 이서는 갈라진 목소리로 중얼거렸다.

"장자님, 그때는⋯⋯."

"아무 말도."

이서를 만난 후, 백우가 처음으로 말했다. 이서는 뒤를 돌아보고 싶었다. 그의 얼굴을 확인하고 싶었다. 그러나 백우가 그러지 못하게 했다.

"아무 말도 하지 마십시오."

이서는 입을 다물어야 했다.

이제껏 그에게서 들어 본 것 중 가장 차가운 목소리였다. 백우는 단 한 번도 이런 식으로 말한 적이 없었다. 그래서 이서는 그에게 죄송하다거나 하는 사과의 말도 꺼내 놓을 수가 없었다. 시취 때문에 힘들지 않으냐고, 그런 물음도 건넬 수 없었다.

이서는 몸을 뻣뻣하게 굳힌 채 가만히 앉아 있었다. 바람이 아프게 이서의 뺨을 할퀴었다. 이서는 궁금했다. 이렇게 가까이 있는데, 저조차도 제 냄새에 질식할 것 같은데, 백우는 어째서 아무렇지도 않은 걸까?

혹 지금 아무 일도 없는 것과 관련이 있을까⋯⋯. 이서는 생각을 이어 나가며 불안을 쫓으려 했다. 그러나 자꾸 가슴이 죄이고 어깨가 딱딱하게 굳었다. 장자님은 무슨 생각일까. 왜 아무 말도 하지 않는 걸까. 분명 화가 난 것 같은데, 차라리 소리라도 질렀으면 이런 기분은 아니었을 텐데. 이서는 하릴없이 제 주먹만 쥐었다 폈다 했다.

백우가 도착하자, 환호하려던 백년궁 사령들은 일제히 코를 틀어쥐거나 몸을 돌렸다. 패율선과 새말선도 마찬가지였다. 그러나 백우는 그들에게 시선도 주지 않았다. 그는 거의 뛰다시피 학에서 내렸고, 엉거주춤 내리는 이서의 팔을 그대로 잡아끌었다.

"장자님, 잠깐……!"

아까 곤륜산에서 신이 벗겨진 상태였지만 백우는 신경도 쓰지 않았다. 거기까지 마음을 기울일 여력이 없는 듯했다. 그는 무표정한 상태 그대로 이서를 질질 끌고 백년궁 안으로 들어섰다. 길은 여전히 복잡했고 궁이 새롭게 지어진 탓에 이서는 방향을 분간할 수 없었다. 주위를 둘러볼 수도 없었다. 이서는 몇 번이고 고꾸라질 뻔했으나 백우가 팔을 뽑아 버릴 것처럼 잡아당기는 바람에 넘어질 수도 없었다.

그때 뒤에서 허둥지둥 따라온 진성이 백우의 어깨를 낚아챘다. 청현도 함께였다. 청현이 어쩔 줄 몰라 일그러진 얼굴로 소리쳤다.

"대체 뭐 하는 겁니까! 이서를 이런 식으로……."

백우가 고개를 돌렸다. 청현은 자기도 모르게 움찔 물러날 뻔했다. 백우의 얼굴은 무시무시했다. 분노 때문만은 아니었다. 청현은 백우의 얼굴에 깃든 게 무엇인지 정확히 파악할 수 없었다. 그러나 백우의 손에서, 이서가 위험한 것은 분명했다.

"두 번 다시 이 일에 참견하지 마."

백우가 말했다. 정신이 없는 이서의 귀에도, 상대를 위협하는 목소리로 들렸다. 백우는 그대로 진성의 손을 뿌리치고 이서를 가까운 방에 처박았다. 이서는 거의 밀쳐지다시피 해 나뒹굴었다.

처박혔다고밖에 설명할 수 없었다. 이서는 감금 때문에 지친 채였고 사지를 제대로 가누는 것도 힘겨운 지경이었다. 그녀는 바닥에 내쳐졌고 일어나 앉기 위해 거의 버둥거리다시피 해야 했다.

"이서야!"

진성은 이 험악한 짓에 너무 놀라 비명을 질렀다. 이서는 어지러움을 쫓으려는 듯 앉은 채로 눈을 꽉 감았다 떴다. 물론 소용없는 짓이었다. 물이라도 한 모금 마셨으면. 그러나 문가에 단단히 버티고 섰던 백우는, 이서의 몸을 살피지도 않고 거세게 문을 닫았다.

이서는 이제 더는 버틸 수가 없었다.

문밖에서 무어라 고함을 지르고 싸우는 소리가 났다. 이서는 그게 진성의 목소리, 또 청현의 목소리라는 걸 알았다. 백우에게 뭐라고 항의하는 듯했는데, 제대로 알아들을 수가 없었다.

너무 춥고 피로했다. 온몸이 쑤셨다. 순식간에 곤륜산의 동굴에서 빠져나왔는데, 시취는 여전했고 여러 날 굶주린 몸은 격동 끝에 탈진한 데다, 어째서인지 안심이 되지도 않았다……. 이서는 그쯤에서 의식을 잃었다.

8장
악심 上

백년궁의 모두는 채 두 시진도 지나기 전에 시취의 원인을 알 아차렸다. 곤륜산에서는 서왕모가 말하기 전까진 원인을 알 수 없 었으나 이제는 달랐다. 이서가 백우 손에 이끌려 왔을 때, 시취는 심각해졌고 백년궁 사람들은 그 지긋지긋한 냄새에 미쳐 가기 시 작했다.

"제가 천년계곡에 가서 감씨를 받아 오겠습니다."

패율선은 참지 못하고 말했다. 천년장자는 아마 거절하지 않을 것이다. 애초부터 그는 아들이 뭘 하든 별로 관심이 없었으므로. 율선은 지금 당장이라도 천년계곡으로 달려가고 싶었다.

백우는 겨우 이서를 찾아 제 궁에 앉혔지만 여전히 문제는 해 결되지 않았다. 패율선도 힘이 상당한 선인이었지만 그 역시 미치 기 일보 직전이었다.

"아직은 아니야."

백우는 제 보료에 앉아 무감한 목소리로 말했다. 패율선은 폭발할 뻔했다. 백우가 심하게 피로해 보이지만 않았다면 소리라도 질렀을 것이다.

"뭐가 아직 아니라는 겁니까? 꽃감관과 그 수꽃은 이 시취 풍기는 손님을 보게 해 달라고 난리지, 사령들은 그 꽃을 쫓아내라고 하지, 그 꽃을 시료하려고 들어갔던 모량은 간신히 응급 처치만 하고 구역질을 하면서 나왔단 말입니다!"

"그러니까."

백우는 고개를 들었다. 정면에서 찌르는 시선이 서늘했다. 율선은 입을 다물었다.

"그러니까, 당분간 그냥 두라고."

패율선은 기가 막혔다.

저게 대체 무슨 소리지? 그러니까 그냥 두라니. 이 수많은 문제와 그 심각성을 알면서도 사태를 방관하겠단 소리였다. 그리고 그건 단순히 화가 나거나 귀찮아서가 아니라……

율선은 가만히 백우의 얼굴을 살폈다. 백우는 지친 것 같았지만 평소와 비슷했다. 선계의 지도를 펼쳐 놓고 곤륜산의 시간 그림자가 사라졌나 살피는 중이었다. 그렇게 갈급하게 이서를 찾아 헤맸으면서, 그녀 근처에도 가지 않고 있었다.

"다른 건 그렇다 치고……. 장자님은 괜찮으십니까?"

"그래."

백우는 간단하게 대답하고 덧붙였다.

"감씨는 내일 오후 늦게 구해다 먹여."

"직접 보러 안 가십니까?"

데려오기만 하면 옆에 끼고 살 줄 알았는데. 율선은 물었으나 백우는 답하지 않았다. 그는 하는 수 없이 물러나야 했다.

그리고 백우는 방에 혼자 남았다. 그가 율선에게 한 말은 사실이었다. 백우는 괜찮았다. 정확히 말하자면 그는 아무렇지도 않았다.

'이서와 백년장자가 가까이 있으면 좋지 않은 일이 일어나지. 청현이는 지켜줄꽃이니 장자에게 도움이 될 거라고 보오.'

곤륜산으로 가기 전에 진성은 그렇게 말했다. 이미 그 수꽃과 얘기가 끝난 듯했다. 꽃감관은 간접적으로나마 이서가 백우를 해하는 꽃이라는 걸 인정한 셈이었다. 지켜줄꽃인 청현과 계약하지 않으면 이서가 어디 있는지 말해 주지 않겠다 하여, 백우는 청현을 가졌다.

과연 서천의 꽃은 굉장했다. 백우는 이서로부터 안전했고, 심지어 그 시취로부터도 안전했다. 그래서 백우는 이서를 좀 더 그대로, 혼자 놔두겠다고 결심할 수 있었다.

하지만 이서의 상태는 무척 나빴다. 며칠 내내 굶은 것은 물론 물도 마시지 못했을 것이다. 서왕모는 가혹하고 철저했다. 죽이기로 결심했으니 아무것도 주지 않았을 터다. 때마침 백우의 시간 그림자가 나타나 이서와 접하지 않았다면 그녀는 지금도 동굴 안에 갇혀 있을지도 몰랐다.

백우는 이서에게 시료가 필요하다는 걸 알았다.

의원 모량이 그녀를 돌보려고 방으로 들어갔지만, 곧 견디지 못하고 물러섰다. 항의하는 꽃감관과 청현은 무작정 가두었다. 백우는 이성적으로 판단하려고 했지만 쉽지 않았고, 시끄러운 소리는 쓸모가 없었다.

백우는 일어섰다.

이서는 백년궁 깊숙한 곳에 있었다. 본전(本殿)의 가장 깊은 곳.

문을 열었다. 이 문을 열 수 있는 건 백우나 그의 허락을 받은 자들뿐이었다. 꽃감관과 청현이 아무리 애써도 이 문은 열리지 않으리라.

새로 지은 백년궁은 백우와 이어져 있었고, 궁 전체가 그의 수족이나 마찬가지였다. 궁을 재건한 황우양은 새로 개발한 거라며 꽤 자랑스러운 어조로 설명했었고, 그때는 큰 관심을 두지 않았다. 이렇게 사용하게 될 줄 몰랐으니까.

넓은 방 한가운데, 이서는 고요히 누워 있었다.

사실 쓰러졌다고 보는 게 옳았다. 의원 모량이 다시 눕혔는지, 몸은 반듯했다. 손을 양옆에 내려놓고 있는 이서는 마치 죽은 것 같았다. 모량이 응급처치는 했다 했으니 생명이 위태로운 지경은 아니리라. 백우는 가만히 그녀의 곁으로 가서 앉았다.

지켜줄꽃은 가까이 있지 않아도 효력을 발휘하는 모양이었다. 이 꽃들의 능력이 어떻게 작용하는 것인지, 백우는 알 수 없었다. 서천의 꽃은 아직까지도 베일 너머에 있었고 서왕모조차 이서가 정확히 무슨 꽃인지 알아내지 못했다. 백우는 조용히 이서의 얼굴을 내려다보았다.

창문에 발린 창호지를 통과한 햇빛은 부드럽게 이서의 머리 타래를 적셨다. 이서의 입술은 바짝 말라 있었고 눈이 움푹 꺼진 게 보였다. 그러나 짧은 시간 동안 모량이 잘 처치해 두었는지 가슴팍은 규칙적으로 오르내렸다.

백우는 손을 뻗어 이서의 이마를 쓸었다. 백년궁으로 막 데려왔을 때는 몸이 차가웠는데, 이제는 어느 정도 온기가 도는 게 느껴졌다.

그는 굴러떨어지던 이서를 받아 안은 순간이 떠올랐다.

마침내 숨통이 트였던.

그러나 이 마음은 뭘까? 이서와 가까워지면, 그녀와 닿으면, 마음 깊은 곳에서 뭔가가 날뛰었다. 칼날 같은 발톱으로 속을 긁으며 울부짖었다. 백우는 한 번도 이런 걸 경험해 본 적이 없었다. 한 번도.

"뭐 하는 거야?"

백우는 퍼뜩 정신을 차렸다.

창문이 열린 줄도 몰랐다. 창턱에 흰 고양이의 모습을 한 백호가 햇빛을 받으며 앉아 있었다. 백호는 백우를 똑바로 바라보며, 꼬리를 휘휘 저었다.

백우는 제 손을 내려다보았다. 그제야 그는 제가 두 손으로 이서의 목을 쥐고 있다는 걸 깨달았다. 백우는 눈을 깜빡이며 마치 낯선 것을 보듯 제 손을 내려다보다가, 서서히 팔을 거두었다.

"언제 오셨습니까?"

백우의 목소리는 평소와 같았다. 백호는 흥 코웃음을 쳤다.

"네가 날 천년궁에 두고 간 걸 안 후에."

"이 방에 들어오실 수 있습니까?"

"그래. 창문 관리 잘해라. 너도 아직 새 궁에 익숙하지 않으니까."

백우는 고개를 끄덕였다. 그러더니 침묵했다. 이서의 얼굴을 보며, 지금 그녀가 깨어나길 바라는 것인지 아니면 이대로 영영 잠들어 있길 바라는 것인지 가늠했다.

백호는 잠시 그런 백우를 지켜보고만 있었다. 백우는 곧 고개를 들더니 물었다.

"알고 계셨습니까?"

백호가 웃었다. 고양이도 웃을 수 있다는 걸, 백우는 종종 그를 보며 깨닫곤 했다.

"수상하다는 건 알았지. 백년궁이 무너졌을 때부터."

"말해 주지 않은 이유가 있습니까?"

백호는 의외라는 듯 한쪽 눈을 찡그렸다.

"걔가 무슨 꽃이든 신경 안 쓸 줄 알았는데."

"안 씁니다."

"근데 왜?"

미리 알았다면, 가지 못하게 막을 수 있었을 것이다.

백우는 마침내 이서가 왜 그렇게 높은 벽을 세웠는지를 이해했다. 이서는 두려웠던 것이다. 그녀는 자신이 백우를 해칠 수 있다는 걸 알았고, 거리를 둠으로써 백우를 보호하고 싶었던 것이다.

그러나 바로 그 지점에서 백우는 이서를 이해할 수 없었다. 자신을 복줄꽃이라고 소개한 건 이서 본인이었다. 이서는 분명 자의로 자신을 속인 것이었다. 그런데 왜 마음을 바꾸었을까. 막상 자신을 죽인다고 생각하니 겁이 났을까?

어떻든 상관없었다.

"죽일 건가?"

백호가 평이한 목소리로 물었다. 백우는 두 번 생각하지도 않고 아니라 답했다. 백호는 잠시 웃었다.

"죽이려는 줄 알았는데."

"그런 게 아닙니다."

"목을 졸랐잖아."

조른 게 아니라 그저 쥐고 있었을 뿐이다. 의도한 행동도 아니었다. 자각하지 못한 사이 벌어진 일이었다. 백우는 그렇게 말하려 했다. 그러나 백호는 더 들을 것도 없다는 듯 일어서더니, 휘꼬리를 젓고 덧붙였다.

"죽일 게 아니면 빨리 이 냄새부터 어떻게 해 봐. 토할 것 같으니까."

백호의 후각은 다른 사령들보다 예민했다. 그나마 신수라 이 정도 버티고 말하는 것이지, 아니었으면 이서 근처에도 오지 못했을 터다. 다른 동물 사령들은 어떤 상황일지 안 봐도 뻔했다.

백우는 그 후에도 잠시 이서 곁에 머물렀다. 하지만 곧 그도 자리에서 일어섰다.

　그날 오후, 패율선은 석반도 거르고 천년계곡에 다녀왔다. 율선이 무슨 말로 감씨를 받아 냈는지는 아무도 몰랐지만, 중요치 않았기에 백우는 묻지 않았다.

　백우는 시취를 풍기는 꽃을 제게 선물한 부친에 대해 생각했다. 무슨 생각이었을까. 이서를 어떻게 알았을까. 서천까지 가, 꽃 감관에게 이서를 주문했을까?

　이제는 어떻든 관심 없었다. 이서는 백년궁에 있었고 그거면 족했다. 이서와 평화로이 시간을 나누던 날이 거짓말 같았다. 그런 날은 두 번 다시 오지 않을 듯했다.

　"모량이 감씨를 먹였습니다."

　패율선은 핏기가 가신 얼굴로 와서 보고했다. 그러고선 남은 감씨가 든 주머니를 백우 앞에 내려놓았다. 백우는 그쪽으로 눈길도 주지 않은 채 고개를 끄덕였다.

　백우의 반응과는 상관없이 율선은 다소나마 안심했다. 이제 시취가 가실 것이다. 백년궁 사령들은 저마다 창문을 열고 향을 피우느라 분주했다.

　"장자님, 백년궁 분위기가 좋지 않습니다. 그 꽃을 많이 경계하는 듯한데……. 뭔가 조치를 취할까요?"

　"아니, 그럴 거 없어."

　백우는 잘라 말했다. 홧김에 뱉은 말이 아니라 진심이었다. 율선도 그걸 알고 잠깐 멈칫했다.

"그럼……."

"마음대로 떠들게 내버려 둬."

"알겠습니다."

율선은 뭐라 더 묻고 싶은 걸 참고 얌전히 대답했다. 그것 말고
도 해결해야 할 일은 많았다.

"꽃감관과 그 수꽃은 어떻게 할까요?"

"꽃은 남을 테니 적당한 방을 내줘. 꽃감관은 당분간 고집을
부리겠지만 어차피 곧 돌아가야 할 거야. 이미 서천을 너무 오래
비웠으니. 간다고 하면 학을 내주고, 이서를 만나겠다고 하면 어
디 있는지 모른다고 해."

"꽃감관이 납득할까요?"

"납득시켜."

백우는 짤막하게 대답하고 입을 다물어 버렸다.

율선은 도저히 백우의 속을 짐작할 수가 없었다. 꽃감관은 박
대하고, 그가 데려온 수꽃은 남기고, 이서는 감금시킨다. 그렇게
애타게 이서를 찾아 헤매더니 방에 가둬 두고 의원 모량의 출입
만 허가했다. 이해할 수 없는 행동이었다.

"그리고 그 수꽃이 다쳤답니다. 이미 다친 상태로 온 걸 보니
곤륜산에서 무슨 일이 있었던 것 같은데……."

"심한 부상이 아니면 내버려 둬."

아마 곤륜산이 기울어졌을 때 어딘가에 부딪쳤을 것이다. 백우
의 관심사가 아니었다.

대답을 들었음에도 율선은 나가지 않고 머뭇거렸다. 사실 묻고

싶은 게 하나 더 있었다. 이서를 계속 백년궁에 둘 것인지. 하지만 이미 답이 나온 거나 마찬가지였다. 율선은 이 일에 끼지 않기로 했다. 당장은 꽃감관을 돌려보내는 것도 문제였고, 악취로 가득 찬 백년궁도 수습해야 했다.

"알겠습니다."

그 꽃을 사모한다고 생각했는데……. 아니었나?

율선은 한숨을 내쉬었다. 우여곡절 끝에 백년궁으로 돌아왔는데, 아무것도 나아진 것이 없는 느낌이었다.

이서는 한동안 자기가 깨어났다는 걸 몰랐다.

의식은 퍼뜩 돌아왔지만 그걸 깨닫는 데는 시간이 걸렸다. 팔다리가 다 빠져 있다가 억지로 끼워 맞춘 기분이었다. 이서는 잠시, 한동안 또 열병을 앓았나 되짚었다. 그러다 자기가 보료 위에 반듯하게 누워 있는 걸 알고 천천히 몸을 일으켰다.

주위를 둘러보았다. 창문에 바른 창호지에 달빛이 비쳤다. 방 안에는 자신뿐이었다.

잠든 새 누가 물을 먹였는지, 목은 마르지 않았다. 너무 오래 굶어서인지 배도 고프지 않았다. 아니면 미음 같은 거라도 먹였을까. 이서는 조심스럽게 몸에 힘을 주어 일어났다. 그러나 순간 다리가 꺾여 주저앉았다. 체력이 회복되려면 한참 시간이 걸릴 듯했다.

사방이 고요했다.

우는 새조차 없었다. 나뭇잎을 쓸고 지나가는 바람도 오늘은 깊이 잠든 듯했다. 달빛이 이서의 얼굴을 적시고 야금 위로 흘러내렸다. 순간 빛이 정말 흐르는 것처럼 보여 이서는 눈을 깜빡였다. 물론 환각이었다.

시취는 여전히 남아 있었다. 그러나 많이 흐릿해졌다. 이서는 제 후각이 둔해진 것인지, 아니면 문제가 해결된 것인지 분간할 수 없었다. 이서는 천천히 숨을 들이쉬었다가 내쉬기를 반복하며 기이하게 뛰는 심장을 진정시키려 했다.

백우는 화가 난 게 분명했다.

그게 아니라면 자신을 그렇게 내던지듯 팽개치진 않았을 것이다. 이서는 이해했다. 자기가 수레멸망악심이라는 것은 몰라도, 해를 끼치는 꽃임은 알았을 테니까. 게다가 사정이야 어떠했든 백우와의 약속을 저버리고 달아났다. 이서는 그 점은 꼭 설명하겠다고 다짐했다. 그러면서, 불안으로 몸이 잘게 떨리는 것을 느꼈다.

백우는 용서하지 않을 것이다.

이서는 무릎을 세워 끌어안았다. 긴 숨을 내쉬었다. 용서는 고사하고…… 그가 다시 찾아오긴 할까? 아니, 찾아온다 해도 무슨 소용일까. 대체 뭐라고 말할 수 있을까? 전 사실 복줄꽃이 아니에요, 계속 속인 거예요, 죄송해요, 그런 말?

이젠 백우와 붙어 있어도 아무 일도 일어나지 않을까. 그렇다면 그건 어째서일까. 이서의 생각은 꼬리에 꼬리를 물고 나아갔다. 그러나 어김없이, 정착지는 백우의 반응이었다. 그가 자기를 어떻게 생각할지. 어떻게 대할지.

혼자 이런저런 상황을 가정하며 앉아 있자니 돌연 외로워졌다. 추웠다. 이서는 야금을 바짝 당겼다.

그때, 문이 열렸다.

이서는 반사적으로 번쩍 고개를 들었다. 그 정도 움직임만으로도 속이 울렁거리고 식은땀이 났다.

백우였다.

이서는 일어나고 싶었다. 최소한 그 정도 성의는 보이고 싶었다. 그러나 몸이 뻣뻣하게 굳어서, 고개조차 숙여 보일 수가 없었다.

"장자님."

간신히 그 말만 뱉어 놓고 두 손을 꽉 말아 쥐었다. 겁이 났다. 뭐가? 알 수 없었다. 그냥 무작정 겁이 났다.

천천히, 백우가 이서에게 다가왔다.

이서는 숨을 죽이고 기다렸다. 백우가 가까이 올수록 머릿속이 새하얘졌다. 생각은 마구잡이로 치밀었다가 흩어졌고, 결국 백우가 제 앞에 설 때까지 이서는 아무 말도 준비하지 못했다.

백우는 이서 곁에 앉았다. 비스듬히 마주 보는 위치였다. 이서는 꽉 쥔 제 손만 내려다보았다. 백우가 어떤 얼굴을 하고 있는지 바라볼 자신이 없었다. 긴장 때문에 가슴이 터질 것 같았다. 제발, 아무 말이나 생각해 내, 빨리…….

"구해 주셔서 감사해요."

이서는 감사 인사부터 전했다. 목소리가 덜덜 떨렸다. 백우는 아까 분명 화가 나 있었다. 그런데 지금은 제 앞에 고요히 앉아 있으니, 무슨 말이라도 해서 침묵을 메우고 싶었다.

"곤륜산에서요."

덧붙였지만, 백우는 여전히 대답이 없었다. 이서는 필사적으로 이 말 저 말을 뒤적였다. 하지만 어떤 말도 그리 적절해 보이진 않았다. 그래서 이서는 우선 해야 할 말부터 꺼냈다.

"죄송해요. 천년궁에서는, 제가 그런 식으로 가려고 했던 게 아니라……."

"됐습니다."

백우가 말을 잘랐다. 이서는 꾹 입술을 물었다. 여전히 몸에 기운이 하나도 없었다. 이만한 긴장을 견디는 것도 버거웠다. 이서는 겨우 용기를 쥐어짜 백우의 얼굴을 살폈다.

백우는 평소와 비슷했다. 미소 짓고 있진 않으나, 화가 난 것 같진 않았다. 이제 괜찮은 걸까. 그럴 리가 없는데. 이서는 다시 눈을 내리깔았다. 마른침을 넘기고 백우의 말을 기다렸다.

"말하기 힘들겠군요. 물도 충분히 마시지 못했을 텐데."

다정한 듯도 하고 무감한 듯도 한 목소리였다. 이서는 고개만 끄덕였다. 확실히 목이 무척 아프고 뻑뻑했다. 입에 자꾸 침이 말랐다. 물을 마시지 못해서인지는 모르지만.

"물을 가져오라고 할까요?"

정중한 물음. 이서는 다시 백우의 눈치를 살폈다. 조심스럽게 고개만 끄덕였다. 백우는 사령을 데려왔는지, 문밖으로 소리를 냈다. 분명 편의를 봐주고 있는데도 이서는 마음을 놓을 수가 없었다. 심장이 기이할 정도로 빠르게 뛰었다.

쟁반에 물주전자와 잔을 올려 가져온 사령은 새말선이었다. 그녀는 이서와 눈도 마주치지 않고, 재빨리 백우 곁에 물을 내려놓은 후 사라졌다.

"꽃감관과 지켜줄꽃은 지금 백년궁에 있습니다."

백우는 팔에 힘을 주지 못하는 이서를 대신해 잔에 물을 채우며 말했다. 자기로 된 주전자 입에서 소리 없이 물이 쏟아졌다. 이서는 궁금한 내색을 하지도 못하고 그저 귀만 기울였다.

"궁금해하시는 것 같아서 말씀드리자면, 꽃감관은 물론 당신을 데려가고 싶어 했죠."

당신. 낯선 호칭이었다. 이서는 떨리는 손으로 백우가 건네는 잔을 받았다. 천천히 잔을 입술에 갖다 대는데, 순간 손에 힘이 풀리면서 그대로 잔을 놓치고 말았다.

잔은 야금 위에 조용히 떨어졌다. 금세 물이 야금을 적셨다. 이서는 당황해서 잔을 먼저 치웠지만 백우는 움직이지 않았다. 그는 태연한 목소리로 말을 이었다.

"하지만 여긴 백년궁이고, 제 궁에서 저와 다투어 이길 선인은 드무니까요. 지금은 조용해졌습니다."

이서가 그대로 굳었다.

둘이 싸운 걸까? 단순히 말다툼을 한 게 아니라 서로 무력을 사용해 가며? 하지만 진성이 무기를 쓰는 건 본 적이 없었다. 진성이 손에 칼이나 창을 쥐고 있는 것은 상상조차 할 수 없었다.

"당신은 물론 꽃감관을 따라가고 싶었겠지만."

이서는 시선을 들었다. 백우는 아무렇지도 않은 얼굴이었다. 이서는 아니라고, 설명하겠다고 말하려 했다. 그러나 이서가 입을 벌리는 순간 백우는 이미 그녀에게서 주의를 돌리고, 이서가 떨어뜨린 잔에 다시 물을 채우고 있었다.

그래도 이서는 말하기로 했다. 설령 백우가 들을 마음이 없어 보여도.

"정말로 도망가려고 했던 게 아니에요. 그때 제가……."

"네, 사정이 있었다고요. 압니다."

진성과 청현도 그걸 설명하려고 애썼다. 물론 백우는 듣지 않았다. 뭔가 들은 듯도 한데 기억이 나질 않았다. 백우는 이서의 등에 손을 대고, 다른 손으로는 잔을 쥐어 이서의 입술에 눌렀다.

"마셔요."

이번에는 꽤 다정한 목소리였다. 이서는 그 온기에 반응해 입을 벌렸다. 미지근한 물이 부드럽게 목을 타고 넘어갔다. 몸이 나아질 줄 알았는데 오히려 현기증이 일었다.

"그리고 당신이 궁금해할 걸 하나 더 말해 주자면."

백우는 잔을 치웠다. 이서를 방으로 밀었을 때와는 판이하게 다른, 차분한 움직임이었다.

"나는 그 지켜줄꽃과 소유 계약을 맺었죠."

이서는 백우의 손에 기댄 채 머리를 끄덕였다. 이제 이해가 갔다. 진성이 나름대로 수를 마련한 것이다. 하지만 이서는 그게 쉬운 결정이 아니었을 것임을 알았다.

"청현이는……."

어디 있나요, 라고 물으려다 이서는 말을 멈추었다. 사람의 표정은 아주 순간적으로 변한다. 이서는 말을 맺을 수가 없었다. 백우는 웃고 있었지만 진심으로 웃는 게 아닌 건 확실했다.

"앞으로 그 이름을 듣는 일이 없었으면 좋겠네요."

이서는 바로 대답하지 못하고 입술을 달싹였다. 청현이 백우를 지키기로 했다면, 적어도 같은 궁에 머물러야 할 것이다. 청현과는 제대로 이야기도 나눠 보지 못했는데 백우는 이상할 정도로 그를 경계하고 있었다.

하지만 이 상황에서 그런 항변을 하고 싶진 않았다. 진성과 청현을 만나고 천년궁에서 사라졌으니 백우가 의심하는 건 당연했다. 이서는 고개를 끄덕였다. 죄송해요, 라고 덧붙이기도 했다. 백우는 답하지 않았다. 대신 다른 말을 했다.

"할 말은 그것밖에 없습니까?"

물론 아니었다. 이서는 말해야 했다. 사실 자기는 복줄꽃 같은 게 아니며, 당신을 죽이러 온 꽃이고, 이제껏 천년계곡의 감씨와 서왕모의 주술 주머니로 그걸 감춰 왔다고.

그러나 그건 너무 거대한 기만이었다. 용서받기 어려운 기만이었으므로 고백하기도 어려웠다. 무엇보다도 이서는 유보랑에 대한 이야기를 할 수 없었다. 금구의 언약은 강한 힘을 발휘해서, 이서가 간절히 원한다 해도 그 말은 꺼내 놓을 수 없을 것이다.

"그렇군요."

백우는 이서를 보며 스스로 답했다. 특별히 실망한 것 같지도 않았다. 대답을 들을 수 없는 일엔 익숙하다고, 그렇게 말하던 백우가 떠올랐다.

"밖에 새말선을 세웠습니다. 필요한 게 있다면 말씀하시면 됩니다."

백우는 그쯤에서 대화를 접어 버렸다. 이서는 눈을 깜빡였다. 달빛이 하얗게 흩어진 야금과 제 손등을 보다가 생각했다. 이게 끝인가? 왜 더 말하지 않지? 잔뜩 움츠러들어 있다가 돌연 맥이 빠졌다. 이서는 백우를 올려다보았다. 백우는 일어서고 있었다. 폭이 넓은 소매가 사락사락 스치는 소리가 들렸다.

그 순간, 이서가 그의 옷자락을 붙잡았다. 이서는 깨달았다. 더 말해야 할 사람은 백우가 아니었다.

"장자님."

이서가 떨면서 그를 불렀다. 백우는 일어서다 말고 멈춘 채 이서를 바라보았다.

"드릴…… 드리고 싶은 말씀이 있어요."

손끝이 차갑게 식는 게 느껴졌다. 긴장 때문에 호흡이 어려웠다. 이서는 백우를 이대로 보내고 싶지 않았다. 평소처럼 대해 주길 바란 건 아니지만, 그래도 이건 너무…… 이서는 혼이 날 준비를 하는 어린아이처럼 조마조마하며 백우만을 올려다보았다.

백우가 이서의 손 위에 제 손을 겹쳤다. 순간 이서의 마음에 희망이 반짝였다. 그러나 다음 순간, 백우는 부드럽지만 단호하게 그녀의 손을 떨쳐 냈다.

"오늘은 너무 늦었습니다."

시간이 늦었다는 말이겠지만, 어쩐지 모든 것이 다 늦어 버렸다는 말처럼 들렸다.

　백우는 돌아섰다. 이서는 애타게 그의 뒷모습만 바라보았다. 백우는 문을 열고 밖으로 나갔다. 탁, 문이 닫혔다. 방은 고요했고 혼자 남은 밤은 아득했다. 별이 줄지어 늘어서 깜박거렸다. 해야 할 말과 할 수 없는 말, 하고 싶은 말이 뒤엉켜 침묵 속에 소란했다.

　거의 나흘이 지나도록, 진성은 이서를 만날 수 없었다.

　만일 여기가 서천이었다면 얘기는 달랐을 것이다. 누구나 자기 좌정지에서는 강했다. 곤륜산에서는 서왕모를 이길 자가 없고, 천년계곡에서는 천년장자가 신이나 마찬가지였다. 진성도 서천꽃밭의 모든 통제권을 갖고 있었다. 한번 밖으로 나간 꽃은 그의 통제 하에 있지 않으나, 서천에서 진성은 가장 강력한 존재였다.

　그리고 그건 백우도 마찬가지였다. 백년계곡에 있는 백우를 이길 수 있는 자는 거의 없었다.

　"서천으로 돌아가셔야 하지 않습니까?"

　진성은 갑자기 들린 목소리에 고개를 들었다. 문가에 백우가 서 있었다. 단정한 모습이었지만 얼굴에 피로의 그늘이 드리워져 있었다. 진성의 눈매가 약간 일그러졌다. 백우의 말이 사실이기 때문이었다.

　"하지만 그 전에 장자와 얘길 하고 싶군."

"제가 더 들어야 할 말이 있는지 몰랐군요."

백우는 가볍게 빈정거렸다. 정중한 어조라 진성은 순간 대꾸할 말을 찾지 못했다. 백우의 속을 읽을 수 없었다. 백우는 일견 차분하고 평온해 보였으나, 이서를 바닥에 처박던 때와 크게 달라지지 않은 것처럼 보이기도 했다.

"하나는 이서에 대한 일이고, 하나는 천년궁에 관한 일이오."

진성은 백우가 두 가지 일에 모두 지대한 관심이 있으리라 확신했다. 그러나 돌아온 반응은 냉담했다.

"이서가 달아나려 했던 게 아니라는 말은 본인에게도 충분히 들었고, 천년궁에 대해서라면 천년장자님과 상의하시지요. 이젠 돌아가 주셔야겠습니다."

백우는 더 대화할 마음이 없는 듯했다. 진성은 기가 막혔다. 백우는 지금 아무와도 얘기하지 않으려는 사람처럼 보였고, 무엇에도 관심이 없으며, 동시에 모든 것에 분노한 사람 같았다.

"이서는 장자가 다치는 걸 무서워했소."

"……"

"내내 서천에서만 살아서 아직 어리고, 적당히 넘어가는 요령도 모르지만, 그 애가 장자를 걱정한 건 진정이오."

백우는 대답하지 않았다. 그는 진성의 말을 불신하는 것 같진 않았지만 무어라 긍정적인 답을 줄 생각도 없는 모양이었다. 진성은 대체 무슨 생각을 하는지 알 수 없는 백우로부터 뭔가를 알아내려고 가만히 그 얼굴을 들여다보았으나, 아무런 소득 없이 눈을 돌리고 말았다.

결국 진성은 그날 백년궁을 떠났다.

이미 일주일 이상 서천을 비웠다. 더 지체할 수는 없었다. 이서를 보지 못하고 가는 게 마음에 걸렸고, 천년궁의 꽃 문제도 해결해야 했지만, 일단은 서천으로 돌아가야 했다. 이미 많은 것이 엉망이 되었을 터였다.

방에 갇힌 이서는 진성이 떠난 줄도 몰랐다.

아무도 이서에게 말을 걸지 않았다. 문밖에 새말선이 서 있긴 했으나 이서가 마실 것이나 음식을 부탁할 때만 잠깐 얼굴을 보일 뿐이었다. 게다가 새말선은 방으로 들어오지도 않았다. 그저 장지문을 조금 열고, 물이며 과일 같은 것을 안으로 밀어 넣은 후, 다시 문을 닫았다. 그뿐이었다.

지난 나흘 동안 백우는 오지 않았다.

이제 이서는 초조해졌다. 할 일도 없고 대화할 사람도 없고 나갈 수도 없는 상황. 게다가 창문조차 열리지 않았다. 이서는 잠금장치도 없는데 열리지 않는 문 너머로 새말선에게 잠시 산책만이라도 하게 해 달라고 부탁했지만, 그녀는 대답조차 하지 않았다. 바깥 풍경이라도 보고 싶어서 창문에 손을 댔는데, 마치 풀로 붙인 것처럼 창문도 꿈쩍하지 않았다.

새말선이 저녁으로 죽과 말린 과일, 차를 내왔다. 문 옆에 기대앉았던 이서는 재빨리 새말선의 손목을 잡았다. 새말선이 당혹한 얼굴로 팔을 잡아 빼려 했으나, 이서는 힘없는 채로도 손아귀에서 힘을 빼지 않았다.

"안 나갈게요. 문만 열어 놔 주세요."

새말선이 살짝 인상을 썼다. 그러더니 조심스러운 태도로 주위를 둘러보더니 고개를 저었다.

"제 마음대로 할 수 있는 게 아니에요."

"그냥 문만 열어 놓으면 되잖아요. 제발."

곤륜산에서 서왕모에게 시달리고, 감금당하고, 여기서도 제대로 회복하지 못했다. 이서의 몰골은 안쓰러울 지경이었다. 새말선은 여전히 이서의 정체를 몰랐지만 그녀가 수상하다는 것만은 확실히 알았다. 그런데도 순간 이서의 부탁을 들어주고 싶어졌다. 그러나 새말선은 곧 고개를 저었다. 어차피 자기 손에 달린 일이 아니었다.

"안 돼요, 손님. 제 재량에 달린 게 아니라, 이게 저절로 닫히는 거예요."

재건한 백년궁은 더 완벽하게 백우와 이어졌다. 이서가 있는 방에 완전히 들어갈 수 있는 건 백우와 의원 모량뿐이었다. 새말선도 패율선도 안으로 발을 들여놓을 수 없었다. 게다가 걸쇠 없는 문은 이서가 손만 대면 돌덩어리라도 된 것처럼 움직일 생각조차 하지 않았다. 모든 것이 백우의 의지였다.

"그럼 나랑 얘기라도 해 주세요. 아무 얘기라도 좋아요. 꽃감관님이나 청현이……."

"그것도 안 돼요. 장자님이 아시면 큰일 나요."

이서는 꼭 입술을 물었다. 몸은 회복되는 중이었으나, 이대로라면 정신이 갈기갈기 찢겨져 버릴 것 같았다. 초조하고 공허해서 견딜 수가 없었다. 나흘 내내 아무와도 말하지 못했고, 무엇도 하지 못한 채, 이서는 자다 깨다 서성거리기를 반복했다. 백우가 오지 않을까 기다리고 작은 기척에도 벌떡 일어나 문으로 달려갔다. 하지만 문은 열리지 않았다. 나중에는 정말 버티기가 어려워서, 물이 남았는데도 새말선에게 주전자를 부탁하기도 했다.

장자님은 이런 식으로 벌을 주려는 걸까?

이서는 그렇게 생각하기도 했다. 누군가에게 처벌을 내리는 백우는 한 번도 상상해 본 일이 없었지만. 이서의 기억 안에서 백우는 늘 친절하고 다정했다. 그 품은 따뜻했고 제 몸을 열던 손은 세심하고 부드러웠다. 이서는 자기가 그의 몸을 어떻게 만졌는지, 어떤 느낌이었는지를 모두 기억했다.

새말선이 이서의 손을 떨쳐 내고 자신의 손을 문밖으로 빼내자마자, 문이 닫혔다. 새말선이 닫은 건 아니었다. 문은 그저 기다렸다는 듯 저절로 닫혔다. 이서는 망연히 그 문을 바라보았다.

제발 아무나 와 줬으면. 누구든 와서, 백우가 뭘 하고 있는지 말해 주길 바랐다. 진성이나 청현이 어떻게 되었는지도. 청현은 백우와 계약을 맺었다 했다. 날 위해서 그랬을까, 곤륜산이 기울었을 때 어디 다친 건 아닐까, 이서는 그런 걸 묻고 싶었고 청현의 손을 잡고 고맙다고, 미안하다고, 보고 싶었다고 말하고 싶었다.

이서는 완전히 고립되었다. 그렇게 누울 보료와 물 주전자밖에 없는 방에서 닷새를 보내자, 이서는 이제 누가 와 주기만 하면 뭐든 내놓을 수 있을 것 같았다. 사람이 너무 절실했다.

그리고 백우는 닷새째 되는 날 밤에 찾아왔다.

이서는 자기도 모르게 벌떡 일어섰다. 가만히 있다가 갑자기 움직이자 가볍게 현기증이 일었다. 전에 백우가 자기를 어떻게 대했는지 기억했으나 아무 상관도 없었다. 이서는 백우에게로 달려갔다. 그와 닿고 싶었다. 사람과, 살아 있는 것과, 접촉하고 말하고 싶었다.

백우는 선선히 팔을 벌려 이서를 안았다. 곤륜산에서 야윈 몸은 원래대로 돌아오지 않았다. 이서는 전보다 더 작아졌다.

"장자님."

오래 말하지 않아 갈라진 목소리였다. 이서는 간절하게 백우에게 매달렸다. 자기도 모르게, 그녀는 애원했다.

"가지 마세요."

자제할 새도 없이 눈물이 흘렀다. 괴로워서는 아니었다. 그저 바짝 말랐던 몸에 단비가 내리는 듯한 기분이어서, 이서는 울었다. 백우가 와서 좋은지 아니면 그저 사람이 와서 좋은지 알 수가 없었다. 어느 쪽이든 차이가 없을 테지만. 이서는 백우의 허리를 꽉 끌어안았다.

"얌전히 기다렸다고 들었습니다."

백우는 이서의 머리를 쓰다듬었다. 이서가 고개를 끄덕이는 게 느껴졌다. 울음이 차올라 제대로 말이 나오지 않는 듯했다.

이거다.

백우는 드디어 제 마음이 진정되는 걸 느꼈다. 마침내 텅 빈 껍

데기가 차오르는 느낌. 이서는 오직 자기에게만 매달려 있었다. 백우는 매일 새말선으로부터 보고를 받았다. 이서가 사람을 갈구한다고 했다. 백우는 기다렸다. 자기에게 애걸하는 이서를 보기 위해.

그러나 한편으론 더한 갈증이 백우의 목을 태웠다. 더, 더. 뭔가가 백우 마음속에서 광포하게 소리쳤다. 아직이야. 아직. 아직 부족해.

"착하네요."

그렇게 말하며 백우가 이서를 밀어 냈다. 부드러운 손짓이었다. 그러나 이서는 마치 절벽에서 떠밀리는 사람처럼 새파랗게 질렸다. 그러더니 백우의 허리를 더 세게 감았다. 애원하는 목소리가 덜덜 떨렸다.

"가지 마세요. 제발, 제발, 두고 가지 마세요."

백우는 아이를 달래듯 이서를 쓰다듬었다.

사람을 수렁으로 모는 건 이렇게 간단하다. 백우는 천년궁에서 보낸 어린 시절을 기억했다. 아무도 자기와 말하려 하지 않았고 그건 아버지의 외면만큼이나 끔찍했다. 그나마 보좌 문천성이 종종 말을 걸어 주었는데, 대단치 않은 대화였는데도 그 순간 백우는 살 것 같다고 여겼다.

이서도 다르지 않으리라. 백우의 계획은 간단했다. 이서의 모든 관계를 단절시킨다. 꽃감관이나 지켜줄꽃은 물론이고, 새말선이나 패율선 같은 자들과도 제대로 만나지 못하게 한다. 살아 있는 모든 것과 닿지 못하게 한다. 백우는 부러 꽃 한 송이 방에 두지 않았다. 감시자로 백호를 보내지 않은 것도 같은 이유에서였다.

그러면 이서는 망가진다.

기쁘게도.

"당신도 날 두고 가지 않았습니까."

백우가 속삭였다. 나직하게, 부드럽게. 마치 이서의 귓속으로 달고 청량한 액체를 흘려 넣듯이. 나긋한 목소리에 이서의 몸이 굳었다. 백우가 다시 밀어 냈을 때 이서는 저항하지 못했다. 너무 겁에 질려 몸에 힘이 들어가지 않은 탓이었다.

"전, 그건……."

이서가 떨면서 백우를 올려다보았다. 백우는 무감한 눈으로 이서를 응시했다. 이서는 꽉, 그의 옷자락을 쥐었다.

이상해. 이상했다. 스스로도 왜 이러는지 알 수가 없었다. 그러나 백우가 가지 않았으면 했다. 누구라도 옆에 있어 줬으면 했다. 제발.

"말할게요. 왜, 왜 갔는지 얘기할게요."

"아닙니다."

백우는 다정하게 이서의 뺨을 쓸었다. 따뜻한 손이었다. 이서는 무작정 그 손에 뺨을 비볐다.

"다치게 하고 싶지 않았다고요. 이미 들었습니다."

"말하고 가고 싶었는데 그땐 너무……."

"네, 마음이 급했겠죠. 겁도 났을 테고."

변명하는 족족 말이 잘려 나갔다. 이서는 더 이상 무슨 말을 해야 할지 몰랐다. 여기서 진성이나 청현의 이야기를 꺼내면 사태가 악화될 걸 알았지만, 그것 말고는 생각나는 말이 없었다. 이서는 입을 다무는 편을 택했다. 그러면서도 백우의 옷을 세게 쥔 채였다.

"필요한 건 없습니까?"

이서가 번쩍 고개를 들었다. 백우는 이서의 얼굴에서 손을 치웠다. 전에 그렇게 거칠게 대했는데, 이서는 스스럼없이 자신에게 매달렸다. 만족스러웠다. 백우는 미소를 지었다. 달빛이 이서의 옆얼굴을 비추었다. 이서는 더 창백해 보였고, 작고 가여워 보였다. 백우가 기꺼워한 모습이었다. 그래서 백우는 가볍게 이서의 이마에 입을 맞추었다.

"말해 봐요."

"밖에⋯⋯."

이서는 심장이 쿵쾅거리는 걸 느꼈다. 혹시 말을 잘못 꺼냈다가 백우가 영영 오지 않으면? 여기 계속 혼자 있게 되면? 비이성적인 생각인 걸 아는데도 진정이 되지 않았다. 이서는 자신의 어딘가가 잘못되었다는 걸 느꼈다. 하지만 이마저도 착각일지도. 이성이 동터 오는 새벽의 어둠처럼 흐려지고 어린애 같은 두려움만 남았다.

나가게 해 달라고 했다가 장자님 마음을 상하게 하면 어쩌지. 이서는 필사적으로 백우의 눈치를 살폈다. 백우는 여전히 친절한 얼굴로 웃고 있었지만 이서는 그 웃음이 더 무서웠다. 그녀는 거의 본능적으로 말을 바꾸었다.

"밖을 보고 싶어요."

"밖이라."

"창문만…… 다 열지 않아도 좋아요. 바깥을 보고 싶어요."

백우는 가만히 이서를 보았다. 이서는 식은땀이 흐르는 걸 느꼈다. 어쩌지. 역시 괜한 말이었을까. 좀 더, 그의 비위를 맞출 수 있는 말이 없었을까. 비위를 맞추다니? 이서는 제 생각에 흠칫 놀랐으나 그 놀라움도 곧 사그라졌다. 이서는 맹목적으로 백우만 쳐다보고, 그가 제게 내릴 선고만 기다렸다.

"그러죠."

백우는 의외로 선선히 허락했다. 믿을 수 없어서, 이서는 눈을 동그랗게 떴다. 그러나 곧 기쁨이 밀려왔다. 엄청난 선물을 받은 것처럼 고마운 마음까지 일었다.

내내 자길 여기 가둔 사람이, 고작 창문을 열어도 좋다 허락했다고 감사를 느끼다니. 그러나 이서에겐 오직 밖을 볼 수 있다는 것만이 중요했다. 다른 건 어떻든 상관없었다. 백우는 천천히 이서를 창가로 이끌었다. 이서는 백우에게 바짝 붙어 걸었다.

이서가 창문으로 손을 뻗었다. 가슴이 쿵쾅거렸다. 누구와 얘기하는 것도, 밖을 보는 것도 오랜만이라 어쩐지 긴장이 가시질 않았다.

그때, 백우가 이서의 손목을 잡았다. 그리고 아주 자연스럽게 그녀의 손을 아래로 내렸다. 쿵. 절망이 이서의 뱃속으로 떨어졌다. 속이 요동쳤다. 백우는 이서를 보고 있지 않았다. 달빛 드는 창문을 보고 있을 뿐이었다. 왜? 갑자기 왜, 아까는 분명 된다고…….

"접문해 보십시오."

그렇게 말하고, 백우는 이서에게 시선을 고정했다. 이서는 제 손목을 감은 백우의 손가락을 느낄 수 있었다. 접문해 보라고. 그 말을 이해하는 데는 시간이 좀 걸렸다. 사람과 이런 식으로 대화해 본 게 오랜만이라서인지, 아니면 백우의 요구 자체가 어려워서인지는 분명치 않았다.

"마음에 들면, 열어 드리죠."

백우가 웃었다. 그저 입술만 휘는 기이한 미소였다. 이서는 한때 저 입술이 어떤 열망을 불러일으켰는지 기억했다. 그러나 이제는……

이서는 발뒤꿈치를 들고, 백우의 팔을 쥔 채 입술을 겹쳤다. 떨려서 눈을 감았다. 그러나 백우는 이서가 눈을 감는 순간까지 그녀를 보고 있었다. 이서는 잠시 백우의 아랫입술을 머금었다가, 떨어졌다.

백우는 이서의 표정이 흔들리는 걸 즐기며 침묵했다.

이서는 상대의 반응을 기다리고 있었다. 그것도 아주 애태우며, 초조하고, 간절하게. 혹시 백우의 입에서 거절의 말이 떨어질까 두려워하면서. 그런 이서는 아주 작고 무력한 들꽃 같았다.

"다시."

이서는 이번에도 주저했다. 그러나 곧, 아까보다는 덜 떨며 입술을 마주 댔다. 백우의 입을 열려는 듯 혀로 그의 치열을 훑었지만, 백우는 미소만 지을 뿐 입을 열어 주지 않았다. 이서는 하릴없이 물러섰다.

백우는 고개를 갸웃했다. 소년처럼. 빛이 그의 머리카락을 적셨다.

"마음에 안 드는데. 다시."

이서가 다시 다가왔다. 키 차이가 상당했으므로 이서는 거의 백우에게 매달리다시피 해야 했다. 백우는 그녀가 몹시 불편할 걸 알면서도 자세를 낮춰 주지 않았다. 이서가 어렵게 백우의 입술을 가르고 마치 문을 두드리듯 움직였다.

백우는 잠깐 이서를 내려다보다가, 입을 벌려 이서의 아랫입술을 살짝 물었다. 그리고 다음 순간.

"아!"

이서가 퍼뜩 백우로부터 떨어졌다. 입술이 무척 쓰라리고 얼얼했다. 이서는 방금 무슨 일이 있었는지 깨닫지 못했다. 그러나 혀로 제 입술을 쓸자 쇳내가 느껴졌다. 이서는 자기도 모르게 손을 들어 제 입술을 꾹 누르려다가 백우에게 제지당했다. 그가 이서의 손목을 잡고 자기 쪽으로 당겼다.

"다시."

백우의 눈빛이 기이했다.

그는 묻는 것 같았다. 시험하는 것 같았다. 이래도 내게 접문할 거냐고, 이래도 가지 않을 거냐고, 자꾸 묻는 듯했다.

이서는 벌벌 떨면서도 다시 백우에게 접문했다. 이제는 자기가 무엇 때문에 이러고 있는지도 기억이 나지 않았다. 그저 백우의 마음이 조금이라도 풀렸으면 했다. 이서는 간절했다. 다시 여기 혼자 남긴 싫었다. 그건 너무 무서웠다.

콱득. 백우는 이서의 입술을 짓씹었다. 아랫입술에 맺혔던 피가 입가로 흐를 지경이었다. 이서는 흐, 하고 신음하며 몸을 움찔했다. 그러면서 입술을 떨어뜨리고 뒤로 물러나려 했다. 그때 백우가 거의 입술을 바짝 붙인 채 중얼거렸다.

"다시."

이서는 무서웠다. 무서워서 도저히 다가갈 수가 없었다. 여러 번 강하게 씹힌 입술이 너무 아팠고 백우의 이가 여린 살을 찢는 느낌은 생경하고 섬뜩했다. 용기가 나지 않았다. 그러나 이서는 백우의 옷자락을 꼭 쥐고, 완전히 경직된 채로도 다시 접문을 시도했다.

백우가 강하게 그녀의 허리를 안았다. 그리고 엉망이 된 그녀의 입술을 지나 부드럽게 입 속을 훑었다.

이서는 백우의 품에 안긴 채, 백우의 이가 제 입술에 닿을 때마다 흠칫 튀어 올랐다. 백우는 그 움직임이 기꺼웠다. 제 품에 안긴 채 입술을 맞대고 잔뜩 겁을 먹은 모습이 어여뻤다. 손에 쏙 들어오는 작은 새를 내려다볼 때의 기분이었다. 그대로 소중히 감싸고 싶기도 하고, 손에 힘을 주어 온몸을 으스러뜨리고 싶기도 하고.

이서를 붙든 채, 백우는 다른 팔을 뻗어 창을 열었다.

바람이 불었다. 마른 풀 냄새가 났다.

이서가 눈을 떴다. 고개를 돌려 창밖을 보고 싶었다. 그러나 그녀 앞에는 백우가 있었고 그 역시 눈을 감지 않아서, 그와 눈이 마주쳐 버렸다. 백우의 눈매가 살짝 휘었다. 곧 그가 이서를 놓아

주었다.

이서는 방금 무슨 일이 있었는지 제대로 받아들이지 못한 채였다. 그저 얼어붙어서 백우만 올려다보았다.

"하루에 한 시진씩 열어 드리죠."

백우는 이서의 뺨을 부드럽게 어루만졌다. 친절한 손길이었는데 긴장이 풀리지 않았다. 오히려 이서의 몸은 더 심하게 경직되었다. 백우가 나직이 웃었다.

"더 열어 두고 싶다면, 다음번엔 좀 더 마음에 들게 해 보십시오."

손이 떨렸다. 이서는 떨림을 감추려고 제 치맛자락을 꽉 움켜쥐었다. 얼굴로 열이 오르고 식은땀이 나는데 가슴이며 팔다리는 싸하게 식었다. 이서는 고개를 끄덕이지도, 울지도, 소리를 지르지도 못했다. 그저 돌처럼 굳은 채 백우가 이끄는 대로 창가에 앉았다.

"오늘은 날이 맑네요."

백우가 가볍게 말했다. 과연 맑은 날이었다. 달이 선명했고 멀리 군락을 이룬 별들이 침묵 속에 반짝였다.

그러나 이서의 몸은 자꾸 움찔거렸다. 억지로 떨림을 참고 있는 탓에 조금이라도 방심하면 몸이 튀어 올랐던 것이다. 이서는 두 손을 마디가 새하얗게 질릴 정도로 세게 맞잡았다. 평온한 얼굴로 곁에 앉아 있던 백우가 아무 일도 아니라는 듯 그녀의 손등에 제 손을 겹쳤다.

이서는 이제 숨까지 멈추었다. 머릿속이 새하얘졌다. 그러나 백우는 아무 짓도 하지 않았다. 이서는 곧 할딱거리듯 호흡을 이어 갔다. 그렇게 사람이 보고 싶었는데, 밖을 보고 싶었는데, 지금은 한 시진이 빨리 가 버렸으면 하는 마음뿐이었다.

백우는 그 뒤로도 매일 찾아오진 않았다.

이서는 계속 혼자였다. 어떤 날에는 기분 좋은 얼굴로 백우가 들어섰고, 어떤 날에는 그의 소식조차 알 수 없었다. 백우는 주로 밤에 찾아왔고 낮에는 이서를 방치했다. 이서의 입술은 성할 날이 없었다. 백우는 집요하게 이서의 입술을 탐했고 상처가 낫기도 전에 이로 뭉개길 계속했다.

이서 주위에 상시 대기하는 사람은 새말선뿐이었다. 새말선은 백우로부터 명령을 받았는지 일체 이서와 말을 섞지 않았고 이서가 간절히 불러도 답하지 않았다. 그저 필요한 게 있다고 하면 그걸 구해 방으로 들일 뿐이었다.

이서는 이제 그것에 집착했다. 목이 마르지 않아도, 배가 고프지 않아도 계속 새말선을 불렀다. 새말선은 그때마다 어김없이 문을 열었다. 이서는 문가에 웅크리고 앉아, 새말선의, 다른 사람의 얼굴이 나타났다 사라지는 걸 떨리는 마음으로 지켜보았다.

"새말선."

"문 열어 봐요."

"할 말 있어요."

처음에는 그래도 두어 시진에 한 번 정도였다. 물론 이서는 시간을 몰랐지만. 그래도 그 정도는 참을 수 있었다. 이서는 입을 꾹 다물고 초조하게 방을 서성거리다가 옷자락을 쥐어짜다가 벽의 무늬를 세어 보려고 하기를 반복했다. 그러다가 견디지 못할 지경이 되면 새말선을 불렀다.

새말선을 찾는 간격은 점점 더 짧아졌다. 그것도 아주 빠른 속도로. 한 시진에 한 번, 반 시진에 한 번. 이서의 불안과 고통은 너무 자주 절정에 달했고 감정은 널을 뛰듯 마구 폭발했다.

"먹고 싶은 게 생각났어요."

이서가 웅크린 채 새말선에게 중얼거렸다. 새말선은 문을 약간 열고, 그 틈으로 손을 뻗어 빈 그릇을 빼냈다. 그 후 다시 고개를 들어 이서를 들여다보았다.

한눈에 보기에도 이서는 정상이 아니었다. 며칠 새 살이 내리고 낯빛은 거무죽죽해졌으며 입술은 말할 것도 없이 엉망이었다. 머리카락은 산발에, 어제 새로 준 옷은 하도 잡아당겨 찢어지기 직전이었다.

무엇보다도 이서는 너무 절박하게 새말선의 눈치를 살피고 있었다. 혹시라도 문을 탁 닫아 버리고 사라질까 봐 두려워하면서. 다른 사람의 얼굴을 조금이라도 더 오래 보기 위해 말을 끌면서.

"과일이요……. 물이 많이 없는. 그리고, 소면이랑…… 또…… 당과도……."

그러나 새말선은 이서에게 아무 말도 해 줄 수 없었다. 얼마 전 백우는 아주 분명하게 명령을 내렸다. 이서에게 필요한 것을 내주

되 아무 말도, 그 어떤 말도 하지 말라고 했다. 대답도. 심지어 '뭐라고요?' 정도의 되묻는 말조차 금지했다. 사령들은 이 방 근처로도 올 수 없었다. 이서가 그들의 발소리나 소곤거리는 소리를 듣지 못하게 할 셈이었다.

백우는 아주 철저하게 이서를 고립시켰다. 이서는 순조롭게 망가졌다.

"저. 혹시……."

이서가 새말선의 얼굴을 살피며 어물거렸다. 시취를 풍기는 이서, 백년장자를 해치러 온 이서가 새말선도 달갑지 않았다. 그러나 이런 식으로 갇혀 있는 걸 보고 있으면 어쩔 수 없는 동정심이 일었다. 그래서 새말선은 이서가 부러 말을 끄는 걸 알면서도 속아 넘어가 주곤 했다.

"혹시 그냥, 아무거나…… 아무 말이나 해 주면 안 되나요?"

새말선은 멈칫했다. 이서가 불안한 듯 자기 옷자락을 뱅뱅 꼬았다 풀기를 반복했다.

"그냥 헛기침 소리라도 좋아요. 잠깐이면 되지 않을까요, 장자님한테 얘기 안 할게요. 절대."

새말선 마음대로 할 수 있는 일이 아니었다. 새말선은 조심스럽게 고개만 저었다. 그리고 다시 탁 문을 닫았다. 정말 먹고 싶어서 요구한 건 아니겠지만 달라고 한 건 갖다 줄 생각이었다.

"야."

막 본궁 모퉁이를 도는데, 누군가 새말선의 팔을 휙 낚아챘다. 새말선은 화들짝 놀랐다. 그녀를 부른 사람은 패율선이었다.

"보좌님."

새말선은 자기도 모르게 주위의 눈치를 살폈다. 이서를 맡고 있다 보니 백우의 주목을 받을 일이 많아졌는데, 그런 점 때문에 모든 게 조심스러웠다.

"좀 어때?"

새말선은 고개를 저었다. 안 좋아요. 얼마나 안 좋은데? 늘 최악이죠. 점점 더 안 좋아져요. 그렇게 대답하고 새말선도 율선에게 물었다.

"장자님은요?"

"아주 멀쩡해. 그냥 난, 좀 걱정이네."

백우는 요즘 즐거운 얼굴이었다. 이서는 점점 시들었지만 백우는 그게 더 만족스러운 듯 보였다. 새말선은 저러다 이서가 돌연 쓰러지거나 죽을까 걱정이었다.

"그 꽃이 있는 쪽으로는 아무도 못 가게 만들었잖아. 일 잘하고 있으니 지금이야 상관없지만, 곤륜산 문제도 있고 서천과도 이렇게 사이가 나빠지면 좋을 게 없는데."

청현은 아직도 갇혀 있었다. 다행히 청현은 이야기할 사람도 있었고 감시를 데려가면 밖으로 나올 수도 있었다. 그러나 청현의 상태가 좋다는 건 아니었다. 제대로 시료받지 못한 상처는 계속 덧났고 종종 열이 오를 때도 있었다.

"아, 모르겠다. 둘이 좀 알아서 하면 좋겠는데."

"아마 손님이 조만간 쓰러질 것 같아요. 아님 미치거나."

율선은 한숨을 내쉬었다. 사실 백우가 미친 꽃을 하나 데리고 있다 해도 문제 될 건 없었다. 은밀하게 숨겨 두고 소문이 번지지 않게 하면 되니까. 하지만 영 마음이 찜찜했다.

"장자님한테 말씀 좀 잘 드려 보세요."

"이미 물어봤지, 계속 저기 둘 거냐고. 그랬더니 신경 끄라더라."

이서 옆에 있는 새말선도, 백우와 함께 일해야 하는 패율선도 상황이 좋지 않다는 걸 피부로 느끼는 중이었다. 두 사람은 곧 눈짓으로 인사하고 각자의 자리로 돌아갔다.

새말선은 이서가 말한 과일과 소면과 당과를 챙겼다. 그리고 막 방문을 열려는 순간이었다.

쨍그랑!

뭔가 깨지는 소리였다. 새말선은 바로 쟁반을 내려놓고 급하게 문을 열었다. 처음으로 고개를 빼고 안을 들여다보니 이서가 새하얗게 질린 얼굴로 유리 파편 사이에 서 있었다.

하필이면 구석에 서 있어서 뒤로 돌아 나올 수도 없었다. 파편은 작은 조각으로 넓게 흩어졌다. 마치 날카롭고 작은 돌이 쏟아진 것 같았다. 이서가 새말선을 보며 더듬더듬 중얼거렸다.

"아니, 힘이 풀려서, 손에, 갑자기……."

말이 엉망이었다. 새말선은 방으로 들어갈 수가 없었다. 백우의 힘 때문이었다. 새말선은 잠시 그 자리에 서서 이서를 보다가 차분한 목소리를 꾸며 말했다.

"거기 가만히 서 계세요. 전 지금 안으로 들어갈 수가 없어서, 사람을 불러올게요."

이서의 얼굴에 기이한 화색이 돌았다. 목소리다. 목소리. 이서는 고개를 끄덕였다. 새말선은 걱정 어린 얼굴로 이서를 돌아보았다. 정상이 아닌 것 같은데, 괜찮을까……

새말선은 치맛자락을 모아 쥐고 백우에게 전력으로 뛰어갔다.

"장자님. 새말선입니다."

문을 열어 준 건 방금 만난 율선이였다. 그는 의아한 얼굴이었다. 새말선은 급히 백우 앞으로 나아갔다. 단의 보료 위에 앉은 채, 백우는 무감한 눈을 들어 새말선을 보았다.

"저, 지금 손님이 찻주전자를 깨뜨리셨습니다. 얇은 유리로 만든 거라 조금 심하게 깨져서, 제가 잠깐 들어가야 할 것 같습니다."

"내가 가지."

백우는 선뜻 일어섰다. 정말 끝까지, 이서 방에 자기와 모량 말고는 들이지 않을 듯했다.

새말선은 초조한 얼굴로 백우의 뒤를 따랐다. 백우는 걸음을 서두르지 않았다. 하지만 파편 사이에 선 이서를 본 새말선의 마음은 급했다. 하필이면 유리로 얇게 만든 찻주전자가 깨졌다. 사기였다면 이 정도는 아니었을 텐데. 넘어지거나 발을 잘못 딛기라도 하면 바로 피를 볼 것이다. 빨리 가야 했다.

하지만 새말선은 그저 사령이었다. 천천히 걷는 백우를 재촉할 순 없었다.

그렇게 도착한 방 앞에서 백우가 문을 열었을 때, 다행히 이서는 제자리에 서 있었다. 햇빛을 받아 위협적으로 번뜩이는 파편을 내려다보면서.

문이 열리자 이서는 퍼뜩 고개를 들었다. 백우가 들어섰다. 이서와 눈이 마주치고 그가 살짝 미소를 지었다.

"장자님."

이서가 반가움과 두려움이 섞인 목소리로 백우를 불렀다. 그러나 여전히 시선은 맹목적으로 백우에게 닿아 있었다. 백우는 이서 쪽으로 가까이 다가왔다. 어제도, 그제도 오지 않았으므로 이서의 낯에는 곧 안도가 서렸다.

"와 주실 줄 몰랐어요."

백우는 그 말에 대꾸하는 대신 바닥을 살폈다. 과연 새말선의 말이 옳았다. 얇고 정교한 유리 주전자가 깨지는 바람에 상황이 더 나빴다. 빛나는 유리 조각 사이에 선 이서는 위태롭고 아름다웠다.

이상하네. 백우는 이서에게 다가가다 걸음을 멈추었다. 정말 이상했다. 여기로 올 때는 분명, 오랜만에 다정히 대해 주려고 했다. 물건까지 깼으니 놀랐을 터다. 안아서 쓰다듬고 달래 주자, 그리고 창을 열어 주거나 낮하라도 산책하게 해 줘야지, 그렇게 생각했다.

그런데 막상 창백하고 초췌한 얼굴의 이서를 보자 마음이 달라졌다.

뱃속에서 호의인지 악의인지 분간이 가지 않는 감정이 피어올랐다. 백우는 자기가 이서를 너무 원해서 이러는 것인지, 너무 원망해서 이러는 것인지, 아니면 그저 제가 미친 건지 분간하려 애썼다. 그러나 백우의 이성은 딱 거기까지였다. 백우는 나오는 대로 말을 뱉었다.

"이리 걸어오십시오."

그가 웃었다.

아무 일도 아니라는 듯. 둘 사이에 놓인 게 유리 조각이 아니라 그저 흰 꽃잎이라도 되는 듯.

귀애하고 사모해 마지않는 듯.

백우는 그녀를 시험하고 싶었다. 이래도 오는지. 저만한 위험을 감수하고도 올 것인지. 이서가 오지 않아도 실망하지 않을 것이다. 어차피 이서는 한 번 떠났으니까. 온다 해도 만족하지 못할 것이다. 어차피 한 번 떠났던 꽃이니까.

어쩌라는 건지. 백우는 스스로가 우스워 입매를 말았다. 이서의 낯이 납빛으로 질렸다. 백우는 이서를 가만 지켜보았다.

이서는 제 발아래를 내려다보았다.

어쩐지 현실감이 없었다. 고개를 들고 백우와 눈을 맞추면 그대로 꿈에서 깰 것 같았다.

바닥이 비정상적으로 멀어 보였다. 발을 내디디면 뚝 떨어질 듯했다. 근래, 이서는 상황을 바로 파악하지 못했다. 모든 일이 한 박자 늦게 이해되었으며 지금도 마찬가지였다. 다리가 후들거렸다. 이서 자신이 그걸 알아차리는 데는 또 시간이 걸렸다.

귀에서 삐, 하는 이명이 울렸다. 아주 천천히, 이서는 백우의 말을 이해했다. 그 말이 너무나 비상식적이고 당혹스러워서 받아들이는 데 시간이 걸린 것이다.

식은땀이 났다. 정말이지 너무나 현실감이 없었다. 진심인가? 정말이야? 이서는 주춤 뒤로 물러났다. 등이 벽에 닿았다. 이서는 방 한쪽 구석에 앉아 있다가 주전자를 깨뜨렸다. 혼자 남겨진 후 자꾸 구석진 곳으로 들어가는 습관이 생긴 탓이었다. 옆으로 돌아 나갈 수도 없었다. 이서는 이를 악물었다. 그녀는 무릎을 굽히고 손으로 대강 파편을 밀어 내려고 했다.

"아니, 지금 바로."

백우가 미소 띤 얼굴로 부연했다.

"바로 오라는 뜻입니다."

"이렇게……."

이서는 주저앉은 채 중얼거렸다. 그러면서도 목소리가 제대로 나오고 있는지 확신이 서지 않았다. 발 앞에 잔뜩 흩어진 유리 조각이 눈부시게 반짝였다. 그것이 아름답고 무서웠다.

"이렇게까지 할 건 없잖아요."

이서가 고개를 들었다. 백우를 올려다보았다. 백우는 멀지 않은 곳에 서 있었다. 이서는 마른침을 넘겼다. 목이 바짝 타고 배 속이 요동쳤다. 토할 것 같았다. 이서는 울렁거림을 잊으려 애쓰면서 천천히 일어섰다.

"이러실 필요는 없잖아요……."

"그럼 전 이만 가죠."

백우는 태연하게 이서의 말을 잘랐다. 화가 난 어조도 아니었다. 그저 평소와 같은 어투였다. 백우는 이서의 얼굴이 당혹과 좌절과 두려움으로 물드는 걸 응시했다. 그녀를 더욱 궁지로 몰아넣을 말, 저 유리 파편을 밟고 달려오게 할 말을 느긋하게 골라내면서.

"지금 가면 한 주는 오지 않을 겁니다."

안 돼.

이서의 사지가 뻣뻣해졌다. 백우는 잠시 이서를 보다가, 미련 없이 등을 돌렸다. 멀어진다. 간다.

심장이 미친 듯이 쿵쾅거렸다.

상황을 받아들일 수가 없었다. 사고가 불가했다. 몸이 튀어 나갔다. 발밑에서 뭔가가 부서졌다. 통증. 이서는 고통으로부터 달아나듯 달렸다. 발이 바닥에 닿을 때마다 불같은 통증이 이성을 태웠다. 혼자는 싫어. 몸이 고꾸라졌다. 필사적으로 팔을 뻗었다. 백우의 다리에 매달렸다. 쿵, 두 무릎이 바닥으로 떨어졌다. 누가 발바닥을 갈가리 찢어 놓은 것 같았다. 이서가 달려간 자리에 뭉개진 핏자국이 선명했다. 유리와 피가 뒤섞여 반짝였다.

이서가 제 다리에 매달린 순간, 백우는 너그럽게 멈춰 주었다.

그녀는 울고 있었다. 육신과 영혼이 동시에 찢겨 나간 듯했다. 이서는 자기가 우는 줄도 몰랐다. 목소리가 나오지 않는 것과 머리가 뜨겁다는 것만 알았다. 이서는 필사적으로 숨을 들이쉬며 호흡 사이마다 애원의 말을 뱉었다.

"가지, 흐, 가지, 마세요, 가지 마, 흐어, 아으……. 가, 가지, 제발, 잘못했어요, 가지……."

백우는 돌아섰다. 그 움직임에 이서가 발작적으로 백우를 붙들었다. 백우는 천천히 몸을 숙여 이서의 머리를 쓰다듬었다. 친절하고 나긋한 목소리로 속삭였다.

"잘했습니다."

이서가 흐느꼈다. 울음보다는 신음 같았다. 백우의 손은 따뜻했다. 하지만 이서의 몸이 더 뜨거웠다. 열이 머리로 몰려 눈알이 터질 것 같았다. 제 머리를 쓰다듬는 백우의 손은 제대로 느껴지지도 않았다. 이서는 떨면서 신음하고 바르작거리며 통증에 몸부림쳤다.

"쉬, 괜찮아요. 금방 치료해 줄 테니까······."

백우가 달래듯 말하며 이서를 안았다. 몸이 붕 떴다. 그 정도 움직임에도 발이 찢어지는 듯 아팠다. 흐린 시야로 피가 번진 바닥이 보였다. 맹렬한 이명이 귓속을 내달렸다. 고개를 제대로 가눌 수가 없었다. 이서는 구역질을 했다. 하지만 아무것도 토할 수 없었다. 몸은 뜨거운데 추워서 견딜 수가 없었다.

이게 진짜일까?

이서는 간절히 이 꿈에서 깨고 싶었다. 그러나 악몽 같던 백우의 품은 안락했다. 그가 자신을 안고 문밖으로, 방 밖으로 나가는 게 느껴졌다. 안을 치워. 새말선에게 지시하는 목소리. 이서는 억지로 눈꺼풀을 들어 올렸다. 밖이다. 밖. 긴 낭하가 보였다. 햇빛을 은은하고 몽롱하게 투과시키는 지등이 줄지어 걸려 있었다.

밖이야······.

이서는 의식을 놓치지 않으려고, 정신을 되찾으려고 애썼다. 밖을 제대로 보고 싶었다. 이서는 육신과 정신을 덮치는 열과 고통을 무시하려 했다. 그러나 쉽지 않았다. 이서는 고개를 돌렸다.

백우가, 빛으로 얼룩진 얼굴을 한 채 미소를 지었다.

모르는 사람 같아.

백우의 얼굴이 조각조각 갈라졌다. 물에 젖은 종이가 부드럽게 찢어지듯. 시야가 갈라져 허공으로 너울너울 흘러갔다. 빈자리는 어둠이 채웠다. 모르는 사람. 암흑이었다.

백년궁의 의원 모량은 이서의 발을 보고 얼굴을 찡그렸다. 겉보기엔 서른 정도지만 그는 꽤 나이가 지긋한 사령이었다. 이보다 더 심하게 다친 자들이 없었던 건 아니지만, 적어도 백년궁에서 이만한 자상을 본 건 처음이었다.

모량은 조심스럽게 유리 조각을 살폈다. 크기가 작아 힘줄이 끊기거나 근육이 크게 손상되진 않은 듯했다. 그러나 조각이 작은 건 행운인 동시에 불운이었다. 치료하기가 더욱 까다롭다. 게다가 이서는 꽃이라, 모량은 외부의 상처만을 돌볼 수 있었다. 치료하다가 돌연 열이라도 나면 곤란해질 것이다.

"다 나으려면 시간이 좀 걸리겠습니다."

모량이 조심스럽게 말했다. 백우는 곁에 앉아 있었다. 그가 손을 뻗어 이서의 이마를 짚었다. 의미 없는 행동이었다. 모량은 덧붙였다.

"조각이 작아 전부 제거하기도 쉽지 않을 겁니다. 걷는 건 절대 안 됩니다."

패율선이나 새말선만큼은 아니지만, 모량도 백우와 이서의 관계가 이상하다는 걸 알았다. 이서가 이 지경이 된 것도 분명 백우와 연관이 있으리라. 하지만 모량은 그 이상 참견할 수는 없었다.

"오래 걸리겠나?"

백우가 나직이 물었다. 모량은 걱정 말라고 대답하고 싶었지만 그럴 수 없었다.

"네. 부상이 조금 심하네요. 최대한 서두르겠습니다만……."

"아니, 그럴 필요 없다."

백우는 이서에게서 눈을 뗐다. 그리고 모량을 똑바로 보았다.

"서두를 거 없어. 가능한 한 더디게 낫게 해."

"진심이십니까?"

"그래."

불가해한 소리였다. 모량은 침묵했다. 더디게 낫게 하라니, 무슨 소리일까. 부러 반대로 말한 건 아닐 터다. 백우는 그런 성정은 아니었다. 모량은 주의 깊게 백우의 얼굴을 살폈다. 그러나 아무것도 읽어 낼 수 없었다. 백우는 화가 난 것 같지도 않았고, 슬프거나 불안한 것 같지도 않았다.

그는 편안해 보였다. 발이 다 찢어진 여자를 데리고 왔으면서도.

"최선을 다하겠습니다."

치료에 전념하겠다는 건지, 더디게 낫게 하라는 말에 따르겠단 건지 알 수 없는 대답이었다. 백우는 고개만 끄덕였다. 곧 모량이 준비를 해 오겠다며 밖으로 나갔다.

백우는 제 침상에 누운 이서를 가만 바라보았다.

이서는 여직 정신을 차리지 못하고 있었다. 백우는 이서의 이마에 부드럽게 입술을 눌렀다. 뺨을 쳐 깨울 것인가, 아니면 잠시나마 이대로 자게 둘 것인가 고민하면서. 낫는 데 시간이 걸린다니 다행이었다. 마음 같아서는 아예 걷지 못하게 만들고 싶지만.

그네 타는 이서는 어여뻤으니까.

다홍색 치마를 입고 추천을 타던 이서의 모습은 아직도 선명했다. 동이 틀 무렵이었다. 멀리서 바라보면 바람을 머금고 펄럭이는 치맛자락이 마치 꽃잎 같았다. 허공으로 솟아올랐다가 다시 떨어지기를 반복하는 듯했다. 거듭된 낙화였다. 서왕모의 도화보다 배는 고왔다.

그걸 다시 보려면 참아야겠지.

백우는 얌전히 누운 이서를 보며 안도했다. 진작 이렇게 했어야 하는데. 밖에 놓아두는 것도 다정하게 대하는 것도 무용했다. 부탁을 들어주고 그녀의 약속을 믿었는데, 이서는 떠났고, 결국 자기 입으로 어떻게 된 일인지 설명했지만 그건 충분한 해명이라기엔 부족했다. 아니, 사실 그런 건 상관없었다. 백우는 알고 있었다. 이서가 뭐라 했든, 다시 제 손에 들어온 이상 똑같이 대했을 것이다.

천년장자는 구천현녀의 정절을 의심했다. 그러니 백우도 제 친자가 아닐 수도 있다는 의구심을 품은 것이다. 백우는 그런 아버지를 이해할 수 없었다. 구천현녀는 온 마음을 다해 남편을 사랑했다. 의심할 여지라곤 없었다. 추앙하는 무리가 조금 있었으나 그건 천년장자도 마찬가지였으니 이유라 보긴 어려웠다.

명확한 근거도 없이 천년장자는 구천현녀를 추궁했고 그 행동은 비이성적이었으며, 어머니는 지쳐 갔다. 그러더니 돌연 사라져 버렸다. 천년장자도 그녀의 행방에 대해선 입을 다물었다. 달아난 게 아닐까, 백우는 그 정도로만 추측하고 있을 뿐이었다. 그런 말을 입 밖에 낸 적은 없지만.

어릴 때는 그런 아버지를 이해할 수 없었다. 사랑을 갈구하는 한편, 어머니를 떠나게 만든 그를 받아들이기 어렵기도 했다. 이러나저러나 백우에게는 한때 자신을 너무나 사랑해 준 아버지였으며 하나 남은 가족인지라 정서적으로 몹시 매달렸으나, 천년장자를 이해하느냐고 묻는다면 고개를 저을 수밖에 없었다.

그러나 지금은 이해했다.

그냥, 이해할 수 있었다.

하지만 나라면 달랐을 것이다. 백우는 햇빛에 젖은 이서의 얼굴을 내려다보며 생각했다. 나라면 내 사람을 도망치게 두지 않았을 것이다. 육체든 정신이든 망가뜨리고 내게 묶어서 곁에 주저앉혔을 것이다.

그때 모량이 돌아왔다. 방으로 들어오는 그를 보며 백우는 마음을 바꾸었다. 역시 깨워야겠다. 백우는 가볍게 이서의 뺨을 두드렸다. 모량이 깨울 필요 없다고 말했으나 백우는 듣지 않았다.

"장자님."

이서는 오래 지나지 않아 눈을 떴다. 그녀는 가까이 앉은 백우를 부르고, 몽롱한 눈을 몇 차례 깜빡였다. 그러더니 퍼뜩 정신이 든 듯 몸을 크게 움찔했다. 본능적으로 백우로부터 멀어지려 하고 있었다. 백우는 그녀의 손목을 꽉 잡았다.

"가만히."

이서의 움직임이 멎었다. 그녀는 길들여진 짐승처럼 백우의 말에 복종했다.

"치료하겠습니다."

이번에야말로 이서는 소스라치게 놀랐다. 모량의 존재를 깨닫지 못했던 탓이었다. 이서는 반쯤 상체를 일으켜 발치의 모량을 보려다가 윽, 하고 신음했다. 무의식적으로 다리에 힘이 들어가자 찌르는 듯한 통증이 몸을 관통했다. 모량이 부연했다.

"약한 마비액을 쓰겠습니다만, 상처로 액이 잘못 들어가면 안되니 많이 사용할 수는 없습니다. 아플 겁니다."

이서는 순간 그 긴말을 이해하지 못했다. 잠시 생각한 후에야 모량이 왜 왔는지, 자기가 왜 여기 누워 있는지 알 수 있었다. 지난 상황이 천천히 이서의 머릿속을 덮었다. 이서는 이를 악물었다. 고통 때문인지 두려움 때문인지 알 수 없었다. 모량이 조심스레 그녀의 발에 손을 댔을 때, 이서는 억지로 호흡을 진정시키려 했다. 뚫어져라 천장을 바라보며 두 손을 꽉 쥐었다.

그때 백우가 가만히 이서의 손을 잡았다.

이서의 숨이 잠시 흐트러졌지만, 그녀는 백우를 뿌리치지 않았다. 오히려 놓칠까 염려하는 것처럼 강하게 마주 잡아 왔다.

곧 백우가 이서의 상체를 일으켜 제게 등을 기대게 했다. 이서는 백우의 얼굴을 볼 수 없었다. 제 손을 맞잡은 그의 손만 보였다. 흰 손등과 단단한 손마디. 따뜻했다. 이서는 백우의 품에 기댄 채 다가올 통증에 대비했다.

하지만 그 대비는 아무런 소용도 없었다. 감각을 마비시키는 액을 뿌렸다는데도 견디기 어려울 정도로 아팠다. 상처를 다시 헤집는 것처럼 느껴질 정도였다. 이서는 입 안쪽 살을 깨물며 버렸다. 흐, 하고 신음하며 다리를 움찔할 때마다 백우는 이서를 달래듯 가슴을 다독여 주었다.

그 손길이 다정해 이서는 이게 꿈인가 하였다. 아니면 지난 일이 꿈이었든지. 그러나 그 무엇도 꿈이 아니었다. 그래도 이서는 이제 전처럼 불안하지 않았다. 어쨌든 이곳엔 백우도 있고 모량도 있었다. 문도 창문도 마음대로 열 수 없는 방에 덩그러니 남는 것보단 훨씬 나았다.

"조금만 참으면 괜찮을 겁니다."

이서가 고개를 끄덕였다.

백우의 얼굴이 보이지 않아 차라리 다행이었다. 이런 얼굴, 식은땀에 젖어 어린애처럼 불안해하는 얼굴은 보이고 싶지 않았다.

백우의 낯에 만족감이 번졌다. 이서는 정말 아픈지 자꾸 매달려 왔다. 본능적으로 몸을 뒤로 빼기도 했다. 제 가슴팍에 닿는 이서의 몸이 기분 좋았다. 따로 떼어 놓는 건 이 정도면 되겠지. 걷지 못하게 만들었으니, 이제는 곁에 두고 본격적으로 이서의 정신을 제게 묶을 차례였다. 백우는 신중하게 날짜를 계산하고 이서의 상태를 가늠했다.

어디까지 내몰고 어디까지 품어야 제 것이 될까. 어떻게 대해야 이보다 더한 일을 겪고도 맹목적으로 제 곁에 남을까. 그런 생각들이 즐거웠다. 제게 몸을 맡긴 꽃을 안고, 백우는 웃었다. 이서의 아픔이 더없이 기꺼웠다.

아자개는 버드나무 샘 바닥에 똬리를 틀고 있었다.

그는 마음만 먹으면 인세에 해일을 일으킬 수도 있는 천제의 교룡이었으나 매우 무료한 나날을 보내는 중이었다. 벌써 10년이 넘도록. 그나마 얼마 전 곤륜산에 다녀오긴 했지만 그건 꽃감관 진성의 말 노릇을 한 것에 불과했다. 아자개는 입을 쩍 벌리고 하품을 했다.

뭔가가 제게 가까이 오는 게 느껴졌다. 진성의 기척은 아니었다. 헤엄쳐 오네. 해를 끼칠 것 같진 않았지만 이 샘은 아자개의 영역이었다. 그는 천천히 몸을 풀고 주위를 둘러보았다.

저 멀리서 몸빛이 흰 것이 꾸물꾸물 헤엄쳐 오고 있었다. 아자개는 검은 눈을 깜빡였다. 그러더니 의외라는 듯 중얼거렸다.

"백사로군."

서왕모가 전령으로 보낸 모양이었다. 어쩐 일로 청조가 아닌 다른 전령을 보냈을까. 아자개는 가까이 다가오는 백사를 주시했다. 백사는 여인 허리 정도 되는 굵기였고, 아자개에 비할 바는 아니지만 몸이 꽤 길었다. 백사가 가까이 다가와 입을 열었다.

"꽃감관을 만나러 왔소. 서왕모님의 전언이오."

"말 똑바로 안 해? 물뱀 주제에."

좀 심심했으므로 아자개는 한번 뻗대 보았다. 물뱀인 걸로 치면 아자개도 마찬가지였으나 백사는 그렇게 받아치지 않았다. 다른 일이야 어떻든 좋고 일단 진성만 만나면 되는 듯 곧장 말을 고쳤다.

"꽃감관을 만나러 왔습니다. 전해야 할 말이 있으니 불러 주십시오."

그쪽이 순순히 나오니 아자개는 대꾸할 말이 없었다. 재미없어선. 아자개는 툴툴거렸다.

"그놈은 내가 오란다고 오고 가란다고 가는 놈이 아니야."

"이번엔 와야 할 겁니다. 급한 용무라 하셨습니다."

그렇게 급한 거면 청조를 보낼 것이지 왜 번거롭게 물뱀을 보내. 사람으로 변해 직접 찾아가라 하고 싶었으나, 물에 사는 뱀이 인간의 거죽을 쓰고 지상을 걷는 건 힘든 일이었다. 불가능하진 않지만 기력이 심하게 소진되기 때문에 모두가 그 일을 꺼렸다. 아자개는 하는 수 없이 수면으로 올라가 지나가는 꽃에게 심부름을 시켰다.

진성은 지체하지 않고 왔다. 아자개는 커다란 거품을 만들어 진성이 숨을 쉴 수 있게 해 주었다. 내가 그렇게 부를 땐 오지도 않더니, 아자개가 가볍게 빈정거렸으나 진성은 드물게 그의 말을 무시했다.

"왕모님의 전언이 뭡니까?"

마지막으로 서왕모와 헤어졌을 때 그녀는 시간 그림자와 있었다. 이서가 불러낸, 백우 형상의 그림자였다. 명색이 서왕모니 그림자는 어떻게든 처리했을 테고, 지금 새로 전령을 보낸 걸 보면 다른 용무가 있는 게 분명했다.

"왕모님께서는 꽃감관의 도움을 얻고자 하십니다. 하지만 이 말을 전하기 전에, 왜 청조가 아닌 제가 전령으로 왔는지 말하라고 하셨습니다."

"네."

진성의 얼굴에 긴장이 맴돌았다. 아자개도 흥미로운 듯 백사의 말을 들었다. 백사는 덤덤하게 말했다.

"서천은 지금 감시당하고 있습니다."

"뭐, 뭐뭐, 뭐, 뭐라고!"

율선이 빽 소리쳤다. 방금까지 소리 지르시면 안 돼요, 라고 신신당부했던 새말선은 짜증스럽게 얼굴을 구겼다. 장성한 지 오래인데도 여전히 멍청한 아들이 백스물한 번째로 잡초 대신 모를 왕창 뽑았을 때나 지을 법한 표정이었다.

"조용히 해야 된다고 했잖아요! 동네방네 소문낼 일 있어요?"

"내가 지금 진정하게 생겼어!"

"보좌님은 원래도 차분하게 생기진 않았어요."

"그 뜻이 아니잖아! 진짜 백우가 그랬단 말이야?"

새말선이 어깨를 으쓱했다.

"전 보좌님이 그걸 지금까지 몰랐단 걸 더 믿을 수가 없네요. 진짜 모르셨어요?"

백년궁 사령들은 모두 이서에게 일어난 일을 알았다. 피를 뚝뚝 흘리는 이서를 직접 안아 옮긴 건 백우였다. 몸을 사려 가며 움직인 것도 아니라 많은 사령들이 그 모습을 봤고, 그중 몇은 피와 파편으로 엉망이 된 방을 쓸고 닦았다. 말이 새지 않는 게 이상한 일이었다.

"요즘 좀 바쁘다고. 이 말 저 말 듣고 다닐 시간이 없었어."

새말선은 고개를 끄덕였다. 그러고 보니, 율선과 마주친 것도 오랜만이었다. 백년궁 밖에 있었던 게 분명했다.

"왜요? 장자님이 일을 안 하세요?"

율선은 잠깐 뭐라 말할 것처럼 머뭇거리더니 한숨을 내쉬었다.

"그게 아니라, 백우가 좀…… 시킨 게 있어. 떠들어 댈 일은 아니고. 아무튼, 계속 말해 봐. 그래서 지금 그 꽃은 뭐 하고 있는데?"

"갇혀 있죠, 뭐. 그래도 그 뒤론 별일 없었어요."

"아아. 그럼 지금 뭐, 저녁 챙겨 주러 가는 거야? 좀 늦었는데."

율선은 새말선의 손에 들린 소반을 흘끗 내려다보며 물었다. 화려한 차림은 아니었지만 색색 나물이며 국이며 구이까지 정갈하게 놓여 있었다. 새말선은 고개를 저었다.

"아니요. 안 먹겠다고 해서 그냥 내가는 거예요."

"흠. 하긴, 내내 갇혀만 있으니 배고프고 말고 할 것도 없겠지."

"아무튼 그렇게 됐으니까 당분간 장자님 침전엔 오지 마세요.

예민하셔서요."

갈 시간도 없다, 율선이 중얼거렸다. 새말선도 흘끗 주위를 둘러보곤 종종걸음으로 멀어져 갔다. 율선은 자기도 자기지만 그 꽃을 제일 가까이서 살피는 새말선도 고생이 심하겠다 생각하며 본전 깊은 곳으로 걸음을 옮겼다.

백우는 보통 본전 가장 중앙에 있는 방에 머물렀다. 성실한 백년장자는 침상에 지도를 펴 놓거나 누운 채 일하지 않았다. 보는 눈을 의식해야 하는 인세의 왕도 아니면서 고지식하게 굴었다. 하긴, 어릴 때도 그랬지. 백우와 오래 친우로 지내 온 율선은 그게 백우의 본래 성격임을 알았다. 부친에게 책잡히지 않으려 그랬는지도 모르지만 어쨌든 백우는 바르고 곧았다.

그런 사람이 여자를, 심지어 사모하는 것처럼 보이던 여자를 험하게 다뤘단 말이지. 율선은 생각에 잠겼다.

'서천을 감시해. 누가 드나드는지, 어떤 전령이 오가는지, 꽃감관이 다시 밖으로 나오진 않는지, 전부 다.'

갑자기 그런 지시를 내릴 때부터 이상했다. 말이 쉽지 서천을 감시하는 건 보통 일이 아니었다. 어려서 죽은 인세의 혼들과 하늘의 아이들이 동시에 드나들고, 꽃을 받거나 돌려주러 들르는 선인들도 많았다. 서천 가까운 곳에 머물며 살피고는 있지만 율선은 하루라도 빨리 이 짓을 그만두고 싶었다.

율선은 백우의 집무실로 통하는 통로 앞에 섰다. 다섯 개의 장지문이 그의 앞에 있었다. 율선은 그 문이 열리길 기다렸다. 하지만 안에서는 아무 기척도 없었다. 뭐지? 의아해서 문 옆에 선 사령을 돌아보자 그가 속삭이듯 말했다.

"방금 침전으로 가셨습니다."

아, 되는 일이 없네. 율선은 그렇게 생각하며 돌아섰다. 되도록 꽃이 갇혀 있는 백우의 침전에는 가지 말라는 말을 들은 지 일각도 지나지 않았는데. 하지만 율선은 백우에게 보고할 것이 있었다. 일단은 가야 했다.

그때 백우는 이서와 함께 있었다. 백우는 침상에 걸터앉아 이서를 아이처럼 제 무릎에 앉혔다. 마주 보는 모양으로 앉혀서, 이서는 백우를 약간 내려다보게 되었다.

이서는 약간 겁에 질린 채였으나 심하게는 아니었다. 그즈음 백우의 태도는 종잡을 수 없었으나 대체적으로는 친절했고, 이서는 그 변덕스런 친절에 의지할 수밖에 없는 처지였다.

"식사를 자주 물린다고 들었습니다."

백우가 한 팔로 이서의 허리를 단단히 받친 채 말했다. 이서는 그로부터 조금 물러나고 싶었으나 움직일 수가 없었다. 이서는 두 팔을 늘어뜨린 채 백우의 눈치를 살폈다.

"입맛이 없어서요."

그건 정말이었다. 혼자 갇혀 있을 때, 이서는 강박적으로 음식을 찾았다. 뭐라도 먹고 있으면 혼자 있다는 느낌이 덜했으니까. 하지만 백우의 침실에 머물게 되고 그 상태로 어느 정도 시간이 지나자, 몸과 마음이 뭔가 변했는지 음식 생각만 해도 속이 뒤틀렸다. 구이는 인육처럼 역겨웠고 국은 걸레 빤 물 같았다. 왜 이러는지 스스로도 모를 노릇이었다.

"방에만 가만히 있어서 그런 건지도 모르죠."

백우는 선선히 그렇게 말해 주었다. 이서가 반짝, 희망이 빛나는 눈으로 백우를 보았다. 하지만 백우는 야릇한 미소를 띠고 있을 뿐이었다. 자세가 불편해서 이서는 살짝 몸을 비틀었다. 그때 백우가 팔에 힘을 주어 그녀를 아주 가까이 끌어당겼다. 발등이 침상에 부딪치면서 약한 통증이 전해졌다.

"시위하는 겁니까?"

백우가 웃음기 어린 목소리로 물었다. 이서는 고개부터 저었다.

"그게 아니라 그냥 입맛이……."

"입맛이 없어도 먹어야죠."

"자꾸, 토할 것 같아서……."

"계속 이런 식으로 멋대로 굴면."

백우의 목소리가 낮아졌다. 이서는 숨을 죽였다. 백우는 겁에 질린 이서의 눈을 똑바로 바라보았다.

"벌을 줄 겁니다."

이서가 눈살을 약간 찡그린 순간, 백우가 그녀의 입술을 삼켰다.

"읍……."

이서는 고개를 뒤로 빼지도 못했다. 백우가 다른 손으로 이서의 머리를 고정한 탓이었다. 이서는 눈을 감고 제 입을 탐하는 백우를 느꼈다. 요즘 백우는 이렇게 갑작스레 접촉해 왔다. 그의 움직임이 점차 농밀해졌다. 숨 쉬기가 버거웠다. 이서는 잠깐 떨어지려 했지만 백우가 우악스레 그녀를 안았다.

"장자님."

밖에서 새말선의 목소리가 들린 건 그때였다. 보좌님이 오셨습니다. 그렇게 고하고 새말선은 잠시 기다렸다. 나중에 다시 오시라 할까요? 덧붙여 묻는 소리도 들렸다. 이서는 그 말을 거의 알아듣지도 못했다. 그러나 백우가 잠시 입술을 떨어뜨리고 목소리를 낸 순간.

"들여라."

이서는 반사적으로 숨을 들이켰다. 흣, 이서가 백우로부터 떨어지려 했다. 지금 이서는 문을 등지고 있었다. 하지만 이대로 율선이 들어오면 이 모습을 보이게 될 것이다. 하지만 백우는 그녀를 놓아주지 않았다.

"장자님, 잠깐……."

발을 제대로 쓸 수 없으니 백우를 뿌리치는 것이 배는 어려웠다. 정확히 백우가 의도한 바였다. 백우는 잠시 이서의 머리를 놓고 팔을 뻗어 옆에 길게 늘어진 줄을 당겼다. 스르르 줄이 풀리며 침상 주위에 휘장이 내려왔다. 반투명한 휘장이었다. 열리는 장지문에 눈을 고정한 채 이서에게 속삭였다.

"소리. 내지 마."

그 말에 이서가 입 안쪽 살을 깨물었다. 백우가 계속 깨무는 바람에 입술은 이미 엉망이었다.

"장자님. 보고드릴 게 있어서 왔습니다."

등 뒤에서 패율선의 목소리가 들렸다. 백우가 명령하지 않았어
도 이서는 소리를 죽였을 것이다. 이서는 자기도 모르게 백우의
팔을 붙들었다. 백우가 접문을 이었다. 숨소리가, 자꾸, 거칠게 튀
어나왔다. 백우가 경고하듯 꾹, 찢어진 이서의 입술을 물었다.

"아!"

이서의 몸이 확 튀었다. 하지만 백우는 멈추지 않았다. 그는 이
서의 입술을 놓아주고 그녀의 목덜미에 이를 박았다. 이서는 덜덜
떨면서 통증을 감내했다. 소리 내면 안 돼. 뒤에 다른 사람이 있
어. 이서는 제발, 이 휘장이 자신의 모습을 가려 주길 바랐다. 하
지만 하얀 휘장은 반투명했다. 완전히 가려 주지 못할 게 분명했
다.

"말해."

백우가 이서의 목에 입술을 묻은 채 중얼거렸다. 율선은 잠시
말이 없었다. 백우가 그대로 눈만 들었다. 휘장 너머, 율선이 명
하게 이쪽을 바라보고 있었다. 하지만 휘장 때문에 그의 표정이
제대로 보이지 않았다. 저가 벌인 짓임에도 불쾌감이 머리끝까지
치솟았다. 백우가 으르렁거렸다.

"패율선. 고개 숙여."

"죄송합니다."

사죄는 잠깐 사이를 두고 나왔다. 당혹으로 얼룩진 목소리였다.
이서는 그 소리를 들으며 몸을 들썩였다. 이제 백우는 서서히, 이
서의 옷고름을 풀고 있었다. 이서가 덥석 백우의 손을 잡았다. 그

리고 입술을 달싹여 간청했다. 두 사람은 이미 바짝 붙어 있어서
굳이 귓속말을 할 필요도 없었다.

"장자님, 제발……."

백우는 무시했다. 그는 이서의 애원을 즐기듯 잠시 그대로 있
다가 죽, 옷고름을 풀었다. 제발, 잠깐만요, 속삭이는 이서의 목소
리는 이미 잔뜩 흔들리고 있었다.

"보고 안 해?"

백우가 이서의 속적삼에 손을 대며 물었다. 이서가 초조한 얼
굴로 뒤를 돌아보려 했다. 그때 백우가 그녀의 목을 가볍게 잡아
고개를 돌리지 못하게 했다.

"날 보는 거야."

백우의 손이 당장이라도 이서의 목을 부러뜨릴 수 있을 것 같
았다. 이서는 몸을 들썩이며 애원했다.

"조금만 이따가요. 제발, 보좌님 나가시면……."

"지켜줄꼿 청현이 꽃감관과 서신을 주고받고 있었습니다."

"계속 말해."

백우가 이서의 속적삼을 풀어 헤쳤다. 은밀한 손길이었다. 맨
살이 드러났다. 달빛이 흰 살결에 부서졌다. 먹음직했다. 이서는
힉, 힉, 딸꾹질하듯 숨을 들이쉬며 벌벌 떨었다. 뒤에 패율선이
있다. 이서는 백우의 어깨를 꽉 움켜쥐었다. 백우가 이서의 쇄골
을 가볍게 물어 보더니 힘을 주어 빨아들였다. 이서가 어찌할 바
를 모르고 덜덜 떠는 게 느껴졌다. 흡족했다.

"몸이 뜨겁네요."

그가 말했다. 아주 작은 목소리였다.

"아직 서신을 입수하지 못해 무슨 내용인지는 알아내지 못했습니다."

백우는 봉긋하게 드러난 이서의 가슴으로 입술을 내렸다. 이서는 손을 들어 제 가슴을 가리려 했다. 그러자 백우가 심술을 부리듯 이서의 다른 가슴을 세게 움켜쥐었다. 우악스러운 손길이었다. 아! 이번엔 숨길 수도 없는 비명이 터졌다.

"잠시 물러갈까요?"

율선이 참지 못하고 묻는 소리가 들렸다. 이서는 속으로 간절히 빌었다. 제발, 제발. 하지만 백우는 미소 띤 얼굴로 이서를 바라보며, 나직이 말했다.

"좋아하는 것 같은데요. 이렇게 하는 거."

이서는 미친 듯이 고개를 저었다. 감히 아니란 소리도 낼 수 없었다. 백우가 다시 웃었다. 그 미소가, 처연하게도 보이고 저열하게도 보였다.

"좋은 게 아니면, 왜 뜨거워졌지?"

답할 수 없는 물음을 던지고, 백우가 패율선에게 지시했다.

"그 꽃의 방을 샅샅이 서신을 찾아내."

"알겠습니다. 물러가겠습니다."

율선은 허가도 구하지 않고 허둥지둥 물러났다.

이서는 벌벌 떨면서 장지문이 열리고 닫히는 소리를 들었다. 문이 닫히고 잠시 시간이 지난 후에야, 이서는 제가 온몸에 잔뜩 힘을 주고 있었다는 걸 알았다. 갑자기 전신에서 힘이 빠져나간 탓이었다.

눈물도 나지 않았다. 이서는 제 가슴을 쥔 백우의 손을 치우려 했다. 백우는 이서의 얼굴을 살피더니, 아까와는 딴판인 움직임으로 상냥히 다가와 촉, 젖은 뺨에 입을 맞추었다. 그러더니 달래듯 이서의 등을 쓸어 주었다.

"시위하는 게 아니라면, 앞으론 제대로 먹도록 하십시오."

이서는 대답하지 못했다. 다음 순간, 백우가 그녀의 가슴을 머금은 탓이었다. 이서가 파득 몸을 떨었으나 소용없었다.

그 밤 백우는 부드럽고도 난폭하게, 다정한 무법자처럼 이서의 몸을 취했다.

〈2권에서 계속〉

1판 1쇄 찍음 2017년 1월 18일
1판 1쇄 펴냄 2017년 1월 25일

지은이 | 아리탕
펴낸이 | 정 필
펴낸곳 | (주)뿔미디어

편집장 | 박경희
기획·편집 | 박경희, 이영은, 고수민

출판등록 | 2002년 9월 11일 (제1081-1-132호)
주소 | 경기도 부천시 원미구 소향로 17, 303(두성프라자)
전화 | 032)651-6513 / 팩스 032)651-6094
E-mail | scarlets2012@hanmail.net
블로그 | http://blog.naver.com/dahyangs
비북스 | http://b-books.co.kr

값 9,000원

ISBN 979-11-315-7666-3 04810
ISBN 979-11-315-7665-6 04810(세트)

Scarlet
스칼렛

www.bbulmedia.com

Scarlet
스칼렛

www.bbulmedia.com